OKO JELENIA
TRIUMF LISA REINICKE

fabryka słów

WWW.FABRYKA.PL

Andrzej PILIPIUK

OKO JELENIA

TRIUMF LISA REINICKE

Ilustracje
Rafał Szłapa

fabryka słów

Lublin 2010

Cykl Oko Jelenia:

Gdańsk, 21 marca 1560 roku

Przechodziłem znajomą bramę lekkim krokiem. Spacer mnie ożywił, a widok Staszka i Maksyma wprawił w naprawdę dobry humor. Jesteśmy w komplecie. Żyjemy. Ba, nawet mamy parę groszy w kieszeni, a mała Greta zadba, by napełnić nam żołądki czymś smakowitym. A na wieczór znajdzie się flasza syconego miodu. Do pełni szczęścia brakowało już tylko obecności ponętnej wdówki. Wyszliśmy na podwórze kamienicy. I nastrój prysnął w ułamku sekundy.

– Stójcie, panie! – usłyszałem za sobą mocny, stanowczy głos.

Odwróciłem się i zamarłem. Przy bramie od strony dziedzińca czatował urzędnik w niemieckim surducie i obszernym czarnym płaszczu, a obok niego stało pięciu osiłków dzierżących kusze. Dwaj następni właśnie wychodzili z komórek. Ustawili się idealnie, biorąc nas w dwa ognie. Człowiek, który się odezwał, mógł mieć jakieś trzydzieści lat. Był szczupły, ale coś w jego sylwetce podpowiadało mi, że nie jest chuderlakiem. Bez trudu wyobraziłem sobie węzły stalowych mięśni. Towarzyszący mu łapacze wyglądali za to jak klientela osiedlowej siłowni. Bycze karki, niskie czółka, szerokie bary. Tylko dresików i sportowego obuwia im brakowało. Ceklarze.

Wpadliśmy prosto w pułapkę. Przez moment mierzyliśmy nieoczekiwanych przeciwników wzrokiem. Maksym i Staszek zadziałali błyskawicznie. Jak na komendę dobyli szabel. Przesunęli się tak, by własnymi ciałami zasłonić Helę przed ceklarzami. Obaj jednocześnie unieśli broń, szykując się do ciosu. Łapacze stali nieporuszeni. Cóż, znajdowali się w bezpiecznej odległości i byli uzbrojeni po zęby. Wygrali, jeszcze zanim zaczęła się rozróba.

Czyjeś buty zatupotały w sieni. A zatem i tam znajdowali się jacyś ludzie. Sprawna robota, żadnej fuszerki, żadnej możliwości ucieczki. Spojrzałem na bełty wycelowane w moją pierś. Paść na ziemię, przetoczyć się, wyrwać spluwę z kabury, odbezpieczyć... Gdzie tam. To nie amerykański film. Jeśli choćby drgnę, zrobią ze mnie szaszłyk. Kolejni dwaj, dla odmiany nieuzbrojeni, podeszli i skinąwszy głowami, grzecznie, ale stanowczo złapali mnie za ramiona.

Zauważyłem, że Kozak mierzy wzrokiem odległość. Czułem przez skórę, że zaraz skoczy do przodu. Trzymający mnie strażnicy padną pod ciosem szabli. Wówczas ich towarzysze zwolnią cięciwy kusz... Maksym zmrużył oczy. Nie wiedziałem, co się roi w tej ogolonej głowie, ale byłem pewien, że gotuje się uderzyć i zginąć w mojej obronie. W tej chwili zrozumiałem też, że jest moim przyjacielem. Być może najlepszym, jakiego

kiedykolwiek miałem. Chętnym oddać życie, byle spróbować mnie ratować...

– Stój! – rozkazałem.

W źrenicach zabłysły ognie, zmarszczył czoło, ale usłuchał. Dowodzący operacją zaimponował mi odwagą, bowiem bez wahania postąpił krok do przodu, stając tuż przed Kozakiem i Staszkiem. Nie miał przy sobie broni, nie miał nawet głupiego półpancerza. Mogli rozsiekać go w mgnieniu oka.

– Waszmościowie – zaczął spokojnym, władczym głosem – nie trza nam zbędnego przelewu krwi. Zachowajcie swe życie i zdrowie, gdyż choć szlachetne i odważne serca w was biją, szans nie macie najmniejszych, a po mojej stronie i siła, i prawo.

– Wytłumacz się, waść – warknął Staszek.

– Grzegorz Gerhard Grot me miano. Jestem królewskim justycjariuszem – wyjaśnił.

Nie miałem pojęcia, co to za funkcja. Wykonawca prawa? Czyli co? Gliniarz jakiś? Strażnik miejski? Czego ode mnie chce? Nie dopełniłem obowiązków meldunkowych? Bzdura, to nie PRL. Nie zapłaciłem podatków? A niby od czego miałbym je uiścić? VAT-u jeszcze nie wymyślili. Może jednak z czymś zalegam? Pogłówny? Podymny? Nie, przysłaliby poborcę z pismem, nie całą armię...

– Czego waszmość chcesz ode mnie? – zapytałem.

– Zadaniem moim jest przestępców i podejrzanych chwytać, a trudne i złożone sprawy mordów i gwałtów roztrząsać, by winnych ustalić – wyjaśnił z dumą. – Tu losów naszych nici się krzyżują.

Zaraz, co on bredzi? Takiego młodego oddelegowano jako prokuratora czy sędziego śledczego? Hm, z drugiej strony czemu nie? Robespierre miał trzydzieści sześć lat, gdy został zgilotynowany, a co wcześniej zdążył narozrabiać... Tylko o czym on gada? Oskarża mnie o morderstwo?!

– Jakie przestępstwo popełnił mój ojciec? – Hela rzuciła ostro, biorąc się pod boki.

Patrzyłem na nią spod oka. Stała dumnie, przemówiła spokojnie, lecz tonem niedopuszczającym sprzeciwu.

– Tego wyjawić mi nie dozwolono, jednak rozkaz od burmistrza samego otrzymałem, by człowieka, który zwie się mistrzem Markusem, pochwycić niezwłocznie i do lochu wtrącić – wyjaśnił z godnością.

– To z pewnością jakaś pomyłka – zwróciłem się do Heli. – Pójdę z nimi i się dowiem. Kiedy się wszystko wyjaśni, to mnie wypuszczą. I tyle. Nie czekajcie z kolacją, ale jutro...

Z min ceklarzy wyczytałem, że nie są takimi optymistami. Maksym milczał nadal skupiony, skoncentrowany. To dziwne, ale poczułem w tym momencie dziwną władzę. Wiedziałem, że wystarczy mój rozkaz, by skoczył im do gardeł jak wilk. Jego los był całkowicie w moich rękach. Ich los... Przezwyciężyłem pokusę.

Urzędnik otaksował nas wzrokiem.

– Dziewczyna, o, przepraszam waćpannę... – Zarumienił się. – Młoda dama o imieniu Helena jest, wedle informacji moich, córką waszmości – rzekł do mnie. – Gdy waść będziesz uwięziony, któryś z przyjaciół twych musi otoczyć ją opieką.

Opieką? – zdumiałem się. Po co? Co jest grane?

– To niezwykle istotne – dodał. – I być może życie jej od tego zależy.

Wyglądało, że mówi śmiertelnie poważnie.

– Staszek? – Spojrzałem pytająco.

– Oczywiście. – Skłonił głowę.

– Będziesz musiał, chłopcze, pannę Helenę dobrze ukryć – powiedział justycjariusz. – Albo nawet wywieźć z miasta. Czy masz po temu środki? Zaopatrzyć go waszmość na taką ewentualność możesz? – zwrócił się do mnie.

– Mam pieniądze – zapewnił Staszek.

To wszystko było takie rozpaczliwie zwyczajne. Delikatny wietrzyk, chmurki odbijające się w kałuży. Wróbelek dziobiący jakieś okruchy. Samo aresztowanie też odbyło się jakby na pół gwizdka, bez pościgów, strzelaniny, wyważania drzwi. Powiedziałbym wręcz, że traktowali mnie wyjątkowo kulturalnie. A jednak wiedziałem, że to pozór. Ciągle w nas celowali. Wystarczy ułamek sekundy i na podwórzu rozpęta się piekło.

– Ja też mam pieniądze – dodała Hela.

Zaraz, zaraz, biłem się z myślami. O co, u diabła, chodzi? Dlaczego ma ją gdzieś kryć? Przecież mamy tu wynajętą kwaterę, wręcz mieszkanie.

– Zarzuty ciążą jedynie na naszym przyjacielu? – zapytał Staszek konkretnie.

– Te najgorsze wyłącznie na panu Markusie. Wy, panie, i dama – ukłonił się w stronę Heli – jesteście chwilowo wolni od tych podejrzeń... – zaakcentował słowo „tych".

Coraz mniej mi się ta sytuacja podobała. Kozak mruknął coś pod nosem i wreszcie opuścił broń. Spojrzał na sanki, które przyciągnęli ze sobą. Widziałem kolbę chińskiego automatu kałasznikowa sterczącą spomiędzy derek. Pamiątka z gór opodal Bergen. Ciekawe, ile zostało mu amunicji. Ponownie przezwyciężyłem pokusę.

– Niechaj ich – warknąłem. – Mnie nie pomożesz, a wszystkim tylko biedy napytasz.

– Panie – urzędnik zwrócił się do mnie – jeśli dasz waść słowo, że nie podejmiesz prób ucieczki, kajdany będą zbędne.

– Daję słowo. – Wzruszyłem ramionami.

Kozak zmełł przekleństwo, ale posłuchał. Szable wróciły do pochew. Ceklarze też opuścili kusze.

– Poproszę służącą, aby naszykowała mi pled i tobołek z ubraniem – odezwałem się do dowódcy. – Możecie mi, panie, powiedzieć, czego jeszcze będę potrzebował zamknięty w lochu?

– Mistrzu Markusie, twa służąca została zamordowana, podobnie jak pozostali mieszkańcy tej kamienicy.

Usłyszałem krzyk Heli. Pociemniało mi w oczach, zatoczyłem się. Któryś z ceklarzy wziął to widać za próbę ataku. Kątem oka spostrzegłem nadlatującą drewnianą pałę, a może to była kolba kuszy? Świat eksplodował mi przed oczyma w jasnym rozbłysku, a potem zapadła ciemność.

– Durniu! – Grzegorz Grot ryknął na swego pomagiera.

– Skoczył na was, panie... – zaskomlał przestraszony ceklarz. – Może ubić chciał.

– Wieść straszną usłyszał, słabo mu się w nogach zrobiło i tyle. Docućcie go, psie syny, albo każę wybatożyć!

Dwaj strażnicy uklękli przy nieprzytomnym Marku. Kozak patrzył na to chmurnie, a jego dłoń co chwila dotykała rękojeści szabli. Ale opanował się.

– Panie – odezwała się Helena łamiącym się głosem – co waszmość powiedział? Co znaczy, że wszyscy nie żyją?!

– Ktoś dopiero co wysiekł mieszkańców tego domu – powiedział urzędnik. – Gdy przyszliśmy, jeno trupy milczące nas przywitały.

– A Greta...? – Dziewczyna zbladła jak ściana.

– Wszyscy. – Rozłożył bezradnie dłonie. – Mordercy byli jak bestie, nie oszczędzili nikogo.

– Ja... – Skierowała się ku drzwiom.

– Wybacz, waćpanna, to nie widok dla niewieścich oczu. Może pani rękodajny...? – Zmierzył Staszka wzrokiem.

– To mój... narzeczony – powiedziała.

– On ze mną do wnętrza wejdzie, rzeczy wasze spakuje, a potem zda sprawę. Wy zaś na podwórzu przez ten czas ostańcie. Co z nim? – rzucił do ceklarzy próbujących docucić Marka leżącego ciągle na ziemi.

– Żyw na szczęście. Oddech spokojny, ale świadomości w nim nie ma – zameldował ten, który uderzył pałką. – Medyka by trzeba... Z żołdu mi potrącicie...

– Tedy zanieście na czym do ratusza i wezwijcie doktora Rufusa – rozkazał justycjariusz. – A waszmość, proszę, postępujcie ze mną – zwrócił się do chłopaka.

Przekroczyli wyślizgany kamienny próg. Już w sieni czuć było paskudny metaliczny zapach krwi. Staszek poczuł w gardle rosnącą gulę, ale się opanował.

O co chodzi? – pomyślał. Po co każe mi to oglądać?

W głowie miał zamęt. Marek... Co robić? Co tu się, u diabła, stało? Nie był w stanie ogarnąć tego rozumem.

Ci łapacze, czego chcą? – zastanawiał się gorączkowo. Aresztować. Za co? Po co? Zapytać? Ten człowiek raz już uchylił się od odpowiedzi. I jeszcze to... A może? Jestem tu z nim sam na sam. To szef ceklarzy. Policjant jakby, ktoś taki. W kaburze mam rewolwer. Wziąć faceta jako zakładnika, przystawić lufę do pleców, zażądać...

– Nie mieszkałeś waść tu przed mordem? – zagadnął urzędnik.

– Nie. Z towarzyszem moim, Kozakiem Maksymem, przybyłem przedwczoraj pieszo ze Szwecji przez zamarznięty Bałtyk. Dziś do Gdańska dotarłem.

– O tej porze roku po lodzie? Toście chwaty albo i szaleńcy! – Justycjariusz pokręcił z podziwem głową. – Szkoda, że wiedzy o tym, cóż za bestie w ludzkiej skórze to uczyniły, raczej nie masz... A może takową jednakowoż posiadasz?

– Podejrzewacie o ten mord mistrza Markusa Oberecha! – wybuchnął Staszek. – On tego z pewnością nie zrobił! To dobry i prawy człowiek. Nie wierzę, by miał z tym cokolwiek wspólnego.

– Ach, ależ nie ma – uspokoił go urzędnik. – To oczywiste i nikt go o to nie podejrzewa. Wszak z córką swoją i z wami daleką wycieczkę tego ranka uczynił i wiemy, że przez bramę weszliście. Wyprawa taka czasu wymaga. Gdy zaś do kamienicy wkroczyliśmy, by go aresztować, i na trupy natrafiliśmy, krew jeszcze nie skrzepła nawet. Tedy widno, iż mordercy pod waszą nieobecność uderzyli, a gdybyśmy dwa pacierze wcześniej przybyli, pochwycilibyśmy ich łacno w chwili ucieczki lub może nawet śmierci tych ludzi zdołalibyśmy zapobiec... – Zagryzł wargi.

– Za co zatem Markus został zatrzymany? – zdumiał się Staszek.

– To już nasza rzecz. Zarzut ciężki, choć niezbyt prawdopodobny – dodał jakby do siebie. – Zatem do *secundum* przejdźmy... Ot, mieszkanie na parterze, do właścicielki należące. – Wskazał drzwi. – Znaleźliśmy ją ubitą. Morderca zaskoczył staruszkę, gdy pieniądze wydobyte ze skrytki liczyła. Uderzył obuchem siekiery w głowę i tym sposobem życia pozbawił. Co dziwne, stos złota zachlapanego krwią po podłodze rozsypany został.

– Bandyta nie zabrał kruszcu?

– Nie. Może obrzydzenie go wzięło albo ukradł te, których posoka nie splamiła...

Wspięli się po trzeszczących schodkach.

Po co mi to pokazuje? – myśli rozpaczliwie tłukły się w głowie chłopaka. Co on, do cholery, knuje? Boję się... Nie. Powiedział przecież, że nawet Marka nie podejrzewa. A może to jakaś prowokacja? Jaka i po co? Policyjne sztuczki? Trzeba było czytać kryminały, a nie fantastykę...

– Tu stary marynarz nogi pozbawiony mieszkał. – Justycjariusz machnął w kierunku zniszczonych drzwi zbitych z dranic. – Tego mieczem pchnięto. Tu waszego patrona kwatera. I zamordowana służąca dzieweczka...

Otworzył drzwi. Staszek wzdrygnął się, nie miał najmniejszej ochoty oglądać trupa. Na szczęście ciało Grety nakryte zostało starym żaglowym płótnem. Wyglądało jak kupka brudnego śniegu. Tylko bose stopy wystawały spod przykrycia.

Staszek spojrzał w tamtą stronę i widząc posiniałe paznokcie, zagryzł wargi.

– Służącej głowę odrąbano mieczem lub szablą może i w cebrzyk rzucono... Opór widać stawiać usiłowała. – Wskazał krwawy rozbryzg na ścianie. – Wyżej kilku wyrobników żyło, wszystkich zaszlachtowano, choć ze śladów sądząc, drzwi zawrzeć próbowali. Ostatniego pchnięto w plecy, gdy okienkiem na dach umykał... Ośmioro ludzi zatem śmierć tu poniosło. Spakujcie teraz rzeczy najpotrzebniejsze do worka, a resztę ostawcie w spokoju. Ja tu posiedzieć i pomyśleć jeszcze muszę, tedy dom ten zamknięty, strzeżony i opieczętowany czas jakiś będzie. No i mieszkać wam tu niebezpiecznie, gdyż zbrodniarze miejsce to znają a powrócić mogą!

Staszek rozejrzał się po wnętrzu i wypatrzył szary worek leżący w kącie.

– Nie wiem, kogo jeszcze mordercy ubić chcieli, mistrz Markus w areszcie naszym będzie od nich bezpieczny, jednakowoż...

– Panna Helena. – Chłopak kiwnął głową. – Będę jej bronił, jeśli zajdzie potrzeba.

– Nie wiesz najważniejszego – mruknął Grot. – Jej tropem trafiła tu kobieta naprawdę podła, a przy tym władna i ogarnięta żądzą pomsty. Tedy nad głową waszmości narzeczonej nie jedno, a dwa niebezpieczeństwa zawisły.

– Proszę o dodatkowe wyjaśnienia!

– Na razie istoty spraw tych wyjawić nie mogę. Rychło jednak się wszystkiego dowiesz, panie. Teraz wierz mi, że niebezpieczeństwo jest poważne. Jeśli poczujesz, że pętlica się zaciska, przyjdź do mnie. Znam matkę przełożoną zakonu Świętej Brygidy. Pismo wystawię, by pannę Helenę ukryły na czas jaki...

– Dziękuję. Rozumiem... Panie, warto, abyście wiedzieli. To nie jest pierwszy taki mord – powiedział chłopak, wrzucając pospiesznie do worka zawartość skrzyni z ubraniami. – Widziałem niedawno coś bardzo podobnego.

– Gdzie i kiedy? Bo dla mnie to absolutne *novum*... Śmierć w mieście portowym rzecz przykra dla swej powszedniości, jednakowoż sprawy to błahe zazwyczaj, tu zaś prawdziwy wilkołak rzeźnię uczynił.

– W drodze ze Szwecji zatrzymałem się z moim towarzyszem w mieście Visby na Gotlandii. Chciał złożyć wizytę kupcowi Peterowi Hansavritsonowi.

– Słyszałem to nazwisko. – Grzegorz Grot spojrzał na chłopaka bystro. – Oj, wiele razy słyszałem – dodał jakby do siebie. – Wiem, iż właścicielka tego domostwa ciotką była kapitana, co na starość na lądzie osiadłszy, w oberżystę się przedzierzgnął. Ale druhem był Huliera Hansavritsona, który bratem Petera, a ich ojca też

dobrze znał... Zatem i tę nitkę sprawdzić by trzeba... Powiadasz, że wizytę mu składaliście? Jak was przyjął?

– Na miejscu spotkaliśmy jego brata.

– Medyka Huliera? Poznałem go kiedyś...

– Tak. Wszyscy domownicy kupca Petera zostali podobnie wymordowani, chyba we śnie ich zaskoczono i wysieczono bez litości. Sam kapitan przepadł bez wieści.

– Co waść mówisz? – zdumiał się justycjariusz.

– Niestety, obcym niewiele chcieli wyjaśnić, tedy tyle tylko mogę powiedzieć, ile ujrzałem.

– Przypomnij sobie, proszę, waść, jak najwięcej.

Staszek streścił. Justycjariusz notował najważniejsze szczegóły pałeczką ołowiu na kartce kosmatego papieru.

– Ilu ludzi tam padło? – zapytał.

– Nie wiem. Ale – Staszek zmarszczył czoło – tam jedna kobieta podobnie zginęła. Obuchem w głowę dostała i po kilku dniach męki bez świadomości duszę oddała. A resztę wysiekli. I podobnie w środku miasta rzecz miejsce miała, tyle że nocą chyba...

– Powiedz mi, czy widziałeś tam wówczas coś takiego? – Grot wskazał drzwi.

Do framugi kozikiem przybito wilczy ogon.

– Nie przypominam sobie.

– To jedyna rzecz, której tu obecności wytłumaczyć nie potrafię. Bo i sądzę, że to może być wiadomość dla tych, którzy śmierci uniknęli, lub dla ich przyjaciół-patronów, mocodawców może. Albo i znak, jakim mordercy swe dzieło znaczą... Z im tylko znanych powodów.

Chłopak patrzył na kawałek futra. Wilczy ogon. Wilki... Pan Wilków? A może jakiś wspólnik Chińczyków? Spróbował sobie przypomnieć, co mówił generał Wei, gdy namawiał go na wspólną ucieczkę. Że mają dużo pieniędzy? Tu, w Gdańsku?

Gdy wrócili na podwórze, Marek nadal leżał nieprzytomny. Przełożono go na drzwi od komórki. Któryś z ceklarzy nakrył go nawet swoim płaszczem. Maksym klęczał obok.

Mógł ich zaatakować znienacka i wysiec w pień, pomyślał Staszek. Siedmiu wprawdzie, ale kusze odłożyli i zwolnili cięciwy... Czemu tego nie zrobił? Bo Marek się poddał i dał słowo, że nie ucieknie?

– Będzie żyw – powiedział Kozak, wstając. – Jeno medyk koniecznie musi go obejrzeć.

– Dołożymy starań, by więzień tak ważny żadnego więcej uszczerbku nie poniósł – mruknął jeden z łapaczy.

– Rychło w czas – parsknął Staszek.

– Panie Grot – Helena zwróciła się do justycjariusza – czy wolni jesteśmy?

– Tak.

– Czy mogę ojcu memu towarzyszyć?

– Niestety, waćpanna, nie możecie. Ale do lochu pod ratuszem go zabieramy. Na dziedzińcu koło odwachu jest mój kantor. W każdej chwili zajść możecie i jeśli sędziowie pozwolą, informacje wszelkie tam otrzymacie.

– Dziękuję.

– O tym, co stało się w Visby, porozmawiamy niebawem – Grzegorz Grot zwrócił się do Staszka.

– Jeśli trzeba...

– Znajdę waćpana, gdy zajdzie konieczność.

– Nie wiem jeszcze, gdzie staniemy.

– To bez znaczenia. Taka moja praca, by znajdować tych, których szukam. – Uśmiechnął się dziwnie.

Obszukał kieszenie nieprzytomnego. Odczepił kaburę z pistoletem i pochwę z kordem, zdjął z ręki zegarek i wręczył wszystko Staszkowi. Czterej ceklarze dźwignęli zaimprowizowane nosze.

Hela obrzuciła spojrzeniem worek na ramieniu Staszka.

– Zebrałem wasze rzeczy – wyjaśnił.

– Tedy najmiemy pokój w jakiejś karczmie lub zajeździe – powiedział Maksym. – Żegnajcie, panie. – Ukłonił się urzędnikowi.

Wyszli na ulicę.

– Musimy zbiec i się ukryć – rzucił Kozak, gdy tylko skręcili za róg.

– Sądzisz, że i nas aresztują? – zdziwił się chłopak.

– Całkiem wykluczyć się tego nie da. Ale oni rozkazy burmistrza wykonują. Jednakowoż jest w tym mieście ktoś, kto ma do mistrza Marka żal tak serdeczny, że kamienicę całą potrafił wysiec, byle tylko go dopaść... I zabić.

– Czy możemy mieć pewność, że chcieli zamordować właśnie nas? – zapytała Hela. – Za co niby?

– Nie jestem pewien – odparł Staszek. – Jednak tylko do waszych drzwi przybito ogon wilka.

– Ogon wilka, powiedziałeś? – zdumiał się Maksym.

– Tak. Znasz ten symbol?

– Owszem, ale... Tatarski buńczuk często ma przywieszkę z wilczego chwostu, lecz nie słyszałem nigdy, by go na miejscu zbrodni pozostawiano. – Pokręcił głową.

– Musimy się zatem dobrze ukryć... – westchnęła dziewczyna. – Tylko gdzie?

– Znam miejsce, które schronienia nam udzieli – odezwał się Kozak. – Postępujcie ze mną.

Prowadził ich szybko wąskimi zaułkami Gdańska. Najwyraźniej znał miasto niemal jak własną kieszeń. Wiele razy zakręcał i przyczajony za węgłem sprawdzał, czy nikt nie idzie ich tropem.

– Jeśli chcą nas śledzić, wykorzystać mogą wielu zmieniających się ludzi – wyjaśnił szeptem. – Wtedy trudno się wymknąć...

Staszek mimo ostrego tempa marszu rozglądał się wokół zdumiony. Bywał w Gdańsku parokrotnie, na wycieczkach szkolnych, raz z dziadkiem. Ale... to miasto było inne. Tylko nieliczne domy otynkowano, wszędzie królowały ceglane lub kamienne gotyckie elewacje. A i wzniesionych z drewna stało sporo.

Znam inny Gdańsk, pomyślał. Barokowy, eklektyczny, neoklasycystyczny, modernistyczny... A właściwie jego rekonstrukcję, bo po przejściu Armii Czerwonej wiele przecież nie zostało. Lecz mam przynajmniej punkty orientacyjne i układ ulic specjalnie się nie zmienił...

Wreszcie znaleźli się w wąskim, cuchnącym zaułku na północ od Żurawia, przy samych murach klasztoru Dominikanów. Stanęli u wrót niewielkiej dwupiętrowej kamieniczki. Kozak załomotał, wystukując najwyraźniej umówioną wcześniej sekwencję uderzeń.

Brama uchyliła się.

– Maksym, ty żyw? – ucieszył się ktoś ukryty w półmroku. – I gości przywiodłeś...

– To przyjaciele – wyjaśnił Kozak w swoim języku. – W wielką biedę popadli. Musimy ich przechować czas jakiś.

– Oczywiście. Gość w dom, Bóg w dom...

Drzwi zatrzasnęły się za nimi z hukiem. Staszek poczuł to natychmiast. Fałsz pierwszego wrażenia... Dom od ulicy wyglądał zupełnie zwyczajnie. Ale w środku... Wrota od wewnątrz miały aż trzy belki ryglujące, grube i nabite stalowymi listwami. Połączono je łańcuchem przyczepionym do niewielkiego kołowrotu. Wystarczyły dwa, może trzy pełne obroty, by je opuścić.

Są przygotowani do obrony, pomyślał chłopak. Obawiają się szturmu? Na kogo to naszykowali? Czyżby na ludzi, którzy wymordowali mieszkańców kamieniczki Marka? Nie, przecież Maksym nawet się nie domyślał, kto mógł to zrobić...

– To Samiłło – Kozak przedstawił przyjaciela. – A z chrztu Samuel ma na imię, tedy możecie mówić, jak wam wygodniej.

Wymienili swoje imiona. Poszli w głąb sieni i przez okute stalą następne drzwi weszli do niedużej izby, której okna wychodziły na podwórze.

Staszek mało nie krzyknął, widząc gospodarza w świetle. Mężczyzna miał około pięćdziesiątki. Głowę i ręce znaczyły mu dziesiątki blizn. Czaszkę miał zupełnie łysą, tylko osełedec natarty smalcem zwisał zawadiacko zawinięty za lewe ucho. Z prawego wiele nie zostało. Policzki pokrywała kasztanowej barwy broda, Kozak widać chciał choć częściowo zamaskować niedostatki urody.

– Bywało się w różnych opresjach – wyjaśnił, widząc zaskoczenie chłopaka. – Bóg pozwolił życie zachować, choć czasem z pola bitwy rozsiekanego na kawałki nie-omal w koszach mnie znosili...

Zważywszy, że śladów niewprawnie założonych szwów miał więcej niż potwór Frankensteina, niewiele w tym chyba było przesady. Małego palca jednej z dłoni też mu brakowało. Hela milczała, uśmiechając się przy-jaźnie.

– Jak zadanie? – pokiereszowany zwrócił się do Maksyma. – Jako ostatni dotarł gołąb, którego wypuś-ciłeś w Bergen.

– Wykonane. Dopadłem ich. Długo to trwało, rok przeszło. Jednak dopiąłem swego. Mordercy brata na-szego Osipa i jego żony w szwedzkiej i norweskiej ziemi wieczny spoczynek znaleźli.

– *Sława Bohu.*

– U nas? Są wieści z Ukrainy? Bo gdym tam w kra-jach dalekich hulał, nawet pogłosek o sprawach naszych nie słyszałem...

– Ataman Bajda jesienią Azow wziął.

Maksym ryknął z uciechy, skoczył, stanął na rękach i klasnął buciorami.

– Jak tego dokonał? – zapytał, gdy już opanował ra-dość.

– Fortelem przebiegłym. Ludzie jego, czumaków udając, przywiedli kilka wozów skór wyprawionych. Pod nimi zaś Kozacy utajeni leżeli. Weszli do miasta przed wieczorem, ale jeden kupiec turecki, widząc, że interes zrobi, wszystkich ich na swe podwórze skierował dla łatwiejszego dobicia handlu rankiem. Tylko do rana nie doczekał, gdyż nocą nasi bracia wyszli, pogan we śnie jak wieprzy sprawili, a bramy otwarli. Rzeźnię ludzką uczynili taką, że ulice krwią spłynęły. Zaś w lochach, kamieniołomach, na galerach, po domach i w haremach niewolników i niewolnic z ziem polskich, węgierskich, wołoskich, ruskich i ukrainnych kilka tysięcy oswobodzili. Na odchodnym miasto złupili, skarby wielkie unosząc, i ogień podłożyli. Murów jeno nie było jak skruszyć. Prochu beczek za to kilkanaście znaleźli, z tego miny uczynili. Wyłomów parę wyrwali ogromnych, lecz by umocnienia całkiem obalić, mocy nie stało.

– *Sława Bohu!* Dokuczał nam ten Azow jak czyrak na zadku – wyjaśnił Maksym Staszkowi. – Fortalicja srogimi murami z kamienia opatrzona. By w boju ich dobywać, nikt nie myślał nawet. Nie na darmo Bajdę atamanem wybrali. Takie zwycięstwo! I dziadowie nasi podobnego nie pamiętają...

– A oni? – Gospodarz gestem poszczerbionej brody wskazał dwójkę gości. – Jakie wichry ich przygnały w te strony?

Przyjaciel Staszka pokrótce streścił wypadki, do których doszło w kamieniczce. Samiłło słuchał zaskoczony.

– Pańko? – zawołał.

W drzwiach stanął chłopak na oko dwunastoletni.

– Weź Mychajłę, przebierzcie się po niemiecku i idźcie w miasto, przewąchajcie, co ludzie gadają. – Przez chwilę wydawał mu instrukcje.

Pańko znikł jak duch.

– To miejsce... – zaczął Staszek.

– No cóż – westchnął Maksym. – Oczy masz, bystry jesteś, to i zrozumiałeś szybko... Niewiele się przed tobą ukryje. Jak by to w słowa mądre ubrać... – zadumał się na moment. – Państwa wielkie i potężne wysyłają w różne strony świata swych ambasadorów, by o ich sprawy dbali. Tedy i ataman Bajda umyślił, iż dobrze mieć tu i ówdzie człowieka, który gdy potrzeba zajdzie, pomocy udzieli, informacje zbierze, podróżnych przyjmie i na dalszą drogę ich zaopatrzy.

– Pan Samiłło jest zatem ambasadorem waszego atamana rezydującym w Gdańsku?

– To za wielkie słowa. – Gospodarz uśmiechnął się drapieżnie. – Ambasador czy poseł to człek poważny i w ogromne kapitały zasobny. Burmistrz na obiad mnie nie zaprasza, choć z kilkoma członkami rady komitywę serdeczną nawiązałem. Po prostu osiadłem tu, by Kozak, gdy los go rzuci tak daleko od stepów rodzinnych, miał brata, który go w potrzebie wesprze. A i listy trzeba gdzieś czasem odebrać lub do dom wysłać. A że człek taki jak ja i solidny trzos złota musi dzierżyć, tedy dom ten zawarty i opatrzony na wypadek przygody złej. No i w razie gdyby rada miasta Kozaków lubić przestała...

Hela milczała, w kącikach oczu pojawiły jej się łzy. Staszek podszedł i objął dziewczynę ramieniem. Drżała. Delikatnie pogładził ją po plecach. Czuł, że jest roztrzęsiona.

– Coś do jedzenia zaraz podamy – rzekł Samiłło. – Damie miodu z ziołami chyba trza na smutku odpędzenie.

Wrócili dwaj pacholikowie, Pańko i Mychajło. Niestety, nie przynieśli prawie żadnych informacji. Wieść o mordzie już się rozeszła, ale ludzie nie znali szczegółów.

Powtarzane plotki brzmiały tak fantastycznie, że Staszek mimo woli uśmiechnął się, słuchając relacji. Wedle tego, co ustalili chłopcy, Marka aresztowano na rozkaz burmistrza. Ciała zabitych przeniesiono do szopy przy kościele Świętych Piotra i Pawła, gdzie nazajutrz miały zostać pogrzebane.

Staszek poczuł nieludzkie zmęczenie. Wyczerpanie forsowną przeprawą przez lody. Kilkudniowy marsz zaśnieżonym traktem do Gdańska. Łydki i stawy dawały o sobie znać. Potem jeszcze to... Zbrodnia... I ta przerażająca świadomość, że żyją, bo być może o godzinę rozminęli się z mordercami.

Przy kolacji trzymał się jeszcze jakoś. Zjedli wspólny posiłek w izbie na dole. Gospodarz, dwie kobiety trochę starsze od Heli, jedna była najwyraźniej żoną gospodarza, dwóch pachołków. Ot, cały personel tej dziwnej, nielegalnej ambasady. Hela rzeczywiście dostała syconego miodu. Wychyliła dwa kubki. Piła jak marynarz, bez odrywania kubka od ust. Trzeciego jej nie dali.

Staszek rozglądał się po wnętrzu domostwa. Parter wzniesiono z cegły i kamienia. Miał grube mury. Obok sieni, będącej jednocześnie przejazdem na podwórze, było kilka niedużych komórek, zapewne magazynowych. Piętro zbudowano z grubych belek. Znajdowało się tu coś w rodzaju saloniku oraz sypialnia gospodarzy, pokój dla kobiet i drugi, zupełnie malutki, dla pachołków. Na poddaszu były jeszcze dwa klitkowate pomieszczenia przeznaczone zapewne dla gości i przyjezdnych. W szopach na drugim końcu niewielkiego brukowanego podwórza trzymano kilka koni i drób.

Wreszcie przyszła pora, by udać się na spoczynek. Na poddaszu kamieniczki przygotowano im posłania.

– Tu będzie wam wygodnie – powiedział Samiłło. – I bezpiecznie, bo psy, nocą spuszczone, nas strzegą a piersią własną też was od niebezpieczeństwa zasłonimy.

– Dziękuję. – Hela dygnęła.

Zaraz też jedna z kobiet przyniosła pościel i kilka świec. Staszek z Maksymem zajęli pokój po lewej, dziewczyna miała spać sama. Kozak pokazał chłopakowi skrytkę pod ruchomym parapetem okna. Pomieściła akurat dwa pistolety i woreczek ze złotem. Na poddaszu było chłodno, ale grube pierzyny gwarantowały pewien komfort.

– Nu, i spać pora. – Maksym z zadowoleniem wypróbował siennik. – Ileż to już dni tak dobrego łoża nie widziałem?

– Kozak nie o łożu winien myśleć, a o snopie stepowej trawy – droczył się przybysz z przyszłości.

– Staszku – Hela stanęła w uchylonych drzwiach – mogę cię prosić na słowo?

– Oczywiście.

Usiedli w jej klitce na zydlach po dwu stronach stołu. Dziewczyna wyglądała na strasznie zmęczoną i przygnębioną. Chłopak patrzył na nią. Wydoroślała jakby. Schudła, rysy się wyostrzyły. Opaliła się, zimowe słońce i morskie wiatry osmagały jej skórę. Włosy stały się dłuższe i straciły trochę połysk. Tylko oczy się nie zmieniły, patrzyły bystro, przenikliwie, światło świecy zapalało w nich iskierki. Wyładniała? Chyba nie, ale i tak podobała mu się do szaleństwa.

– Chcesz porozmawiać... – zaczął.

– Tak. Tyle spraw... Ja nie wiem i boję się... I nie rozumiem tego, nie ogarniam... – plątała się.

Milczał, czekając, co powie.

– Marek... Ojciec mój... Czemu go zatrzymali?

– Ojciec?

Pamiętał, że tak mówiła wtedy na podwórzu. Wtedy nie zapytał, zbyt wiele działo się jednocześnie.

– Adoptował mnie – wyjaśniła. – W drodze do Gdańska.

Zaskoczyła go.

– Po co? – zdumiał się.

– Tak trzeba – ucięła. – Dlaczego go pochwycono?

– Nie wiem, dlaczego został ujęty. Ale to nie ma chyba związku z tym, co się tam stało... Spróbuję jutro zajść do ratusza i czegoś się dowiedzieć. Może pomyłka, może fałszywe oskarżenie. Bo przecież to prawy, szlachetny i uczciwy człowiek.

Bez słowa trawiła jego odpowiedź.

– Czemu nawet oporu nie stawiał? – wybuchła. – Maksym się zbierał, by go ratować.

– Marek poddał się, żebyśmy przeżyli. – Spojrzał w ścianę. – Maksym by na nich skoczył. Wiem. To doskonały szermierz, ale ilu by usiekł? Czterech, pięciu może. Nie mieliśmy szans. Celowali do nas z sześciu lub siedmiu kusz. Zginęlibyśmy wszyscy, ty pewnie też. A tak żyjemy, jesteśmy wolni i możemy spróbować go ratować. Jeśli tylko ustalimy przyczynę zatrzymania.

– Trupy po nas zostały na szlaku – szepnęła. – Może o to ktoś się upomniał?

Czekał cierpliwie na wyjaśnienia, ale daremnie. Myśli Heli krążyły już gdzie indziej.

– Kto zabił tych wszystkich ludzi? – zapytała. – Wymordowano cały dom. Wszystkich. I z jakiego to powodu? Czy nas też chciano? Czy może zginęli, bo mieszkali obok?

– Nie mam pojęcia – westchnął. – Ale to nie pierwszy taki przypadek.

Wspomniał, co zastali z Maksymem na Gotlandii. Świeca przylepiona do blatu stołu zapełgała. Za oknem panował całkowity mrok. Hela zamilkła. Cisza dźwięczała w uszach.

Miasto, pomyślał chłopak. Siedzę z dziewczyną przy wątłym płomieniu świecy, a wokoło wszyscy już śpią... Nigdzie nie jedzie samochód, nie zgrzyta na szynach tramwaj. Nie słychać dźwięków żadnej imprezki, nawet dresiarze nie klną między blokami. Tylko watr gwiżdże. I strasznie, i romantycznie zarazem...

– Myślę, że to Chińczycy – zawyrokowała. – Kto inny mógłby tak szybko uderzyć w dwu różnych miejscach?

– Nie sądzę. – Pokręcił głową. – Nawet jeśli któryś z nich przeżył, to użyliby raczej broni palnej. No i, co najważniejsze, przebyć morze można tak jak my, po lodzie. Ten, kto pozabijał ludzi w Visby, mógł dotrzeć do Gdańska przed nami. Bez konieczności użycia helikoptera.

– Zatem kto? – Zmarszczyła brwi.

Obserwował ją spod oka. Przypomniał sobie tamtą noc pod namiotem. Połysk nagiej skóry... Dłonie, palce przesuwające się po wiązaniach gorsetu, ruch łopatek pod aksamitną skórą. Zagryzł wargi.

– Nie wiem kto – westchnął.

– Marius Kowalik – mruknęła. – Może to jego dzieło?

– Któż to taki?

– Prawa ręka tego całego Hansavritsona. Nie. – Pokręciła głową. – To chyba niemożliwe... To nie jest aż taki drań, choć Marek go czegoś nie lubi. Poza tym interesuje się przyszłością, zatem cenniejsi dla niego jesteśmy żywi. Chyba że mieliśmy zostać porwani. Tylko po co miałby mordować innych? To aberracja jakaś. Nie, to nie on.

– Bezsens – przyznał. – Zabijać taką masę przypadkowych ludzi? Żeby nie było świadków?

– Aby nas przestraszyć – wysunęła kolejną hipotezę. – A może mordercy nie wiedzieli, w którym pokoju mieszkamy, i na wszelki wypadek zabili wszystkich?

– Byłaś jedyną dziewczyną w tym wieku. W dodatku jesteś ruda. Marek był jedynym mężczyzną żyjącym w tym domu.

– No, jeszcze taki starzec był, ale bez nogi, więc łatwy do rozpoznania – sprostowała.

– Tak czy inaczej, rozpoznaliby was.

– Szkoda małej Grety – powiedziała, patrząc gdzieś ponad ramieniem chłopaka. – Trochę za sprytna, trochę nas zwiodła, ale była taka miła, zwinna, ciepła w łóżku...

Staszek policzył wolno do pięciu. Wypowiedź towarzyszki trochę nim szarpnęła.

To zupełnie inne czasy, pomyślał. Mam brudne myśli, bo tak mnie ukształtowała moja parszywa epoka. Za dużo pornosów obejrzałem i dwie dziewczyny sypiające razem dla mnie...

Nagle zorientował się, że Hela mówi coś do niego.

– Tak? – Uniósł głowę.

– Mówiłam, że trzeba dać na pogrzeb.

– Oczywiście.

– Co jeszcze mówił ci ten cały justycjariusz? – zapytała.

Streścił pokrótce.

– Ktoś ma żal do mnie? – zdumiała się. – W dodatku kobieta? Dziwne to. No nic, noc zapadła, a sen przynosi dobrą radę...

Wstała. Chciał jeszcze zostać, porozmawiać, opowiedzieć o tym, co przeszedł, i wypytać Helę, co się z nią działo przez te tygodnie, od kiedy się rozstali, ale wszystkie myśli gdzieś mu uleciały.

– Gdybyś czegoś potrzebowała, zapukaj w ścianę. Na pewno się obudzę.

– Mój panie! – Ujęła się pod boki. – Dama nie potrzebuje nocą żadnych męskich posług...

Nie miał pojęcia, czy mówi poważnie, czy żartuje, czy powinien się odgryźć, czy przeprosić. Czuł tylko, że każda odpowiedź pogrąży go jeszcze bardziej.

– Dobrej nocy. – Wstał i podreptał do swojej części poddasza.

Maksym spał już jak zabity. Staszek rozebrał się i wsunął pod zimną pierzynę. Zdmuchnął świecę i dłuższą chwilę chuchał pod kołdrę, nim zrobiło mu się odrobinę cieplej.

Ale nie mógł zasnąć. Wszystko, co przeszedł tego dnia, zupełnie wytrąciło go z równowagi. Najpierw ci ceklarze, potem wizyta na miejscu zbrodni, wreszcie przemykanie się zaułkami miasta i ten dziwny dom... I Hela. Nie tego się spodziewał.

Może jest po prostu zmęczona i przygnębiona, pomyślał. Może jutro wróci jej humor. Nie, to niemożliwe. Zabili jej służącą. Nie miałem nigdy służby. Nie wiem, jak to działa. Pewnie łączyła je jakaś forma przyjaźni. W sumie znam Helę bardzo słabo. Kilkanaście dni w Trondheim i marsz przez góry, tyle że wtedy nie do końca była sobą. Zamknięty u Chińczyków i potem wędrując przez zmarznięte morze, stworzyłem sobie ze strzępków wspomnień obraz idealny. Pokochałem nie prawdziwą dziewczynę, tylko swoją wizję. Pokochałem?

Usłyszał szmer drobnych łapek. Mysz? Szczur? Nie obeszło go to specjalnie.

Nazwała go narzeczonym, wtedy rankiem na podwórzu. Taktyczne kłamstwo? Nie chciała, by ktoś zarzucił jej złe prowadzenie się? A może w słowach Heli było jakieś odbicie prawdziwych pragnień, uczuć, marzeń? Pocałowała go w policzek... Przyjaźń, czy może coś więcej? Może powinien iść do jubilera i postarać się o ładny pierścionek. A jeśli uzna to za impertynencję i się obrazi?

Miotał się po łóżku, próbując zasnąć.

Kozacy, pomyślał. Więc tak to wyglądało na początku? Przed powstaniami Nalewajki, Chmielnickiego, przed tym wszystkim, przed całym bezsensownym złem, które poróżniło nasze narody... Poczuł straszliwy żal na myśl o czasach, które dopiero nadejdą. Dziś to dla mnie przyjaciele, sojusznicy, bracia nieomal... A nie minie kilkadziesiąt lat i wszystko to pryśnie jak bańka mydlana. Utonie we krwi, w wojennej pożodze. Zresztą i wcześniej. Przecież ataman Bajda to ten słynny Bajda Wyszniewicki, który i z Rzeczpospolitą za parę lat będzie ostro darł koty. Dziś walczymy ramię w ramię. Niebawem przyjdzie taki czas, że Lach z Ukraińcem staną przeciw sobie.

Wreszcie myśli zgasły.

Najpierw poczułem chłód, potem zorientowałem się, że leżę na czymś twardym. W nozdrza uderzył mnie upiorny smród. Ale zaraz potworny ból głowy sprawił, że wrażenia zapachowe zeszły na dalszy plan. Pamiętałem wszystko. Zostałem aresztowany, dostałem w głowę pałą. No i najwyraźniej zostałem zapuszkowany...

Poruszyłem się ostrożnie. Leżałem na cienkiej warstwie słomy, wyraźnie czułem nierówny kamienny bruk pod barkiem. Ostrożnie zmieniłem pozycję. Zabrzęczał łańcuch. Za co mnie przykuli? Za nogę... Uchyliłem powieki. Zrazu nic nie widziałem, potem wzrok trochę się przyzwyczaił. Loch przypominał jako żywo odcinek tunelu. Strop murowany na krążynie, w najwyższym miejscu miał z pięć metrów wysokości. Ciągnął się gdzieś dalej, ginąc w ciemnościach, i chyba zakręcał. Tu, gdzie leżałem, było niemal jasno, odrobina światła wpadała przez malutkie zakratowane okno w ścianie szczytowej.

Dobiegał mnie szmer rozmowy, nie rozróżniałem słów, chyba piętro wyżej ktoś coś gadał. W powietrzu wisiał zaduch. Zimno było jak w psiarni.

Posiedzę tu dłużej, to murowany artretyzm, reumatyzm i gruźlica też niewykluczona, pomyślałem ponuro.

Leżałem na sienniku, powoli dochodząc do siebie. Głowa rypała mnie solidnie przy każdym ruchu. Tak to jest, jak się trafi na wyrywnego ceklarza z drewnianą pałą w łapie. Miałem tylko nadzieję, że nanotech, czy co tam mi łasica wpuściła, zdoła się uporać z takimi drobiazgami jak wstrząs mózgu.

– Hej, strażnik! Poproszę coś przeciwbólowego i szklankę wody – zażartowałem. – W ostateczności może być aspiryna. I proszę podkręcić ogrzewanie.

Nikt mi oczywiście nie odpowiedział. Ostrożnie zmieniłem pozycję. Zabolało, a przed oczyma zobaczyłem czerwone i zielone plamy. O, do licha... Opuściłem powieki.

Dobra. Pomyślmy logicznie. Zostałem zapuszkowany. Pochwycił i zamknął mnie urzędnik, ktoś w rodzaju detektywa, prokuratora, może sędziego śledczego. To nie jest pomyłka, bo przyszli właśnie po mnie. Na razie nie przedstawili mi żadnych zarzutów. Widać to nie ta epoka, tu nie ma takiego obowiązku.

Poruszyłem ostrożnie głową. Bolała jakby mniej, a może przywykłem jak do ćmienia bolącego zęba.

Przyjmijmy, iż mieszkańcy wiochy, z której pochodziła banda, poczekali do rana i widząc, że ich towarzysze nie wracają, poszli na plażę. Tam znaleźli trupy, dwanaście sztuk... Znaleźli też wrak okrętu. No i ślady wózka, którym odjechaliśmy do Gdańska. Przyjmijmy, że przybyli do miasta i sprzedali władzom sądowym jakąś płaczliwą historyjkę, żeśmy im przyjaciół wymordowali. Aparat ścigania skojarzył jedno z drugim, w dokumentach były zeznania Sadki i Borysa i pewnie jako świadka podali mnie... Tylko że wtedy dostałbym co najwyżej zaproszenie na przesłuchanie. A zatem?

Gdzieś daleko szczęknął zamek. Załomotały podkute buciory, ale zaraz wszystko ucichło.

A może grabieżcy wraków to prawdziwa mafia? – pomyślałem. Może proceder był chroniony przez skorumpowanych urzędników z Gdańska? Może kumple łupieżców przylecieli ze skargą, a któryś radny czy ławnik, wkurzony, że mu skasowaliśmy dwunastu przynoszących dochód cyngli, postanowił się odegrać?

Ból mijał. Usiadłem. Powoli oswajałem się z faktem uwięzienia. Zawroty głowy słabły.

Nuda, która mnie ogarnęła, była potworna. Horrendalna. Chyba po raz pierwszy w życiu nie miałem zupełnie nic do roboty. W głowie kłębiły mi się fragmenty przeczytanych kiedyś książek i sceny z obejrzanych dawno temu filmów. Więzienie...

Co mogę zrobić? Napisać gryps? Nie mam czym ani na czym. No i co najważniejsze, do kogo niby miałbym go wysłać? I po co? Mógłbym wzorem kolesia w żelaznej masce wyryć wiadomość widelcem na odwrocie cynowego talerza i wyrzucić go oknem. Przypomniałem sobie, jak jeszcze w liceum odwiedzałem w warszawskim Muzeum Literatury wystawę „Sybir Romantyków". W gablotkach leżały konspiracyjne gazetki szmuglowane niegdyś z celi do celi, ale także dziesiątki bezcennych pamiątek z więzień i katorgi. Drobne płaskorzeźby, które miesiącami dłubano krawiecką igłą w kawałku kości znalezionym w zupie. Mam wzorem zesłańców upleść różaniec z końskiego włosia? Kurczę, skąd oni, u licha, końskie włosie brali? Z sienników skubali czy co?

Strażników poproś, zaśmiał się mój diabeł stróż. I oczywiście, skoro mienisz się inteligentem, leżąc na pryczy, powinieneś deklamować wiersze Niekrasowa i Jesienina, gdybyś tylko je znał i gdyby była tu prycza...

– Spadaj – mruknąłem.

W sumie nie było źle. Siedziałem tu sam jak palec. Żadnej grypsery, żadnych subkultur więziennych, żadnych rytuałów recydywy, za których złamanie można stracić kilka zębów. Zasypiałem, budziłem się, ból głowy słabł, aż stał się całkiem znośny.

Przed wieczorem przywleczono jakiegoś obdartusa. Dwóch strażników brutalnie cisnęło go na bruk jakieś trzy metry ode mnie. Miał skute dłonie i stopy. Za nim wlókł się kawał łańcucha. Ceklarze przewlekli ogniwa przez kółko wpuszczone w mur i zapięli kłódką. Obdartus cały czas klął pod nosem po niemiecku. Scalak rozpoznawał z tych soczystych wiązanek tylko pojedyncze wyrazy.

Strażnicy odeszli. Więzień targnął wściekle pętami. I bluznął kolejną długą tyradą wyzwisk. Wreszcie trochę się uspokoił. Teraz dopiero spostrzegł mnie.

– Powieszą pewnikiem zaraz po Wielkanocy – powiedział markotnie. – A ciebie?

– Co mnie? – Wytrzeszczyłem oczy.

– No, kiedy powieszą? Czy może co innego zaplanowali?

– Nie wiem. – Wzruszyłem ramionami. – Na razie nie przedstawili mi żadnych zarzutów.

– Fit – gwizdnął. – Przepraszam, słyszę z mowy, że waszmość człek uczony, może i szlacheckiego rodu lub kupiec.

– Zwą mnie mistrzem Markusem – przedstawiłem się. – Jestem wędrownym poszukiwaczem mądrości.

Zabrzmiało to całkiem dumnie, a jednocześnie jakby prawdziwie.

– Fiuuu... – Pokręcił głową. – Klaus me miano. Z Norymbergi pochodzę... Waszmości to pewnie lepiej obsłużą, może mieczem zetną? Dobra kara, honorowa i boli tylko chwilę. A takiego łyczka jak ja na stryk... – rozżalił się. – A wcześniej zgodnie z wyrokiem ręce odrąbią i żelazem na policzkach napiętnują.

– Powieszą? Za co?

– No, za głowę. To znaczy za szyję chyba.

No tak. Bo jeszcze można za nogi, uświadomiłem sobie. Za szczególnie ciężkie przestępstwa wieszają głową w dół i czekają, aż serce wysiądzie albo w mózgu popękają żyłki...

– Miałem na myśli, cóżeś, człowiecze, uczynił – doprecyzowałem.

– Lenistwo temu winne. – Wzruszył ramionami. – Ot, czułem, że już nazbyt długo fortuna mi sprzyja. Że zbyt wielu opresji cało wyszedłem. Szczęście wiecznym nie jest, zasób jego wyczerpuje się wcześniej czy później – filozofował. – Tedy pomyślałem, ruszać pora, nowe miasta poznać, pod nowym niebem głowę złożyć. Alem trzepot skrzydełek fortuny nad uchem słyszał i zbyt długom z decyzją udania się w podróż zwlekał.

Nie bardzo kapowałem, o czym gada.

– Oto naszedł mnie justycjariusz Grzegorz Grot, gdym się do drogi już zbierał. Pech prawdziwy, żem łachy na grzbiecie miał z pewnego martwego kupca zdjęte, do tego w skrzyni i worku trochę dobytku leżało, któren mi w ręce przy okazji niejako wpadł. I przy innych okazjach też coś tam się zebrało. Okazanie fantów krewnym ubitego urządził. Inni ludzie pewnikiem dodatkowo mnie obciążyli.

Znaczy się złodziej i morderca schwytany na jakiejś melinie, w dodatku wraz z łupami. Milusie i cacane towarzystwo, pomyślałem markotnie.

Z drugiej strony trochę miałem farta, przypięli go na krótkim łańcuchu, nie miał żadnej szansy mnie dosięgnąć.

– I pewnie powiesz, że to przypadek, a sam jesteś niewinny – zakpiłem. – A wszystko, co znaleziono w skrzyni, wrogowie podrzucili?

– Ja bym tak powiedzieć chciał – westchnął ciężko. – Kłopot w tym, że gdym się po jednej z robót z workiem na plecach oknem spuszczał, służący kupca mnie spostrzegli i pech to prawdziwy, przy okazaniu rozpoznali i winę potwierdzili. Do tego człek jeden, co ode mnie to i owo zakupił, w ręce ich wpadł niedawno i by głowę ratować, na szczerość zbędną się zdobył, czym sobie nie pomógł, a mnie pogrążył ostatecznie... Tedym się po pochwyceniu nawet nie upierał, to i męczyć nie brali. A waszmość nie domyśla się nawet za co?

– Parę trupów na plaży zostawiłem – mruknąłem. – Zwady z nami szukali i zostali tam na wieczność. Niewykluczone, że istotnie w imieniu burmistrza coś na szyję mi założą – popisałem się czarnym humorem.

Rozmowa wygasła jakby sama. Nadchodził wieczór. Wnętrze lochu wypełniała coraz gęstsza ciemność. Współwięzień mamrotał coś pod nosem. Chyba się modlił.

Jak trwoga, to do Boga, pomyślałem. Ale żeby tak na co dzień żyć według przykazań, to już za trudne...

W tym aspekcie niewiele ta epoka różniła się od mojej.

🐾 Staszka obudził znajomy odgłos. Dźwięk żelaza... Łoże Maksyma było puste. Chłopak pospiesznie naciągnął spodnie i wzuł buty. Zbiegł na parter i przez niewielkie okute drzwi wyszedł na podwórze.

Dzień wstał piękny, taki, jakie trafiają się czasem pod sam koniec zimy. Powietrze było krystalicznie czyste. Słońce przygrzewało, na dachach szop i komórek pojawiły się liczne przetainy. Z sopli kapały kropelki wody.

Chłopak odetchnął głęboko. Pachniało sianem, drewnem, dymem spod kuchni i jakby leciutko stajnią...

To już chyba ostateczny koniec zimy, pomyślał. Najwyższy czas, kwiecień za pasem. Mógłbym się upić samym powietrzem. Oddychać, aż zakręci się w głowie.

Ziemia była jeszcze zmrożona. Dwaj pachołkowie trenowali szermierkę ze swym patronem. Przybysz z dwudziestego pierwszego wieku stanął oczarowany ich kunsztem. Obaj młodzieńcy machali szablami i wywijali młyńce w przerażającym tempie. Samiłło bronił się przed jednoczesnym atakiem, zręcznie parując ciosy za pomocą jataganów.

– Tak i widzisz – odezwał się Maksym siedzący w cieniu. – Na polu bitwy nieraz przyjdzie ci sztyletem zasłonić się od miecza lub szabli... Jeśliś wyuczony, dwu Tatarom pola jeszcze nie oddasz, jednak przed trzema nikt się nie obroni.

– Chyba że szczęście bardzo dopisze. – Gospodarz zatrzymał walkę. – Ale i wówczas trudno.

Gestem odesłał łebków na stos drewna. Usiedli i spoceni narzucili się płaszczami.

– Stawaj, waść. – Samiłło uśmiechnął się do Staszka. – Maksym wspominał, żeś niewprawny w robieniu bronią, ale twierdzi też, iż prawdziwy samorodny talent dostrzegł...

Chłopak poczuł dreszcz na plecach, lecz posłusznie ujął podawaną szablę. Nie była naostrzona.

Treningowa, zrozumiał.

Stary Kozak wbił jeden z jataganów w pień, drugim zakręcił tak, że ostrze rozmyło się w smugę, a rozcinane powietrze zaśpiewało.

To tylko sztuczka mająca przestraszyć i zdezoriento-wać przeciwnika, uświadomił sobie Staszek.

Złożył się, jak nauczono go w Sztokholmie, i ruszył do ataku. Wymienili kilka błyskawicznych ciosów. Kozak był szybki i jednocześnie bardzo spokojny, uśmiech ani na chwilę nie znikał mu z twarzy. Staszek spróbował różnych sztychów, cięć i obejść. Samiłło bez problemu sparował wszystkie, a potem zakręcił przerażającego młyńca i ruszył naprzód niczym lokomotywa. Staszek niezdarnie odbił pierwsze cięcie. Klinga Kozaka dotknęła jego barku, biodra, szyi... Wreszcie szermierz uśmiechnął się i wycofawszy, wbił jatagan obok drugiego.

Na punkty wygrał, chłopak poczuł się naraz bardzo markotnie. A gdyby to było prawdziwe starcie, toby mnie wyfiletował tak co najmniej sześć razy...

– Staryś już trochę, by się od podstaw szkolić – powiedział gospodarz. – Ale czujesz broń w ręku, jakby ci była przypisana. Sił jeno twych mało. Przydałoby ci się na dobrym wikcie rok kamienie połupać, jak Maksym to czynił na chwałę Bożą dla opatrzenia murów Ławry Peczerskiej... A od jutra możesz się z tymi młokosami powprawiać. Gdy pierwszego pokonasz, ja uczył będę cię dalej.

– Dziękuję.

– I drewna narąb, bo ćwiczenie to dobre, i sił przydaje. – Wskazał pień z wbitym toporem.

Zabrał łebków i znikli wewnątrz kamieniczki. Maksym pospieszył za nimi. Chłopak zabrał się do roboty. Siekiera ważyła co najmniej pięć kilo. Ostra była jak brzytwa. Łupała nawet najgrubsze bierwiona, ale samo unoszenie jej wymagało nie lada wysiłku i Staszek szybko poczuł obecność mięśni, których istnienia wcześniej nawet się nie domyślał. Ciężka praca fizyczna na świeżym powietrzu sprawiała mu nieoczekiwanie dużo radości.

Boże, dzięki Ci za ten cudowny dzień, dumał. Za to, że przeżyłem tę szaleńczą drogę po zamarzniętym Bałtyku, za to, że odnalazłem przyjaciół. Za to, że jestem wolny i pierwszy raz w życiu nawet bogaty...

Zaraz jednak bolesna zadra zepsuła mu humor. Marek w więzieniu... No nic, może go wypuszczą po przesłuchaniu, może kogoś się przekupi, a może łasica się pojawi i uwolni? Tak czy siak, trzeba będzie iść i spróbować czegoś się dowiedzieć. Wreszcie uznał, że wystarczy. Na piętrze trzasnęło otwierane okno. Hela... Miała na sobie sukienkę, którą poprzedniego dnia wyciągnął ze skrzyni.

– Proszą nas na śniadanie – zawołała.

– Już pędzę...

Zebrał naręcze szczapek.

– Panie Samiłło – zaczął Staszek, siedząc przy stole – radzi jesteśmy bardzo i za gościnę dziękujemy, ale przykro nam darmo chleb pański spożywać.

Kozak odłożył łyżkę i spojrzał pytająco.

– W czym moglibyśmy pomóc, by za opiekę się odwdzięczyć? – uzupełniła Hela.

– Gość w dom, Bóg w dom. – Samiłło wzruszył ramionami. – Przyjaciółmi mego druha Maksyma jesteście, nie godzi się żądać od was jakichkolwiek posług.

– Bezczynność jest mi przykrą – odparła Hela. – Tkać i haftować umiem...

– Pomożesz zatem waćpanna Łesi i Marfie. A i tobie coś znajdziemy, jeśli taka twoja wola – zwrócił się do Staszka.

Po posiłku goście wyszli na podwórze. Hela milczała, zastanawiając się intensywnie nad czymś. Wreszcie jakby się obudziła.

– Staszku? – zagadnęła.

– Tak?

– Czy masz jakieś pieniądze?

– Wystarczy, żeby pół Gdańska kupić – pochwalił się. – Jeśli potrzebujesz...

– Poważnie pytam! – Tupnęła nogą.

– Złupiliśmy z Lapończykami Chińczyków w Dalarnie. Dostałem swoją część – wyjaśnił. – To istna fortuna. No i zegarek mogę sprzedać.

– Chińczyków... A, tak, mówiłeś Markowi, gdy wracaliśmy do miasta – przypomniała sobie. – Weź Kozaka, może Samiłło przydzieli wam jeszcze któregoś z tych chłopców. Jest parę spraw do załatwienia. A ja... Wydaje mi się, że lepiej przez dni parę nie wychodzić na ulicę.

– Najłatwiej rozpoznać cię po włosach – zauważył. – Gdybyś założyła chustkę na głowę...

– Jeśli przyszli nas zamordować, to mogli wcześniej śledzić... Co będzie, jeśli mnie rozpoznają?

– Nie wiem, czy przyszli zabić właśnie was – westchnął. – Dla mnie to bez sensu.

– Dlaczego?

– Ja na ich miejscu przyszedłbym, zapukał do drzwi, gdyby okazało się, że was nie ma, zełgał coś Grecie i wrócił później. A oni uderzyli nagle i dziko, wyłamując po kolei wszystkie drzwi, zabijając każdego, kto się nawinął... Niczego nie rabowali, za to niszczyli jakby w szale.

– Masz rację, to bez sensu. Czy mniemasz, iż dokonał tego jakiś furiat?

– W moich czasach bywało i tak – zadumał się. – Był taki Ted Bundy, Amerykanin, który wdarł się do akademika i dla samej przyjemności mordowania zabił bodaj osiemnaście studentek... Byli i inni wielokrotni mordercy. Kot, Skorpion, Wampir, Łomiarz. Ale... Tu chyba jednak chodzi o coś innego. I raczej nie dokonano tego w pojedynkę. Tu cała banda przybyła nieść śmierć.

– Dobrze. Pomyślimy nad tym później. Teraz chciałabym, abyś zrobił kilka rzeczy.

– Mów, proszę.

– Po pierwsze, Greta. Trzeba ustalić, gdzie ciała z domu złożyli, i na pogrzeb dać. Księdza jakiegoś ugadać.

– Oczywiście. Pańko mówił coś o szopie przy kościele. Podpytam. Zajdę do karczmarza, o którym wspominałaś. Skoro właścicielka domu była jego ciotką, będzie wiedział co i jak.

– Myśl to przednia – pochwaliła. – Rzecz druga i ważniejsza przy tym, trzeba się o mistrza Marka dowiedzieć.

– Tak planowałem.

– Po głowie dostał solidnie. Może niezdrów?

– Nanotech powinien go szybko postawić na nogi.

– Tak też i ja sądzę, jednak nadmierny optymizm może być zgubny. Spróbuj ustalić, z jakiej przyczyny go wtrącono do aresztu. Może widzenie umożliwią. Dowiedz się, czego mu trzeba. Jeśli rzeczywiście pieniędzy nam nie brak, może trzeba kogoś przekupić.

Robili to, uświadomił sobie Staszek. Może nawet ona to robiła. Wtedy, w czasie powstania. Jest wróg, to trzeba go skorumpować, dać łapówę, kupić, spoić wódą, może nawet zaszantażować. Brak honoru to słabość. Słabość wroga da się wykorzystać. Tylko że justycjariusz Grot nie wygląda na takiego.

Zamyśliła się jeszcze na chwilę.

– Marius... Marius Kowalik – powiedziała wreszcie. – Niewielu mamy w tym mieście przyjaciół – westchnęła. – A on ma tu wpływy i możliwości. Spróbuj go odnaleźć. Zdołał odszukać skradziony nam scalak alchemika. Może i zabójców wyśledzi? A może sędziego zna.

– Gdzie mieszka?

– Nie wiem. Na Wyspie Spichrzów chyba. Greta pewnie wiedziała i jej tresowana wiewióreczka drogę znała, skoro listy nosiła... Ale Greta nie żyje. – Hela zrobiła minę, jakby miała się rozpłakać.

Wiewiórkę też zadusili, pomyślał ponuro, przypomniawszy sobie rude futerko leżące bezwładnie pod oknem, ale milczał, nie chcąc dorzucać przyjaciółce kolejnego zmartwienia.

– Jeśli to człowiek tak znaczny i wpływowy, to jakoś go odszukam – westchnął. – Powiedz tylko, w której karczmie znajdę krewniaka zabitej właścicielki domu.

Wyjaśniła i nawet naszkicowała schematyczny planik. Staszek wdrapał się na poddasze i zapukał we framugę drzwi pokoju.

– Maksym? Idę na miasto spraw parę załatwić. Może miałbyś ochotę nogi rozprostować?

– A pewnie – ucieszył się Kozak.

Samiłło otworzył im bramę. Wąska i brudna uliczka biegła wzdłuż rzeki Raduni. Wygodniej byłoby pójść wzdłuż niej, a potem nabrzeżem, ale Staszek nie mógł odmówić sobie przyjemności obejrzenia miasta. Umykając, gnali na złamanie karku, prześlizgiwali się bocznymi uliczkami. Teraz mógł spokojnie nacieszyć oczy.

Słońce połyskiwało w małych szybkach okien, okiennice skrzypiały targane podmuchami wiatru. Ulice w większości wyłożono drewnianymi dylami. Drzwi tkwiące w kamiennych portalach były niewielkie i gęsto nabite żelazem.

Przecięli Główne Miasto i przez furtę w murze przeszli na przedmieście. Wkroczyli do tawerny. Karczmarz ponury jak chmura gradowa wyjaśnił im, gdzie szukać kościoła Piotra i Pawła. Na pytanie o Mariusa Kowalika wyraźnie się stropił.

– Zazwyczaj siedzi w swoim spichlerzu na wyspie – powiedział. – Ale za dnia łatwiej spotkać go w Wielkim Młynie. Radę miasta uprosił, by pozwolono mu siłę kilku kół wykorzystać, i dziwaczne aparata do nich poprzyczepiał.

Zaczęli od kościoła. Na pytanie o proboszcza kościelny wskazał im zakrystię. Ksiądz, który ich przyjął, był stary jak świat, drobny i zasuszony. Ręce drżały mu wyraźnie.

Początki choroby Parkinsona, pomyślał melancholijnie Staszek.

– Z czym przychodzicie, przyjaciele? – zapytał.

– Obok ojca kościoła mają być pogrzebani ludzie usieczeni w kamienicy przy Lastadii – odezwał się chłopak.

– Dziwnie mówisz, mój synu. – Staruszek spojrzał na niego, mrużąc oczy krótkowidza.

– Przybywamy z daleka – wyjaśnił Maksym. – Stąd i mowa nasza odmienna.

Proboszcz otaksował go wzrokiem. Szarawary, ose-
ledec, szabla u boku wyraźnie go zdumiały, ale nic nie
powiedział.

– Pogrzebani po południu będą – wyjaśnił. – Kościół nasz ubogi, tedy często tu biedotę ziemi oddaje-
my. Na nas też obowiązek spada bezimiennych w groby
kłaść. Czasem nie wiedząc nawet, kto zacz chrześcija-
nin dobry, żydowina czy luter, jeśli ciała nikt nie rozpoznał... Ci wyrobnicy ponoć katolikami byli. Pamiętam
dwóch lub trzech z twarzy, na msze tu przychodzili. Los
straszny ich spotkał w samej wiośnie życia. – Pokręcił
głową. – Marynarza jeno, co bez nogi chodził, lutry zabrali, on ich, przy kościele go pochowają, co to lat temu
kilka Świętej Trójcy był. – Na twarzy staruszka odma-
lował się żal. Widocznie samo wspomnienie o utracie
świątyni było dla niego przykre. – A starą krewni na
lepszym miejscu umyślili pogrzebać.

– Chciałbym prosić, aby pannę Gretę pochować
w trumnie – wyjaśnił Staszek.

– W trumnie? – zafrasował się ksiądz. – Mamy tu
obok stolarza w swym fachu biegłego, ale czy ma jaką
gotową, tego nie wiem... Bo czasu mało, a i nieczęsta to
prośba. U nas na całuny nie każdego stać, bywa, twarz
tylko szmatką zakrywamy.

– Proszę zrobić, co tylko się da. – Chłopak pochylił
głowę. – I nagrobek bym zamówił.

– Co takiego? – proboszcz nie zrozumiał.

– Płytę kamienną z imieniem wykutym – Maksym
domyślił się pierwszy.

– Stelę dla służącej? – zdumiał się ksiądz. – Ładna płyta sztuką kamieniarską przyozdobiona kilka dukatów kosztować może. Mszę lepiej za spokój jej duszy zamówcie.

– To swoją drogą... Zamówimy. Za tych nieszczęśników ze strychu też.

Tfu! Gadam zbyt współcześnie, skarcił się w myślach.

– Trumna, stela i msze żałobne. – Ksiądz kolejno zaginał palce. – To wszystko dla służącej dzieweczki?

– Znaczne usługi memu patronowi i jego córce oddała – wyjaśnił chłopak. – I na ich służbie legła.

– Dobry to zatem pan, skoro nie tylko o żywot doczesny, ale i wieczny umie się zatroszczyć. Mszę za nią i tak odprawię – powiedział. – Pan Marius Kowalik był u mnie z rana, pół talara dał. – Pokręcił głową, jakby dziwiąc się takiej rozrzutności.

Staszek położył na stole dwa dukaty. Ksiądz odruchowo sięgnął, w jego oczach błysnęła najczystsza chciwość, ale zaraz zawstydzony powstrzymał dłoń.

– To za dużo – powiedział z wahaniem, nie mogąc oderwać wzroku od złotych krążków.

Nieczęsto zapewne widział takie nominały.

– Proszę wziąć i wszystkiego osobiście dopilnować – odezwał się Maksym. – U stolarza trumnę zamówić i krzyż z dębowego drewna. I msze odprawić. Jeśli nadal za duża to kwota, resztę na biednych niech proboszcz przeznaczy.

– Toż mszy za to z pięćdziesiąt będzie, albo i kopa nawet... – Proboszcz wyraźnie się ucieszył i z rozanieloną miną zagarnął dukaty.

– Zatem na lat kilka proszę rozłożyć – polecił Staszek.

Pożegnali się i wyszli. Tym razem Maksym poprowadził ich inną drogą.

– Pamiętasz, co ci mówiłem o stroju? – zapytał. – Gdyśmy jeszcze ulicami Sztokholmu wędrowali.

– Tak.

– Zajdziemy do krawców. Trzeba. Jeśli chcesz przyjacielowi pomóc, lepiej ci polskiego szlachcica udać.

Staszek przyjrzał się swojej lapońskiej kurtce. W takim ubraniu rzeczywiście niepotrzebnie zwracał uwagę przechodniów. Krawcy najwyraźniej nie mieli dużo roboty. W jednym z warsztatów ugadali majstra. Wziął miarę i obiecał w tydzień uwinąć się z robotą. Wreszcie dotarli na miejsce.

Wielki Młyn był naprawdę ogromny. Gotycki w stylu szczyt budynku wznosił się nad ulicą. Koryto rzeki Raduni rozdzielono tu na dwie odnogi, po obu stronach obracał się powoli i majestatycznie cały szereg kół. Wykonane z dębu dawno już poczerniały ze starości. Grube ściany budynku wymurowano z czerwonej cegły. Stromy dach pokrywał smołowany gont. Przy jednym wejściu kilku parobków rozładowywało wózek zaprzężony w osiołka. Sapiąc i uginając się pod ciężarem, nosili worki ze zbożem do wnętrza. Przez drugie drzwi inni wynosili wory z mąką.

– Byłem kiedyś na wycieczce w Gdańsku – powiedział Staszek – ale nie zapuściliśmy się tutaj...

– A jest na co popatrzeć – przyznał Kozak. – Drugiego takiego nie masz ni w Koronie, ni na Rusi. Powiadał mi jeden człek uczony, że to bracia zakonni Krzyżacy wznieśli, gdy Gdańsk opanowali i do swego kraju ziemie te przyłączyli. Jeszcze przed bitwą wielką, którą Polacy pod Grunwaldem, a oni pod Tannenbergiem zwą...

– To aż takie stare? – zdumiał się chłopak.

– Gdy budowlę tę wznoszono, jeszcze wokół miasta nie było – uśmiechnął się jego towarzysz. – Młyn zbudowali, dom na mieszkania dla młynarzy i młynarczyków, dalej jeszcze kuźnia miedzi stoi. A z czasem ludzie różni wokół osiedli i kamienice pobudowali, tedy i do miasta tę część przyłączono, murami opasując.

Uczyłem się w szkole, że przemysł narodził się w końcu osiemnastego wieku, pomyślał chłopak. A to przecież istna fabryka... I to pochodząca z piętnastego... Nie, raczej z czternastego stulecia!

Weszli z Maksymem do wnętrza. Pył unoszący się w powietrzu dusił, odbierał oddech. W półmroku widać było dziesiątki uwijających się ludzi i kilka maszyn znajdujących się w nieustannym ruchu.

Jak spod ziemi wyrósł obok nich mężczyzna ubrany z niemiecka w surdut.

– Powiedzcie nam, panie – zagadnął Staszek. – Szukamy Mariusa Kowalika.

– Obejdźcie, waszmościowie, naokoło i w ostatnie drzwi od wschodu zajdźcie – polecił.

Słabo mówił po polsku. Wskazane drzwi zaprowadziły ich do pomieszczenia oddzielonego od głównej hali przepierzeniem z desek. Przez środek biegł jeden tylko wał prowadzący do koła wodnego umieszczonego poza budynkiem. Stało tu parę dziwnych machin wykonanych z drewna i kutego żelaza. Przy nich też krzątali się ludzie. Wszystkie urządzenia były nieruchome, najwyraźniej nanoszono jeszcze jakieś poprawki...

– Szukamy Mariusa Kowalika – Staszek zwrócił się do łysego mężczyzny nadzorującego ich pracę.

– Ja jestem. – Spojrzał na chłopaka świdrującym wzrokiem. – Czym służyć mogę przybyszowi z innych czasów? – dodał cicho.

Staszek zaniemówił z wrażenia.

– Jak? – wykrztusił. – Jak mnie waszmość rozpoznałeś?

– Gdy się kilku takich jak wy spotka, trudne to już nie jest. – Kowalik wzruszył ramionami. – Zęby macie białe, równe, bez ubytków i szczerb. Dłonie wąskie, za to ramiona szerokie, a paznokcie niezwykle cienkie. Wzrost wiekowi nie odpowiada, wyżsi od nas jesteście... No i detale, takie jak ten zachwycający swą złożonością chronometr na dłoni, a zapewne i wielopał w kieszonce za pazuchą. A pogadać musimy.

– Mam na imię Stanisław, to mój towarzysz Maksym, z Ukrainy do nas przybyły.

– Marius Kowalik – przedstawił się z ukłonem, choć nie było to konieczne.

Przeszli do niewielkiego kantorka.

– Wiem niewiele – odezwał się konstruktor. – Jeno tyle, że ktoś mieszkańców kamienicy wymordował, a mistrz Marek z Helą o pół wachty może ze śmiercią się rozminęli. Wiem też, że zatrzymany został na osobiste polecenie burmistrza. Ciąży na nim zarzut kontaktów z gadającą łasicą.

Ładny gips, pomyślał Staszek.

– Markusa oskarża jakaś kobieta przybyła z Norwegii. W dodatku tak mi się widzi, że mając go pod kluczem, zechcą z okazji skorzystać i wypytać także o inne sprawy. Zwłaszcza Zygfryd Wolf, członek rady miasta, znany jest ze swej dociekliwości i zamiłowania do wtykania nosa pod cudzą kołdrę... A i Grzegorz Gerhard Grot lubi wiedzieć o wszystkim, co się w mieście dzieje. Szczególnie zaś pasjonują go pewne sprawy, których nie powinien tykać...

– Jesteście, panie, jak słyszeliśmy, krewnym kapitana Hansavritsona? – odezwał się Kozak.

– Tak. Przybywacie ze Szwecji? Macie dla mnie jakieś wieści lub pisma? – ożywił się.

– Wasz krewniak zaginął.

Staszek zreferował pokrótce przygody w Dalarnie, potem opowiedział, czego dowiedzieli się w Visby. Maksym dorzucił kilka szczegółów. Kowalik słuchał ich nagle pobladły.

– Mniemam, iż obu napadów dokonali ci sami ludzie – powiedział wreszcie z namysłem. – Jeno w Gdańsku nie porwali nikogo...

– Tak i ja sądzę – westchnął chłopak.

Kozak tylko w milczeniu przytaknął, zaznaczając, że on również przychyla się do tej teorii.

– Ale to nie ma sensu. – Wynalazca pokręcił głową. – Mój kuzyn jest prostym kupcem...

Maksym uśmiechnął się krzywo.

– No dobrze. – Marius westchnął, unosząc wzrok ku sufitowi. – Obdarzony zaufaniem możnych pełni też pewne funkcje sekretne. Rozumiem tedy, że niektórym mógł być niewygodny. Ale czego chcieli od Marka? Chyba że o kogo innego chodziło...

– To już wy, panie, powinniście wiedzieć najlepiej, kto jeszcze sekretne funkcje w tym mieście pełni – mruknął Kozak.

– I komu wasze funkcji sekretnych pełnienie najbardziej doskwierać mogło – poparł go Staszek. – Nie nasze to sprawy i nosa w nie wtykać nie zamierzamy – dodał z promiennym uśmiechem.

– Coś tam może i wiem – burknął Kowalik. – Czy panna Helena znajduje się teraz pod twoją opieką? – zwrócił się do Staszka.

– Tak.

– Strzeż jej jak źrenicy oka! Ja spróbuję się czegoś dowiedzieć moimi sposobami. Zajdź do mnie jutro lub pojutrze. Gdybyście potrzebowali pilnie bezpiecznego schronienia, znajdziecie je na Wyspie Spichrzów. Dom oznaczony gmerkiem w kształcie podwójnej litery W. Tam moi ludzie wartę za dnia i nocą pełnią.

– Dziękuję. Na razie...

– Opiekę mają zapewnioną – przerwał Staszkowi Maksym. – Może nawet równie dobrą jak wasza, panie. – Ukłonił się grzecznie.

Marius powstał, by ich odprowadzić. Znowu znaleźli się w pomieszczeniu z machinami.

– Zdumiewające zaiste te aparata – zauważył Kozak. – Czemu służyć mają?

– Och, wyczytałem w uczonych księgach opis opactwa w mieście Cluny. Tam mądrzy mnisi benedyktyni już kilka stuleci temu poczynili staranie, by bezrozumny żywioł wody na pożytek ludziom obrócić. I na wiele sposobów przemyślnych moc w kołach młyńskich zaklętą wykorzystywali. Na ten przykład mam tu machinę, która kłodę na deski piłować może. – Wskazał jedno z urządzeń.

Klasnął w dłonie. Dwóch robotników poderwało się z ławy. Jeden nałożył skórzany pas transmisyjny, drugi przesunął dźwignię, uruchamiając przekładnię. Parę żelaznych pił osadzonych pionowo zaczęło się poruszać. Teraz wprowadzono na prowadnice belkę.

– To w Norwegii podpatrzyłem – pochwalił się Kowalik. – Jeno pomierzyć i odrysować nie było jak, tedy nie wszystko jeszcze doskonałość w działaniu uzyskało. Uczeni mnisi wiele podobnych machin uczynili, wodę zmuszając, by ziarno na kaszę w stępach tłukła, by sukno folowała... Może i inne zastosowania da się wykoncypować?

Szpiegostwo przemysłowe, pomyślał Staszek z odrobiną rozbawienia.

Piły doszły do mniej więcej jednej trzeciej belki, gdy coś się poluzowało i maszyna wpadła w dygot. Odłączono pospiesznie moc.

– Trochę to jeszcze niedopracowane – zauważył chłopak. – Niestety, nie miałem w życiu do czynienia z podobnymi mechanizmami, więc i pomóc nie mogę.

– Pracuję ciągle nad ulepszeniami. – Wynalazca zrobił minę, jakby miał się zaraz obrazić.

– To i tak imponujące osiągnięcia – uspokoił go Staszek. – Próbowaliście, panie, sprawdzić działania podobnych urządzeń, budując najpierw modele?

– Tak. Ale duża machina zbudowana podle małej nie zawsze działa tak samo. Ciężar bowiem rośnie, a wytrzymałość drewna i metalu nie zawsze.

Widać było, że chce zająć się od razu unieruchomionymi piłami. Nagle spojrzał na Staszka.

– A wy jak drewno obrabialiście? – zapytał. – Wszak przez połowę milenium i w tym zapewne znaczny postęp uczyniony został.

– Mieliśmy piły tarczowe.

– Tak? – Zaciekawiony przechylił głowę. – Tarczowe, powiadasz? Cóż to oznacza? Możesz mi waszmość ideę ich działania trochę przybliżyć?

– Były okrągłe niby talerze, tyle że z zębami na obwodzie i kręciły się jak...

– Jak kamienie szlifierskie? – Kowalik wszedł Staszkowi w słowo. – Na korbę? Nie poruszały się, a jedynie kręciły na osi?

Oczy mu zabłysły.

– Napędzaliśmy je silnikami elektrycznymi.

– Hmm... – widać było, że wynalazca nie zrozumiał. – A gdyby tak... Czy kołem wodnym da się w ruch je puścić? Idea podobna...

– Zapewne tak. Nie mam pojęcia. Nie jestem drwalem ani stolarzem. Nigdy nie interesowałem się obróbką drewna, ale moc to moc.

– Piła tarczowa – powtórzył Marius w zadumie. – Będziemy musieli jeszcze o tym porozmawiać.

– Jak sobie życzycie, panie. Zajdę jutro. – Staszek skierował się do drzwi.

Pożegnali się i wyszli na ulicę.

– Ciekawe rzeczy robi – zauważył pogodnie Kozak. – Myślę, że ataman Bajda też by się zainteresował. Rzek na Ukrainie wiele... Z drugiej strony tak we młynie sobie poczynać to grzech nieomal. W każdym razie, jak znajdę w mące trociny, a w chlebie wióry, będę wiedział, czyja to wina lub zasługa – roześmiał się.

Było południe. Dwaj strażnicy nadeszli, łomocząc buciorami. Mój sąsiad na ich widok przywarł przerażony plecami do ściany, oni jednak przyszli po mnie. W milczeniu patrzyłem, jak męczą się z kłódką. Konstrukcja zamka nie wydawała mi się szczególnie trudna. Gdybym miał pilnik iglak...

– Idziemy, panie – odezwał się ten masywniejszy.

Posłusznie wstałem ze słomianki i pomaszerowałem za nim. Drugi kroczył za mną. Spodziewałem się, że zaraz dostanę kilka kopniaków, ale, o dziwo, jakoś nie bili. Schodami dotarliśmy na górę. Strażnik po drugiej stronie zlustrował nas przez judasza i dopiero otworzył drzwi. Znaleźliśmy się w sporej sieni. Przy ławach siedziało kilku strażników. Grali w kości.

Minęliśmy ich i przez okute drzwi weszliśmy do dużego pomieszczenia o zakratowanych oknach. Wyposażenie było skromne. Stół, ława, wyściełany fotel i klęcznik, a może pulpit do pisania.

Pod sufitem wisiał bloczek, przez który przerzucono linę, pod ścianą na ławie leżały jakieś szczypce i kleszcze, a w cebrzyku moczyły się rózgi i nahajki. Sala tortur? Poczułem nagle pot na plecach. Zaraz wszedł do wnętrza justycjariusz.

Może wreszcie usłyszę zarzuty? Może zostanę przesłuchany i zwolniony? – pomyślałem.

Grzegorz Grot siadł za stołem, z tubusu wyciągnął plik kartek, postawił kałamarz i naszykowane już gęsie pióro.

– Witajcie, mistrzu Marku – powiedział spokojnie.

– Dzień dobry – mruknąłem, zajmując wskazany przez niego zydel.

Strażnicy cofnęli się pod drzwi.

– Głowa już was nie boli? Medyk orzekł, że czaszka cała, ale cios taki wnętrze może popsować...

– Jakoś przeżyłem – zauważyłem cierpko.

– Mam nadzieję, że żalu do nas nie czujecie. W straży prości ludzie służą. Ot, bywa tak, że ktoś nadto wyrywny szybciej użyje pałki niż rozumu.

Milczałem. Bo i co miałem powiedzieć? Że napiszę skargę do rzecznika praw obywatelskich o brutalne potraktowanie przy aresztowaniu, uszczerbek na zdrowiu i nieuzasadnione użycie siły? Moja epoka, jej prawa i zwyczaje pozostały daleko.

– Mam tu garść pytań – powiedział, wodząc wzrokiem po papierach. – Postarajcie się na nie możliwie szczerze i wyczerpująco odpowiedzieć, to drobnych dokuczliwości unikniemy. – Kiwnął głową w kierunku narzędzi.

Przełknąłem nerwowo ślinę. Palce zmasakrowane kilka miesięcy temu przez Sadkę i Borysa na pokładzie „Srebrnej Łani" znowu mnie zaswędziały.

– O co jestem oskarżony? – zapytałem.

– A to już waść powinien najlepiej wiedzieć. – Grot spojrzał z krzywym uśmiechem. – Przejdziemy i do tego niebawem, gdy tylko dotrą ludzie, którzy do waści żale mają... Teraz sprawa druga, z pierwszą niezwiązana, choć nie mniej ważna...

Zadumał się na dłuższą chwilę.

– Powiedzcie no, panie, gdzie poznaliście Mariusa Kowalika – zagadnął.

Spojrzałem na justycjariusza zbaraniały.

– Płynąłem wraz z nim na pokładzie „Srebrnej Łani", gdy wyszła z portu w Trondheim.

– Wcześniej go nie spotkaliście?

– Nie.

– A co was z kapitanem Peterem Hansavritsonem łączy?

– Byłem na jego statku i wspólnie odpieraliśmy atak piratów, a potem okręt kapitana z ich łap odbiliśmy. Nic mnie nie łączy. Hansavritsona spotkałem po raz pierwszy w Nidaros... Znaczy w Trondheim. Potem ranny pozostałem w Bergen i nie widziałem go więcej.

Przesłuchujący w zadumie pokiwał głową, jakby potwierdzały się jego przypuszczenia.

– Składaliście mu przysięgę na wierność? – zainteresował się. – Wstąpiliście w poczet jego sług i rękodajnych?

– Nie. Chyba nie. – Nie bardzo mogłem sobie przypomnieć, jakich słów użyłem. – Gdy uciekaliśmy z niewoli piratów, powiedziałem coś, aby dysponował moim życiem. Ale sługą jego nie jestem i przysiąg nie składałem. Ot, przymierze zawarliśmy w przygodzie na morzu. Sakiewkę złota mi zostawił, ale żadnych dyspozycji ani on, ani jego słudzy nie przekazali. Tedy sądzę, że i on mnie w poczet swych podwładnych nie zalicza.

– Mam co do tego dziwnego kupca i jego uczonego krewniaka pewne podejrzenia – powiedział Grot bardziej do siebie niż do mnie. – Dziwny to człowiek i... – urwał. – Jeszcze o tym porozmawiamy. Niebawem – zabrzmiało to jak groźba.

Przez chwilę szeleścił kartkami bardzo grubego żółtawego papieru.

– Gdzie poznaliście, panie, pannę Helenę? – zapytał.

Drgnąłem zaskoczony.

– W górach norweskiej prowincji Trøndelag, gdy zagubiona spała w leśnej grocie. – Nie było chyba sensu tego ukrywać.

– Miło rodaczkę w krajach dalekich spotkać?

– Miło – przytaknąłem obojętnie.

– Kim była Onofria?

– Córka kata z Trondheim.

– Co was łączyło? Z córką kata, nie z panną Heleną – uściślił.

– Nic. – Wzruszyłem ramionami. – Tyle tylko, że przywłaszczyła sobie zieloną suknię z jedwabiu należącą do panny Heleny, gdy ta ostatnia została zniewolona. Czemu służą te pytania?

– Poszukiwaniu prawdy, to chyba oczywiste? – Teraz Grot wzruszył ramionami.

– Na cóż wam, panie, prawda z miejsc odległych o tygodnie drogi przez morze? – zdumiałem się.

Wyszczerzył tylko zęby w uśmiechu, lecz nie odpowiedział na moje pytanie.

– Co się stało z Onofrią? – zagadnął.

Hela opowiedziała mi, jak dopadli ją na szlaku, córka kata i jego pomocnik... Tylko co to mogło obchodzić tego człowieka?

– Odmawiam odpowiedzi. – Skrzywiłem wargi.

– Odmawiasz waść... Córkę chronić chwalebnie zaiste... – Spojrzał na mnie zmęczonym wzrokiem. – Nawet gdy to córka przybrana jeno. Onofria została zasieczona szablą lub mieczem na szlaku ku Bergen – powiedział. – I zrobiła to dziewczyna, którą waść przysposobiłeś. Zabitym skradła odzienie i dwa konie. Zapewne też broń, gotówkę, zapasy pożywienia.

Skąd wiedział o adopcji? Może od karczmarza... Przedstawiłem dziewczynę jako moją córkę... No i widać przecież brak podobieństwa i niewielką w sumie różnicę wieku. A może Sadko i Borys powiedzieli?

– Zatem uznaliście ją, panie, ot tak za morderczynię i koniokradkę – parsknąłem.

– O to ją pomawiają.

– Kto, u diabła?!

– Wszystko w swoim czasie – uciął.

– Nawet jeśli ona tego dokonała, to jako polska szlachcianka miała chyba prawo bronić się przed zniewoleniem ze strony ludzi tak podłej kondycji – zawołałem. – Z dala od polskiego prawa i sądów jedynie szabla w dłoni pozwala życie zachować i sprawiedliwości strzec. A jakieś dowody macie, że to uczyniła?

– Namiestnik Norwegii rezydujący w Bergen nazwiskiem Rosenkrantz, śledztwo wdrożywszy po zaginięciu lensmanna Trondheim Ottona, nakazał przesłuchać wielu mieszkańców tamtych stron. Konie katówny i jej towarzysza rozpoznano, a i Helenę zapamiętano dobrze, choć kolor włosów jakąś sztuką odmieniła. Wzdłuż szlaku szukając, grób świeży odnaleziono, a w nim ciała dzięki chłodom jesiennym nienapuchłe jeszcze, a straszliwie szablą posiekane.

Ładny gips, pomyślałem.

– Prawa do pomsty własnej nikt dziś nie ma! W trybunałach i u namiestników szukać go należy. Jednakowoż – zmrużył oko – w krainach obcych, gdzie swój swego chroni, sprawiedliwość staje się trudna do odszukania jak perła na dnie morza...

– W ręce kata Leifa wydał ją namiestnik Otto – parsknąłem. – Do kogo miała iść po sprawiedliwość, skoro ten łotr mienił się jej gwarantem na tamtej ziemi?

– Słusznie prawicie, mistrzu Marku. – To „mistrzu" zabrzmiało w ustach Grota cokolwiek ironicznie. – A i tę okoliczność rozważyć trzeba, iż wędrowała spokojnie, nikomu nie wadząc, gdy doścignięta została. Ale tym się nie frasujcie. Moja to już rzecz, by ducha prawa nie przesłoniła tegoż prawa litera.

Kurde, o czym ten porąbany typek gada? – zirytowałem się. Po polsku niby, ale ni kija złamanego nie rozumiem!

Gdzieś na korytarzu rozległy się kroki.

– Tak mniemam, iż zaraz do głównej sprawy przejdziemy – westchnął justycjariusz.

Drzwi skrzypnęły rozgłośnie.

– Poznajesz mnie, łajdaku? – padło pytanie po norwesku.

Odwróciłem się.

Stał przede mną chłopak może trzynastoletni. Za nim ustawiła się zażywna matrona. Zmarszczyłem brwi. Gdzie mogłem ich spotkać? I kiedy? Zaraz, zaraz. No jasne.

– Tak. Poznaję. To ty ukradłeś mi buty w Horg – warknąłem. – I sakiewkę też. Rozmawialiśmy w lesie. Darowałem ci życie, a w zamian złożyłeś pewną przysięgę.

– Że będę milczał. – Wyszczerzył zęby. – I nie złamałem jej. Znaleźli się dobrzy ludzie, którzy poznawszy mój problem, nauczyli mnie pisać, bym mógł to wszystko na papier przelać.

Zdumiała mnie cwana prostota tego wybiegu. I naraz rozpoznałem tę babę. Przypomniał mi się jesienny niedzielny poranek w Trondheim. Ulica, tłum idący do kościoła. Przymierzamy się ze Staszkiem, by odbić Helę z domu kata, a to przecież...

– O kur... – zdusiłem przekleństwo.

Katowa! Co ją tu przygnało? Zaraz, pytania, które justycjariusz zadał mi przed chwilą... Chciał poznać moją wersję? Czy baba pofatygowała się do Gdańska, by oskarżyć Helę o śmierć córki? Poczułem chłód na karku. Spojrzałem na pryszczatą gębę norweskiego złodziejaszka.

– Do rzeczy – Grot, najwyraźniej znudzony faktem, że nic nie rozumie, odezwał się po niemiecku. – Powiedziałeś, chłopcze, że widziałeś, jak człowiek zwany mistrzem Markusem rozmawia z demonem o kształtach łasicy.

– Tak. Widziałem to i pod przysięgą mogę potwierdzić – powiedział strasznie kulawym niemieckim. – Widziałem, jak spotkał jakiegoś swego towarzysza i jak poróżnili się straszliwie, a gadająca łasica ich do porządku przywoływała.

No jasne. Musiał siedzieć gdzieś w krzakach, gdy spotkałem świeżo ożywionego Staszka i gdy Ina kazała mnie zabić. Łebek nie zrozumiał nic, bo gadaliśmy po polsku, ale sam fakt... Kurde, tego jeszcze tylko brakuje, żeby zwinęli Staszka.

– Czy to prawda? – zagadnął urzędnik.

– Prawda – potwierdziłem. – Istotnie rzecz taka miała miejsce.

Czy mi się wydawało, że pobladł lekko?

– Pisma, które otrzymałem z Bremy, wskazują, iż na pokładzie „Srebrnej Łani" w waszej obecności demon się manifestował – indagował dalej.

– Tak też było – przyznałem się gładko. – Rozmawiałem z nią. Łasica przybyła, by nas, ludzi wolnych, z rąk Duńczyków ratować. I uratowała. Wdzięczność jej za ocalenie winniśmy.

– Ludzi wolnych? – podchwycił.

– Tej nocy z Bergen uciekali pospołu tacy jak ja wędrowcy, kupcy z miasta Gdańska, marynarze z Nowogrodu i Niemcy... Zapewne wieści o bestialskim zarządzeniu namiestnika Rosenkrantza...

– Słyszeliśmy o tym. Potwierdzasz zatem waść, iż demonowi temu straszliwemu służysz?

– Potwierdzam, z tym zastrzeżeniem, że to nie demon. – Pokręciłem głową. – Łasica jest mechanizmem, podobnie zbudowanym jak zegar, tylko nieskończenie bardziej złożonym. Uczyniono ją z martwego metalu, po czym w ruch puszczono. I nie jestem jej sługą, niewoli mnie i groźbą oraz karami srogimi a okrutnymi posłuszeństwo wymusza. Niewolnikiem jeno jej jestem, wolności stęsknionym – dodałem w natchnieniu.

Zanotował.

– Wedle mego rozumu łżecie jak pies, mistrzu Marku. – Skrzywił się demonstracyjnie. – Nie słyszałem bowiem nigdy, by czasomierz lub inna maszyna ludzką ręką uczyniona takie brewerie wyczyniała, by po wodzie biegać, a okręty wraz z ludźmi przez grzbiety górskie przerzucać. Ale sprawę tę sąd kościelny roztrząsnąć musi – westchnął ciężko. – Ja tylko zeznania waści spiszę, o ich prawdziwości kto inny rozstrzygnie. Sprawa druga zatem. Mówcie, pani – zwrócił się do kobiety.

– Gdzie jest ta ruda wywłoka? – syknęło babsko po niemiecku. – Ty wiesz, gdzie się ukryła!

– Że co? – zdumiałem się.

– Żądam wydania mojej zbiegłej niewolnicy, morderczyni mego męża i córki. – Aż się zapluła z wściekłości. – Oraz sługi wiernego – przypomniała sobie o pachołku. – A być może i szwagra naszego, drogiego lensmanna Ottona, i jego przybocznych.

Ale się porobiło, pomyślałem. Najlepsza forma obrony? Atak!

– Niewolnicy?! – syknąłem. – A od kiedy to cudzo-
ziemskiej mieszczce, w dodatku żonie byle hycla i oprawcy, wolno niewolić polską szlachciankę?

– Coś ty powiedział? – Poczerwieniała ze złości. –
Szlachtą duńską jesteśmy!

– Raczej byłą szlachtą – parsknąłem. – Nie wiem,
co twój mąż przeskrobał, ale słyszałem, że wieszać go
mieli, tylko brat jego lensmann wybronił, bo na stanowisku kata był wakat. Sam zaś lensmann trafił do Nidaros – celowo użyłem tradycyjnej norweskiej nazwy – na
zesłanie. Gadali też coś, że kogoś zgwałcił czy uwiódł
może, za co został wykastrowany.

Grzegorz Grot wyglądał na nieco wstrząśniętego
moją wypowiedzią.

– To potwarz! – syknęła baba. – Padliśmy ofiarą in-
tryg na dworze. Nasz honor...

– Wasz honor jakoś nie przeszkadzał wam prowadzić burdelu, gdzie klientów obsługiwały młodziutkie
dziewczyny kupowane na wsi jak gęsi! Bite i gwałcone!
Tresowane batogiem z okrucieństwem, jakie trudno
spotkać w stosunku do zwierząt! – Czułem, że zaraz
wyjdę z siebie, skoczę, rozwalę jej łeb.

– My szlachta, a to chłopki były!

– Chłopki... Czy nie są ludźmi? – wydarłem się. –
Ochrzczone jako i wy. Żadna dwudziestu lat nie miała,
tedy chrzest już w wierze Lutra przyjąć musiały.

– Pospólstwo służyć ma... – Znowu aż się zapluła.

– Nie wątpię, że tobie i twemu mężusiowi i na tam-
tym świecie dziewczęta te służyć będą. I tym razem z radością prawdziwą...

Popatrzyła na mnie zbaraniałym wzrokiem.

– ...drewka pod kotły ze smołą podkładając, cobyście w piekle przypadkiem na zmarzli – zakpiłem.

Kątem oka ujrzałem wyraz twarzy justycjariusza. Najwyraźniej nasza potyczka słowna wprawiła go w głęboki zachwyt. Uśmiechnięty wyglądał prawie sympatycznie.

– Chłopstwo... – zaczęła. – To normalne, że kupuje się i sprzedaje...

– Zwłaszcza w kraju podbitym, którego mieszkańcy mimo bohaterskiego oporu w polu rozbici zostali, a ich kobiety i dzieci w niewolników obrócono – dogryzałem. – Zwłaszcza normalne to dla was, że lutry katolikami handlują. Bo gdyby to norwescy katolicy z duńskimi dziewczętami wiary Lutra tak postąpili, to niewątpliwie o prawach nawet byś, głupia babo, nie pisnęła.

Plunęła w moją stronę, ale uchyliłem się.

– A wasz czcigodny kuzyn, lensmann Nidaros, zdaje się, sodomitą był? – lałem jad. – Zniknął wprawdzie bez śladu, ale może przyjaciół jakich o podobnych upodobaniach w mieście zostawił?

Skoro w tej epoce nie lubili homoseksualistów, postanowiłem rozegrać i tę kartę na swoją korzyść. A przy okazji być może wbić klin, zniszczyć pewien sojusz...

– Co? – zdziwiła się.

– O tym chłopaczku nie pomyślałaś? – Wskazałem wyrostka. – Też łyczek, Norweg w dodatku. Może warto i jego batem oćwiczyć, wolę torturami złamać, następnie wachlarz usług poszerzyć i z sodomitów kieskę pociągnąć?

– Jestem bratankiem wójta Horg. – Obrażony dzieciak wypiął dumnie pierś.

– A masz siostry w odpowiednim wieku do sprzedania? – warknąłem. – Zresztą po co miałaby je kupować? Wszak lensmann może z każdego zrobić niewolnika wedle własnej woli. Skoro szlachetnie urodzoną cudzoziemkę los taki spotkał, to kto twoją rodzinę obroni? Zastanów się, z kim sojusz zawiązałeś!

Zrobił minę, jakby piorun w niego strzelił. Albo się na mnie wkurzył, albo zaczął myśleć.

– Ty... – kobieta najwyraźniej zbierała się do kolejnego ataku.

Nasza przyjacielska dysputa niewątpliwie wspięłaby się na kolejne poziomy kultury, ale urzędnik huknął pięścią w stół.

– Do Rzeczpospolitej przybyliście – odezwał się, ponuro patrząc na katową. – Podróże wiedzę niosą, tedy okazję macie, by nauczyć się obyczajów chrześcijańskich. Tu łacno ujrzeć możecie, jak szlachta o swych poddanych dba i opieką ich otacza, nie bacząc, iż chłop niskiego jest pochodzenia.

– Nie po naukę obyczajów tu przybyłam – oświadczyła kobieta hardo. – Tylko w poszukiwaniu mojej własności i sprawiedliwości. Żądam wydania zbiegłej niewolnicy, a mego męża i córki morderczyni. Wykonajcie prawo w księgach zapisane.

– Trudna sprawa. – Grot uśmiechnął się kwaśno. – Nie wiem, gdzie dziewczyna mieszka, a nawet czy w Gdańsku jeszcze przebywa.

– Ale on wie – wskazała na mnie.

– To być może – przyznał. – Ale nawet jeśli, nie sądzę, by zechciał się tą informacją podzielić.

– Panie, na męki go weźcie – poradziła. – Narzędzia wszak macie pod ręką. Ja zaś, przy mężu umiejętności nabywszy, wiele sposobów podpowiedzieć wam mogę...

– Polski obyczaj białogłowym funkcję kata sprawować zabrania – odpowiedział z cynicznym uśmieszkiem justycjariusz. – Ponoć dlatego, iż kobiety powstrzymać się w porę nie potrafią i póty męki zadają, póki duszy z ciała nie wycisną.

Nie dała się łatwo zbić z tropu.

– Lina albo kleszcze do prawdy i skruchy szybko go przywiodą! – burknęła.

– Na to czas przyjdzie podczas procesu. – Wzruszył ramionami. – Teraz jeno tożsamość człowieka tego i udział w zajściach przez was wspomnianych ustalamy. Mistrzu Markusie – zwrócił się do mnie uprzejmie – czy byłeś obecny, gdy, jak tu zarzucają, córka twoja kata miasta Trondheim wieszała?

– Nie.

– A możeś ty to uczynił? – zaciekawił się.

– Nie!

– Wierzyć mi się bowiem nie chce, by drobne dziewczę męża krzepy pełnego i w kwiecie wieku takim sposobem na śmierć przywieść mogło... Czemuś dziewczynie w zadaniu tak trudnym nie pomógł?

– Gdyż pomysł ten do głowy mi nie przyszedł – odparłem zupełnie szczerze. – Ale ideę, by bydlę to obwiesić, uważam za przednią! – wypaliłem.

Baba poczerwieniała, jakby za chwilę miała eksplodować.

– A czy byłeś obecny, gdy panna Helena usiekła córkę obecnej tu... – skrzywił się – damy?

– Nie.

– Potwierdzisz to pod przysięgą?

– Oczywiście, że tak.

– Pytanie zatem ostatnie. Czy wiesz, gdzie podopieczna twoja obecnie przebywa?

– Nie mam pojęcia i wielce mnie to martwi. A trochę i cieszy – przyznałem niespodziewanie. – Mniemam, iż pod dobrą opieką zaufanych przyjaciół się znalazła. I że przyjaciele ci gotowi są życie oddać w obronie jej życia i czci. Tak by więcej zgwałcona ani zniewolona przez pospólstwo zdziczałe nie została. – Splunąłem katowej pod nogi.

– To zniewaga! – warknęła wdowa. – Oto oficjalny dokument, że papistka Helena jest niewolnicą mego męża. – Wyciągnęła z zapaski jakiś pergamin z pieczęcią i zaczęła nim wymachiwać. – Żądam wykonania moich praw!

– Już to mówiliście. Na wszystko pora przyjdzie – zgasił ją justycjariusz. – I na sprawy waszej rozstrzygnięcie, i na świadków przesłuchania. I dziewczynę trzeba wpierw odszukać, bo przepadła czas jakiś temu jak kamień w wodę. I jeśli dobrze przez przyjaciół broniona, kłopot będzie, bo sił moich mało, a podwładni mi ceklarze ważniejsze zadania wypełniać muszą. No i pismo przedstawić powinniście, że po mężu swym dziedziczycie, a podatki od spadku koronie duńskiej należne uiściliście. A na razie pożegnam was, pani. – Uśmiechnął się kpiąco. – Zabierzcie go do lochu, przesłuchanie zakończyłem – zwrócił się do strażników.

Gdy strażnicy otworzyli drzwi lochu, z dołu wionęło takim smrodem, że mało nie zwymiotowałem. Praca w branży pogrzebowej uodporniła mnie na różne zapachy, niektórzy z „klientów" trafiali do nas trochę po czasie, ale teraz miałem wrażenie, jakby mi kto wbijał śrubokręty w dziurki od nosa.

Dostałem przyjacielskiego „klemensa" w kark. Strażnik nie był na mnie szczególnie zły, po prostu chciał, żebym obudził się z zamyślenia. Pomaszerowałem posłusznie po wyszczerbionych kamiennych schodach. Na dole szybko odkryłem źródło nieziemskich woni. Najwyraźniej w czasie przesłuchania do lochu trafiła większa partia więźniów. Poprzykuwano ich pod ścianami. Szedłem. Blask pochodni wydobywał z mroku mordy, jakie w mojej epoce trudno byłoby ujrzeć nawet w melinach warszawskiej Pragi. Sądząc po stanie łachmanów i unoszącego się smrodu, więźniów tych przygoniono tu z jakichś innych piwnic, w których dłuższy czas przebywali bez kontaktu z wodą.

Dopiero przykuty na powrót do ściany, ciągle krztusząc się odorem ludzkiego chlewu, mogłem zebrać myśli. Przeanalizowałem przesłuchanie. Nijak mi się nie kleiło w sensowną całość. Najwidoczniej śledczy miał jakieś podejrzenia co do Hansavritsona i Kowalika. Z drugiej strony najwyraźniej żądania wdowy po kacie planował zupełnie olać...

Zaraz, ścisnąłem skronie dłońmi. Jak to było, wtedy na podwórzu? Zapytał, kto z moich towarzyszy może zaopiekować się Helą, i nakazał Staszkowi, by ją ukrył? W co ten facet pogrywa? Przecież musi wiedzieć, że Hela też służy łasicy. A jeśli... A jeśli tego nie wie? Wspominał o jakimś piśmie otrzymanym z Bremy. Mogło być niedokładne. Łebek z Horg widział mnie i Staszka. Widział go raz. A jeśli rozpozna? Diabli nadali. Wir w każdej chwili może wciągnąć moich przyjaciół... A i ja mam równo przechlapane.

Zagryzłem wargi. Trzeba wywiać. Odnaleźć ich, ciekawe jak... i ostrzec. Jestem w kajdanach i przykuty do ściany. Siedzę w dobrze pilnowanym lochu. Dość tego mazgajstwa. Myślmy po kolei. Przede wszystkim kajdany. Przypomniałem sobie, jak marynarz od Hansavritsona wyszarpnął dłoń z oków, odgryzając sobie kciuk. Czy jestem w stanie to zrobić? Nie...

Przetrzeć łańcuch łączący bransolety o kamień? To już szybciej. Kłódka mocująca łańcuch nie wyglądała na specjalnie skomplikowaną. By ją otworzyć lub spróbować rozpiąć, potrzebowałbym choćby śrubokrętu. Przyjmijmy, że udało mi się pozbyć kajdanów. Co dalej? Po schodach na górę? Drzwi można otworzyć wyłącznie od tamtej strony. I pilnujący ich strażnik patrzy przez judasza, kto puka. A drugą stroną?

Spojrzałem na niewielkie zakratowane okno. Trzy i pół, może cztery metry nad ziemią. Ściana z dobrze dopasowanych kamieni. Kuuuso. Nie dam rady się tam wspiąć. A gdybym dał? Pręty z żelaza wpuszczone w mur, w czasie gdy wznoszono ratusz. Mogą mieć nawet kilkaset lat. Jeśli do tej pory nie zżarła ich rdza, zapewne w rudzie było mało węgla... Pokryły się cieniutką warstwą korozji, ale głębiej żelazo jest zdrowe. Przyjmijmy, że mam pilnik lub osełkę. Ile czasu zajmie mi ich przepiłowanie? Kilka, może kilkanaście godzin. Z pewnością narobię przy tym dużo hałasu. Czyli muszę w ciągu jednej nocy pozbyć się oków, wdrapać po pionowym murze i pobawić w ślusarza... Gdzie wychodzi to okno? Wyłamawszy kratę, znajdę się zapewne na wewnętrznym dziedzińcu ratusza.

Do dupy ten twój plan, powiedział mi życzliwie diabeł stróż.

– To wymyśl lepszy – parsknąłem.

Niestety, nie odpowiedział.

Dobra, oknem się nie da, rozważałem. Czy jest inna możliwość? Z tego, co zdążyłem rozejrzeć się po lochu, ściany wszędzie są jednolite, żadnych zamurowanych przejść, żadnych śladów naprawy... Być może od razu, budując gmach, zaplanowano tu areszt.

Teraz powinienem dostać od Heli drabinkę sznurową ukrytą w bochenku chleba, westchnąłem w duchu.

A po co ci drabinka sznurowa?! Jak niby chcesz się po niej wspinać? – szydził ze mnie diabeł. Może gdyby na końcu była kotwiczka, zdołałbyś zaczepić ją o kratę. Za dwudziestym, może za trzydziestym rzutem...

– Apage. Nie chcesz pomóc, to spadaj... – spławiłem go.

Przyjmijmy, że udało mi się oswobodzić z oków, zacząłem dumać dalej. Przychodzi strażnik, a ja go w łeb. Ściągam płaszcz, kaftan i w tym uniformie...

Zazwyczaj chodzą dwójkami, przypomniał usłużnie diabeł. Najwyraźniej ciągle czuwał w pobliżu. Ale wiesz co? Mam pewien zaiste genialny plan. Uwolnij tych nieszczęśników, nie mają nic do stracenia. Pomogą ci zrobić nielichą zadymę. Większość z was wysieką strażnicy, choć może w zamieszaniu uda się drapnąć.

Spojrzałem spod oka na pozostałych więźniów. Świetny pomysł, rozpiąć kajdany dziesięciu czy dwunastu oprychom. A może? Może są już nawet osądzeni i jak mój sąsiad czekają tu na egzekucję? Jeśli nie rozszarpią mnie od razu na sztuki, to...

– Dumasz nad tym, jak stąd zbiec? – odezwał się Klaus. – Próżne nadzieje. Ten loch jest doskonale przygotowany do trzymania takich jak my. Nikomu się dotąd uciec nie udało, a przecież wielu tu przed nami osadzono.

– Ale...

– Burmistrz głupim nie jest. Kto wyrok usłyszy lub kto niebezpiecznym jest lub znacznym, tutaj trafia. Ze zwykłych więzień ucieczki próbować można. Bywało, i strażników zdołano czasem przekupić.

– Przekupić? – podchwyciłem.

– Tutaj to niemożliwe. Grot jest nieprzekupny. Na odwachu nad piwnicą trzech ludzi czuwa zawsze. Losowani są, żaden nie wie, kiedy jego kolej przypadnie ani z kim służbę pełnić będzie. Dobrze pilnują. Loch suchy, nigdzie kamienia wilgoć nie skruszyła. Tunelu z piwnic domostw wydrążyć do nas nijak. Mury ratusza pną się wysoko.

– Nie rozumiem?

– By ściany tak wspaniałe wznieść, nielichy fundament z twardych głazów ułożono. Na wiele łokci gruby. Miesięcy wiele trza, by poświęcić na jego przekucie...

– To co robić?

– Modlić się można – powiedział poważnie. – Masz wszak swojego świętego patrona. Marek to potężny święty. Apostoł i Wenecji patron. Pomaga swemu miastu, a flota z jego lwem na żaglach wymalowanym dzielnie sobie z pogańskimi okrętami poczyna. Gdy toniesz, choćby źdźbła rzuconego na ratunek wypatruj. A ja rachunek sumienia już czynię, nim stryczek mnie zdusi, spowiedź uczynić trzeba... Tedy cień szansy, że duszy mojej diabli w czeluście nie porwą...

Musiało minąć sporo czasu, nim uznałem, że w zaistniałej sytuacji rada Klausa jest naprawdę niezła.

Popołudnie było paskudne, po niebie sunęły sine chmury. Wiatr od północy przenikał na wskroś. Staszek i Maksym dotarli na miejsce akurat na czas. Dwaj grabarze wykuli w zamarzniętej glebie dwa niezbyt głębokie groby. Cmentarzyk rozłożył się wokół kościoła. Garby ziemne wyznaczały miejsca wiecznego spoczynku biedoty. Stały tu dziesiątki krzyży. Jedne proste, inne przekrzywione, sporo przepróchniałych leżało na ziemi.

Ciała spoczywały na starych, zeżartych przez korniki dranicach. Osobno kilku wyrobników z poddasza, zawiniętych w stare płótno żaglowe, osobno prosta trumna z jasnych sosnowych desek ściągniętych sznurami. Na pokrywie skrzyni ktoś niewprawną ręką skreślił:

Greta

†

A.D. 1560

Staszek popatrzył na napis, czując drapanie w gardle. Nawet jej nie znałem, pomyślał. Ale jeśli tylko uda mi się dorwać tych skurwysynów, to wysiekę bez litości, choćby to miała być ostatnia rzecz, jaką w życiu zrobię!

Zeszli się inni żałobnicy. Dwaj mężczyźni, odziani z niemiecka w powycierane surduty, i kobieta w spranej chustce. Chłopak domyślił się, że to majstrowie, u których zabici posługiwali jako terminatorzy. Ksiądz przydreptał po chwili. Staszek i Maksym odsłonili głowy. Popłynęły łacińskie słowa modlitwy...

Z prochu powstaliśmy, w proch się obrócimy, a kiedyś wszyscy spotkamy się w niebie, pomyślał z melancholią chłopak.

Szósty zmysł podpowiedział mu, że ktoś stanął za ich plecami. Obejrzał się nieznacznie, kładąc dłoń na rękojeści rewolweru. To Marius Kowalik dołączył do ceremonii. Ksiądz zamachał kadzielnicą. Przeżegnali się. Grabarze złożyli do ziemi najpierw trumnę służącej, potem ciała wyrobników. Zaczęli zasypywać mogiły, aż uformowali dwa niewysokie kopczyki. W grób chłopców wetknęli prosty krzyż zbity z krawędziaków, na grobie Grety ustawili niewielką stelę. W grubej piaskowcowej płycie wyryto głęboko krzyż, ten sam napis co na trumnie, a poniżej obrazek biegnącej wiewiórki. Staszek spojrzał zaskoczony na Mariusa. Ten uśmiechnął się smutno.

On kazał to wykuć. Co chciał przez to wyrazić? – zamyślił się chłopak.

W tym momencie pokrywa chmur pękła i cmentarzyk zalało jasne słoneczne światło.

– Jakby Bóg dawał nam znak albo wskazywał ich duszom drogę... – powiedział Maksym. – Albowiem wszyscy jesteśmy w ręku Wszechmocnego. – Przeżegnał się nabożnie.

Ksiądz ukłonił się na pożegnanie i powędrował w stronę swojej kwatery.

– Panowie – wynalazca zwrócił się do Staszka i jego przyjaciela – jeśli pozwolicie, zapraszam was do siebie na skromny poczęstunek, a i pogadać przy okazji nie zawadzi.

– Ja muszę już wracać – stropił się Maksym. – Ale i tak obaj panowie zechcecie swoje sprawy omówić, tedy obecność moja raczej przeszkodą wam będzie.

– Żadne to tajemnice – uśmiechnął się Kowalik. – Zapraszam serdecznie.

– Obiecałem pomóc przyjaciołom, zatem wymówić się muszę... Staszek waszmości towarzystwa dotrzyma. To wie o Chińczykach, co i ja, więcej może, wszak był ich więźniem.

Rozstali się z Maksymem na skraju cmentarza. Przeszli koło Lastadii na nabrzeże. W przycumowanej do pala łódce siedział człowiek, którego Staszek widział już przy maszynach we młynie. Przywitali się kiwnięciem głowy.

– Po rozmowie odwiezie cię pod Żurawia albo i do ujścia Raduni, gdzie wygodniej – wyjaśnił wynalazca.

Złapali wiosła i naparli na nie silnie. Płaskodenna krypa pomknęła po Motławie jak strzała. Dobili do brzegów Wyspy Spichrzów.

– Zapamiętasz gmerk? – Kowalik wskazał szyld nad drzwiami.

– Zapamiętam.

Inny sługa otworzył ciężkie okute wierzeje. Weszli do ciemnej sieni, a potem po stromych schodach wspięli się kilka kondygnacji.

– Oto moje królestwo. – Marius Kowalik pchnął drzwi.

Pracownię urządził sobie na strychu magazynów. Pomieszczenie było przestronne i jasne. Okna umieszczono w ścianie szczytowej budynku. Surowe mury z czerwonej cegły, podłoga z dranic. Ascetyczna niemal surowość wnętrza. Rozległy, niski stół o poplamionym i porżniętym blacie, ławy, ogromna masa książek, papierów oraz pergaminów poukładanych w schludne stosiki i przyciśniętych oprawionymi w skórę woluminami. Okute skrzynie. W kącie jakieś szklane gąsiorki i miedziane rurki.

– Brak tylko ludzkiej czaszki i wypisz, wymaluj pracownia szalonego alchemika – zażartował gospodarz.

Staszek w milczeniu podszedł do ławy pod oknem. Stało na niej kilka modeli wykonanych z cienkich drewnianych listewek.

– Pogłębiarka czy co? – Obejrzał pierwszy z nich.

– Zgadłeś waść. – Marius spojrzał zaskoczony. – Zatem w waszych czasach podobnych machin używacie?

– Tak, ale nie wiem, czy były podobne. Nie miałem nigdy do czynienia z tymi sprawami ani się nie interesowałem... Mieszkałem daleko od morza.

– Podług moich planów budują taką właśnie na Lastadii. Gdy tylko się ociepli, spuścimy na Motławę, bo u stóp Żurawia kanał już piachem zarósł i przeczyścić trzeba. Zwykle to robią, wysyłając ludzi pod wodę, osobliwie więźniowie do tej roboty bywają używani, bo i utonąć łatwo, i od chłodu choroby różne się przyplątują, cieplejszą porą biedota za groszy parę do tej pracy idzie. Myślę jednak, że dzięki tej machinie można będzie rok cały prace te prowadzić, wyjąwszy oczywiście miesiące, gdy kanał skuty lodem.

– Bardzo dobry pomysł – pochwalił Staszek. – Jak rozumiem, cztery woły chodzące w kieracie dostarczą siły, by czerpaki z piachem ciągnąć z dna?

– Rzekłeś. Tu zaś ujrzeć możesz machiny przez wodę napędzane, które zbudować chcę wedle opisów, jakie w dawnych księgach wyszukałem. Niewielką próbkę waść we Wielkim Młynie widziałeś.

– Takie urządzenia były znane już wcześniej? – zdziwił się chłopak. – Myślałem, że to wasza idea...

– O wiatrakach i młynach wodnych wiemy już z pism starożytnych Rzymian. Problem jeno w tym, iż po upadku imperium wiele ich pomysłów poszło w zapomnienie. Gdym po Francji i Italii peregrynował, tropiąc ślady dawnej wiedzy, na jednej ze steli rysunek takiego urządzenia ujrzałem. – Przez chwilę grzebał w skrzyni, nim przyniósł odpowiedni rysunek.

– Kosiarka? – zdumiał się Staszek. – Albo żniwiarka raczej.

– Znaliście to? Zatem słusznie mniemam, iż machina ta powalaniu zboża miast sierpa lub kosy służyła?

– Cięliśmy podobnymi trawę. To był w moich czasach bardzo przestarzały sprzęt. Na wsiach działały jeszcze snopowiązałki.

– Co waść powiedziałeś? – ożywił się wynalazca. –
Machina taka nie tylko żęła, ale i zarazem w snopy wią-
zać potrafiła?

– Tak. Kuzyn dziadka taką miał... Choć częściej
używało się kombajnów. Były to machiny wielkie jak
mały domek, które cięły zboże, od razu młóciły i z tyłu
wyrzucały tylko słomę, a w zbiorniku zostawało czyste ziarno.

– Wiesz, jak działały? – zapalił się Marius.

– Niestety nie – pokręcił głową chłopak.

– To nic. Będziemy myśleli nad tym. Tu zaś – Kowalik wskazał kolejny model – kuźnia, gdzie znowu woły
w kieracie chodzące dostarczają siły, by miechy napę-
dzać, a młoty o masie kilku cetnarów w ruch na kowad-
ła puścić.

– To będzie chyba stała siła uderzeń – poskrobał się
po skroni Staszek. – Czy przy pracy kowalskiej nie trzeba jej regulować? Wszak rzemieślnik raz mocniej, raz
słabiej uderza, w zależności od potrzeb.

– Masz rację. Tedy umyśliłem na razie, by młoty te
do wstępnego formowania przeznaczone były, a gdy gąs-
ka sklepana zostanie, do dalszych prac kowal na mniejsze kowadło ją rzuci i tam już zwykłym młotem obra-
biać będzie.

– Gdyby zastosować jakiegoś rodzaju reduktor... –
myślał na głos Staszek. – Tak aby dało się dostosować
siłę i szybkość uderzeń.

– Jest to możliwe przy zastosowaniu innych przekładni. Jednak aby koła zębate wymienić, należy całą machinę wstrzymać, i to na długo. Potrafisz coś doradzić?

– Coś jakby bieg jałowy. – Staszek bezradnie grzebał w głowie. – Albo sprzęgło i skrzynia biegów. Mieliśmy takie urządzenia, ale nie znałem ich.

– Spróbuj przypomnieć sobie wszystko, co wiesz – poprosił wynalazca. – Gdy wiemy, że coś da się zbudować, gdy rozumiemy ogólną zasadę konstrukcji, wcześniej czy później wymyślimy, jak to zrobić. To już prostsze urządzenia. – Pokazał kolejne modele. – Walce do folowania sukna, stępy do tłuczenia ziarna na kaszę. Szkoda wielka, że wszystko to wymaga mocy kół wodnych, wiatraków lub choćby kieratu, gdyż prawdziwy pożytek mielibyśmy wtedy, gdyby ludzką pracę dało się wyręczyć w każdym domu i warsztacie.

– Potrzebny jest mały silnik – powiedział Staszek.

– Silnik. Coś takiego jak to, co helikopter do góry dźwigało? Jak je robiliście?

– Niewiele wiem – zastrzegł.

– Każdy wiedzy okruch może się przydać, gdyż z innym da się go czasem połączyć lub na brylant wyszlifować... Mów, waść.

Staszek siadł przy stole, przyciągnął sobie kartę papieru i zaczął rysować.

Było już prawie ciemno, gdy milczący sługa przewiózł chłopaka na drugi brzeg.

Gdańsk, rozmyślał Staszek, podziwiając panoramę miasta i dziesiątki cumujących u brzegu okrętów. Port, jeden z największych w Europie. Nieprzebrane mrowie ludzi, dziesiątki narodowości mówiących rozmaitymi językami i dialektami, modlących się w świątyniach co najmniej pięciu różnych wyznań. Tysiące kupców prowadzi tu swój handel. Tu ścierają się interesy Rzeczpospolitej, Szwecji, Danii, Krzyżaków, Hanzy...

Gdzieś tu wśród kamieniczek i cuchnących zaułków ukrywa się szajka bezwzględnych morderców. Gdzieś tu jak cierń w stopie tkwi chińska agentura. Uniknąć zabójców. Wyśledzić Chińczyków. No właśnie. Wyśledzić? Chyba po prostu trzeba. Odnaleźć i zgładzić. Bo jeśli oni pierwsi odnajdą mnie...

Zafrasował się. Zabić. Przypomniał sobie namioty i uprawy. Wyrwał pistolet nadzorcy. Zastrzelił człowieka. Potem jeszcze tamtego na dachu. I tego z pistoletem maszynowym. Byli to łajdacy i mordercy, ale... Wzdrygnął się.

Nie skończyłem jeszcze dwudziestu lat, a już splamiłem ręce ludzką krwią, pomyślał ponuro. Lecz musiałem. Po prostu nie było innego wyjścia. Marek też zabijał.

Z głębin pamięci wypłynęły mu nauki Maksyma. Te wszystkie kozackie mądrości wygłoszone i w Sztokholmie, i na lodach zamarzniętego Bałtyku. Opanował się.

Zagraża nam niebezpieczeństwo, pomyślał. Zagraża Heli, zagraża każdemu, kto jest obok nas. Tylu ludzi zginęło tylko dlatego, że mieli pecha mieszkać pod jednym dachem z Markiem. Być może to ta sama ekipa zabiła wszystkich domowników Petera Hasavritsona. Wiedzą, że informatyk i dziewczyna żyją. Będą próbowali odnaleźć ich i dopaść. Maksym miał rację. Społeczeństwo składa się z owiec i wilków. Lecz na szczęście obok jednych i drugich żyją także owczarki. Najlepiej być owcą. Żyć spokojnie, bezpiecznie, przeżuwać trawę. Ufać, że obrońcy zdążą na czas. Ale widać nie to mi w życiu pisane. Mam być owczarkiem... Mam przegryzać gardła wilkom. Dlaczego? Bo Kozak tak powiedział? Bo wyczuł we mnie coś, jakiś talent, krew, odmienność, cechę, której nie mają inni? Bzdura! Dowiedział się, że uratowałem dziewczynę, i dośpiewał sobie do tego teorię. Poszedłem z nim przez zamarznięty Bałtyk. Mógł pomyśleć, że jestem odważny, a ja po prostu byłem głupi... Jestem kawałkiem roztrzęsionego gówna i tyle. Byle zagrożenie i sram w gacie. A może? Może jestem typem takiego porąbanego tchórza, który w sytuacji ekstremalnej jednak zaczyna działać?

Siedział, miarowo naciskając na wiosła. Łódka sunęła szybko. Wreszcie stuknęła o nabrzeże. Podziękował za odwiezienie i wdrapał się na górę. Furta w murze była otwarta, więc przeszedł i ruszył zaułkami. Robiło się coraz ciemniej.

Mam szablę, rozmyślał. Kawał stali, którym nie potrafię się nawet dobrze posłużyć. Mam też broń z innej epoki, która daje mi bezwzględną przewagę... Naraz sam roześmiał się w duchu z własnej głupoty. Ta broń daje przewagę, póki mam do niej amunicję, uściślił. Potem zostanie mi już tylko szabla w ręce. Jeśli nauczę się nią walczyć lepiej niż inni, przeżyję... A jeśli nie?

– Owczarek? Bez zębów – parsknął.

Muszę dobrze wykorzystać czas, który został mi dany, dumał. Samiłło to doskonały szermierz. Mistrz nad mistrzami. Muszę nauczyć się od niego tyle, ile zdołam. Może wtedy mam szansę. Muszę wyciągnąć Marka z więzienia. Nie wiem jeszcze, jak to zrobię, ale muszę. No i najważniejsze. Tak jak w górach, znowu mam pod opieką dziewczynę. Tylko że wtedy, jak mi tłumaczyła, mieliśmy przeciw sobie tylko przyrodę. Mróz, zimę, wichry, wilki. Silne, potężne, ale bezrozumne. Teraz mamy przeciw sobie ludzi. Boję się. Wolę być owcą... Jednak nie mogę. Tak mnie wychowali, że muszę walczyć. Muszę, bo odczuwam imperatyw moralny, czy jak to zwą... Zginę przez to.

Zagryzł wargi. I naraz przypomniał sobie szkołę, tych wszystkich kolesiów w dresikach szpanujących nowymi komórkami. Tych wszystkich, których nienawidził w skrytości ducha, i tych, którym jawnie okazywał swą pogardę, nie bacząc na późniejsze szykany.

Będę walczył, pomyślał. Będę walczył, bo ci tak zwani koledzy z klasy umknęliby z podkulonymi ogonami. A jeśli będzie trzeba umrzeć, trudno. Ale umrę jak mężczyzna, z podniesionym czołem.

Zatrzymał się i wysunął szablę z pochwy. Długo patrzył na ciemne linie stali tworzące rysunek przywodzący na myśl słoje drewna. Gdy dostał ją od Maksyma, nie rozumiał jeszcze znaczenia tego gestu. Ucieszył się z prezentu. Teraz...

Narzędzie. Kły owczarka. W zaułku zachichotał wiatr. Okna rozjarzył poblask świec i łojówek. Miasto kładło się spać.

Jak w tanim horrorze, westchnął chłopak. Stary dom, ciemność.

Maszerował pogrążony w zadumie. Było mu zimno, szczelniej zakutał się w kurtkę.

Do dupy to wszystko, pomyślał. Trzeba było czytać porządne kryminały i książki sensacyjne, a ja o prowadzeniu śledztw wiem tyle, co zobaczyłem w serialu „Z archiwum X". Czyli nic. Nie mam pojęcia, jak można namierzyć Chińczyków czy ich agenturę. Nie wiem, jak odnaleźć morderców tej biednej małej Grety. Nie wiem, jak sprawdzić, czy to jedni i ci sami. Nie mam pojęcia, jak wyciągnąć Marka z pudła. Nie miałem nigdy w życiu do czynienia z policją i nie wiem, czy Grot coś knuje. W górach, gdy przedzierałem się z dziewczyną przez zaspy, wszystko było jasne. Jest cel i trzeba do niego dojść. W Dalarnie też wszystko było oczywiste. Wcześniej czy później miałem umrzeć, więc zrobiłem wszystko, by przetrwać. Ale tu...? Jakbym wpadł w pajęczynę. Odwykłem od myślenia. Nie wiem, jak można to ugryźć... A przecież muszę. Bo... Bo tamci, kimkolwiek są, prawdopodobnie przeczesują już miasto...

Wreszcie stanął przed domem Kozaków. Zapukał w umówiony sposób. Otworzył mu gospodarz.

– W samą porę. – Uśmiechnął się. – Kolacja zaraz będzie na stole.

Przyjemnie było wejść do ciepłej kuchni, rozjaśnionej blaskiem ośmiu świeczek. Hela z Marfą i Łesią krzątały się przy piecu. Pachniało mięsem i kompotem z suszonych owoców...

Jakoś tak świątecznie, pomyślał chłopak. A to stypę raczej trzeba by wyprawić...

– Jest jakaś szczególna okazja? – zagadnął.

– Pismo przyszło dziś właśnie od atamana, iż nasza misja końca dobiega. Śniegi stopniały. Nie minie miesiąc, łąki trawą się pokryją i do domu na Ukrainę ruszymy – powiedział Samiłło. – Na razie dalszych rozkazów oczekiwać mamy. Ale wieść ta nas ucieszyła.

– Wszędzie dobrze, lecz w domu najlepiej... – powiedziała Hela w zadumie.

– Rzekłaś waćpanna.

Dania wylądowały na stole. Zasmażona kapusta z zapeklowaną golonką, doprawiona czosnkiem i octem winnym. Sam zapach wycisnął Staszkowi łzy z oczu. Z trudem opanował ślinotok. Do popicia było domowe piwo i kompot z suszonych owoców. Dokładali sobie i dokładali, aż misa została pusta. Kozacy doprawili się jeszcze horyłką, Staszka intensywna woń śliwkowego bimbru zniechęciła do kosztowania specjału. Hela za to golnęła sobie trzy kubki miodu. Jednak widać było, że próbuje w ten sposób zagłuszyć melancholię. Gdy chciała dolać sobie po raz czwarty, stanowczo odebrał jej naczynie.

– Za dużo – powiedział zdecydowanie. – Damie to nie uchodzi.

O dziwo, posłuchała od razu, potulnie położyła uszy po sobie. Wreszcie powędrowali na poddasze. Maksym padł na łóżko i zasnął niemal natychmiast.

Staszek nie mógł spać. Siedział przy zapalonej świecy. Ponure myśli powróciły. Od okna ciągnęło chłodem. Gdzieś w poszyciu dachu piszczały myszy, korniki uparcie drążyły swe korytarze.

Miesiąc, pomyślał. Przez miesiąc muszę się uwinąć z moim śledztwem, bo potem zostanę tu sam. I Mar-

ka trzeba wydostać z lochu. Zadania, zadania, zadania...
I do żadnego nie jestem przygotowany!

Skrzypnęły cicho deski podłogi. Staszek odruchowo wyciągnął dłoń. Namacał rękojeść... To Hela stanęła w drzwiach. Miała na sobie cienkie giezło, na ramiona zarzuciła szal. Była boso. Widok jej drobnych stópek jakoś dziwnie chłopaka rozczulił.

– Zobaczyłam, że nie śpisz. Posiedzisz ze mną? – zapytała. – Nie bardzo wypada, ale jakoś mi smutno samej. I boję się.

– Chętnie.

Zdmuchnął świecę i poszedł za Helą.

Nie wypada, dumał. A co wypada?

Wsunęła się pod kołdrę i zawinęła ciasno. Staszek przycupnął na kulawym zydlu.

– Śpij, proszę – powiedział. – Posiedzę tu, póki nie zaśniesz...

– Opowiedz, proszę, o swoich czasach. O swoim świecie – zaproponowała. – Nie umiem sobie tego wszystkiego wyobrazić...

– Mój świat – westchnął. – Przede wszystkim o tej porze nie udawałbym się jeszcze na spoczynek. My... żyliśmy w innym – chwilę szukał dobrego sformułowania – przedziale godzin. Później kładliśmy się spać i później wstawaliśmy. Oświetlenie elektryczne było tanie, siedzieliśmy długo w noc...

– Rozumiem. – Skinęła głową. – Latem na wsi wstawałam około piątej rano. Co robiłbyś teraz, gdybyś wrócił do swoich czasów?

Spojrzał na zegarek. Dwadzieścia po dziewiątej?

– Popatrzyłbym w telewizor... – zawiesił głos, ale Hela kiwnęła, że pojmuje. – Może uruchomiłbym komputer i poczytał artykuły lub pochodził po forach.

Wzruszyła bezradnie ramionami.

– Mogliśmy pisać listy i umieszczać je w Internecie. W sieci. Kurczę, jak to wyjaśnić... Wyobraź sobie coś w rodzaju biblioteki, gdzie każdy może zajrzeć, siedząc u siebie w mieszkaniu. Gdzie... – zamilkł, nie mogąc znaleźć analogii, które dziewczyna mogłaby pojąć.

– Coś jak gazeta, która się co jakiś czas uaktualnia i gdzie można zamieścić ogłoszenie lub inny tekst?

– Mniej więcej. Może obejrzałbym oferty różnych towarów, katalogi produktów... Albo wyłączyłbym to pudło i poczytał książkę...

– Dużo miałeś książek? – zaciekawiła się.

– Około sześciuset.

Na jej twarzy odmalowało się głębokie zdziwienie, ale nic nie powiedziała.

Dziecko ze wsi, pomyślał. Inna epoka. Co mogła mieć w swoim dworku? Kilkanaście, kilkadziesiąt woluminów? A na pensji? Czy posiadali księgozbiór? Nie wiedział i jakoś głupio mu było pytać.

– Przede wszystkim byłoby dużo jaśniej niż tu – powiedział. – Elektryczność, żarówki... Jedna dawała tyle światła, co kilkadziesiąt, może kilkaset świec. I byłoby o wiele cieplej. Często chodziłem po mieszkaniu w spodenkach i koszulce z krótkim rękawem.

– Dobrze paliliście w piecach?

– Mieliśmy kaloryfery. Wielki piec w elektrociepłowni ogrzewał wodę dla całego miasta, z niego rurami do domów biegła gorąca para. Te rury rozdzielały się i docierały do mieszkań.

– Zdumiewające. Mówiłeś o wodzie?

Usiadła na łóżku.

– Nie musieliśmy grzać wody na kąpiel, podgrzana gdzieś daleko, wypływała z kranu już ciepła. W kuchni mieliśmy kuchenki gazowe. Z rurek szedł gaz, który się zapalało, i na takim płomieniu stawiało garnek z zupą czy patelnię. Pod spodem były jeszcze piekarniki, w których można było upiec ciasto czy mięso. Ubrania wrzucaliśmy do pralki, to była taka szafka podłączona do wody, dosypywało się tylko proszku i po dwu godzinkach wyjmowało czyściutkie. Używałem tego wszystkiego na co dzień. Nie zdawałem sobie nawet sprawy, jaka to wygoda, zanim nie trafiłem tutaj... – Zamyślił się, patrząc w ścianę.

Hela zadrżała z zimna. Sięgnął po derkę i narzucił na ramiona dziewczyny. Podziękowała uprzejmym skinieniem głowy.

– Oszczędzaliśmy masę czasu – westchnął.

– Luksus – powiedziała w zadumie.

– A tobie czego brak? – zapytał.

– Wszystkiego. – Popatrzyła gdzieś w przestrzeń. – Moich książek, klocków do robótek... Zaczęłam haftować obrus do kościoła, ten, który zrobiła moja babka, już zetlał. Myślałam, gdy ślub będę brała, już będzie gotów, że się go w tym dniu po raz pierwszy na ołtarzu położy. Atłas kupiłam, jedwabne nici. Rok ponad pracy włożyłam... I przepadło. Spalił się razem z dworem. I nowy sztandar dla naszej partii też prawie skończyłam, choć już nie było dla kogo haftować. – Omal się nie rozpłakała.

Inne życie, inne doświadczenia, pomyślał Staszek. W mojej epoce dziewczynom żal byłoby czasu, żeby dłubać przy jakichś haftach. Ale co zrobiłyby z tym czasem? Przesiedziały przed telewizorem. Żarłyby chipsy, patrząc, jak jakaś Amanda zdradza trzeciego męża z siódmym kochankiem. A z jej trudu byłby przynajmniej jakiś efekt. Miły Bogu, cieszący oczy ludzi, którzy przyjdą na niedzielną mszę... A ja? Co mi przyszło z tego grzebania po sieci? Co z tego zostało? Cała nasza cywilizacja opierała się na impulsach elektrycznych zapisanych w pamięci maszyn. Zabraknie prądu, pstryk i koniec.

– Nie mieliśmy we dworze umywalni – westchnęła Hela nieoczekiwanie. – Na pensji był tylko jeden pokoik z miednicą. A gdy wracałam do domu, lubiłam sobie posiedzieć w balii, nakryta derką. No i mieliśmy za dworem prawdziwą banię.

– Saunę? Łaźnię? Taką, jak budują w Rosji?

– Taką, jak wszędzie na wschodzie. – Uderzyła zwiniętą pięścią w pierzynę. – Jedyne, co dobre, a co od nich przyszło, to samowary!

Nienawidzi Rosjan, pomyślał. Zresztą czemu się dziwić, ma powody. Ale ocenia chyba nazbyt jednostronnie. Jednak mieli przecież swoje osiągnięcia. Silnik parowy Połzunowa, żarówka Jabłoczkowa, radio Popowa, wystrzelili człowieka w kosmos...

– Może Kozacy też mają tu gdzieś między komórkami łaźnię? – podsunął. – To zaskakująco czyści ludzie.

– Może – ożywiła się. – Zapytam kobiet. Pewnie też zechcą skorzystać. Poproszę, żeby Pańko nam napalił, i pójdziemy we trzy. Sama się boję... Głupie bajdy, lecz wolę iść z kimś.

– Nie rozumiem. – Pokręcił głową.

– W bani lubi zagnieździć się licho. Samotnemu dokuczyć może, dlatego dziewczyna zawsze powinna iść z kimś.

Już chciał jej zaproponować towarzystwo, ale w porę ugryzł się w język.

– Zawsze brałam sobie jedną albo dwie służące – ciągnęła rozmarzona. – I zapas wierzbowych witek... A latem pływałam z wiejskimi dziewczynami w stawie. Wesoło było się tak nago chlapać, ale zawsze kilka musiało stać na straży, żeby nikt nas na tym nie zaskoczył.

– No myślę – bąknął.

Spojrzała na niego pytająco.

– Dla każdego chłopaka taki widok to jak spełnienie marzeń – powiedział zupełnie szczerze.

Fuknęła gniewnie i uderzyła go po ręce, lecz chyba na szczęście nie obraziła się zbyt mocno.

Nagie dziewczyny usługujące dziedziczce w łaźni, kąpiele z młodymi wieśniaczkami w stawie. Nie rozumiem tego, pomyślał chłopak. Nieuświadomione skłonności lesbijskie drzemiące gdzieś głęboko w podświadomości? Bzdura! Ekshibicjonizm? Bezwstyd? Pierwotna niewinność? To chyba to ostatnie. Dla Heli to było naturalne. A ze mnie świnia. Mam zbyt brudne myśli. Spojrzał spod oka na dziewczynę. Pamiętał, jak widział ją prawie nagą w górach. Wtedy nim telepnęło. Teraz czuł tylko spokój.

Nie mam ochoty się z nią przespać, uświadomił sobie. To znaczy mam, poprawił siebie. Ale nie jest to ważne. W tej chwili całkowicie wystarcza mi, że siedzi tuż obok, że mogę z nią rozmawiać, że czuję bliskość, więź... I że ona mnie akceptuje.

– Opowiedz, co robiłaś od czasu naszego rozstania – poprosił.

Mówiła, początkowo nieskładnie, potem coraz bardziej potoczyście. Słuchał zdumiony. Później opowiedział, co jemu się przytrafiło.

Poranek był chłodny, ale cudownie świetlisty. Słońce hojnie słało ziemi swoje promienie. Nieba nie szpeciła żadna chmurka. Przez całą noc wiał silny północny wiatr. Podwórze obeschło.

– Stawaj, waszmość. – Łebek ukłonił się i dobył szabli.

Staszek wyjął z pochwy drugą, tę przeznaczoną do ćwiczeń. Ostrze nie zostało nigdy zaostrzone. Metal poszczerbiły i zbiły dziesiątki uderzeń.

Jest jakieś cztery, pięć lat młodszy ode mnie i o głowę niższy, pomyślał, taksując przeciwnika wzrokiem. Teoretycznie powinienem sobie łatwo poradzić. Kłopot w tym, że ten dzieciak nawykł do ciężkiej roboty, mięśnie ma jak kulturysta. No i co najważniejsze, od małego był przyuczony, by szablą robić.

Maksym mówił coś o tym, że należy opanować klingę, potraktować ją jak część ciała.

Pańko zaatakował. Błękitna stal świsnęła Staszkowi koło ucha. Spróbował paru wyuczonych zastaw, ale łebek omijał je bez trudu. Staszek zdołał zbić kilka ciosów. Dostał lekko w nadgarstek, przedramię, bark, udo...

– Dobrze wam idzie, panie, teraz tak samo, jeno dwa albo trzy razy szybciej machać głownią musicie. – Pacholik wyszczerzył zęby w krzywym grymasie.

Nie kpił nawet, po prostu się uśmiechał.

Czyli ten huragan uderzeń, którym mnie zasypał, to jeszcze nie jest kres jego możliwości? – zdziwił się chłopak w duchu.

– Staszku, jeden błąd poważny robisz – powiedziała Hela.

Nawet nie zauważył, kiedy zeszła na podwórze.

No ładnie, pomyślał. Nie dość, że dzieciak robi mnie, jak chce, to jeszcze się na oczach dziewczyny kompromituję.

– Tak? – Odwrócił się w jej stronę.

– Nie patrz na jego szablę. Nie patrz na swoją. Czy musisz widzieć swe palce, gdy ciasto na kluski ucierasz? Czy w bójce musisz spozierać na pięści? On dopiero się uczy. Zna nie więcej niż pięć strategii ataku. Wyczuj, jak się składa, i idź na niego. Domyśl się, jak cios pada, i zbij. A patrz w oczy. Z nich wyczytasz, kiedy cios zadaje.

Spojrzał na Helę jak na wariatkę. Ale chyba jednak mówiła poważnie.

– Ale to niemożliwe – bąknął.

Westchnęła. Podeszła i wyłuskała mu rękojeść z dłoni. Cofnął się, robiąc miejsce.

– Stawaj, waść – zażartowała.

Łebek zaczerwienił się. Zaraz jednak posłusznie natarł na nią, wywijając straszliwe młyńce. Doskoczyła lekkim, tanecznym krokiem, klingi skrzyżowały się pięć, może sześć razy. W następnej chwili dzieciak leżał na plecach w błocie, a Hela dotykała końcem głowni jego piersi.

Podała mu rękę, pomagając wstać.

– Atakuj, Kozacze – poleciła z uśmiechem.

Pańko dłużej stał skupiony, a potem nagle skoczył do przodu. Wykonała błyskawicznie kilka zastaw, jakby od niechcenia parując ciosy. Tym razem dla odmiany zaszła go od tyłu. I przyłożyła płazem szablę do gardła.

– Yyyy... – wykrztusił Staszek.

Przypomniała mu się opowieść przyjaciółki. Szlak ku Bergen, córka kata i pachołek. Zarąbani szablą i pogrzebni pod stosem głazów.

Puściła dzieciaka i żartobliwie poczochrała mu włosy.

– Maksym jest prawdziwym szermierzem. W moment mnie rozbroił – powiedziała. – Ale bronią robić to nie kobieca rzecz. Ot, umiem trochę, bo dziadkowi się nudziło, a wnuk w szkołach... – Przez jej twarz przemknął cień.

Staszek zrozumiał, że Hela wspomina swego poległego w powstaniu brata...

– Tobie zwyczajnie brak doświadczenia. – Otrząsnęła się z ponurych myśli i oddała mu szablę. – Ćwicz dalej. Tak jak powiedziałam.

– Czyli mam nie patrzeć, jak próbuje mnie dziabnąć, tylko myśleć? – zirytował się.

– Nie myśleć. – Pokręciła głową. – Zaufać instynktowi. Zwierzęcej części natury. To w tobie jest. Spadek po przodkach, którzy walczyli i ginęli z bronią w ręku.

Z wrażenia omal nie upuścił broni.

Szlacheckie geny odpowiedzialne za instynkt służący do rąbania szablą, uśmiechnął się w duchu. Ciekawe tylko, skąd u mnie. Z tego, co wiem, z chłopów pochodzę... A może? Może i coś kiedyś było. Jakaś kropla błękitnej krwi u pradziadka. Zatarty herb na srebrnej paterze w kredensie. Taki z ptakiem. Ślepowron chyba. Może nasz? Tak czy inaczej, to idiotyzm czystej wody.

Kozaczek czekał. Staszek natarł na niego. Teraz atakował uważniej. Zauważył, że dzieciak, broniąc się, używa podobnej strategii. Obserwował najwyraźniej ruch, przewidując, jakie cięcie zostanie zadane, a może cała sekwencja cięć? Polak spróbował zwodu i po raz pierwszy udało mu się trafić chłopaka w przedramię. Pierwszy sukces, drobniutki triumf, sprawił mu nieoczekiwaną przyjemność.

– Jeszcze raz – poprosił.

Skrzyżowali szable. Hela miała rację, łebek umiał niewiele. Jego zwody i cięcia, choć bardzo szybkie, można było do pewnego stopnia przewidzieć. A może reszta wypowiedzi dziewczyny też ma sens?

Rozumiem, jak ze mną walczy. Wiem już, co umie. Widzę, jak się składa do różnych ciosów. Umiem wyczuć, co zrobi, uświadomił sobie. Umiem odczytać. To coś jakby język migowy. Reaguję prawie instynktownie. Czyli...

Pacholik dał się podpuścić. Przegapił zwód i dostał drugie trafienie.

Staszek stanął i w zadumie patrzył na błękitnawą stalową klingę.

Nauczę się tego, pomyślał ze smutkiem. Tysiąc godzin ćwiczeń i za rok będę szablą rozszczepiał słomkę na czworo. I gdy będę już zdolny stawić opór każdemu uzbrojonemu w kord łotrzykowi, przylezie Chińczyk z kałachem, włączy celownik laserowy i kropnie mnie z odległości dwustu pięćdziesięciu metrów. Pogrzebią mnie zawiniętego w całun pod murem kościoła, krzyż spróchnieje i w najdalej dwadzieścia lat rozsypie się w pył, a deszcze rozmyją kopczyk na mojej mogile. I tyle będę miał z mojej nauki, szlacheckich genów, rad Heli...

Do lochu zajrzało trochę światła. Wyobraziłem sobie pogodny zimowy, a może już wiosenny poranek. Słońce... A ja muszę tu siedzieć. Zakuty, w ciemności, zaduchu, smrodzie... Targnąłem wściekle łańcuchem.

– Cóż waszmość taki dziś gniewny? – zagadnął Klaus.

– Bom w niewoli – zakpiłem. – I raczej żyw z tej przygody nie wyjdę.

– Wczoraj waszmości na rozmowę brali. Może zatem powiedzieli, o co oskarżyć planują?

– Mam być sługą demona, a kto wie czy nie samym demonem. Ożywionym trupem i tak dalej...

– Oskarżenie o czary? – zdumiał się złodziej. – Aberracja, wszak ojcowie Kościoła bullę wydali o tym, że czarownice nie istnieją, a kto w skuteczność czarów i uroków wierzy, sam w herezję popada. Hmm... A kto waści oskarża?

– Pacholik, którego poznałem kiedyś w Norwegii, i wdowa po kacie z miasta Trondheim. Ta dorzuciła jeszcze oskarżenie, że córka moja jej męża obwiesiła. Ale chyba bardziej mnie o ten czyn podejrzewa, tak wyczuwam.

– Kata obwiesić? Paradny żart! – Parsknął śmiechem. – Toś waść chwat taką krotochwilę zgotować. Miasto całe z pewnością nielichą uciechę miało.

Rżał jak osioł, bijąc się dłońmi po udach.

– Tia... Bardzo śmieszne – powiedziałem z przekąsem. – Tylko że to nie ja. Wyparłem się, czego mogłem.

– Teraz pewnie na tortury waści wezmą. – Spoważniał. – Ze trzy razy pomęczą zdrowo. Bo lutrów wpływy w Gdańsku silne obecnie.

– Silne?

– Król nasz miłościwie nam panujący szczególnie ich nie kocha. Część patrycjatu takoż ma jeszcze w pamięci ponure wypadki roku tysiąc pięćset dwudziestego piątego, kiedy to przed kościołami obrazy i rzeźby świętych palili, a zrabowanych sreber, monstrancji i kielichów do teraz nie odzyskano. Ale król nasz w potrzebie, tedy za srebro wolności znaczne kupili, a ostatnio nawet w kościele Świętej Trójcy gospodarzą, a obok szkołę własną otwarli. U nas spokojnie jeszcze, ale pismami swego proroka natchnieni i czarownice mniemane, i żydów chętnie na stosy sadzają, jak Europa długa i szeroka. Chyba żeby... Waść jest katolikiem? – zainteresował się.

– Tak, lecz co to ma do rzeczy?

– Ona z Norwegii przybyła? Czyli to lutry waści oskarżyli. To nie ich rzecz, bo podlegasz waść w takiej sprawie sądowi tutejszego biskupa. On wiary im nie da, bo i źle by to wyglądało, by heretyckim oskarżeniom posłuch dawał...

– Skoro tak wzrośli w siłę...

– To go tylko drażni i cięty na nich bardziej.

– A jeśli mimo wszystko im uwierzy?

– Wyjście w takim wypadku jest jedno: żądaj postępowania inkwizycyjnego.

– Co?!

Wzdrygnąłem się na samą myśl. Oskarżony o czary mam się pakować w łapy inkwizycji?!

– To samobójstwo – bąknąłem.

– Nie, gdyż inkwizycja sumienność większą wykazuje niż sąd zwykły. Twardych dowodów w takich przypadkach żąda, a i waść możesz na swą obronę świadków powołać. A gdyby i rzecz udowodnili, jeśliś waść demonowi pod przymusem służył, egzorcyzm na waści odprawić muszą i pewnie wolnego puszczą.

– Inkwizycja pali ludzi na stosach...

– Iii tam... – Wzruszył ramionami. – Palić czasem pali, ale nie za pierwszym razem, tylko gdy ktoś po raz trzeci czy czwarty na tych samych błędach zostanie złapany i trwa w nich uparcie. Wtedy rzeczywiście na stosie mogą posadzić.

Milczałem zdumiony. O inkwizycji wiedziałem tyle, co wyczytałem w „Imieniu róży". Widać ta wesoła organizacja posiadała też drugie, bardziej ludzkie oblicze.

– U was zresztą w Rzeczpospolitej heretyków co najwyżej biczują, a i to nielicznych tylko, bo ustawy ich wolność do błędów kacerstwa i bałwochwalstwa chronią – dodał.

– Chcesz powiedzieć, że jest tu inkwizycja, choć nie wolno jej zwalczać heretyków?

– Toż nie ma! – zdziwił się jakby. – W Rzeczpospolitej nie ma trybunałów, a może to i lepiej, bo żydów i heretyków tu takie mrowie, że trza by w koronie czwartą część ludności wygubić, a na Litwie i Rusi może nawet trzecią. – Zarechotał wesoło. – No i lasy by ucierpiały, bo na ciała ludzkiego spalenie kilka drzew trzeba powalić.

– Przed chwilą mówiłeś, bym żądał postępowania inkwizycyjnego, a teraz się okazuje, że nie ma inkwizycji – warknąłem poirytowany. – Nie rozumiem tego.

– No, i w tym cały wic. – Uśmiechnął się. – Sprawę o czary winien rozstrzygnąć sąd kościelny. Jeśli waść zażądasz postępowania, to inkwizytora będą musieli zaprosić z Italii, Niderlandów lub hiszpańskiej ziemi. No, chyba że jakiś we Wrocławiu jeszcze urzęduje. Rok upłynie, nim kogoś na podróż w tak błahej sprawie ugadają, a kto wie, może i żaden nie zechce. Gdy jednak przybędzie, tym lepiej, bo przyjaciele twoi winni do lutrów wtedy iść z lamentem, że inkwizycja chce kogoś w Gdańsku sądzić. Po krwawych szaleństwach księcia Alby w Holandii gdańskie heretyki cięte są na takich wyjątkowo. Tumult dziki z miejsca uczynią. Oskarżeń głupich do tej pory nikt już pamiętał nie będzie... Im większe zamieszanie, tym lepiej, bo wszak ryby najłatwiej łowić w mętnej wodzie.

Cały ten plan wydał mi się czystej wody idiotyzmem. Powoływać świadków obrony? W sytuacji, gdy kilkudziesięciu kupców widziało mnie z Iną na pokładzie „Srebrnej Łani"?! Poza tym czy ktokolwiek zechciałby w takiej sprawie posłuchać propozycji podsądnego?

Ale może w tym, co Klaus gadał, jest jakiś sens? Przyznać się do tego, że łasica wydaje mi rozkazy. Przyznać się nawet do tego, że przybyłem z innych czasów. Szczerze. Potwierdzić pod przysięgą. Czy człowiek opętany jest w myśl praw tej epoki winny? To niech mnie egzorcyzmują.

Dobra, dobra, tylko bez takich pomysłów! – przestraszył się mój diabeł stróż.

Rozmowa przygasła jakby sama. Obaj milczeliśmy, ogarnięci ciężkimi myślami. Dwaj skazańcy po drugiej stronie lochu gadali o czymś przyciszonymi głosami. Siedziałem, oglądając okowy. Gdybym tylko miał kawałek stalowego drutu i kombinerki... Obmacałem ogniwa łańcucha.

– Tu lity granit wszędzie – westchnął Klaus. – Nawet o tym pomyśleli.

– Nie rozumiem.

– Waść nigdy do lochu nie trafiłeś. – Uśmiechnął się pobłażliwie. – Gdy pilnika nie masz, okowy można o kamień przetrzeć. Tylko by to uczynić, piaskowiec jest potrzebny. Na granicie ogniwo łańcucha ślizga się, a cegła za miękka. Trzeć można, aż na pył całą zetrzesz, a na metalu ni śladu tych zabiegów... Są i tacy, którzy łańcuch łańcuchem przeciąć próbują, ale to drobnego i miałkiego piasku na podsypkę wymaga.

– Przecież to całe tygodnie trwa!

– Dlatego też co dni parę okowy strażnik sprawdza... – zaśmiał się bandziorek. – Piłę by trzeba, cieniutką taką, jakie w Lewancie robią... Ale i z drugiej strony – zmrużył oczy – próbować trzeba, bo czekać bezczynnie źle. Jak człowiek nic nie robi, we łbie mu się ze zgryzoty miesza. Tedy lepiej udawać przed sobą samym, że się coś dla odzyskania wolności przedsięwzięło...

Milczałem, nie wiedząc, co odpowiedzieć.

– Słyszałem kiedyś, że są sposoby, jak przeznaczenie oszukać – odezwał się znowu złodziejaszek.

– Sposoby?

– Na ucieczkę. Pierwszy taki, że lek się z maku mocny gotuje, po którym na dwa albo trzy dni sen człowieka ogarnia podobny do śmierci. Strażnicy za trupa takiego uznają i tym sposobem więzienie opuścić może. Jednak szkopuł w tym, że ciało rodzina i tak wykupić musi. A bywa, że złoczyńców trupy w miejscach sekretnych władze grzebią. – Wzdrygnął się. – No, a jeśli ciała krewniak przejąć lub wykupić nie zdoła, to śpiącego żywcem zakopią do ziemi albo, co jeszcze gorsze, medykom po cichu do ich ohydnych doświadczeń przekażą... Bywa też, że po dwu lub trzech dniach, gdy środek był zbyt silny, wcale przebudzenia nie ma, tylko prawdziwa śmierć we śnie człowieka zabiera. A najgorsze, co być może, to w takiej trumnie zakopanej się obudzić...

– To pech prawdziwy – rzuciłem, by podtrzymać rozmowę.

Wątpiłem, aby ta metoda komukolwiek umożliwiła ucieczkę. Ci ludzie umieją chyba odróżnić trupa od żywego człowieka? Pracowałem przecież w zakładzie pogrzebowym i patrząc na naszych „klientów", nigdy nie miałem nawet cienia wątpliwości.

– A inna metoda? – jednak mnie huncwot zaciekawił.

– Drugi sposób, gdy ktoś na powieszenie ma być skazany, to osadzić w gardle rurkę ze złota albo srebra. Gdy stryczek gardło dławi, ona powietrza pozwala zaczerpnąć. Jednak zawodny to sposób, bo szyja słaba i zwykle od sznura się wewnątrz przerywa albo i pętla grdykę miażdży, a pod zaciśniętym sznurem żyły krwi tłoczyć nie mogą. No i co najgorsze, aby człeka takiego odratować, przyjaciele muszą czuwać i ratunek szybko nastąpić powinien, a tymczasem bywa i tak, że zwłoki dzień cały wiszą prostaczkom na naukę... Jednego tylko znałem, komu się ta sztuka udała, ale jak zwierz dziki potem żył, ani mówić nie umiał, ani nie rozumiał za dobrze tego, co się wokół działo, jakby dusza już uleciała, ciało pozostawiwszy...

Niedokrwienie mózgu, pomyślałem. Kwadransik wystarczył, by neurony zaczęły obumierać. Zresetowało mu pamięć. A może uszkodzenia sięgnęły nawet głębiej.

Poranny trening, trochę wysiłku fizycznego, dobre śniadanie i od razu człowiek patrzy na świat bardziej optymistycznie, rozmyślał Staszek, maszerując w stronę ratusza.

Kim mogą być ci zagadkowi zabójcy? – zastanawiał się. Chińczycy? Chyba nie. Duńczycy? To już bardziej prawdopodobne. Albo jakieś portowe rzezimieszki na usługach jednych lub drugich... Teraz pytanie najważniejsze: Po co to robią? Po co ta straszliwa rzeźnia?

Przymknął oczy. Przypomniał sobie niedawną rozmowę z Helą. Własne słowa. Są ludzie, którzy lubią mordować, którzy zaspokajają w ten sposób jakieś mroczne instynkty. Wielokrotni mordercy, szaleńcy jak z „Milczenia owiec" i podobnych filmów. Schizofrenicy, którym głosy nakazują nieść śmierć między innych. To pierwsza możliwość. Szkoda, że najmniej prawdopodobna. Druga? Napad rabunkowy? Chęć zdobycia forsy? Całkowicie wykluczyć tego nie można, ale to raczej zły adres... No i, co najważniejsze, czy dla kilku talarów wyrżnięto by całą kamienicę? No i rabusie nie zostawiliby przecież pokrwawionego złota. A może by zostawili? Może jakiś przesąd ochronił te monety?

Dotarł do bramy prowadzącej na dziedziniec ratusza. Była zamknięta na głucho, więc zastukał kołatką. Uchyliła się furtka. Przez szparę wyjrzał ceklarz z twarzą przeciętą blizną. Staszek pamiętał go, to jeden z tych, którzy przyszli aresztować Marka.

– Ach, to waszmość – strażnik też rozpoznał chłopaka. – Zachodźcie, zapraszamy. Justycjariusz z pewnością zechce waszmości przyjąć.

Staszek wszedł na podwórze wciśnięte między wysokie mury. Furtka za nim zatrzasnęła się z łoskotem, od którego poczuł mrowienie na plecach.

– Proszę tędy, do kantorka. – Pilnujący usłużnie wskazał mu drogę.

Zapukał do drzwi.

– Wejść – dobiegło z wnętrza warknięcie.

Musiał schylić głowę, drzwi były niskie. Grzegorz Grot siedział za stołem, studiując jakieś papierzyska. Na widok Staszka wstał uprzejmie. Chłopak się ukłonił.

– Cieszę się, mogąc waści widzieć – odezwał się urzędnik, wskazując gościowi krzesło. – Już dumałem, czy nie posłać po waści, bo pogadać, niestety, musimy.

– Sprawa patrona mego... Jak on się czuje?

– Cios w głowę zniósł zaskakująco dobrze i następnego dnia całkiem do przytomności powrócił – wyjaśnił justycjariusz.

– Chwała Bogu.

– I ja się cieszę, lecz sprawa mistrza Markusa vel Marka Oberecha jest bardzo paskudna – powiedział Grot. – I dla nas, i dla niego to kłopot. Co gorsza, nie jest to jedyna sprawa, bo druga równie przykra wisi przy niej jak zdechły szczur...

Staszek uprzejmie czekał na wyjaśnienia.

– Z Norwegii przybyła wdowa po kacie z miasta Trondheim w towarzystwie chłopaka ze wsi Horg. Chłopak oskarża waści patrona, że jest sługą demona kryjącego się pod postacią łasicy. Można by wyśmiać fantazję dziecięcą i sprawę *ad acta* złożyć, gdyby nie to, że paskudnie się te jego insynuacje zgadzają z pismem, które z Bremy przyszło. Komisja ze starszych Hanzy złożona przesłała nam opis manifestacji demona na pokładzie okrętu „Srebrna Łania". Mistrz Markus wymieniony jest w dokumencie jako sługa stwora o kształtach łasicy.

Staszek miał ochotę zakląć.

– Teraz problem drugi... Córka mistrza Marka, Helena – westchnął justycjariusz. – Wdowa po kacie złożyła pismo, iż to jej zbiegła niewolnica. Ma na to dokumenty wystawione przez lensmanna Trondheim.

Staszek poczuł nagły ucisk w żołądku.

– Dlatego waszmość żądał, abym ją dobrze ukrył – domyślił się.

– Tak.

– Panna Helena jest polską szlachcianką!

– Wiem. Tedy roszczenie to można by oddalić, gdyby nie jeden, jeszcze paskudniejszy fakt. Dziewczę to wedle przedstawionych pism odpowiada za powieszenie kata oraz śmierć jego córki i pomocnika... Co gorsza, to drugie oskarżenie jest bardzo prawdopodobnym. Ciała ich w norweskich górach przy szlaku ku Bergen pogrzebane znaleziono. Dziewczynę zaś widziano, jak sprzedawała odebrane im konie.

– Porwali ją i gwałcili – powiedział Staszek, patrząc urzędnikowi prosto w oczy. – Okulawili, by nie mogła uciec, i planowali w zamtuzie osadzić. Wraz z mistrzem Markiem z ich łap wydarliśmy dziewczynę ledwo żywą. Na kacie sprawiedliwą pomstę uczyniono i pewności żadnej nie ma, iż ona to zrobiła.

– To prawda. – Grot skinął głową. – Prawo nasze gwałt śmiercią karać nakazuje. Gwałt na szlachciance karany jest oczywiście jeszcze surowiej, na Rusi na przytępiony pal za to sadzają.

– Jego pomocnika i córkę zasiekła po ciężkich zmaganiach, gdy na szlaku w górach ją dopadli – dodał Staszek. – Pachołek także w gwałtach brał udział.

– To samo mistrz Marek zeznał, widać tak też i było... Prawo jednak po ich stronie. Wedle obyczaju, gdy listy od lensmannów i podobnych im urzędów otrzymujemy, zawsze staramy się prośbom ich sprostać. A i oni często nam tę grzeczność czynią, że ludzi z Gdańska zbiegłych chwytają i odsyłają pod sądy nasze...

Ekstra, pomyślał ponuro Staszek. Nie wymyślili jeszcze paszportów biometrycznych, Interpolu, europejskich nakazów aresztowania, a jednak machina prawa działa przerażająco sprawnie...

– Czy tak się godzi? – bąknął. – Podli to ludzie...

Pogadam z nim, rozpaczliwie szukał wyjścia. Uśpię czujność. Potem wracam jakby nigdy nic do domu, łapię Helę i natychmiast uciekamy z Gdańska!

– Takoż i ja myślę, że w tym szczególnym przypadku honor nakazuje nam postąpić zgodnie z prawa duchem, nie literą. Niech nadzieje sępów pozostaną przy nich. Żądać wydania dziewczyny mogą, jednak skoro nie zdołałem ustalić, gdzie przepadła ani gdzie może przebywać, próśb ich spełnić nie mogę. – Puścił oko do chłopaka. – A ty ją dobrze u Kozaków schowaj i na miasto nie puszczaj – dodał. – Bacz, by nikt się nie dowiedział. Jeśli konieczność zajdzie, by ukryć ją lepiej, dom Mariusa Kowalika na Wyspie Spichrzów zapewni jej schronienie.

Staszek wytrzeszczył oczy.

Skąd wie?! – przemknęło mu przez głowę. Wyśledził mnie? A może się domyślił? Wie na pewno, że Ko-

zacy tu siedzą, musieli kupić lub wynająć swoją kwaterę.
Widział, jak przybyliśmy w towarzystwie Maksyma, potem mnie i Helę wcięło. Dodał jedno do drugiego i tyle.

– Jeszcze jeden kłopot. Mistrza Markusa poznaliście w Norwegii?

– Tak...

– Chłopak zeznał, że widział, jak dwóch mężczyzn
z łasicą gada.

– Za młodym na mężczyznę – bąknął, czując, jak
grunt usuwa mu się spod nóg.

– Ale też mu na oczy nie leźcie. Pożegnać waszmości
muszę. – Urzędnik wstał. – Obowiązki wzywają.

– Dziękuję za informacje. – Chłopak ukłonił się nisko. – I za...

– Będzie jeszcze niejedna okazja, by pogadać. –
Uśmiech justycjariusza, choć z pozoru przyjazny i sym-
patyczny, jednak przyprawił Staszka o ciarki na plecach.

– Czy prawo widzenia z moim patronem mógłbym
otrzymać? – mimo wszystko zaryzykował pytanie.

– Nie. To wykluczone. Ale jeśli chcecie pożywienie
lub świece mu podać, przekażę strażom, by koszyk pro-
wiantu od waszmości do niego dopuścili. Mistrz Markus tutaj w lochu pod ratuszem jest uwięziony. Te drzwi
zaraz obok moich na odwach prowadzą. Tam ostawić
możecie. Przekażą.

– Dziękuję waszmości. – Skłonił się raz jeszcze.

I nieco skołowany wyszedł z budynku ratusza.

Szczwany sukinsyn, pomyślał. Sprytny, kuty na cztery nogi. No cóż, glina powinien być taki. Ale z drugiej
strony nie jest takim łajdakiem, jak sądziłem. Skoro lo-

jalnie mnie ostrzegł i wcale nie ma zamiaru wydawać Heli katowej... A może coś knuje? Nie, chyba nie. Chroni niewinnych. Jest owczarkiem, tak jak ja... Tylko pech sprawił, że nasze cele są częściowo rozbieżne. Podejrzewa, że to ja mogę być drugim sługą łasicy? Cholera go wie.

Poczuł nieodpartą chęć, by wiać jak najdalej, ale się przemógł. Zaszedł na targ, kupił koszyk i za kilka monet napełnił go produktami. Wrócił na dziedziniec ratusza i odważnie wszedł do pomieszczenia ceklarzy.

– Węzełek z pożywieniem i świecami dla mistrza Marka przyniosłem – wyjaśnił. – A i dla was pęto kiełbasy się znajdzie.

Znajomy strażnik z blizną spojrzał na niego uważnie.

– Imć pan Grot kazał, abyśmy dostarczyli – powiedział spokojnie. – Dajcie, waszmość, przepatrzymy i damy więźniowi.

Po kolei przeglądał zapasy. Kiełbasę wygiął w dłoniach, wszystkie świece przełamał na połowy. Rozkruszył placek.

– Na cóż to wszystko? – zirytował się Staszek.

– Darujcie, waszmość, takie rozkazy otrzymałem. Bywało już w czasach dawniejszych, że więźniom szydła, pilniki, sztylety i piły podawano w świeczkach zatopione lub zapieczone w chlebie... Tu wielu takich, co za pilniczek dobry złotem gotowi zapłacić, więc sami rozumiecie. – Wyszczerzył krzywe i poczerniałe zębiska.

– Rozumiem. Czyńcie swoje.

Wreszcie rewizja dobiegła końca. Staszek pożegnał się i poszedł. Na ulicy odruchowo przyspieszył kroku, ale zaraz zwolnił. Nie chciał, żeby wyglądało, iż ucieka.

Szlag by to trafił, westchnął w duchu. Nie dość, że Markowi nie mam jak pomóc, to jeszcze w każdej chwili i mnie może bieda spotkać. Ale przynajmniej trochę żarcia mu kupiłem, bo w pudle pewnie kiepsko karmią...

Do kamieniczki Kozaków dotarł akurat na obiad. Podano kaszę ze skwarkami i grzybami. Jadł, jadł i coś mu strasznie nie pasowało. Nagle odłożył łyżkę i wpatrzył się w zawartość miski.

– Co się stało – zapytała z troską żona Samiłły. – Nie smakuje?

– To nie są suszone grzyby – powiedział. – Skąd wzięliście świeże o tej porze roku?!

– Suszone, namoczone w mleku – wyjaśniła Hela.

Jeszcze jedna rzecz, o której nie wiedziałem, zasmucił się. W mojej epoce już o tym nie pamiętano. Suszone, mrożone...

Po posiłku gospodarz zaprosił go na podwórze. Szable czekały na pniaku. Maksym, Hela i obaj pacholikowie też przyszli.

– Powiedz mi, czy miałeś kiedyś tak, że trzeba było coś trudnego zrobić, a ty od razu wiedziałeś, jak się do tego zabrać? – zagadnął Samiłło.

Staszek przymknął oczy. Miał jedenaście lat. Znudziło go proszenie ojca tygodniami o wywiercenie dziury w ścianie. Wziął wiertarkę, wkręcił odpowiednie wiertło i w kilka minut wykonał otwór pod kołek. Nigdy wcześniej nie trzymał tego narzędzia w ręku, nigdy wcześniej nie widział nikogo, kto by to robił...

– Bywało tak – przyznał. – Do czego waszmość zmierzasz?

– Wielu z nas tak ma. Bierzesz narzędzie, a ono się jakby samo w dłoniach układa. A czasem jest tak, że wiesz, jak należy nim pracować, ale mimo to ci nie idzie. Czasem lata nauki mijają, nim człowiek posiądzie umiejętności, kunszt wykonania danej pracy. A czasem radzi sobie od razu, jakby się z danym talentem urodził.

– Bywa i tak – powtórzył Staszek. – O czym to świadczy?

– Są ludzie, którzy umieją różne rzeczy, choć nigdy się ich nie uczyli. Pracujący, jakby anioł kierował ich dłońmi. Są artyści, którzy w jedną noc z drewnianego klocka wyrzeźbią figurę. Są geniusze pióra, którzy myśl potrafią zapisać taką, iż innym z miejsca w głąb serca zapadnie. Mówimy o talencie samorodnym, o boskim natchnieniu. O umiejętności, która wykracza nawet poza to, czego można się po prostu latami wyuczyć.

– Z szermierką jest tak samo?

– Tak. Szabla cię słucha.

– Nie chcę zabijać ludzi.

– Ale i ku temu masz talent.

– Diabłu w rzyć takie zdolności – zirytował się.

– Wszelki prawdziwy dar od Boga pochodzi – powiedział Samiłło surowo. – To ty zdecydujesz, czy Bogu, czy diabłu nim posłużysz. A przede wszystkim służyć masz ludziom. Im pomagać, ich chronić.

– Wstąpić w szeregi ceklarzy? – zakpił.

– Czemu nie? – wtrącił się Maksym. – Warchoły i złodziejaszki nie lubią ich, ale praca strażników pożytek ludziom niesie. Tylko że u ciebie głowa gorąca i ogień włóczęgi w żyłach. Przygoda cię gna. Kromka suchara z mąki pełnej plew spożywana na szlaku lepiej ci smakuje niż biały chleb w domu pana jedzony. No i rozkazów, rutyny codziennej służby nie zniesiesz...

Chłopak milczał, zastanawiając się nad słowami przyjaciela.

– Jest w tobie płomień jasny jak światło cerkiewnej świecy. Ty nie usiedzisz w jednym miejscu. Powędrujesz za horyzont – powiedział spokojnie Samiłło. – Samotnie lub z dziewczyną u boku. Przeżyjesz przygody, o których będą dumy śpiewać i legendy prawić. Polegniesz lub wrócisz w chwale. To, co ci pisane, w zasadzie jest bez znaczenia, bo w obu wypadkach, umierając, będziesz miał za sobą życie godnie przeżyte i czyny chwalebne. Jeśli żołnierzem zostaniesz, królestwa własne zdobędziesz. Jeśli kupcem, znajdziesz drogi przez morze i skarby niezwykłe z dalekich krain przywieziesz. Jeśli do głowy przyjdzie ci na mnicha się postrzyc, światło ewangelii zaniesiesz dzikim.

Przeceniają mnie, pomyślał Staszek. Przeceniają mnie tak totalnie, że powinienem się zapaść pod ziemię ze wstydu.

– Stawaj, waść! – Pańko zasalutował klingą.

Chcą zobaczyć, czego się nauczyłem, zrozumiał Staszek. Najpierw mi pokadzili, a teraz patrzą, czy się skompromituję. A, niedoczekanie!

Wieczorem siedli przy piwie. Maksym wyciągnął kupioną w Gdańsku stalorytową mapę Rzeczpospolitej. Obaj Kozacy przyglądali jej się, planując trasę do domu. Wreszcie wytyczyli szlak wiodący przez Warszawę i Lublin ku Lwowowi, gdzie liczyli na spotkanie znajomków, by większą gromadą pociągnąć traktem do Kijowa. Omawiali w swoim języku szczegóły drogi, wspominając trudne do przebycia brody i karczmy, z których gościny lepiej nie korzystać. Znali nieprawdopodobną liczbę informacji dotyczących miejscowości, jakie planowali minąć. Słuchał ich zaciekawiony, ale stopniowo senność zwyciężyła.

— Wybaczcie, waszmościowie, spać pora — powiedział, wstając od stołu.

— Kładź się na spoczynek — uśmiechnął się gospodarz. — My z Maksymem musimy jeszcze wiele spraw obgadać...

Powędrował po wąskich schodach na swój stryszek. Przez szparę między deskami sączył się słaby poblask świecy. Hela nie spała. Zapukał delikatnie w ścianę.

— Tak?

— Nie możesz zasnąć? Coś ci dolega? — zaniepokoił się.

— Przyjdź do mnie, proszę — powiedziała.

Leżała na łóżku owinięta pledem pod samą szyję. Usiadł na zydlu.

— Źle się czujesz? — zapytał z troską.

— Gryzą mnie pewne myśli — powiedziała. — Ty zaś posiadasz znaczne wykształcenie.

— Przesada...

— Twoje czasy uczyniły cię mądrzejszym — ciągnęła z namysłem. — Jak wtedy w Trondheim, gdy próbowałeś z Markiem zrobić lek. Jak wtedy, gdy musieliśmy iść przez góry, a ty szykowałeś wyposażenie podobne do tego, które mieliście w swojej epoce... Po prostu więcej w życiu zobaczyłeś. Marek wspomniał, że mieliście i masę książek z ilustracjami, i telewizory pokazujące ruchome widoki.

– O co zatem chcesz zapytać?

– Co w twojej epoce mówiło się o wędrówce dusz.

– Proszę? – Spojrzał na Helę zdumiony.

– Tak mi się o uszy obiło, iż u ludów Dalekiego Wschodu rozpowszechniona jest wiara, iż dusza człowieka po śmierci powracać może, w nowe ciała wchodząc. I filozof Orygenes o czymś takim pisze, a i u żydów jakoby to przekonanie panuje.

– Reinkarnacja? – zdziwił się.

Nie znała tego słowa.

– Wiesz więcej o obcych ludach, ich zwyczajach i wiarach niż ja. Widzę, że wiesz. Opowiedz, proszę.

– To koncepcja pochodząca z buddyzmu i hinduizmu. – Wzruszył ramionami. – Owszem, czytałem o tym.

Milcząc, czekała na wyjaśnienia.

– Rozmaici nawiedzeńcy twierdzili, że jeśli człowieka wprowadzi się w trans hipnotyczny – zawiesił głos; kiwnęła głową na znak, że rozumie – to można nakazać mu, by przypomniał sobie, kim był, kiedy żył poprzednio. Ale rozmawiałem kiedyś z jednym psychologiem, który powiedział, że to wszystko bzdury i że najczęściej zahipnotyzowany gada same głupoty. Ja w każdym razie zupełnie w to nie wierzyłem. No, może odrobinę, gdy byłem młodszy. Potem rozmawiałem z pewnym mądrym księdzem, który mi wyjaśniał, czemu to głupota...

– Dusza... Ale bez pamięci poprzedniego życia? – dopytywała. – Taki człowiek zachowuje się podobnie jak wtedy, kiedy żył poprzednio, choć nie pamięta, co mu się przytrafiło ani czego się nauczył?

– Coś takiego. Kolejne wcielenia, kolejne życia mają na celu osiągnięcie doskonałości, a czasem, jeśli coś się zrobiło źle, to w następnym życiu się za to pokutuje... Szczególnie źli odradzają się nawet jako zwierzęta i rośliny... Nie pamiętam już tych idiotyzmów. Czemu się nad tym zastanawiasz?

– A czy jeśli znało się kiedyś kogoś, to spotka się go ponownie w następnych życiach?

– Nie wiem. Czemu pytasz?

– Marek... Ja... – umilkła.

Czekał cierpliwie. Świeca zapełgała, więc końcówką noża oderwał spaloną część knota i obojętnie strzepnął ją na spodek lichtarza.

– Gdy lepiej was poznawałam, nagle poczułam, jakbym was znała zawsze. Jakby... Jakby pod postacią Marka wrócił mój brat. A gdy ujrzałam cię z szablą, przypomniałam sobie Fryderyka... On też tak... Była w nim wieczna ciekawość świata. Palił się do tego, by robić różne rzeczy, myślał nad usprawnieniami, dumał, jak broń ulepszyć, jak schronienia na zimę opatrzyć, wielu rzeczy nie umiał, ale jak o czymś słyszał choćby, to już chciał spróbować...

– To musi być całkowicie przypadkowe podobieństwo.

– I też knot świecy kozikiem utrącał, zamiast nożyczkami obciąć.

Milczał, nie znajdując argumentów.

– Tak jakby moi bliscy wrócili... – szepnęła. – Jakby znowu byli przy mnie, jakby czas zatoczył krąg.

Chciałaby tego, pomyślał. Dusi ją dogłębna samotność i stara się na siłę dostrzegać w nas podobieństwo do ludzi, których znała. Ale my nimi nie jesteśmy. Nigdy też nie miałem poczucia, że już kiedyś żyłem... Jej epoka nie znaczy dla mnie nic. Nie fascynowały mnie czasy powstania styczniowego, a i z polską tradycją dziewiętnastowieczną byłem na bakier. A gdybym kiedyś żył w tamtych czasach, coś bym chyba czuł, patrząc na trójpolowy herb i inne pamiątki tego okresu? A może czułem?

Zydel gniótł go w zadek, więc usiadł wygodniej.

Brat Heli był w jakiś sposób podobny do Marka, rozmyślał. Do tego jakiś zagadkowy Fryderyk... Ukochany? Narzeczony? Sympatia? Może po prostu przyjaciel? Może coś między nimi było? Ciekawe, czy podobnie jak ja bez przerwy robił z siebie osła i proponował rzeczy, których „nie wypada". E, chyba nie. Żył w jej czasach, odebrał podobne wychowanie. Wiedział, co wolno, a czego nie wolno. W porównaniu z nim jestem ignorantem, chamem i dzikusem. A jednak w czymś jej go przypominam. Czy żyłem wcześniej? Nie, to teraz żyję wcześniej, uśmiechnął się gorzko.

– Mam tego dosyć – westchnęła Hela. – W Trondheim musiałam się ukrywać, tu muszę się ukrywać. Jak mysz pod miotłą.

– Jesteśmy wśród przyjaciół – próbował ją mitygować. – Nic ci nie grozi. To prawdopodobnie najbezpieczniejsze miejsce w tym mieście.

– Wiem. Miło tu, przyjemnie, ale... – Spojrzała na niego bezradnie. – Jestem jak jaskółka zamknięta w klatce.

Klaustrofobia? – pomyślał.

– Rozumiem... – bąknął. – Ale sama wiesz, jaka jest sytuacja...

– Wyśledzę, gdzie mieszka to babsko, i zrobię z tym porządek raz na zawsze – warknęła.

Spojrzała na czekanik stojący koło drzwi. Staszek przypomniał sobie zasypaną śniegiem przełęcz i stado wilków. Znał siłę tej broni. Przeraziła go determinacja dziewczyny.

– Tak nie można... – zaprotestował.

– Tak trzeba! – warknęła. – Ktoś musi położyć temu kres. To wilczyca, dzika bestia. Trzeba ją zabić. Albo ja, albo ty!

– Dość! – huknął. – Samosąd to najlepsza droga na szafot! Trzeba nająć prawnika, zgłosić sprawę władzom i zniszczyć babę w sądzie. Za to, co wyrabiała ze swoim mężusiem, powieszą ją tu zaraz koło bramy.

– Akurat – parsknęła. – Gdyby tak było...

Nagle zamarła. Spostrzegł, co się święci, ale w żaden sposób nie był w stanie temu zaradzić. Szał Heli obudził Esterę. Przez powieki dziewczyny przebiegały nerwowe tiki. Rysy ściągały się, jakby obca twarz usiłowała wynurzyć się spod skóry.

Tego tylko mi brakowało, pomyślał przerażony. Tak długo był spokój i masz babo placek...

Wiedział, że zmiana jest pozorna. Wiedział, że rysy pozostały te same... A jednak, gdy spojrzał w twarz Heli, wydała mu się wręcz obca.

– O cholera... – szepnął. – O jasna cholera.

– Wróciłeś – odezwała się w jidysz. – Przyszedłeś do Gdańska przez zamarznięte morze... Jesteś dzielny, odważny, może odrobinę szalony. A jednocześnie nie dość odważny i nie dość szalony. Wystarcza ci męstwa, by walczyć z ludźmi lub dziką naturą, ale zarazem panicznie boisz się dziewczyn.

– Nie boję się. – Wzruszył ramionami. – Szedłem do niej, nie do ciebie – warknął po polsku.

– I teraz masz problem. – Przeciągnęła się kusząco. – Bo nie wiesz, jak postąpić. Kochasz tę małą wiewiórkę, a ona... Ona chciałaby zemsty. Chciałaby krwią ugasić pożogę, którą sami rozprawiliście tam daleko, na północy. Chciałaby, żeby ostatnie słowo tamtej historii zamieniło się w krwawy kleks, jak ślad po musze zabitej przez zatrzaśnięcie stronic książki. I zapewne poprosi, abyś to ty z katowej utoczył posoki.

– Nie zabiję tej baby. Nie potrafię – westchnął. – Sama myśl o tym budzi moją odrazę.

Przechyliła głowę.

– A ja sądzę, że twój lęk bierze się z czego innego. Ty wiesz, że mógłbyś to zlecenie wypełnić. Boisz się własnych myśli. Własnej wściekłości tak gorącej i tak zimnej zarazem. Może też nie kochasz swojej przyjacióleczki wystarczająco mocno – droczyła się. – A może lepiej byłoby ci ze mną. – Jednym ruchem odrzuciła pled i przesunęła kitką warkocza po dekolcie kusego giezła. – Jestem łagodniejsza. Nie zamierzam żądać od ciebie takich czynów... Choć oczywiście czegoś zażądam. Czegoś prostego, przyjemnego, wymagającego tylko odrobiny odwagi...

Położyła się na wznak i podłożyła ręce pod głowę. Milczał. Nie poruszył się, ale nie był też w stanie oderwać oczu. Miała zgrabne nogi, dość szerokie biodra przechodziły w zaskakująco wąską talię. Żebra rysujące się powyżej pod cienką materią ukształtowane były dziwnie, widocznie te najniższe zrosły się w jeden blok. Gdy ratowali ją z domu kata, nie zwrócił na to uwagi, w górach patrzył jej raczej w twarz... Domyślił się, że to efekt noszenia gorsetu.

Talia osy, sylwetka przypominająca klepsydrę, pomyślał. Ciało sztucznie ukształtowane, wymodelowane latami. Deformacja. Szkodliwa dla zdrowia, kalectwo nieomal. Obcy, dawno zarzucony kanon mody i urody. Ale... Dlaczego robi na mnie tak oszałamiające wrażenie?

– Doprawdy nie wypada tak się gapić na damę w negliżu – mruknęła. – A zwłaszcza bezczynnie gapić.

– To może się pledem nakryjesz? – jego własny głos zabrzmiał obco. – Szedłem do niej – powtórzył. – Obronię ją bez potrzeby zabijania kogokolwiek.

Przeciągnęła się na łóżku jak zadowolona kotka.

– Jesteś w głębi duszy tylko małym przestraszonym chłopcem – powiedziała. – Sam nigdy nie zdobędziesz się na to, by ją uwieść i pozbawić cnoty.

– No to się nie zdobędę. – Wzruszył ramionami. – Jakoś to przebolejemy, i ja, i ona.

Milczała, uśmiechając się słodko, aż przechodziły ciarki.

– Nie jesteś taka – szepnął w jidysz. – Sięgnij do swojej pamięci. Spróbuj odnaleźć siebie. Taką, jaką byłaś naprawdę, zanim ta cholerna łasica pogrzebała ci w psychice. Przypomnij sobie zasady twojej religii. Prawa i tradycje zapisane w Torze, nauki Talmudu.

– Żydowskie kobiety nie czytały pism religijnych – droczyła się. – To było zajęcie dla mężczyzn.

– Zatem wspomnij swoich przodków. To, czym żyli. Ich bezwzględną czystość moralną. Surowe i bogobojne życie. Ortodoksyjne zwyczaje. Wasze rodziny były liczne. Miałaś przecież babcie, ciotki, kuzynki. Nic ci nie przekazały? Nic nie wytłumaczyły?

– Nie nudź – prychnęła jakby rozeźlona.

Co robić? – myślał rozpaczliwie. Stuknąć czymś po głowie? Ogłuszyć? Związać? Muszę ją obezwładnić, zakneblować, poczekać, aż wróci osobowość Heli. Bo jeśli tu teraz, nie daj Boże, wejdą, pomyślą, że jest opętana. To Kozacy. Ich dumki opowiadają, jak ich towarzysze z diabłami się za łby brali. Usieką na miejscu...

– To niegrzecznie kazać damie czekać – zakpiła.

– Na co czekać? – prychnął. – Czego chcesz? Hela jest dziewicą...

– Miau? – Puściła do niego oko.

A gdyby spełnić jej zachciankę? Nasyci się i zaśnie. Myśl była obezwładniająco kusząca. Ale nie poruszył się. Chciał wyjść, ale nie był w stanie uczynić ani jednego gestu.

Wstała z łóżka i podeszła. Zacisnął zęby. Estera zrobiła jeszcze krok. Niespodziewanie usiadła mu okrakiem na kolanach i niebezpiecznie gibnęła się w tył. Złapał ją i w tym momencie zrozumiał, że to był podstęp. Chciała, by ją pochwycił, objął.

Poczuł znowu to samo co wtedy. Ruch łopatek pod gładką skórą. Przytuliła się ciasno i pocałowała go. Nie zdołał się przemóc i odchylić głowy. Zetknięte wargi. Muśnięcie... Delikatne mrowienie, niczym słabe wyładowanie elektryczne. Czuł, jak cały opór topi się na podobieństwo wosku.

Oszołomiony wstał i zaniósł ją do łóżka. Z trudem uwolnił się, bo oplotła go ciasno rękoma i udami. Musiał zdrowo szarpać, nim uległa. Leżała obrażona.

– Nie możemy – uciął.

– Chyba ty – zakpiła.

Wzruszył ramionami i nakrył ją pledem.

– Śpij już – poprosił. – To tylko zamroczenie. Obudzisz się normalna...

– Tak, chyba tak – mruknęła po polsku i ziewnęła. – Ale... A, pal cię diabli, świętoszkowaty eunuchu. – I dodała garść wyrazów w jidysz, których scalak nie zdołał zidentyfikować.

Staszek wyszedł z jej pokoju. Plunęła w ślad za nim, ale nie trafiła. Położył się do łóżka zły, zmęczony i przerażony. Długo leżał rozdygotany. Gdy tylko przymykał oczy, widział ją prawie nagą, jak wtedy w górach. Jakby obraz wypalił mu się pod powiekami.

Ma osiemnaście, może już dziewiętnaście lat, westchnął w duchu. Biologia upomina się o swoje prawa. Ale przecież nie mogę, jak zwierzę, posiąść dziewczyny tylko dla zaspokojenia instynktów... Przyjdzie czas na wszystko. Ale godnie. Zaręczyny, ślub i tak dalej... Żebym mógł potem patrzeć na swoje odbicie w lustrze.

Zagryzł wargi. Poblask sączący się z pokoju obok zgasł. Zdmuchnęła świecę i najwidoczniej planowała spać.

Tyle czasu był spokój, pomyślał ze smutkiem. I nagle... Jaki jest klucz tych przebudzeń drugiej osobowości? To dzieje się, gdy wpada w złość? Przecież u kata była sobą. Marek mówił, że miała jakieś dziwne przebłyski, wspomniała o żarówce. Czyli pamięć Estery trochę przebijała. Ale nic się nie działo, choć bili ją, gwałcili... Dopiero gdy uwolniliśmy dziewczynę, nagle nastąpił przeskok. Czemu wtedy?

Zamyślił się. A jeśli?

Kat podał jej jakiś silny narkotyk, przypomniał sobie. Gdzieś czytałem, że u osób podatnych nawet jedna dawka może wywołać schizofrenię. Może tu nastąpiło podobne zjawisko? Substancja psychoaktywna stała się katalizatorem... Jasna cholera...

Zasnął.

Obudziły go odgłosy jakiejś szamotaniny. Usiadł gwałtownie na posłaniu. W ciemności niewiele było widać. Co się dzieje?! Otworzył skrytkę i zacisnął dłoń na rękojeści rewolweru.

– Zapal, proszę, świecę – odezwał się Maksym.

Staszek pospiesznie namacał na framudze okna krzesiwo i pudełeczko z hubką. Ścisnął w palcach znajomy przedmiot. Jedna iskra, druga, piąta...

Do diabła, przydałaby się zapalniczka!

Wreszcie hubka zaczęła się żarzyć. Rozdmuchał płomyk i odpalił knot. Teraz dopiero w słabym blasku świecy mógł się zorientować, co zaszło.

Maksym siedział okrakiem, przygniatając Helę do podłogi. Jedną dłonią trzymał ją za nadgarstki, drugą zatykał usta. Dziewczyna miotała się, próbowała kopnąć go kolanami.

– Sam widzisz, a to się porobiło – powiedział. – Drzemię sobie dniem całym znużony, a tu nagle poczułem się, jak pewnej nocy w chutorze u przyjaciół. Do stodoły żem wtedy poszedł i gdym się na sianku wylegiwał, córka znajomego zaszła w odwiedziny, bo zechciała przygód zaznać... Tak i tym razem śpię sobie, a tu nagle nieomal naga dziewuszka pod kołdrę mi włazi... Sądziłem wpierw, że panna Hela poszła do wygódki i wracając, pokoje i łóżka w ciemności pomyliła, potem o głębi waszej przyjaźni pomyślałem, ale szybko zmiarkowałem, w czym rzecz... To nie ona.

Patrzył na twarz dziewczyny, a dokładniej, na tę część, którą widział. Wpatrywał się w oczy. Wyglądał na zmieszanego i nawet trochę przestraszonego.

– To nie jest twoja Hela – powtórzył, powoli tracąc dotychczasowy wesoły ton głosu. – Coś w nią wlazło. Coś obcego. Popatrz na lico.

– Wiem.

– Potrzymaj ją za ręce.

Staszek chwycił nadgarstki Estery. Szarpnęła potężnie, ale nie puścił. Maksym pospiesznie szukał czegoś w sakwie i wyjąwszy małą metalową butelkę, odkręcił i chlapnął na krzyż.

– *Wo imia Otca, Syna i Spasa Swiethogo...*

Nic się nie stało. Nadal szarpała się wściekle.

– Trza ją będzie związać – powiedział Kozak poważnie. – A rano konopie przy niej spalimy, to się uspokoi... Może. Będziesz cicho?

Kiwnęła potakująco. Puścił jej głowę. Wyrzuciła z siebie szeptem piętrową wiązankę żydowskich prze-

kleństw. Staszek zrozumiał piąte przez dziesiąte, ale i tak poczuł, jak czerwienieją mu uszy.

– Tak bywało już wcześniej – jego towarzysz raczej stwierdził, niż zapytał.

– Bywało. Zawsze mijało po pewnym czasie... Pewnie sądzisz, że to opętanie? – prychnął.

– Nie. – Kozak pokręcił głową. – Na pewno nie opętanie. Zważ, że chlapnąłem ją wodą święconą, a obca dusza wcale się nie cofnęła. Gdyby to opętanie było, diabła tak nie wygonisz, ale zaboli go i da po sobie poznać... Moim zdaniem, to tylko w głowie coś jej się popsowało. Bywa tak czasem, że człek jakby dwa serca i dwie dusze w jednym ciele miał, a jak na umyśle słaby, to i dysputy sam ze sobą wiedzie, co nie zawsze głupie, bo z mądrym wżdy warto pogadać... – filozofował.

Milczała, patrząc na nich wściekle. Świeca zapełgała.

– Ciężko mi – warknęła.

– I zimno zapewne – uśmiechnął się Maksym. – I dechy zdeptane w zadek gniotą... Pech prawdziwy, żeś w giezło jedynie odziana, a tu nikt nie ma jakoś ochoty swaźbnić. Sama widzisz, żeś niepotrzebnie do głowy Heli w odwiedziny wpadła. Odejdź zatem, gdzie twe miejsce... Przegrałaś.

Warknęła raz jeszcze. Osobowość Estery już się cofała. Maksym puścił ją i wstał. Twarz dziewczyny przebiegały nerwowe tiki. Drżała.

– Ja... – wykrztusiła, czerwieniąc się jak burak.

– Nie ty. Tamta – powiedział Maksym z prostotą. – Zobaczyła, że z nami nic nie wskóra, i poszła sobie precz. A czego chciała, nie wiem, bo w jewrejskiej mowie, choć do niemieckiego podobna, nijak się nie mogę połapać.

– Ale ja... – Zebrała materiał na dekolcie.

– Nic nie widziałem, ciemno tu jak w grobie. A nawet jeśli coś widziałem, to i tak zaraz zapomniałem. – Uśmiechnął się. – Spać pora, nie myśl już o tym. U nas na Siczy niejeden Kozak, co w bitwie rany na głowie poniósł, gorsze wygłupy czyni.

Kiwnęła głową i schowała ją w ramiona. Wyglądała jak kupka nieszczęścia.

– Ja... do siebie pójdę – szepnęła. – Przepraszam...

– Jeśli trzeba, możemy przy tobie posiedzieć – zaofiarował się Staszek.

– Nie, dziękuję. Tak nie wypada. Śpijcie, proszę...

Chłopak uwalił się na sienniku. Walka z Esterą wykończyła go fizycznie i psychicznie. Czuł zawroty głowy. Przesunął palcami po wargach. Wspomnienie dotyku jej ust paliło...

– Się porobiło – westchnął Maksym. – Często ją tak łapie?

– Czasami – wyjaśnił Staszek. – Dziękuję.

– *Ni ma za szczo.*

Kozak zdmuchnął świecę.

Przy śniadaniu ani Maksym, ani Hela nie wspomnieli o tym, co zaszło w nocy. Dziewczyna siedziała trochę blada, ale Kozak odzyskał swój zwykły nastrój. Jadł za trzech i dowcipkował. Po posiłku poszli na podwórze na tradycyjny już trening. Tym razem Staszka czekało trudniejsze zadanie.

– Jest w tobie okruch prawdziwego złota – powiedział gospodarz. – Lecz jak to ze złotem bywa, ukryty w pokładach ziemi i błota. Wiele czasu trzeba poświęcić, by wydobyć go na powierzchnię... Poznałeś nas, wiesz, jak walczymy. A i panna Helena mądrą rzecz ci powiedziała. Poczułeś, jak to jest, gdy walczą twoje dłonie. Gdy w ruch wprawia je nie głowa, nie chłodny rozum, lecz serce... Ruszaj, waść. Twój cel: tamte drzwi od szopy na końcu podwórza. Dojdziesz żyw czy nie?

Spojrzał im w oczy. Jeden niewiarygodnie doświadczony rębajło z Dzikich Pól i dwaj smarkacze, których nie mógł zlekceważyć, bo nieomal urodzili się z bronią w ręku.

Zważył oręż w dłoni. W drugą ujął także stępiony szeroki myśliwski nóż. Przyłożył klingę do przedramienia. Kozacy uśmiechnęli się kpiąco.

Jednemu nie dałbym rady, a co dopiero trzem? Przełknął ślinę.

Skoczył. Szabla zaśpiewała w powietrzu, głownie zabrzęczały. Zbił kilka pierwszych ciosów, nożem zablokował szablę Samiłły. Na chwilę, ale wystarczyło, by go wyminąć. Machnął odruchowo szablą nad ramieniem, by zastawić się przed ciosem w plecy. Poczuł uderzenie i usłyszał zgrzyt. Udało się! Obronił się przed cięciem, które jedynie przewidział!

Hela miała rację, pomyślał. Tu rzeczywiście pracuje jakiś szósty zmysł.

I niemal natychmiast został trafiony co najmniej cztery, może pięć razy.

– *Postoj!*

Chłopcy opuścili broń.

– Sparowałeś pierwsze ciosy – pochwalił gospodarz. – Ale potem rytm straciłeś, przestraszyłeś się lub zamyśliłeś, zmyliłeś krok i zatrzymałeś w miejscu, miast biec do drzwi. A przecież dziś w rękach naszych tylko tępe żelazo, a nie wyostrzone na kamieniu stalowe klingi prawdziwych szabel. Raz jeszcze. Umysł niech śpi. Przed oczyma musisz mieć wyłącznie tamte wierzeje.

Skoczył. Starcie było błyskawiczne. I znowu go zatrzymali, przebył jednak ponad połowę dystansu, parując liczne uderzenia, nim zdołali go trafić po raz pierwszy.

Chyba nieźle mi idzie, poczuł dumę.

– *Mołojec* – pochwalił Samiłło. – Pomyśl teraz, jak to czasem w bitwie bywa, że dnia połowę tak przed siebie kroczysz, cięcia parując, aż krwi upływ na ziemię cię obali...

– Hela mówiła prawdę... – powiedział w zadumie Staszek. – Naprawdę nie trzeba patrzeć. Można do pewnego stopnia przewidzieć...

– Nie. Trzeba zachować równowagę między instynktem a obserwacją – powiedział Mychajło. – Nie jest sztuką patrzeć. Nie jest sztuką zasłonić się przed ciosem, który pada z szybkiego cięcia. Sztuką jest połączyć harmonijnie to, co mówi wzrok i szept serca...

Milcząc, trawił słowa dzieciaka. Nie ufać instynktowi tak do końca? I nagle poczuł coś jeszcze. Kozacy... To oni jako pierwsi sięgnęli po szable. Dawno, dawno temu, może jeszcze w trzynastym wieku, gdy walczyli z mongolskimi najeźdźcami. Doskonalili kunszt przez stulecia.

Szermierze doskonali, natchnieni duchem walki. Jak ci mistrzowie szpady i rapiera z weneckich pieśni... Ci trzej to pierwsi w tych stronach ludzie, którzy opanowali tę sztukę do perfekcji. Pierwsi, którzy na tej ziemi pokazali niezrównane mistrzostwo posługiwania się tą bronią... I dziadek Heli. Cień odchodzącej epoki. Bo już czasy Napoleona to nowa wojna, wojna, w której przemówiły armaty i dalekosiężne karabiny... Potem broń biała była już zawsze w odwrocie, aż sztuka władania nią zanikła...

Stoję u źródła, pomyślał. Mogę nauczyć się tego, co jeszcze niewielu umie. Mogę być jednym z pierwszych, jak dziadek Heli był jednym z ostatnich.

Złożył się i zacisnął zęby. Trzeba się uczyć. Nie wiadomo, kiedy to może się przydać. Nie wiadomo, jak wiele czasu spędzę wśród tych życzliwych ludzi. Muszę wykorzystać każdą minutę...

– Jeszcze raz? – zaproponował.

Przed wieczorem jakiś pacholik przyniósł kartkę od Mariusa Kowalika. Staszek pożegnał się i ruszył do Wielkiego Młyna. Wynalazca musiał zobaczyć chłopaka z okna, bo wyszedł mu na powitanie. Stanęli na brzegu kanału. Kilkanaście kół podsiębiernych obracało się zgodnym rytmem.

– Wybacz, waszmość, że kazałem się fatygować, ale mam trochę nowin – powiedział. – Sami rozumiecie, znajomych tu i ówdzie podpytałem, próbowałem coś przewąchać w kwestii mistrza Markusa.

– Rozmawiałem z justycjariuszem – powiedział Staszek. – Wygląda na to, że oskarżenie...

– Oskarżenie o służenie łasicy to tylko pretekst.

– Wolne żarty!

– Oczywiście spadło im jak z nieba i wykorzystali je z prawdziwą radością. I jeszcze biedy nielichej mu napyta. Jednak nie ono jest tu naprawdę ważne. Jest ktoś w otoczeniu burmistrza. Ktoś, komu bardzo nie podoba się polityka uprawiana przez Hanzę. Ktoś, kto najchętniej widziałby Gdańsk poza ligą.

– Kto taki?

– Zygfryd Wolf.

– Już wspominałeś, panie, to nazwisko, lecz ono mi nic nie mówi.

– I mnie bardzo niewiele. Jest jednym z zaufanych sekretarzy imć burmistrza. Ale czasem bywa tak, że ktoś pociąga za sznurki ukryty za kotarą. O Wolfie mówią, że król go tu przysłał, by interesa monarchii zabezpieczał.

– Czy tym nie powinien zajmować się burgrabia?

– Powinien. I trochę się zapewne zajmuje – w głosie Mariusa dało się wyczuć zjadliwą ironię. – W każdym razie Zygfryd właśnie u burmistrza wyprosił nakaz aresztowania Marka Oberecha.

– Dziwne rzeczy pan mówi – westchnął Staszek. – To jakieś meandry wielkiej polityki. Co mój przyjaciel ma z tym wspólnego?! Co ma wspólnego z waszymi sprawami?! Płynął na „Srebrnej Łani". Podsłuchał wasze plany?

– Nic nie ma wspólnego! Zupełnie nic. Nigdy w życiu człowieka tak niepewnego nie dopuścilibyśmy do najbłahszych tajemnic związku. Wsparł nas w walce z piratami, uratował mi życie, uratował życie Petera Hansavritsona, i to dwukrotnie. Wdzięczność dozgonną mu winniśmy, ale do sekretów naszych nie dopuściliśmy i nie dopuścimy. Nigdy. Tylko że... Oni o tym nie wiedzą.

– Rozumiem...

– Przybył do Gdańska w towarzystwie dwu naszych zaufanych, Sadki i Borysa. Bardzo niedobrze się stało, bowiem pan Grot wyciągnął z tego całkiem opaczne wnioski.

– Czyli?

– Markus wpadł po uszy. Bo jak go mają pod kluczem, zechcą wypytać o to, co wie. Nawet jak powie wszystko, zresztą śmiało mówić może, bo to żadna tajemnica, to i tak nie uwierzą w jego szczerość. Bo i wszystko przeciw niemu przemawia.

– Co zatem możemy zrobić?

– Niewiele. Grzegorz Gerhard Grot pracuje tu od lat. Nie ma bliskiej rodziny, jest całkowicie nieprzekupny. Wykonuje tylko to, co z przepisów wynika, lub rozkazy burmistrza, a w tym przypadku Zygfryda Wolfa. Te zaś są takie, by pod kluczem go trzymać w dolnym lochu, na żadne odwiedziny zgody nie wydawać, a gdyby nie złamały go smród i ciemnica, poddać torturom.

– Do diabła!

– Po Wielkanocy do miasta zawita pewnie syndyk Hanzy Sudermann. Mogę go uprosić o wstawiennictwo. Ale czy to coś pomoże? Poza tym niechętnie swą władzę narzuca, woli, gdy wszyscy współpracują zgodnie, jak równy z równym.

– A gdyby tak... – zamyślił się Staszek.

– Co chcesz powiedzieć?

– Oko Jelenia.

– Milcz, nie wymawiaj nawet! – syknął Marius, rozglądając się w panice na boki. – Skąd ty, u diabła, wiesz... A, jasne. Krucafuks. Powinieneś umrzeć tylko dlatego, że znasz tę nazwę.

Staszek poczuł zimny pot na plecach. Wynalazca milczał, patrząc na wodę i wirujące koła młyńskie.

– To możliwe – powiedział wreszcie.

Staszek popatrzył na niego zdezorientowany.

– Można by zrobić i tak. Nie słyszałem wprawdzie, by Oka użyto w tak błahej sprawie, ale po prawdzie niewiele wiem o tym, jak często i do jakich celów go używano. Problem w tym, że tylko Hansavritson wie, gdzie zostało ukryte, i tylko on wie, jak się nim bezpiecznie posłużyć. A on przepadł jak kamień w wodę.

– Musimy zatem wymyślić coś innego.

– Musimy – potwierdził Kowalik. – Justycjariusza nie przekupimy. Ale może dałoby się Wolfa przekonać, że pobłądził.

– Jeśli potrzeba pieniędzy...

– Z naszej winy w biedę Markus popadł, więc my koszta ewentualne poniesiemy – uciął. – Spotkamy się ponownie za dwa lub trzy dni.

– Dziękuję za pomoc.

– Podziękujesz, jak efekty tej pomocy obaczymy... – westchnął Marius.

Staszek pożegnał się i ruszył na kwaterę.

Pańko prowadził Helę. Worek z dobytkiem dziewczyny przerzucił sobie przez ramię. W niemieckim ubraniu spokojnie mógł udawać młodego pludraka, kupiec-

kiego syna albo wędrownego czeladnika któregoś
z bogatszych cechów. U boku zamiast szabli miał kord.

– Ferberów jest wiele rodzin – opowiadał. – Z jednego pnia ponoć się wywodzą, żyją w Gdańsku od czasów
tak zamierzchłych, że choć pamiętają, iż są jednej krwi,
sami nie pomną już przodków, poprzez których rodziny ich związane. I różnej są kondycji, i biedni, i bogaci.
I sławnych mężów ród ten wydał, i nic nieznaczących.

– Sławnych? – zaciekawiła się dziewczyna.

– Ot, choćby biskup Maurycy Ferber, zmarły lat
temu dwadzieścia parę, który dzielnie z heretykami na
ziemiach diecezji warmińskiej walczył i szkody wielkie
im poczynił. Zaś pani Agata i brat jej Artur to dzieci
Wiktora Ferbera, który biskupa tegoż widzi mi się nader
dalekim kuzynem... A oto i jesteśmy.

Stali przed niewielką trzypiętrową kamienicą. Dom
był nieco zaniedbany. Pacholik zastukał kołatką.

Nie minęła chwila i drzwi otworzyła niewysoka,
ciemnowłosa dziewczyna, może trzy lata młodsza od Heli.
Kozaczek patrzący z boku uniósł brwi. Były do siebie podobne, może nie jak rodzone siostry, lecz aż się zdziwił.

– Czym służyć mogę? – Stojąca w progu przechyliła
pytająco głowę, ale wpatrywała się przy tym w rudy lok
wymykający się spod chustki Heli.

– Proszę zaanonsować pani Agacie, że Helena...

– Ach! Pani Agata dawno już dyspozycje wydała, że
gdybyście, pani, tylko się pojawiła, mam niezwłocznie
zaciągnąć do niej choćby siłą, o dowolnej porze dnia
i nocy, a nawet obudzić, gdyby potrzeba takowa zaszła! –
Uśmiechnęła się.

Pańko pożegnał się uprzejmie i odszedł. One zaś ruszyły do wnętrza domu. Ród, niegdyś bogaty, wyraźnie podupadł ostatnimi czasy. Hela zarejestrowała to niemal machinalnie. Obicia krzeseł z grubo tłoczonej i barwionej skóry od dawna prosiły się o wymianę. Malowidła na stropach też wymagały odświeżenia.

Po wąskich, skrzypiących schodach wdrapały się na drugie piętro. Pani Agata siedziała w sypialni i korzystając z resztek dziennego światła, mozoliła się nad koronkową serwetką. Na widok Heli aż poderwała się z miejsca.

Dziewczyna uklękła przed nią.

– Pani, wiarołomna służąca powróciła.

Wdówka parsknęła perlistym śmiechem.

– Najwyższy czas – powiedziała. – Wiem, że Marek został uwięziony, lecz Artur nie był w stanie wyśledzić, gdzie się zatrzymałaś. Świetnie, że jesteś.

– Przyjmiecie mnie, pani, z powrotem?

– Jasne. Będzie jak w Bergen. Roboty więcej, bo dom duży, ale mniej zarazem, bo pomożesz Marcie, a do szykowania posiłków kucharkę mamy, popracujecie z nią obie... Doskonale się składa. – Klasnęła w ręce uradowana. – Spać będziesz ze mną, Artur z miasta wróci, to jakąś skrzynię na twoje rzeczy wyszuka i tu przyniesie...

– Ja mogę przynieść – zaofiarowała się ciemnowłosa Marta.

– Młoda jesteś, to nie dźwigaj. Od tego mężczyzna w domu. Ja tu pracę dzisiejszą jeszcze dokończę, a ty Helę oprowadź. Ojciec mój do dom nie powrócił?

– Jeszcze nie.

– Zatem w porze kolacji cię przedstawimy. Czekaj, bo to ważne. – Zmarszczyła nos. – Marek uwięziony jest w lochu pod ratuszem. Pilnuje go mój kuzyn, Grzegorz Gerhard Grot. Rozmawiałam z nim już. Niestety dla nas, człek to twardy, uczciwy i nieprzekupny, tedy losu przyjaciela poprawić nie możemy. Ale umyśliłam sobie plan, by jednak spróbować krewniaka trochę urobić. Zobaczymy, jak nam to wyjdzie.

– Myślałam, że więźniów trzymają w tej wielkiej wieży obok bramy – zdziwiła się Hela.

– Zazwyczaj tak, ale ponoć tylu rzezimieszków tej zimy nachwytali, że wszystkich na śmierć skazanych do ratuszowych piwnic wtłoczyli. Marka też widać chcą mieć na oku, a może i śledztwo prowadzą... Tak czy siak, zrobię, co w mej mocy. Idźcie teraz dom obejrzeć.

– Panno Heleno... – Marta zwróciła się do gościa.

– Po imieniu sobie mówicie – zadysponowała wdówka. – Pokaż jej wszystko i opowiedz co i jak. Jutro w obowiązki ją wprowadzisz, a i ja zadania różne mam obmyślone. Warto przed Wielkanocą uprzątnąć trochę ten grobowiec. Dodatkowa para rąk jest na wagę złota.

– Chodźmy zatem – uśmiechnęła się służąca. – Domostwo spore i choć nie ma tu wiele do obejrzenia, nie traćmy czasu.

Hela szybko poznała kamienicę.

Od frontu znajdował się kantorek i gabinet. Wyżej mieszkał pan Wiktor, nestor rodu. Mimo że owdowiał całe lata temu, wedle słów Marty nadal nosił żałobę. Obok znajdowały się pokoje jego synów. W Gdańsku mieszkał obecnie tylko najmłodszy, Artur, pozostali trzej czy czterej rozjechali się po Europie, prowadzili interesy gdzieś w obcych portach. Na drugim piętrze mieszkała Agata, znajdowały się tu także magazyny cenniejszych towarów. Kuchnię umieszczono w podwórzu, tam też w oficynie mieszkała kucharka i służąca. Ferberowie nie trzymali zwierząt, mieli tylko kilkanaście królików, może ze trzydzieści kur i kapłonów oraz kilka gęsi i perliczek.

🐾 Staszek wszedł do kuchni. Na jego widok wszyscy umilkli. Miejsce Heli było puste. Chłopak poczuł, że nagle zabrakło mu powietrza. Przed oczyma zawirowały kolorowe plamy.

– Gdzie...? – wykrztusił.

– Zebrała swoje rzeczy i odeszła – powiedział Samiłło poważnie.

Staszek spojrzał na niego całkiem zbaraniały.

Porwali ją, pomyślał, zaraz jednak odrzucił tę myśl jako niedorzeczną.

– Ale... – zaczął i urwał, nie mogąc znaleźć odpowiednich słów. – Dokąd...? Dlaczego? Przecież ja nic...

Przestraszyła się tego, co stało się z nią w nocy, domyślił się błyskawicznie.

– Muszę ją odnaleźć – wybuchnął. – Pomożecie mi?

– *Bratok* – odparł gospodarz – daruj. Pomóc ci nie możemy. Wiemy oczywiście, dokąd się udała, bo o drogę zapytała i Pańko ją pod drzwi zaprowadził, ale prosiła też, byśmy ci nie mówili.

– Czyli wiecie, ale nie powiecie... – westchnął z rezygnacją.

Kozacy. Prędzej z kamienia by krew utoczył, niż zmusił ich do zdradzenia tajemnicy.

– Trafnieś rzekł. Twierdzi, że tam będzie bezpieczna. Wedle naszego rozeznania tak też i jest.

– Dobre i to, ale...

– Kobiety mają długie włosy i krótki rozum – powiedział Samiłło. – Jeśli uciekła, bo tak jej się ubrdało, to ochłonie i wróci. Tedy nie potrzebujesz naszej pomocy, poczekać cierpliwie wystarczy. Jeśli jednak odeszła, bo powód po temu istotny miała, nie naszą jest rzeczą przywlec ci ją z powrotem. U nas na Ukrainie kobieta jest wolną i choć w tych pludrackich krainach różnie z tym bywa, obyczaj nasz kobietę i jej wolę uszanować nakazuje. To, co między wami, to wasza sprawa.

– Hela...

– Ta *żinka* jest jak płomień – powiedział Pańko.

– Że niby ruda? – Polak spojrzał na Kozaczka zbaraniały.

Obaj chłopcy z trudem zachowali kamienny wyraz twarzy.

– Nieczęsto się takie rodzą. – Gospodarz jakby nie zauważył głupiej odzywki Staszka. – To żywioł, jakby to określił Grek Empedokles. Woda, ziemia, powietrze, wreszcie ogień.

Staszek wytrzeszczył oczy.

– Skąd u waszmości znajomość klasycznej myśli filozoficznej? – zdumiał się.

– Nie zawsze byłem Kozakiem. – Samiłło wzruszył ramionami. – Był czas, że w przyklasztornej szkole portkami ławę wycierałem.

– Nie rozumiem, co macie na myśli. Żywioły, koncepcje budowy materii, uczyłem się o tym i ja, ale...

– Ludzie są różni. W zależności od tego, co im przypisane. Są tacy jak ziemia. Siedzieć będą w miejscu, wszystko zniosą, wszystko przyjmą. Są i tacy, co jak wiatr hulają po świecie, niesieni przygodą. W wicher porywisty mogą się zamienić, wtedy drzewa z korzeniami wyrywają, domy i wieże obalić mogą. Wszędzie dotrą, z każdej niewoli się wyrwą, jeśli nie wraz z ciałem, to choć duchem. Przyjaciel twój Maksym z takich i ty. Są i tacy, którzy niczym woda, z pozoru spokojni, ale w tym spokoju jest siła nieokiełznana. Widziałeś kiedyś górską rzekę? Możesz usypać wał, stawidło uczynić, puścić jej siłę na koło młyńskie. Ale gdy znudzi ją obracanie żaren, zerwie się wiosną z uwięzi lodu, stawidła wyrwie i poniesie młyn ku nizinom. I znów zalegnie, zapadnie w rozlewiska. Są i tacy jak płomień. Ich najmniej. Na szczęście, czy na nieszczęście może. Ci nie będą czekać ani cierpieć. Uderzą samojeden na setkę wrogów. Sami sobie prawa stanowić będą. Ten, kto zechce ich zniewolić, szybko pojmie, iż ubić ich musi albo zgorzeje... Oni nie uciekną, wędrować bowiem nie lubią i nad włóczęgę miejsce stałe przedkładają. Lecz o swoje walczyć będą. Plecami o ścianę zaparci opór stawią, póki życia stanie. Ranni śmiertelnie sami śmierć nadal nieść będą, nim dłoń szablę dzierżąca osłabnie...

Dokładnie to samo, co opowiadał Marek, pomyślał Staszek. To, co pokazała mu łasica. Hela została zgwałcona, była poraniona, pchnięto ją bagnetem, przygwożdżono do podłogi, wykrwawiała się, a jeszcze dwóch oprawców zastrzeliła.

– Helena idzie swoją drogą – kontynuował gospodarz. – Nie zatrzymasz jej, nie złamiesz, nie przekonasz. Zrobi, co jej serce dyktuje. Jest taka jak my, Kozacy. Nie podda się nigdy. W niewoli zawsze będzie myśleć nie o ucieczce, ale jak oprawcy gardło przegryźć. Gdy będzie trzeba oddać życie, odda. Nie okiełznasz jej, nie ujeździsz. Możesz co najwyżej iść przez życie u jej boku. Jeśli oczywiście wystarczy ci sił, by kroku dotrzymać. Bo jak w tyle zostaniesz, jej ogień w sercu ci popiół zostawi...

Staszek dłuższą chwilę milczał.

Nie, to nie tak, pomyślał. To dobry człowiek, ale troszkę próżny. Przeczytał coś czy zasłyszał i zapragnął popisać się przede mną erudycją. Ale nie da się sprowadzić całej złożoności duszy człowieka wyłącznie do czterech cech pierwotnych.

– Zatem... – zaczął.

– Ona wróci. Ale musi minąć trochę czasu, zanim zrozumie, czego tak naprawdę chce i potrzebuje. I nie wróci, by ci się poddać, ale po to, żeby podać dłoń do wspólnej wędrówki.

– Wiecie, gdzie się udała. Czy w razie jakiejś katastrofy będziecie mogli przekazać jej informację?

– Tylko w razie prawdziwych problemów.

Maksym został na dole. Staszek wdrapał się na swój strych. Czuł, że musi rozważyć wiele spraw, ale myśli jakoś nie składały się do kupy. Co mówiła Hela o samej sobie? Usiłował przypomnieć sobie jej słowa, to o wściekliźnie duszy czy jakoś tak...

A ja? – zadumał się. A jeśli te porównania mimo swojej powierzchowności niosą jakąś mądrość, jakąś użyteczną wiedzę? Jaki żywioł determinuje moje działania?

Wyciągnął dłoń i nożykiem utrącił spalony knot świecy. Zrobił to zupełnie odruchowo i dopiero po chwili spojrzał na kozik w swej dłoni. Co powiedziała Hela? Jej przyjaciel, członek oddziału jej brata, robił tak samo? W tamtych dziwnych czasach, zanim jeszcze wynaleziono lampy naftowe...

Reinkarnacja? – zamyślił się na chwilę. Żyliśmy już kiedyś oboje, spotkaliśmy się na ogarniętej powstańczym wrzeniem Lubelszczyźnie... Potem umarłem i urodziłem się ponownie. Miłość okazała się wieczna. Spotkaliśmy się znowu. Bzdura z gatunku New Age. Ale może ona w to jakoś trochę wierzy. Może dzięki temu spojrzy na mnie przychylniej...

🦊 Skończyły wieczorną modlitwę niemal jednocześnie. Agata ziewnęła rozdzierająco i przeciągnęła się jak zadowolona z życia kotka. Odziała się w czyste giezło i rozpuściła włosy. Hela przyklękła i pospiesznie zaczęła rozczesywać je grzebieniem.

– Powiedz mi: po co? – zapytała gospodyni.

– Tak, pani?

– Helu, nie udawaj. Nie musiałaś tu przychodzić. Masz zapewniony byt. Odnalazł się twój narzeczony. Jesteś też szlachcianką. Czemu chcesz mi służyć? Co cię tu przygnało? Przecież nie brak ci gotówki.

– Mam pieniądze, pani. Mój... przyjaciel też zarobił krocie. Ale... – urwała.

– Znalazłaś się tu, bo czegoś chcesz. Czegoś potrzebujesz tak rozpaczliwie, że kładziesz uszy po sobie, odrzucasz na bok dumę...

– Pani...

Wdówka odwróciła się i ujęła Helę pod brodę. Spojrzała w oczy. Wpatrywała się długo i badawczo. Dziewczyna nie spuściła wzroku. Patrzyła spokojnie.

– Czego szukasz? Czego pragniesz?

– Spokoju. Prostych, codziennych obowiązków. Ciepłego łóżka i twego, pani, towarzystwa. I kilku rad, bo budzę się rankiem i zadaję sobie to samo pytanie: kim jestem?

– Gnębią cię troski i sądzisz, że pomogę je rozwiać?

– Jestem sierotą. Wychowali mnie mężczyźni. Prawi i szlachetni, ale zabrakło mi matki. Przepisy i receptury kuchenne poznałam od starej klucznicy. Jednak zabrakło tego wszystkiego, czego kobieta uczy swoją córkę, gdy ta zaczyna dorastać... Przyjaciółki nie wiedziały więcej niż ja. Wasze, pani, doświadczenie życiowe pomoże mi znaleźć odpowiedzi na moje pytania... Muszę...

– Usiąść i w spokoju przemyśleć swoje życie?

– Ty rzekłaś. – Hela spuściła głowę.

– Nie mogłabyś być moją córką. Ledwie sześć, może siedem lat nas dzieli. Moje młodsze siostry umarły dawno temu. Pomogę ci, wytłumaczę. Jak siostrze.

Wiatr dął wśród dachów, gwizdał w wąskich zaułkach. Łańcuch ciężkiego rozkołysanego szyldu zabrzęczał. Gdzieś daleko załomotała zatrzaskiwana okiennica. Miasto kładło się do snu. Kołatek ukryty w belkach stropu zachrobotał. Wdowa rozsunęła zasłonki baldachimu. Była szczupła, ale stare łoże i tak zaskrzypiało pod jej ciężarem. Hela posłusznie zajęła swoje miejsce z boku posłania.

– Pytaj więc.

– Jesteście, pani, kobietą – powiedziała z namysłem.

– Trudno, aby było inaczej. – Jej mentorka kokosiła się na grubym sienniku.

– Opowiedzcie mi, pani, proszę, o miłości. O tym, jak to jest położyć się z mężczyzną do łoża... Co się wtedy czuje. Co się czuje, jeśli serce przepełniała wcześniej miłość. I jak rozpoznać, czy to ten jeden jedyny. Jak ustrzec się przed błędem.

Agata trochę poczerwieniała.

– Zgaś świecę – poleciła.

W pokoju zrobiło się ciemno, tylko słaby poblask żaru dogasającego w piecyku rzucał cienie na ścianę. Wdówka objęła Helę ramieniem i zbliżywszy wargi do ucha podopiecznej, szeptem zaczęła opowiadać.

Hela wstała o świcie. Wyplątała się spod ramienia Agaty, ochlapała twarz w misce i założyła skromną płócienną norweską suknię znalezioną kiedyś w jukach Onofrii. Zeszła na parter. Służąca szorowała popiołem i piaskiem blat stołu. Hela dygnęła na powitanie i bez słowa zaczęła jej pomagać. Kucharka popatrzyła spod oka i uśmiechnęła się oszczędnie, prezentując resztki uzębienia.

– Spójrz na nią tylko. – Wskazała Helę. – Pamiętasz, co ci mówiłam? Ty głowę spuszczasz, ona nosi wysoko.

Ty ramiona już kulisz, ona jakby kij połknęła. Ją masz naśladować, nie mnie. To dziewczę z dworu. Szlachcianka lub w połowie chociaż...

– To bez znaczenia – westchnęła Hela. – Tu w kuchni ty, pani, władzę sprawujesz. Wyjaśnijcie mi, proszę, jakie będą moje zadania.

Kobieta uśmiechnęła się znowu, tym razem cieplej i jakby przyjaźnie.

– To dobrzy ludzie. Pracy jest wiele, ale rzadko kiedy ponad siły – rzekła. – Patrz na nią i ucz się, żebyś nie zapomniała, kim jesteś – ponownie zwróciła się do Marty. – Żeby nigdy nie przygasł ci blask oczu... Obie jesteście na miejscach, które nie zostały wam przeznaczone. Helena z woli własnej, ty splotem wypadków.

– Wczoraj na wozie, dziś pod wozem – bąknęła służąca.

– Nie turbuj się, duszko, to minie jak zły sen. Tyś z innej gliny ulepiona, jeszcze będziesz na powrót wielką panią.

Hela patrzyła na Martę dłuższą chwilę w milczeniu.

– Żyłaś kiedyś inaczej – powiedziała wreszcie. – Jak ja. Modlitewnik w szkaplerzyku na piersi nosisz, zatem czytać się w domu wyuczyłaś, czas nie zatarł w tobie dumy. Raz na wozie, raz pod wozem, ale...

– Ojciec mój w sztormie życie postradał, okręt po przodkach odziedziczony i ładunek, który nawet nie był jego. Dom wcześniej u bankierów zastawił, by łajbę od lichwiarzy wykupić. Fracht wziął do Rosji i ruszył w zły czas, byle innych ubiec, bo kto pierwszy, ten cenę bierze najlepszą. Nawet nie wiadomo, gdzie przepadł, wieści żadne do nas nie dotarły. Tedy trzeci rok na łaskawym chlebie żyję, bo pan tego domu mnie, sierotę, przygarnął...

– Część ładunku na waszym statku należała do niego? – domyśliła się Hela.

– Tak, ale to dobry człowiek, nie wypomina mi tego ani odpracować nie każe. I za służbę coś tam zawsze płacą. A jeśli posag jakiś uciułam, może i za majstra pójdę. Albo do klasztoru wstąpię? A ty?

Hela przechyliła głowę.

– Mój dwór spalono. Przybrany ojciec siedzi w więzieniu. Mam starającego się. Nie wypadało mi samej mieszkać z nim pod jednym dachem... Ale nie wiem, czy... Muszę przemyśleć tak wiele rzeczy.

– No, waćpanny, do roboty – kucharka odezwała się łagodnie, lecz stanowczo.

Po śniadaniu Hela rozgrzała świecę w dłoniach. Długo i starannie urabiała ją w palcach. Ług niszczy skórę... Dopiero gdy wosk polepił całą powierzchnię rąk, zabrała się do pracy. Posadzki na parterze zmyła wodą, przetarła piaskiem zmieszanym z popiołem, potem zmyła raz jeszcze. Płytki zalśniły ciepłą barwą dobrze wypalonej cegły. Deski w pomieszczeniach na piętrze i w pokoju chlebodawczyni wyszorowała staranniej. Wyskrobała nożem brud ze szczelin, umyła okna. W tym czasie wszystko przeschło. Marta przyszła jej pomóc. Podłogi na korytarzu pociągnęły starym olejem i starannie wypolerowały pakułami. W pokoju Agaty Hela wolała użyć czegoś lepszego. Tarła dechy kamieniem wosku, potem zwitkiem starych lnianych szmat nadała ostateczny połysk. Pomieszczenie wypełniło się miłą, lekko miodową wonią.

Spojrzała na efekty swej pracy. Powierzchnia drewna w świetle padającym od okna lśniła jak w jej pokoju. Jak wtedy, gdy umierała przygwożdżona do podłogi. Jak wtedy, gdy zabito ją po raz pierwszy...

Poranek w lochu... Który to już? Czułem, że z dnia na dzień śmierdzę coraz bardziej. Koszula lepiła mi się do ciała. W zasadzie cały czas była lekko wilgotna. Podobnie spodnie, zesztywniały wręcz od brudu i cuchnęły starą ścierą. Butów wolałem nawet nie ściągać. Przesiąkłem odorem niemytego ciała, wonią stęchlizny, unoszącym się w podziemiach smrodem fekaliów i uryny. Miałem wrażenie, że brud panujący w lochu wżarł mi się w skórę. Pluskwy i wszy pocięły mnie strasznie. Zwłaszcza na czaszce miałem dziesiątki drobnych strupków.

Zacznie się paprać i zrobi mi się regularny kołtun, dumałem. W dodatku nie wiadomo, co mogę przy okazji złapać. Wiadomo, czyją krew piją?

Moi współtowarzysze niedoli nie wyglądali na okazy zdrowia. Co najmniej paru więźniów kaszlało, jakby mieli wypluć płuca. Gruźlica? Bardzo prawdopodobne. Czy przenosi się przez ugryzienia robactwa? Nie miałem pojęcia...

Próbowałem wydedukować, jak wygląda obieg powietrza. Czułem smród innych ciał. Z pewnością w tym, czym oddychałem, roiło się od prątków. Czy bakcyle gruźlicy mogą przelecieć dwa metry? Czy chroni mnie odległość, czy też jedyna szansa we wrodzonej odporności?

No i oczywiście syfilis. Na ile mogłem się rozejrzeć, kilku więźniów miało dziwne, niegojące się wrzody na twarzy i dłoniach. Czy wszy mogą to przenieść? Słoma, na której siedziałem, była mocno „używana". Kto korzystał z niej wcześniej? Na co chorował? Takie drobiazgi jak świerzb czy grzybica specjalnie mnie nie przerażały.

Z czasem dostrzegłem zalety miejsca, gdzie zostałem przykuty. Ulokowano mnie dość wysoko. Kamienie posadzki były suche. Słomy też dostałem jakby ciut więcej. No i znajdowałem się niedaleko okna. Ten koniec lochu był z pewnością najlepiej doświetlony i wentylowany.

Na ścianie odkryłem wyryte napisy. Widać za burdy w karczmach lub inne przewinienia przetrzymywano tu jakichś szlachetnie urodzonych warchołów. Wachowski, Komuda, Machlowski, Mochocki, Budziakowski, Dumański, Głuszek... Jeszcze jeden Wachowski, nie, Wachowicz – odcyfrowywałem nieznane mi nazwiska. Wyrysowanych powyżej herbów nie potrafiłem nawet nazwać.

Nie miałem ochoty gadać z Klausem. Próbował opowiadać swoje dzieje, beznadziejną egzystencję drobnego bandziorka, który nigdy nie miał ochoty, by podjąć jakąś uczciwą pracę. Syn wiejskiego pisarza, poszedł nawet do szkół, nauka szybko go znudziła. W terminie u szewca wytrzymał jeszcze krócej. Zbiegł i ruszył w świat. Jego przechwałki były po prostu żałosne. Włamanie, spieniężenie zdobytych fantów, tu od paserów dostał pół talara, to znów wpadł mu cały dukat. Przepuszczał pieniądze to w knajpach, to w burdelach i znowu szedł na włam. Uderzały mnie bezsens, brak celu, niechęć do zmian. Żył z dnia na dzień, do chwili schwytania całkowicie wolny od refleksji...

Czysta destrukcja, dumałem. Niczego nie odkładał. Ktoś uciułał kilka groszy, kupił sobie coś ładnego lub użytecznego, a ten przyłaził i mu to zabierał, żeby mieć na wódę i syfiaste panienki. Cholerny pasożyt. I teraz go za to powieszą.

Nie czułem ani odrobiny litości. Leżałem na słomie, od czasu do czasu rozgniatając jakąś wesz.

🪶 Dla Heli zaczęły się spokojne i szczęśliwe dni. W kamienicy Ferberów wszystko biegło swoim rytmem. Szybko odnalazła swoje miejsce. Rankiem pomagała chlebodawczyni w toalecie. Czesała kościanymi grzebykami włosy i układała jej fryzurę. Potem karmiła biegające po podwórzu gęsi, kury i perliczki. Zbierała jaja z gniazd w szopach. Co kilka dni wraz z Martą szły na targ po świeże mięso. Następnie z kucharką peklowały, soliły, piekły, przygotowywały „pasztetę". Wszystko to czekać miało w chłodnej piwniczce na okres po Wielkiej Nocy, gdy skończy się post. Każdego ranka oprawiała i skrobała kupione w porcie ryby.

Mieszkając w swoim majątku, jadała przeważnie tłuste karpie i zwinne szczupaki łowione przez chłopów w pobliskim jeziorze. Czasem na stół trafił sum lub ościsty leszcz. Z morskich kojarzyła wyłącznie solone śledzie pachnące bardziej octem, czosnkiem i pieprzem niż rybą, kupowane w lubelskim sklepiku u Żyda Salomona.

Teraz poznawała nieznane jej wcześniej gatunki. Cieszyła się nowymi smakami.

Dodatkowa para rąk przydała się przy wiosennych porządkach. Stopniowo cały dom został wysprzątany. Dziewczęta wyprały wszystkie zasłony i draperie. Wytrzepały z kurzu skóry i kobierce. Umyły drewniane szafki i nawoskowały podłogi. Popołudnia i wieczory spędzały we czwórkę. Zapalały trzy lub cztery świece. Hela wraz ze służącą i kucharką tkały lub przędły wełnę. Agata umilała im czas, czytając na głos to Biblię, to żywoty świętych.

Dla dziewczyny było to jak powrót do beztroskich czasów dzieciństwa. Do szczęśliwych dni, zanim trafiła na pensję, zanim dowiedziała się od brata o konspiracji, zanim ojczyzna wezwała ją do walki, zanim wojna wtargnęła na spokojne dotąd ziemie, a cały świat panienki z dworu runął i przestał istnieć...

Gdy już potrafiła ocenić, ile czasu każdego dnia ma do własnej dyspozycji, kupiła postaw białego płótna i kolorowe nici. Poświęci rok, ale wyhaftuje obrus na ołtarz do kościoła. Skończy siedemnaście lat i może nawet wyjdzie za mąż...

⚜ Pierwszy tydzień bez Heli dobiega końca, dumał Staszek, rozszczepiając toporem grube polano. Brakuje mi jej. Brakuje mi dziewczyny irytującej, wkurzającej, nieprzystępnej, zakompleksionej. W dodatku niezbyt ładnej, niezbyt miłej. A jednak wystarczyło na nią spojrzeć, by robiło się cieplej na sercu. To pewnie miłość. Trzeba było harlequiny poczytać, tobym wiedział...

Zapadał zmierzch. Samiłło wyszedł na dziedziniec, spojrzał na stos porąbanych bierwion i uśmiechnął się lekko.

– Uhetałeś się pewnie – zauważył.

– Trochę – przyznał Staszek.

Przedramiona solidnie go bolały, czuł, że będzie miał zakwasy. Ale mięśnie grały pod skórą, ciało okrzepło, przez ostatnie miesiące stało się twarde i mocne. Lekka nadwaga, z którą zmagał się latami, przepadła bez śladu zaraz na początku, jeszcze w Norwegii.

– Zmierzch idzie – odezwał się Kozak. – Tak tedy pomyślałem, może do szynku zajdziemy, miodu wypić a plotek posłuchać...

– Z przyjemnością. – Chłopak z rozmachem wbił siekierę głęboko w pniak.

– Jakimi językami władasz?

– Wszystkimi.

Gospodarz wydał zduszone parsknięcie. Wyglądał, jakby w niego piorun strzelił.

– Wszystkimi, których używa się w tych stronach – sprostował Staszek pospiesznie. – Niemieckim, flamandzkim, duńskim, szwedzkim...

Tylko tego brakowało, by wzięto go za diabła!

– To dobrze, bo ja po szwedzku rozumiem jeszcze, ale z duńskiego niewiele wyłapać potrafię. A może i coś ciekawego kątem ucha się usłyszy.

– Maksym też się z nami wybierze?

– Tak.

Ruszyli we trzech zaułkami. Zapadał zmierzch. W oknach słabo połyskiwały płomyki świec i kagan-

ków. Tę część miasta najwyraźniej zamieszkiwała biedota, mało kogo stać było na rzęsiste oświetlenie.

Nafta, pomyślał chłopak. Nie znają jej... Tania, wy-
dajna, łatwa w przechowywaniu. Lampy naftowe dużo
by tu dały. Z drugiej strony kaganki mają jedną zaletę.
Pali się w nich oliwę, olej lub tran. Jak człowieka bieda
przyciśnie, to może zrezygnować z oświetlenia, a za to
wypić paliwo albo usmażyć na nim placki.

Patynki kląskały po błocie, ale wiatr wiał lodowaty.
Pewnie nad ranem chwyci jeszcze przymrozek.

Latarka, dumał chłopak. Taka mała, mieszcząca się
w dłoni, dwie baterie, dioda LED. Kilkanaście złotych.
Chińczycy na pewno takie mieli w swojej bazie. Ech.
Może trzeba było dokładniej przeszukać pogorzelisko?

Lokal, do którego weszli, pełen był ludzi, jednak przy
ławach w kątach znalazło się sporo miejsca. Zaraz przyszedł też posługacz. Samiłło musiał tu być dobrze znany,
bowiem pacholik od razu przyniósł trzy gliniane kubki
i kamionkowy dzban.

Urżnę się, pomyślał Staszek z niejakim przestra-
chem. Dzban miał ze dwa litry pojemności. Samiłło
polał. Przepili do siebie.

– Za tych, którzy przy innych stołach na całym bo-
żym świecie teraz w pokoju zasiedli, aby i im było równie
przyjemnie jak nam – powiedział poważnie Maksym. –
Wypijmy też za tych, którzy zasiąść by chcieli, ale okoliczności lub ważkie przyczyny im to uniemożliwiły...

Staszka zachwyciła prostota i głębokie humanistycz-
ne przesłanie toastu. Miód był dobry, miał delikatny
posmak malin. Chłopak rozglądał się po wnętrzu. Lu-

dzie odziani mniej lub bardziej nędznie siedzieli przy ławach i wiedli rozmowy. Jakaś dziewczyna w spranej sukni odwzajemniła jego spojrzenie i mrugnęła zachęcająco. Spuścił wzrok.

– Trunek przedni tu podają, zjeść też można, choć w domu lepiej kolację spożyjmy. Zaś dziewczyn tutejszych nie polecam – rzekł Maksym. – Nie chciałbyś zapewne, by ciebie i pannę Helę stoczyło to, co roznoszą, więc choć krew gorąca, lepiej już do ślubu w cnocie wytrwać. Bo jak przysłowie mówi: „Jedna noc z Wenus i całe życie z Merkurym".

– Z Merkurym? – nie zrozumiał Staszek.

– Alchemicy zwą rtęć metalem Merkurego, z niej zaś lek pędzą silny wielce, który objawy syfilisu łagodzić może, lecz śmierć jeno o rok lub dwa odsuwa – wyjaśnił Samiłło.

Polak przypomniał sobie tamten wieczór, gdy z Markiem poszli do burdelu katowej w Trondheim, by spróbować coś wywęszyć. Zagryzł wargi na to paskudne wspomnienie. Obrzydliwe i zarazem pełne chorego podniecenia.

– Zagadniemy kogoś czy...? – zaczął niepewnie.

– Zaraz powinni przyjść moi znajomi – rzekł starszy Kozak. – Kompanija przyciągnie kolejnych. Wtedy wystarczy dobrze ucha nadstawiać, a może i coś ciekawego usłyszymy.

Milczeć, słuchać, pokierować rozmową tak, by się czegoś użytecznego dowiedzieć, przykazał sobie Staszek.

Wtem wszyscy goście lokalu umilkli. Na środek wystąpił kościsty starzec. Był prawie łysy, posiwiała broda pokrywała mu policzki, jedno oko zasłaniała skórzana opaska. Brzdąknął w struny cytary i zaczął snuć opowieść:

– Wieści o łotrostwach lisa Reinicke wreszcie do uszu króla zwierząt lwa dotarły, więc gniewem zawrzał i pochwycić go nakazał. Ujrzał Reinicke z okien swego domu, jak wataha wilków-ceklarzy posiadłości jego otacza, i pojął, iż czasu na ucieczkę już nie stało. Tedy drzwi zawarł, a do łaźni pobiegł. Tam kadź wody stała. Wlał do niej butlę wybornego czarnego inkaustu i sam zanurzył się tak, by ani koniuszek ucha na powierzchnię nie wystawał. Sierści barwę sposobem tym z rudej na szarą odmieniwszy, octem się potem natarł i oliwą, po czym wysuszywszy, do piwnicy pobiegł, gdzie kółko kowane w ścianę wprawiono. Na łapy swe kajdany włożył, a klucz połknął i tak siedział do ściany przykuty. Wdarli się wilcy do domu i przeszukując go od fundamentów po dach, w zakątku najciemniejszym lisa szarej barwy, z pozoru zabiedzonego wielce odkryli. „Dzięki wam, szlachetni panowie, żeście mnie, więźnia, z łap zdradzieckiego lisa Reinicke wydarli – taką mowę przewrotną wygłosił. – Jam szary lis, który z daleka tu przybył i rudego o gościnę poprosił. Złupił mnie oczajdusza z całego dobytku, a w lochu przykował, bym do rodziny napisał o okup prosić". „Biedaku nieszczęsny – rzekł wilk ceklarzom przewodzący. – Sprawiedliwość królewska lisa Reinicke do zguby wnet przywiedzie. Wymknąć się nam musiał przed chwilą zaledwie, bo polewka w misce jego na stole ciepła jeszcze. Natenczas kajdany ci sztuką kowalską odejmiemy, a po domu tym przejdź się, może gdzie rzeczy swoje znajdziesz". Takoż i uwolniony, w worek się zaopatrzył, skarbczyk dworu złupił i od ceklarzy jeszcze chleba na drogę wyprosiwszy, w las cało i szczęśliwie ubieżał.

Zebrani ryknęli śmiechem. Do nadstawionej miseczki hojnie poleciały miedziane szelągi, a nawet błysnął srebrem wytarty półtorak. Kozacy też coś dorzucili.

Bajka, pomyślał Staszek. Tylko taka raczej dla dorosłych, bez szczęśliwego zakończenia, gdzie zło zostaje ukarane. Bajka antydydaktyczna, chyba że ci, którzy ją wymyślili, uważali spryt za główną i wartą nagrodzenia cnotę...

– Ataman Bajda też niczym lis sprytny – odezwał się Samiłło. – Ot, przybyło kiedyś do niego poselstwo od sułtana. Przyjął ich, leżąc pod jabłonką na sienniku, w brudnej koszuli i z dzbanem podłego a mocnego wina u boku. Zapytali, czy pójdzie z wojskami tureckimi przeciw Rzeczpospolitej. On im odparł, że może by i poszedł, ale tu mu dobrze, bo słoninkę wędzoną ma, winko, jabłka niedługo dojrzeją. Wrócili słudzy do sułtana z wieścią, że nowy ataman to leń, opój i obżartuch niezdolny stawić czoła nawet jednemu czambułowi. Gdy jednak z wojskiem nadciągnęli, już na nich tysiące Kozaków w zasadzce czekało. A o tym, jak Lachów podobnie sprawił, opowiadać nie będę, boś ty Lach i słuchać byłoby ci hadko. – Uniósł kubek.

– Oto i przyjaciele nasi – rzekł Maksym, wstając na powitanie nadchodzących.

Czterej szlachetkowie w spłowiałych i spranych żupanach usadowili się na ławach. Po chwili do szynku wszedł też chłopak ciut starszy od Staszka, odziany w podniszczony niemiecki surdut i szeroki płaszcz.

– Zapamiętaj go – powiedział Maksym cicho. – To Artur Ferber. Bywał tu i z Samiłłą jest od lat w dobrej komitywie, ja zaś poznałem go w Norwegii.

Hela wspominała o Agacie Ferber, u której posługiwała w Bergen. A zatem wiem, gdzie i u kogo się ukryła! – uświadomił sobie Staszek.

– Mości Arturze, zapraszamy do nas – zawołał Samiłło. – Miód się grzeje, chyba waszmość kompaniji nie odmówisz?

Ferber teraz dopiero ich spostrzegł. Na widok Maksyma wyraźnie się ucieszył.

– Tak właśnie myślałem, że waści wreszcie spotkam. – Otoczył Kozaka ramionami w niedźwiedzim uścisku. – Panna Helena mówiła, żeś się przez Bałtyk skuty lodem do Gdańska przedarł. A waszmość zapewne jest jej ukochanym? – Ukłonił się Staszkowi.

– To ja.

I tyle waszej konspiracji, pomyślał chłopak z rozbawieniem. Gęsi pasać, a nie dziewczynę ukrywać.

Popatrzył spod oka na młodego kupca. W pierwszej chwili poczuł ukłucie niepokoju, uświadomiwszy sobie, że jego przyjaciółka mieszka pod jednym dachem z tym przystojniakiem, ale zaraz zawstydził się swoich myśli.

Kozak tubalnym głosem zamówił więcej miodu. Za moment posługaczka przyniosła dwa wielkie dzbany i kilka kubków.

– Wypijmy zdrowie przyjaciół naszych serdecznych, którzy zadanie atamana wypełnili, krwawy bój stoczyli, a żywi ze Szwecji po lodach przyszli!

Wszyscy powstali, by spełnić toast. Rozmowa potoczyła się jak leśny strumyk. Maksym umiejętnie zepchnął ją na niedawną rzeź w kamienicy opodal Lastadii.

– Tak, ten mord dziwaczny jest zaiste – powiedział ciemnowłosy szlachetka o podgolonej głowie. – Jeszczem o podobnym wypadku nie słyszał.

– A mnie się o uszy obiło – odezwał się drugi, starszy, odziany w szary żupan. – W krajach Lewantu, gdziem w młodości bywał, tak robią. Wchodzą mordercy przez szejka nasłani i wszystkich w pień w domu wycinają, aby nikt nie mógł dać świadectwa.

– Lewant daleko – zauważył Samiłło. – Bywałem na Morzu Czarnym, poznałem dobrze tureckie brzegi, ale do Syrii i Palestyny szmat lądu przebyć trzeba jeszcze.

– Nie tak znowu daleko – obruszył się rozmówca. – Trza przez Koronę pojechać ku południowym krainom, w jakieś sześć, siedem niedziel w Wenecji można stanąć. Tam statków moc na lagunie i w porcie, trza ugadać kapitana, co do Ziemi Świętej lub Egiptu płynie. W kolejne trzy albo cztery niedziele człek już na miejscu widokiem palm się rozkoszuje, a pod stopami ziemię tę samą ma, po której Zbawiciel nasz ze swymi apostołami kroczył. Chyba że akurat wojna trwa na morzu lub lądzie, wtedy dwa, trzy lata trzeba w italskiej ziemi poczekać na dogodną sposobność przebycia morza.

– Albo piraci tureccy okręt pochwycą, wtedy człek te palmy zobaczy, gdy go batogiem do kamieniołomu jako raba pędzić będą, a w Ziemi Świętej grób swój co najwyżej znajdzie – zauważył ktoś.

– Też nie jest to złe, gdyż cierpiąc w niewoli, duszę swą odkupić można, a głowę na spoczynek wieczny w Palestynie złożyć dobrze, bo bliżej stamtąd do nieba... – upierał się szlachetka.

– Czemuś zatem waszmość sam z tej okazji do zbawienia nie skorzystał? – zakpił podgolony.

– Kto mówi, żem nie korzystał? Tylko ciało me i duch słabe się okazały. Trzy lata niewoli nie minęły, gdym zbiegł na chrześcijański statek i szczęśliwie do dom wrócił.

Odsłonił nadgarstki, ukazując blizny po kajdanach.

– Wybacz, waszmość. – Podgolony wstał i skłonił się z szacunkiem. – Durne rzeczy żem gadał, a jak trzeba, zaraz pod stół wejdę i jak pies słowa me odszczekam.

– Nie trza, siadaj, waść. Może bym i nie zbiegł, niewolę jako pokutę za błędy młodości w pokorze przyjmując, ale miast do Palestyny sprzedali mnie do Egiptu, tedy celu podróży nie osiągnąłem. A przyjemność to żadna męczyć się z dala od miejsc świętych. – Wyszczerzył zęby. – I jeszcze ten fart, że mnie nie wykastrowali, tom po powrocie żonkę sobie wyszukał i troje dzieci spłodził.

Wszyscy zgromadzeni przy stole ryknęli śmiechem.

O, ja pierniczę, co za świry, pomyślał Staszek.

– Tedy wiosną wyruszywszy w drogę, na jesieni można krainy te osiągnąć – Kozak wrócił zręcznie do tematu. – Jednakoż czy z Lewantu ktoś przybyłby ludzi w Gdańsku mordować?

– Tatarzy czasem tak robią, że kogo w jasyr nie wezmą, to zarżną – zauważył podgolony. – Waść na Dzikich Polach bywał, zatem sam wiesz najlepiej.

– Jednak Tatarzy nie zakradają się jak szczury do miast. – Maksym wzruszył ramionami. – Zresztą w tych stronach ich się nie uświadczy, jednegom w Płocku spotkał, gdzie w szpitalu Świętego Ducha dogorywał.

– Są przecież i na Litwie, siedzą, gdzie ich jeszcze Witold, brat Jagiełłowy, lat temu sto pięćdziesiąt osadził... – powiedział Artur. – Takoż w Mahometa wierzą, a Boga Allahem zwą.

– To daleko.

– Bliżej niż do Ziemi Świętej – obruszył się szlachcic obieżyświat. – W dwie niedziele konno można na Litwę z Gdańska dojechać. Albo morzem się puścić do portu, który Niemcy Memel zwą.

Memel? Staszkowi przypomniały się znaczki z klasera po dziadku. Ach, jasne. Taki nadruk hitlerowcy wykonali na znaczkach litewskich, gdy zajęli Kłajpedę.

– Ale ci z Litwy spokojnie siedzą, bo choć wiary innej, wiernie królom naszym służą – upierał się ktoś inny.

Staszka zmęczyła i rozczarowała ta rozmowa. Nie wynikało z niej zupełnie nic...

– A słyszeliście waszmościowie o lekach, które nawet trąd pokonać mogą? – zapytał, dolewając im do kubków.

– Małe i białe kamyczki, jak te, które włoscy medycy pigułami zowią – ożywił się podróżnik. – Dwa i trzy lata temu były do kupienia, potem jednak zapas ich się skończył. Może jeszcze który aptekarz kilka posiada, ale pod koniec dziesięć dukatów za jedną żądali...

– A jakże. Dobrze mówisz. Dwa lata temu tu, w Gdańsku, kupić je można było. Lek to był potężny wielce, choć i cena jego niejednemu mieszek wywróciła na nice. Ponoć trąd usuwały i syfilis, powiadali, że nie-jednego, co już dogorywał, do życia przywróciły. Sam bym kupił kilka, jednak nim się zdecydowałem, prze-padły niczym kamień w wodę – uzupełnił podgolony.

– A kto je aptekarzom sprzedawał? – zapytał Sta-szek. – Skąd je brali?

Niestety, nikt z zebranych nie wiedział. Staszek wy-macał w kieszeni pół talara i zamówił wina. Na stół tra-fiła też gliniana misa pełna wędzonych pasków ryby. Ar-tur przesiadł się tak, by znaleźć się naprzeciw Staszka.

– Mistrz Marek znaczną wiedzę posiada – powie-dział w zadumie. – Waść znasz go lepiej niż ja. Tak bym chciał... gdzieś daleko. W świat, za horyzont. Znaleźć nowe lądy, znaleźć miejsca, gdzie z górskiego potoku zło-to można wypłukać.

– Złoto – uśmiechnął się Samiłło. – Na cóż go w zie-mi szukać, gdy ono na dwu nogach kroczy. Stroje urzęd-ników bisurmańskich na Krymie aż się w oczach mienią. Zda się, jakby to krople potu na spasionych cielskach, a to kamienie szlachetne połyskują. Jednego takiego w boju dostaniesz i usieczesz, a kieszenie napełnisz drogocennoś-ciami po brzegi. Wieś całą za to kupisz, chutor w stepie wystawisz, całą rodzinę opatrzysz, dziadom swoim doży-wocie zapewnisz, a i dla dzieci, może wnuków twych jesz-cze zostanie... A i wiarę chrześcijańską tym uczynkiem wspomagasz. – Zrobił świątobliwą minę i przeżegnał się.

– Jam kupiec, tedy na morzu i za morzem bogactw szukać mi wypada. – Artur uniósł dumnie głowę.

– Można na morzu, można i za morzem – rzekł po-ważnie Kozak. – Raz nas ataman Bajda posłał daleko, na turecki brzeg Morza Czarnego. W czterdzieści czajek na miasteczko pogan spadliśmy tuż przed świtem. Cośmy tam łupów nabrali, a i dwudziestu rabów chrześcijan, co madziarskiej byli mowy, uwolniliśmy i zabraliśmy, by do dom powrócić mogli.

– Jam kupiec. – Artur zaczął się złościć. – Tedy bogactw szablą nie dobywam.

– Kto powiedział, że szablą, wszak można i z hakownicy w Turka wypalić – zażartował Maksym. – Jeno z daleka trzeba mierzyć, bo brylant od ognia z lufy zgorzeć może, że nawet popiół nie zostanie. Jednako od drugiej strony patrząc, kamień taki zwykle oprawę złotą posiada i gdy nawet w pył się rozsypie, ona pozostaje.

Wszyscy roześmiali się serdecznie. Ktoś nagrodził kozackie mądrości, dolewając Maksymowi do kubka.

– Wy ludzie wojny, jam kupiec. Nie bronią, nie siłą, ale rozumem skarby zdobędę... – młody, choć sam rozbawiony, nadal próbował się odgryzać.

– Można i rozumem. – Samiłło zrobił fałszywie poważną minę. – Jakeśmy stepem jechali z atamanem Bajdą, co to jeszcze atamanem w ten czas nie był, Cyganów spotkaliśmy, co skrzynię kowaną na szlaku skradli, ale otworzyć jej nie mogli. Lekka była, lecz nas zaciekawiła, tedy złotem im za nią zapłaciliśmy. Rozumu dla jej otwarcia trza było nielichego, bo z nitowanej stali uczyniona, rozbić młotem się nie dawała. Zatem zamki drutami przyszło nam próbować...

– I co było w środku? – zaciekawił się Staszek.

– Pisma od chana Krymu do cara, ważne wielce. I tu się rozum Bajdy objawił. Bośmy papiery wielmożnemu panu wojewodzie Fryderykowi Prońskiemu w Kijowie sprzedali. Oj, ucieszył się z nich, ucieszył, powiedział, że zaraz dla jaśnie nam panującego króla Zygmunta Augusta odpis przygotować każe. A skrzynkę zamknęliśmy tak, by śladu nie było, i niby to całą, nieotwartą przez nas, za ciężkie pieniądze na powrót Tatarom, co jej szukali, sprzedaliśmy. Też się cieszyli, że ją wykupili. Gorzej pewnie, gdy ją w Moskwie otworzono, bośmy do środka włożyli szczura zdechłego wraz z listem, że to dla cara Iwana podarek ze szczerego serca płynący od Kozaków z Zaporoża.

Zebrani przy stole ryknęli śmiechem. Artur siedział z nieco skwaszoną miną, ale wreszcie i on nie wytrzymał. Wydał z siebie iście ośli ryk.

– Nie przegadam was – westchnął ciężko i jednocześnie jakby z nutką podziwu. – A ja i tak za horyzont chcę. Tak aby przez dni wiele żeglować, wokół tylko przestwór wody widząc...

– To da się i na stepie zrobić – pokpiwał Samiłło. – Jedziesz dzień, drugi, trzeci traktem, a wokół trawy jedynie. Jak morze... I wędrować możesz tak aż do stóp gór, które Kaukazem zowią, gdzie bracia nasi Ormianie żyją.

– Pożeglować w dal – chłopak nie dał się zbić z tropu. – Może nawet do Nowego Świata... Wszak tam złoto znaleziono.

– Złoto i złoto – mruknął Maksym. – Wiadomo, rzecz to i cenna, i pożyteczna, ale ileż można tylko o tym żółtym metalu gadać.

– A co niby dla kupca lepszego? – obraził się Ferber.

– Brylanty oczywiście.

Znowu wszyscy dostali głupawki.

– A waść czego tu szukasz? – Artur otarł łzy i spojrzał na Staszka. – Pomijając przynętę oczywistą w postaci nadobnych wdzięków i walorów umysłu panny Heleny nieprzeciętnych.

– Mnie też gna chęć ujrzenia, co jest za horyzontem – odpalił. – Tak się złożyło, iż z Norwegii tu przybyłem, by ojczystą ziemię pod butem wreszcie poczuć – brnął.

– Chwalebne to zaiste – rzucił ktoś.

– Norwegia... – skrzywił się Artur. – Przetraciliśmy w Bergen majątek... Maksym świadkiem.

– A owszem – przyznał Kozak. – Domek niczego sobie, magazyny... Żal. Nie wy jedni wszak stratni. Tyle, com kościół w powietrze prochem wysadził.

– Co waść mówisz?! – obruszył się szlachetka obieżyświat. – Toż to świętokradztwo ciężkie!

Atmosfera przy stole zwarzyła się momentalnie. Biesiadnicy poderwali się na równe nogi, jeden wyciągał już obuszek zza pasa.

– Tak należało. – Kozak huknął pięścią w stół. – To katolicka świątynia była, obywatele z proboszczem swoim sami zadecydowali, że lutrom na zbeczceszczenie oddać jej nie wolno! To, co mi przykazano, wypełniłem. I też, choć innej wiary jestem, z ciężkim sercem to uczyniłem.

– Prawdę mówi, taka decyzja kupców była – potwierdził Artur. – Przenajświętszy sakrament, rzecz oczywista, wcześniej wyniesiony został, a sprzęta u zaufanych ludzi ukryte.

Emocje opadły równie nagle, jak się pojawiły.

– Bij lutrów, bij, wziąwszy mocny kij – zaintonował ktoś. – Bij lutrów, bij, to ich będzie mnij...

Kozak przerwał popis, wciskając śpiewakowi w rękę kubek z winem.

– Nie trza nam awantur – warknął surowo.

Złoto, pomyślał Staszek, patrząc spod oka na młodego kupca. Przecież wiem, gdzie jest złoto. W Kalifornii nad rzeką Sacramento. Tam gdzie wybuchła wielka gorączka roku tysiąc osiemset czterdziestego ósmego... Trzeba by pożeglować do Panamy, przejść górami przesmyk, po tamtej stronie wyczarterować statek i pożeglować na północ, do Zatoki Kalifornijskiej. Parę dni w górę rzeki i jesteśmy na złotodajnych polach. Potem, jeśli Indianie nas nie ubiją, wystarczy tylko wrócić z łupem. Ciekawe, ile taka wyprawa może kosztować... Bo opłaci się zapewne. A przecież dalej na północ, na Alasce, są nie mniejsze złoża. Można ukopać i kilkaset kilogramów. Tyle razy marzyłem, ślęcząc nad mapami i oglądając sztychy przedstawiające okolice, gdzie płukano złoty piasek... Tylko puszczać się tymi łupinkami przez ocean, wzdrygnął się.

Poszedł po jeszcze jeden dzban wina. Jego inicjatywa spotkała się z entuzjazmem. Wlał sobie też trochę do kubka. Popatrzył na nieruchome lustro cieczy. W słabym blasku świec powierzchnia płynu wydała się niemal czarna.

Jestem nikim, pomyślał z goryczą. Żadnego punktu zaczepienia, nic. Parę groszy przy duszy. Ani własności, ani pochodzenia, ani zawodu, ale... Mam wiedzę. Wiedzę, która może być bezcenna. Zacisnął palce wokół kubka i pociągnął łyk wina. Bogaty, lekko owocowy posmak kojarzył mu się z latem.

– Zawrzyjmy sojusz – zwrócił się do Artura.

– Sojusz? – Kupiec popatrzył na niego zaciekawiony.

– Spółkę. Ty dasz statek i umiejętności żeglugi po morzach. Ja wiedzę, gdzie w Nowym Świecie szukać kruszcu. Popłyniemy razem, wydobędziemy go i podzielimy się po połowie.

– Naprawdę waść wiesz, gdzie można znaleźć złoto?

– Widziałem mapy. Myślę, że zdołam odszukać to miejsce.

– Problem jeno w tym, że statku nie mam. – Ferber zagryzł wargi. – A bracia moi nie dadzą, za fantastę marzeniami żyjącego w rodzinie uchodzę... I najmłodszy jestem, przez co głos mój na naradach rodu najmniej poważany.

– Może gdyby się w kilku złożyć? – zaproponował Staszek. – Nie damy rady sami, tedy trzeba większą kompanię zebrać.

– Może. – Młody kupiec jakby się trochę ożywił. – Pomyślę nad tym. Popytam, kto chętny.

– No, pogadaliśmy miło, ale pora na nas. – Samiłło wstał od stołu. – Spocząć trza, jutro nowy dzień nas czeka...

Nie wiem, co mnie obudziło. Szmer? Zgrzyt piłowanego metalu? Trzask? Uchyliłem powieki. Loch był cichy i spokojny. W ciemności widziałem wprawdzie tylko zarys jasnych kamiennych ścian, ale w mroku nic się nie poruszało. A jednak coś chrobotało. Ktoś piłuje okowy? Potoczyłem wzrokiem po celi. Więźniowie, na ile mogłem się zorientować, spali jak zabici. Szukałem jednak uparcie źródła dźwięku. I naraz spostrzegłem cień na ścianie. Uniosłem głowę. Tak! Jacyś dwaj kolesie przyczajeni na dziedzińcu zmagali się z kratą w okienku!

A niech mnie! – ucieszyłem się w duchu.

Nie miałem zielonego pojęcia, kim są tajemniczy wybawcy, jednak najwyraźniej przybyli uwolnić któregoś ze swoich kamratów! A może to Staszek i Maksym? Nie, sylwetki były zbyt zwaliste. Marius Kowalik? Też nie. Widać jakieś portowe rzezimieszki ratują kumpli.

Nagły szmer w lochu utwierdził mnie w przekonaniu, że nie tylko ja sekunduję ich działaniom. Ktoś jeszcze się obudził. Nie widziałem, jakich narzędzi używają włamywacze, ale pracowali sprawnie i cicho. Kolejne grube stalowe pręty poddawały się jeden po drugim. Wreszcie coś brzęknęło. Kolesie wyjęli wyciętą kratę z framugi i odłożyli na bok. Zrzucili do podziemi linę powiązaną w grube węzły i przecisnąwszy się przez wąski otwór, z małpią zręcznością zleźli po niej.

Nie przyszli wprawdzie po mnie. Jednak nie śpię, więc będą musieli także mnie uwolnić, pomyślałem. Bo jeśli nie, to narobię takiego rabanu, że...

Nie tylko mnie zaświtała ta idea. Jeden z więźniów usiadł i machając dłonią, usiłował zwrócić ich uwagę.

– Hej, kamraci – szepnął ochryple i zaraz zacharczał, waląc się na wznak.

Któryś z zagadkowych gości pchnął go w pierś krótką, szeroką włócznią. Dobiegł mnie odgłos dławienia i lekki stukot pięt bijących w agonii o posadzkę. Zamurowało mnie całkowicie.

Poczułem narastający wewnątrz dygot. Ostatnim razem tak strasznie bałem się na pokładzie pirackiego okrętu, gdy leżałem związany wśród innych jeńców.

Dwóch uzbrojonych oprychów wlazło do lochu w samym centrum miasta. Strażnicy czuwają na parterze. Można by krzyknąć, wpadną tu i zobaczą, co się dzieje. Ale ten, kto krzyknie, zginie pierwszy... Trzeba milczeć i czekać. Niech uwolnią, kogo tam chcą, jak się wyniosą, zobaczymy, co dalej.

A jeśli? Jeśli zechcą uwolnić jednego, a wymordują całą resztę? Nie, to chyba niemożliwe.

Obcy rozglądali się po lochu, jakby kogoś szukali. I naraz zrozumiałem. To mordercy. Ci sami, którzy wysiekli mieszkańców kamieniczki. Ci sami, którzy zabili małą Gretę. Szukają mnie. Sfuszerowali zamach i przybywają dokończyć dzieła. I naraz poczułem zimną furię. O nie, nie dam się zarżnąć jak wieprzek w rzeźni! Nie wiecie, ścierwa, z kim zadarliście. Jedno, co potraficie, to szlachtować bezbronne dzieciaki. Tym razem spróbujcie z mężczyzną! Przykutym do ściany, pozbawionym broni, ale dorosłym. Nieznacznym ruchem podciągnąłem nogi pod brodę.

Oprych z włócznią stanął nade mną. Gestem przywołał kompana. Rozpoznał? I dobrze. Skuty kajdanami nie obronię się przed dwoma, ale jeśli zadziałam z zaskoczenia... Pochylił się, dostrzegłem błysk noża w jego łapie.

Kopnąłem z całej siły obunóż. Uderzyłem nisko. Chrupnęło łamane kolano. Siła ciosu rzuciła napastnika na drugi koniec celi.

– Alarm! – ryknąłem jak mogłem najgłośniej.

Pozostali skazańcy też zaczęli się wydzierać. Kopnięty padł na wznak prosto między dwóch więźniów. Usłyszałem brzęk oków i charkot, zdaje się, tamci dusili go łańcuchem. Tak to bywa, gdy się trafi w łapy portowych rzezimieszków... Drugi nie czekał – gnał w stronę liny. Ktoś podstawił mu nogę. Wywalił się jak długi, poderwał, skoczył ku ścianie, lecz liny już nie było. W okienku mignął jakiś cień. Lina opadła na podłogę. Ceklarze odcięli mordercy drogę ucieczki? A może kamraci, ot tak, spisali go na straty? Stanął jakby niezdecydowany, ujrzałem niewyraźny ruch, chyba unosił coś do ust. I w tym momencie włócznia wbiła mu się z chrzęstem w plecy. Patrzyłem, jak osuwa się po murze. Kto, u diabła... A, jasne. Gdy kopnąłem tamtego, musiał upuścić broń... Zaraz, zaraz, a nóż? Miał przecież majcher. Rozejrzałem się po podłodze. Gdyby udało mi się go przechwycić...

Teraz dopiero huknęły drzwi wejściowe, do środka wpadli strażnicy. Z pochodniami i mieczami w dłoniach... Rychło w czas, chłopaki!

Czułem, że odpływam. Płomienie pochodni chwiały mi się przed oczyma. Zawroty głowy były coraz silniejsze. Znowu musiałem walczyć o życie... Tym razem przynajmniej nikogo nie zabiłem, wyręczyli mnie tak zwani kumple spod celi.

Powietrze w zaułku było tak zimne, że Staszek przez chwilę nie był w stanie złapać oddechu. Zadymiony, przesycony wonią ludzkich ciał i piwa szynk nieoczekiwanie wydał mu się dużo sympatyczniejszy niż do tej pory. Ulica była ciemna, śliska od lodu, dął nią wiatr.

Chłopak ściślej zakutał się w poły płaszcza. Obaj Kozacy nic sobie nie robili z mrozu.

– Lepiej nie śpiewać na głos – pouczył Samiłło. – Ceklarze bardzo nie lubią, gdy ktoś nocnymi hałasami mieszczan budzi. I dwie niedziele można za taki wybryk w loszku posiedzieć...

– Toż nie wypiliśmy tyle, by wszczynać burdy. – Maksym wzruszył ramionami.

Ruszyli po zmarzniętej ziemi. Gdzieś z daleka doszedł ich uszu huk samopału, a po chwili drugi.

– Coś niedobrego się dzieje – powiedział starszy Kozak. – Obok ratusza chyba.

Jakby w odpowiedzi na jego uwagę ponownie huknął strzał. I naraz posłyszeli tupot buciorów.

– Stać, stać! – rozległy się krzyki. – Zatrzymać ich!

Przyjaciele rozejrzeli się niespokojnie. Tupot zbliżał się. Zza rogu ulicy wybiegła grupka siedmiu uzbrojonych mężczyzn. Ubrani byli z niemiecka, w szerokie kapelusze i obszerne płaszcze. Dwóch niosło kusze, na szczęście ze zwolnionymi cięciwami. Pozostali dzierżyli w dłoniach miecze lub kordy. Kilku miało na twarzach maski wycięte z wyprawionej skóry. Kozacy błyskawicznie dobyli szabel, przegradzając im drogę.

– Stójcie, kimkolwiek jesteście! – warknął Maksym. – Broń swą na ziemię złóżcie...

– ...a będzie wam dane brzask wschodzącego słońca oglądać – dodał jego towarzysz.

Zamaskowani nie dali po sobie poznać, że w ogóle ich zrozumieli. Stali nieporuszeni, ale widać było, że zaraz skoczą do przodu.

Teraz umrę, pomyślał Staszek, wyciągając jednym ruchem swoją broń.

Nieznajomi jakby tylko na to czekali, bez wahania ruszyli na nich. Chłopak uchylił się przed głownią kordu, sparował dwa kolejne ciosy. Obcy walił mieczem jak cepem, szybko i ze straszliwą siłą. Szczęk stali obok świadczył, że i Kozacy jakoś sobie radzą. Staszek odbił kolejne uderzenia. Przeciwnik, ledwo widoczny w mroku, był roślejszy, dużo silniejszy i najwyraźniej chciał jak najszybciej zakończyć starcie. Drugi wyrósł obok. Staszek w ostatniej chwili dobył noża. Zasłonił się przed cięciem pierwszego, jakimś cudem zablokował klingą cios drugiego. Samiłło wyrósł znikąd i machnąwszy swoją bronią, zdekapitował tego wyższego.

– Uciekamy! – krzyknął.

Kozacy chcą uciekać?! – Staszek poczuł, że ogarnia go prawdziwy strach.

Ktoś jeszcze nadbiegł. Bełt z kuszy śmignął chłopakowi tuż przed nosem, rozległy się dwa albo trzy strzały. Rozbłysły w powietrzu płonące pakuły wyrzucane z luf i znienacka wszystko ucichło.

– Gonić ich!

Chłopak drgnął, rozpoznając głos Grzegorza Grota. Rozejrzał się zdezorientowany. I opuścił szablę.

Już po wszystkim, zrozumiał.

Zamaskowani zmykali jak zające. Ceklarze ścigali ich zajadle. Dwaj w biegu nabijali pospiesznie broń.

Starcie było tak błyskawiczne, że nie zdążył jeszcze otrząsnąć się z szoku. Spostrzegł trupy na ulicy. Kozacy też nie wyszli bez szwanku. Samuel miał rozharatane ramię, Maksym otrzymał cios w rękę. Karwasz nie do końca zatrzymał uderzenie, po dłoni mężczyzny ciekły grube krople krwi.

– Jesteś cały? – zapytał Staszka.

– Chyba tak – wykrztusił.

Zadudniły buciory. Łapacze wracali.

– Uszli nam – odezwał się jeden z nich.

– Dupy wołowe! – warknął justycjariusz. – Skórę pasami będę darł. Dajcie światła!

Od strony ratusza nadbiegło jeszcze paru strażników. Otwierały się okna, mieszkańcy kamienic zaniepokojeni hałasem wyglądali ostrożnie zza uchylonych drzwi. Zabłysło kilka świec osadzonych w latarkach.

Na ziemi leżało ciało pozbawione głowy i drugi mężczyzna zastrzelony przez ceklarzy z kuszy. Z pleców sterczały mu dwa głęboko wbite bełty.

– Krucafuks! – zaklął Grot. – Jesteście ranni? – zwrócił się do Kozaków.

– Draśnięcia tylko – zbagatelizował Samiłło. – Dla Kozaka rzecz to zwyczajna rany odnosić.

– Za pomoc serdecznie wam dziękuję. – Grot skłonił się. – Szkoda, że żadnego z tych złoczyńców nie zdołaliśmy ująć żywcem...

– Jeden raniony został – wyjaśnił któryś z ceklarzy. – Z kuszy go trafiłem w ramię, ale widać tak przeszło, że na ziemię nie upadł, a ból mu ochoty do biegu nie odebrał.

– A innego po tym poznamy, że ręki mieć nie będzie – dodał drugi, wskazując oderżniętą dłoń leżącą w rynsztoku.

Palce zaciśnięte były niczym szpony na długim, paskudnie wyglądającym kindżale.

Staszek poczuł mdłości, ale się opanował. Oddychał głęboko zimnym powietrzem.

– Panowie – justycjariusz skłonił się przed nimi – za pomoc okazaną moim ludziom raz jeszcze z całego serca dziękuję. Jeśli mógłbym prosić do mnie do kantorka, chciałbym pogadać o tym, co też się stało, i waszej opinii zasięgnąć...

– Spać nam pora – rzekł Samiłło. – A i rany, mimo że powierzchowne, bolesne są bardzo i opatrzyć je trzeba. Dom nasz niedaleko i tam chcielibyśmy się udać. Zeznania stosowne jutro złożyć możemy. Wiele też powiedzieć nie zdołamy, bo w tym mroku twarzy ni strojów rozeznać nie sposób.

– Maski mieli – dodał Staszek. – Takie jak ten. – Wskazał trupa.

– Wszyscy? – zapytał któryś ze strażników.

– Ten, który ze mną walczył, na pewno. Ale drugi chyba nie.

– Ja dwóch w maskach widziałem i dwóch bez masek – uzupełnił Maksym. – Ale sześciu lub siedmiu ich było i nie wiem, jak inni.

– To, że nadal żywi i nieomal cali przed waszmością stoimy, temu zawdzięczamy, iż czasu tracić nie chcieli, jeno o drogę wolną im poszło – podjął Samiłło.

– Co waść powiedział? – zdumiał się urzędnik.

– Że to szermierze od nas lepsi. W zabijaniu wprawieni. Tylko przez zaskoczenie jednego żem ubić zdołał. Gdyby ceklarze nie nadbiegli, bełtami szyjąc a z samopałów ognia dając, nasze trupy by na tym zmrożonym błocie spoczywały. Tedy nie waszmość nam, ale my waszmości i ludziom waści podziękować musimy.

– Diabli! – zaklął tymczasem jeden ze strażników, przeszukujący przy świetle latarek ubrania zabitych.

W ręce trzymał wilczy ogon.

– To oni – syknął Grot. – Załadujcie te trupy na nosiłki i do mojej komory. Rano przy świetle obejrzymy. Idźcie spać, ludziska – zwrócił się do gapiów. – Straż czuwa nad waszym bezpieczeństwem.

Rozległo się kilka ironicznych parsknięć i stłumionych chichotów, ale ludzie szybko się pochowali do mieszkań.

– Pora i na nas – westchnął Maksym. – Cóż za czasy parszywe, że z szynku do dom spokojnie przejść nie można – biadał, gdy oddalili się już od strażników. – Jam po Kijowie bez broni chodził, a tu wystarczy nos za próg wyściubić, by... Przeklęte pludrackie miasta pełne okrutników, dzikusów i rzezimieszków.

– Ciekawi mnie jedno – mruknął jego starszy towarzysz. – Zważcie, że pościg za nimi od ratusza szedł.

– Co masz na myśli?

– Ci ludzie, kimkolwiek są, musieli dokonać jakiegoś wielkiego łotrostwa, skoro ceklarze w pogoń za nimi ruszyli taką zgrają. To nie zwykłe łotrzyki, które ront na czymś naszedł. Coś poważniejszego umyślili... W dodatku zaprawieni w bojach jak mało kto – dodał. – Niewiele brakowało, a by nas tu wysiekli.

– Do walki z wrogiem w szablę uzbrojonym nawykli – dodał Maksym. – Ciekawe, skąd ich ród?

– I czemu twarze zasłaniali. Widzi mi się, iż w Gdańsku bywali, rozpoznania obawiać się mogli. Nie siedzą gdzieś w norze, ale po ulicach jak wolni ludzie kroczą...

Staszek milczał. Wsunął dłoń za pazuchę i namacał kolbę rewolweru.

Jestem durniem, pomyślał. Albo do tej epoki bardziej przywykłem, niż mogłem sądzić. Gdy pojawiło się zagrożenie, wyciągnąłem szablę, zamiast wyrwać spluwę z kabury i walić im po nogach... Bo śmierć była blisko... Tak blisko...

Zadrżał.

– Szkoda, że żadnego ranić się nie udało – westchnął Maksym. – Gdyż tak mi się widzi, to ci sami, którzy mieszkańców kamienicy, gdzie mistrz Marek mieszkał, wysiekli... Szansa jedyna, że justycjariusz znajdzie kogoś, kto trupy po twarzy rozpozna, lub że w kieszeniach i mieszkach przedmioty znajdzie, które na trop go naprowadzą...

Dowlekli się jakoś do domu. Kozacy zaparzyli mocny wywar ziołowy i przepłukawszy rany, założyli opatrunki. Potem udali się na spoczynek. Staszek nie mógł zasnąć. Przewracał się z boku na bok, wreszcie poszedł do pokoiku, w którym wcześniej nocowała Hela, zapalił świecę. Rozłożył na blacie kartę papieru. Z worka z rzeczami Marka wygrzebał chiński długopis. Od czego zacząć poszukiwania? Ktoś tu handlował tabletkami antybiotyku. Trzeba ustalić kto, przejść się po aptekarzach i wypytać. Po drugie... Zamyślił się głęboko. Jedna nić w ręku. Jeśli się zerwie? W Dalarnie Chińczycy wydobywali srebro. Ogromne ilości srebra i jako odpad trochę złota. Czy wszystko wydawali na zakup ziemi w Szwecji? A może sztabki trafiły także tutaj? Może dokonywali jakichś inwestycji? Trzeba by pogadać z bankierami, lichwiarzami, z ludźmi, którzy obracają pieniądzem i kruszcami. Ciężka sprawa. To nie są sekrety, które powierza się byle komu. Ślady techniki obcej dla tej epoki? Maksym próbował tej drogi, szukał wyrobów z aluminium i ludzi mających dostęp do surowca.

– Nie umiem zadać dobrych pytań. Nie umiem znaleźć końca nitki, a nawet gdybym trafił na trop, nie będę potrafił nim iść – szepnął do siebie. – Trzeba wtajemniczyć Mariusa Kowalika. Nie ufam mu... ale chyba nie ma wyjścia.

Poczuł straszliwe zniechęcenie.

Hela zapaliła świecę. Pani Agata spała jak zabita. Dziewczyna siadła przed lustrem i rozczesała włosy kościanym grzebieniem. Cienkie giezło nie chroniło przed chłodem, więc zarzuciła na plecy pled. Spojrzała na swoją twarz, odbijającą się niewyraźnie w srebrnej tafli lustra.

Kim jestem? – zadała sobie pytanie.

Była jeszcze dziewczynką, gdy carska armia mimo ofiarności i bohaterstwa żołnierzy poniosła sromotną klęskę na Krymie. Pamiętała to ożywienie, grupki ludzi na rogach ulic, zapowiedź reform. Nagle stalowa obręcz trochę się poluzowała. By potem nieoczekiwanie wzmóc uścisk. Pamiętała tamten dzień przed trzema laty, gdy dowiedziała się, że istnieje konspiracja, że trwają przygotowania do powstania, że może pomóc. A potem... Trzy razy w tygodniu popołudniami chodziła na konspiracyjne szkolenia. Zaczęła podwójne życie. Kłamstwo dla sprawy. Sekrety, których nie powierza się przyjaciółkom, których nie wolno zapisać na kartce papieru.

Koleżankom z pensji mówiła, że bierze dodatkowe lekcje gry na pianinie. Tymczasem uczyła się podstaw medycyny, szyfrowania wiadomości. Uczyła się, jak odpowiadać na pytania, by uśpić czujność wroga. Niemal za każdym razem spotykali się gdzie indziej, po kilka, kilkanaście osób. Weszła w inną rzeczywistość. W świat dotąd zarezerwowany dla mężczyzn. Dla ojczyzny poświęcili tradycję. To było coś nowego. Nauka taktyki, surowe egzaminy prowadzone przez starych żołnierzy, uczestników poprzedniego zrywu, niekiedy starców pamiętających jeszcze Napoleona. Wreszcie w lochach łączących lubelskie Stare Miasto z kościołem Świętego Mikołaja na wzgórzu Czwartek została przeszkolona w posługiwaniu się bronią palną.

Powstanie wybuchło o całe miesiące, może lata za wcześnie. Polacy poszli w bój. Kiepsko uzbrojeni, bez oficerów, bez wyznaczonych realnych celów walki. Pamiętała, jak stary Maćko przywiózł wiadomość o śmierci ojca. Pamiętała słowa brata, że walka jest już przegrana. Pamiętała, jak zza drzew patrzyła na zgliszcza i trupy leżące w śniegu. Gdzieś z głębi duszy wypełzło niechciane wspomnienie tamtego dnia, gdy banda maruderów najechała dwór. I wreszcie przebudzenie w ciepłym jesiennym norweskim lesie. Pan Marek... Druga osobowość poruszyła się leniwie, napłynęły cudze myśli. Ruiny, ładunki wybuchowe, zasadzki, wszechobecny gryzący dym. Orgia destrukcji, płomienie ogarniające kolejne kamienice. Odepchnęła Esterę, nim ta zdołała nią zawładnąć.

Kim jestem? – pytanie tłukło jej się w głowie.

Spojrzała bezradnie w lustro. Obciągnęła giezło na piersi, spojrzała na twarz bardziej z profilu. Dawno już z dziewczynki stała się dziewczyną. Teraz poczuła, że tu, w Gdańsku, przekroczyła kolejną nieuchwytną granicę, tę, która dzieli dziewczynę i młodą kobietę.

No i zadanie. Szalone, niewykonalne zadanie zlecone im przez łasicę Inę. Odnaleźć Oko Jelenia... Pieczęć jest prawdopodobnie na Gotlandii. Lody na Bałtyku już puściły, niebawem rada miasta ogłosi otwarcie sezonu żeglugowego. Co wtedy? Marek został uwięziony. Maksym będzie musiał wracać na Ukrainę. Staszek... Czy ma zostawić przybranego ojca w więzieniu i razem z chłopakiem wyruszyć do Visby? Czy to ona ma podjąć decyzję? Nie umawiali się, co robić w takiej sytuacji. Przeklęta łasica. Już wcześniej wyraźnie ich lekceważyła, teraz znikła na dobre.

– Dlaczego los bez przerwy zmusza mnie do jakichś szaleństw? – rozżaliła się Hela do swojego odbicia. – Dlaczego nie dane mi pędzić życia zwyczajnego, nudnego, spokojnego i bezpiecznego? Czemu nie mogę siedzieć na pięterku dworu, patrzeć, jak kwitną jabłonki, słuchać, jak brzęczą pszczoły, i czytać z przyjaciółkami francuskich romansów?

Świeca zapełgała, od okna ciągnęło chłodem. Sięgnęła pod łóżko, szukając nocnika. Nie natrafiła jednak na znajomy kształt. Macała dłuższą chwilę, ale najwyraźniej nie było go tam. A zatem musi iść do wygódki... Zagryzła wargi. Trzeba to trzeba.

Chłopakowi łatwiej, pomyślała z nieoczekiwanym humorem. Okno sobie otworzy i na ulicę wysikać się może...

Zaraz zawstydziła się frywolnych myśli. Wzuła buty, zarzuciła na ramiona polar. Świeczkę osadziła w latarce. Raz jeszcze zajrzała pod łoże. Nie ma, to nie ma... Uchyliła drzwi i cicho jak duch wymknęła się na korytarz. Dom spał. Zeszła na parter, odsunęła rygle drzwi prowadzących na podwórze. Chłód aż ją zatchnął. Przeszła ścieżką do wygódki i usiadła na lodowatych deskach. Wiatr chichotał, dmąc przez szpary w drzwiczkach zbitych z dranic. Hela poczuła, jak sztywnieje jej koszula. Wyszła z przybytku ulgi i wtedy spostrzegła blask świecy w oknie przybudówki.

Marta nie śpi? – pomyślała zaniepokojona. Może chora?

Podeszła i zastukała ostrożnie. Dziewczyna uchyliła drzwi i nieufnie spojrzała przez szparę.

– To ty? – zdziwiła się. – Wejdź, proszę...

W pokoiku było cieplutko. Skromne panieńskie łóżko, skrzynia, klęcznik i nieduży święty obraz na ścianie.

– Musiałam wstać – wyjaśniła Hela. – I zobaczyłam, że nie śpisz. Nie możesz zasnąć? Boli cię coś?

– Tylko dusza – westchnęła służąca. – Wspominam. Trzy lata temu wiosna przyszła bardzo wcześnie. W ten dzień żegnałam ojca, gdy odbijał od nabrzeża. Trzy lata temu była nadzieja. Dom zastawiony u lichwiarzy, towar w ładowni na kredyt. Ale gdyby fortuna się do niego uśmiechnęła, pierwszym kursem spłaciłby towar, drugim kamienicę, a trzecim wykupiłby statek. Niestety...

Nie wiem nawet, jak zginął. Przypuszczać tylko mogę. Trzeciego dnia po wyjściu z portu przyszedł wielki sztorm. Statków na Bałtyku przepadło wówczas kilkadziesiąt. Pewnie i nasz spoczął na dnie. W każdym razie nie powrócił ani w oznaczonym czasie, ani już nigdy.

– Nikt z załogi się nie uratował?

– Nie. Pan Ferber próbował zdobyć jakieś informacje. Nie ocalał jednak żaden z marynarzy, fale nigdzie nie wyrzuciły wraku. A jeśli nawet wyrzuciły, to może Prusowie lub Żmudzini go złupili i spalili, by ślad zatrzeć. Gdyby ruszył gdzieś daleko, do Nowego Świata czy na południowe morza, mogłabym żyć nadzieją, że ojciec jako rozbitek żyje gdzieś na wyspie lub niegościnnym wybrzeżu i kiedyś odnaleziony zostanie. Ale Bałtyk mały i jego brzegi gęsto zamieszkane...

Zamyśliła się, patrząc w ciemne okno.

– Najgorsze jest co innego – powiedziała. – Opłakałam ojca, lecz ciągle wydaje mi się... Dręczy mnie przeczucie, że on jednak żyje. Głupia to myśl. Bo wszak gdyby żył, wróciłby tu. A gdyby bał się wierzycieli, dałby znać lub przysłał kogoś. Wreszcie w przebraniu mógłby do miasta przeniknąć. Tedy męczy mnie to i nic poradzić nie mogę, nadzieję być może niepotrzebnie rozpala... Dumałam tak, może podczas katastrofy cios w głowę otrzymał. To czasem rozum miesza i pamięci pozbawić może. Bywa, że na czas jakiś, bywa, iż całe lata człek taki błąka się, nie mogąc sobie przypomnieć, kim jest i jakie jego miano...

– Rozumiem – westchnęła Hela. – Pomódlmy się zatem za spokój dusz marynarzy, a twego ojca szczęśliwe odnalezienie.

– Moja patronka jak dotąd mi nie pomogła...

– Święty Tadeusz Juda, patron ludzi szukających rzeczy zagubionych oraz opiekun spraw niemożliwych, jest dla nas właściwą instancją. Ku niemu się zwrócimy, a potem pora udać się na spoczynek – zadecydowała Hela.

❧ Spodziewałem się, że strażnicy zechcą przesłuchać wszystkich świadków nocnego zajścia, ale najwyraźniej tylko moje zeznania ich interesowały. Przyszli po śniadaniu, jeśli można tak nazwać kawałek gliniastego zakalca i pół dzbanka wody. Dwaj ceklarze odkuli mnie od ściany i przywlekli na górę. Przyjemnie było odetchnąć świeżym powietrzem. Blask dnia wpadający przez niewielkie okienko gabinetu niemal oślepiał. Usiadłem na zydlu. Cuchnąłem gorzej niż menel. Grzegorz Grot milczał i patrzył na mnie ponurym wzrokiem.

– Pełnię moją służbę od wielu lat – powiedział wreszcie. – Widziałem niejedno. Widziałem człowieka, który martwy i odcięty od stryczka usiadł w trumnie. Spotkałem skazańca, który zepsuł nam całą egzekucję, bo złamał sobie kark, spadając z szafotu. Byłem świadkiem wielu mniej i bardziej udanych prób ucieczek. Bywały procesy, które do skutku nie doszły, bo ktoś świadków pomordował. A i raz łotr, przez sędziego od winy uwolniony, padł na sądu schodach trafiony paraliżem, jakby Bóg sam sprawiedliwość mu wymierzył... Ale jak do tej pory nigdy nie zdarzyło się, by ktoś wdzierał się po nocy do lochu mordować moich więźniów.

Wkurzał mnie ten facet. Nie znosiłem słowotoków.

– I cóż waść powiesz? – Przeszył mnie świdrującym spojrzeniem.

– A co mogę powiedzieć? – Skrzywiłem wargi. – Przyszli jacyś dwaj, chcieli nas pozabijać. Mam wyrazić osąd, iż szlachtować bezbronnych i w łańcuchy zakutych to tchórzostwo? Mam potępić ich czyn? Potępiam. Zresztą Opatrzność ich pokarała za to bardzo szybko i surowo. Śmiercią. Oczywiście z niewielką pomocą...

Uciszył mnie gestem.

– Im dłużej dumam nad wami, mistrzu Markusie, jak i nad waszymi sprawami, tym mniej z tego rozumiem i tym bardziej wymykacie się mojemu osądowi... Pójdziemy teraz na trupy spojrzeć.

Wzruszyłem ramionami i dźwignąłem się z zydla. Wyszliśmy z kantorka. Podwórze. Światło zimowego poranka, odrobina mrozu w powietrzu. Oddychałem pełną piersią, oszołomiony, rozbity przez słońce. Przypomniał mi się tamten cudowny świetlisty dzień w norweskich górach, pierwszy, który dane mi było spędzić w tej epoce, zanim jeszcze spotkałem Helę i księdza Jona. Dopiero po chwili doszedłem do siebie na tyle, by rozejrzeć się wokoło. Brama była zamknięta. Zresztą nawet gdyby otwarto ją na oścież, nie miałbym jak zbiec. Cholerne kajdany... Zauważyłem, że stolarz uzupełniał wyłamane deski. Tą drogą nocni goście dostali się na dziedziniec ratusza?

– Ludzie w maskach – prychnął justycjariusz. – Cóż to za obyczaje twarz zasłaniać, gdy się kogo morduje?

– Kaci tak robią – zauważyłem.

– Kaci co innego. Oni twarzy nie mają, bo w chwili egzekucji to prawo zabija, a nie człowiek. Kat nie jest samodzielnym bytem, lecz ręką sprawiedliwości. Hanza też tak czasem robi, założą maski na twarze i idą zabić kogoś wedle praw swoich i wedle swego widzimisię – parsknął. – Miast winnych ukaranie sądom miejskim pozostawić. W cudze kompetencje wchodzą.

– Zakładają maski?

– Czego się waść dziwisz?

– Ilekroć widziałem, jak Hanza zabija, siepacze jej zawsze z odsłoniętymi twarzami występowali – wyjaśniłem pogodnie.

Prychnął w odpowiedzi coś niezrozumiałego i pchnął drzwi jakiegoś pomieszczenia. Weszliśmy do nisko sklepionej pakamery. Była zimna, po kamiennych ścianach pełzała wilgoć. Niewielkie okno oszklono płytkami miki. Pośrodku na klepisku leżeli obaj nocni goście. Opodal osobno umieszczono włócznię z zakrwawionym ostrzem. I jeszcze dwa trupy nakryte starym płótnem żaglowym.

– Poznajesz ich waćpan? – zagadnął Grot.

Spojrzałem na zwłoki. Jeden został, tak jak podejrzewałem, zaduszony łańcuchem. Drugi otrzymał cios włócznią w plecy. Uduszony był postawnym blondynem o trójkątnej twarzy. Jego towarzysz, sporo niższy i mniejszy, miał lekko skośne oczy. Chińczyk? Wyglądał raczej na Tatara. A może Ujgur?

– Nie. – Pokręciłem głową. – Nigdy ich nie widziałem.

Justycjariusz milczał. Rozczarowany?

– Tu leżą ci, których na ulicy dopadliśmy przy pomocy niewielkiej twego podopiecznego i jego przyjaciół. Może tych waść znasz i rozpoznać zdołasz?

– Staszek? – zdziwiłem się.

– Z Kozakiem Maksymem i ich przyjacielem Samuelem z szynku wracali. – Streścił mi pobieżnie przebieg wypadków.

Uniósł płótno. Gęby jak gęby. Dzikie, prymitywne, nie lepsze ani nie gorsze niż u bandziorów, w których towarzystwie gniłem w lochu. Nieznajomi. Jeden dostał z kuszy. Drugiemu jednym gładkim cięciem odrąbano głowę. Ściągnięta z twarzy maska leżała obok.

– I co waść powiesz?

– Jestem niemal pewien, że żadnego z nich nie widziałem nigdy wcześniej – wyjaśniłem szczerze.

Trącił bliższego trupa końcem buta. Potem obojętnie nakrył ciała.

– Obejrzałem ich odzież – powiedział. – Zbadałem kieszenie. Nie mieli przy sobie nic. Zupełnie nic. Żadnego drobiazgu w rodzaju tych, które nosi każdy. Ubrania i obuwie wyglądają, jakby uszyto je w dowolnym niemieckim mieście...

– Mieli zupełnie nowe ubrania? – wolałem się upewnić.

– Jeśli je noszono, to bardzo krótko. Nigdy nie były wyprane. I jeszcze to... – Podniósł z parapetu dwie szklane fiolki.

Każda zawieszona była na rzemyku. Jedna pełna, druga prawie pusta, zresztą koreczka jej brakowało.

– Mam też dwie stłuczone, z pozostałych trupów – dodał. – Wszystkich napastników w nie wyposażono.

– Co jest w środku? – zapytałem, widząc, że zawierają jakąś ciemną substancję.

– Aptekarz poproszony na *consilium* orzekł, iż to wywar z niedojrzałych makówek, podobny do opium, czyli *laudanum*, które z Lewantu czasem medycy sprowadzają, by bóle uśmierzyć. Tyle że wielekroć silniejszy.

– Ten, kto ich wysłał, przewidział, że mogą wpaść w pułapkę – powiedziałem. – Jeśli to wywar z maku, taka ilość połknięta jednorazowo zapewne powoduje wstrząs toksyczny lub sen i śmierć we śnie poprzez zatrzymanie serca.

– Tak się i stało – potwierdził. – Ten, który uciekać próbował z lochu, widząc, że wyrwać się już nie zdoła, wychłeptał prawie całą dozę. Byłby i skończył, gdyby włócznia nie przerwała jego samobójczych poczynań.

– Ubrania dostali nowe, tak aby ten, kto trupy obejrzy, nie mógł dojść, kim byli ani skąd przyszli – rozważałem. – Czyste tkaniny. Świeżo spod ręki krawca wyszły. Żadnych dziur, łat, rozdarć pocerowanych. Czy tutejsi mistrzowie igły znaczą jakoś swoje wyroby?

– Zwą was poszukiwaczem mądrości. Tak też jest w istocie. – Grot kiwnął głową z uznaniem. – Nie znaleźliśmy żadnych znaków przez rzemieślnika pozostawionych.

– No to kuso.

– Sądzicie zatem, że ludzi tych wyuczono, by otruli się, gdyby przytrafiło im się wpaść w nasze ręce?

– A jak to inaczej wytłumaczyć?

– Nie wiem. Jam o takich sztukach nie słyszał nawet. Bywa czasem, że człowiek za wiarę swoją, władcę lub przyjaciół życie w boju poświęca. Jednak czym innym ginąć w szaleńczym ataku lub z podniesioną głową wstępować na szafot, a czym innym truciznę połknąć i jak szczur zdechnąć. A jednak mnie zwodzicie.

– Proszę? – zdumiałem się.

– Skoro przyszli, by was ubić, wiedzę musicie posiadać, kto ich przysłał. Bowiem niezależnie od tego, kim byli, narzędzie jeno stanowią w ręku kogoś władnego... Jak już powiedziałem, by życie oddać, trzeba albo w wagę swej wyprawy wierzyć, albo władcę kochać głęboko.

– Albo czuć lęk. Lęk przed losem gorszym niż śmierć – rzuciłem w zadumie.

– By naprawdę czuć lęk przed torturami, by śmierć sobie zadać z obawy przed męką, trzeba najpierw poznać ich siłę. Poznać można, cierpiąc lub zadając cierpienia. Na ich ciałach brak znaków, że kiedyś już znaleźli się w ręku kata...

– Może ktoś im opowiedział?

– Nie. Myślę raczej, iż to oni prawdę z innych wyciskali niczym serwatkę z twarogu. Poznali moc strachu, gasząc na czyjś rozkaz inne życia. Na rozkaz pana tak okrutnego, że woleli umrzeć, niż przyjść i powiedzieć, że zawiedli. Że woleli umrzeć, niż zaryzykować jego gniew, gdy odkryjemy, kim jest. No właśnie. – Spojrzał na mnie spod oka. – A kim jest?

Ach, te policyjne sztuczki...

– Nie wiem – odpowiedziałem zupełnie szczerze.

– Każdy ma jakichś wrogów. Człowiek w świecie bywały niekiedy więcej, niżby chciał... – Nadal świdrował mnie spojrzeniem.

– Lensmann Nidaros, tfu! z Trondheim, mógłby mieć żal do mnie, ale on sądził, że mnie uśmiercił, a i sam niedługo potem życie oddał. Kat z tegoż miasta podobnie urazę do mnie mógłby żywić, ale nie wiedział, że to ja niewolnicę mu wykradłem. A i sam umarł wkrótce potem...

– Znajomość z waszmością, jak słyszę, łatwo życie skrócić może... – pokpiwał Grot. – Wszak i w starciu z grabieżcami wraków trupów wiele padło...

– Jeszcze pirat Magnus zwany Wilkiem – przypomniałem sobie. – Lecz dla niego byłem tylko jednym z wielu jeńców i osoba moja szczególnie go nie absorbowała, bo bardziej interesował się dręczeniem Petera Hansavritsona.

– Czyli wrogami waści byli dwaj ludzie, którzy już od dawna nie żyją, i trzeci, który żyw, ale który w Gdańsku nie ma czego szukać... – mruknął zawiedziony. – No nic, posiedzisz waść w loszku, chłodno tam i smrodliwie, ale ponoć woń gnoju, choć odrażająca, choroby przepłoszyć może, tedy mniemam, i dla pamięci dobra będzie?

Oż, ty sukinsynie! – pomyślałem. Areszt wydobywczy?

Coś z moich myśli musiało odmalować się na twarzy, bo Grot wyszczerzył zęby w krzywym uśmiechu.

– Idea moja waści krew burzy? – zagadnął. – Rzecz jasna, pamięć odświeżyć możemy nie tylko zapachem gówna. Wszak tyle innych jest po temu sposobów.

– Nie pogardzę dzbanem reńskiego wina! – odgryzłem się. – Albo flaszą syconego miodu.

– Wino pamięć raczej odbiera. Lepszą metodą jest szczyptę tureckiego pieprzu w rzyć wetknąć i ręce dobrze związać. Poprzednik mój podsądnym solone śledzie za pożywienie dawał, a potem ni kropli wody przez dni cztery albo pięć... Oczywiście kat rzekłby na mym miejscu, iż rozpalone żelazo lub odrobina miałkiej soli posypanej na rany zadane biczem w iście cudowny sposób jasność umysłu i szczerość odpowiedzi przywraca. Zważ, waść, tedy, że na razie jak przyjaciele serdeczni rozmawiamy. Lecz nie zawsze tak będzie... Oj, nie zawsze...

Wróciło wspomnienie, jak Sadko i Borys wyrywali mi paznokcie. Zdaje się, użyli dokładnie tego samego określenia. Tej samej głupiej gadki o przyjaźni... A może to Marius Kowalik powiedział?

– A to? – Popatrzyłem na coś leżącego opodal. Urżnięta dłoń. Żołądek podszedł mi do gardła, ale się opanowałem.

– Ręka. Kozacy odrąbali ją w starciu... Palce zacisnęły się na rękojeści w chwili, gdy ostrze nerw przecięło. Tak bywa czasem. Dopiero rankiem zmiękły na tyle, że rozgiąć je zdołaliśmy...

– Rękojeści? – podchwyciłem.

– Kindżał ściskał. Obejrzeć go waszmość chcesz?

– Jeśli można...

Podał mi masywny majcher przypominający nieco bagnet. Spróbowałem klingi opuszką kciuka. Broń była wyostrzona jak brzytwa. Rękojeść wykonano z kości słoniowej albo podobnego surowca. Przy krótkiej mosiężnej gardzie wybito gmerk płatnerza – pojedynczą literę. Ni to A, ni to rosyjskie D.

– Nigdy wcześniej takiego nie widziałem. – Oddałem urzędnikowi mordercze narzędzie.

– Czemu? – zapytał.

– Co: czemu? – nie zrozumiałem.

– Czemuś mnie, człowiecze, dziabnąć nie spróbował? – Wsunął nóż do pochwy.

Yyyy... Hmmm... No tak. Dobre pytanie. Miałem tego sukinsyna na wyciągnięcie ręki, miałem kindżał, miałem okazję...

– Nie przyszło mi to do głowy. – Wzruszyłem ramionami.

– A mnie nie przyszło opamiętanie. Nie rozumiałem, co wyrabiam, gdym wam broń wręczył. Obu nam chęć sprawy wyjaśnienia rozum na chwilę zwarzyła. Jam brakiem rozwagi zgrzeszył, waszmość... – Uśmiechnął się krzywo.

– Może będzie jeszcze okazja do gardeł sobie skoczyć. – Też się uśmiechnąłem.

Wyszliśmy na dziedziniec.

– Do lochu z nim – polecił justycjariusz swoim ceklarzom.

🌿 Poranek znowu upłynął Staszkowi na treningu. Samiłło i Maksym tym razem wycisnęli z niego siódme poty. Nocne wypadki najwyraźniej dały im do myślenia.

– Jeśli spotkasz ich ponownie, strzelaj z wielopału, a potem natychmiast uciekaj! – tłumaczył starszy Kozak. – To urodzeni mordercy. Może i z diabłem cyrograf na swe dusze spisali. W robieniu szablą przerażająco sprawni. My nie mogliśmy im pola dotrzymać, ciebie wypatroszą, nim powieką poruszysz...

– Będę pamiętał – westchnął.

Po ćwiczeniach gospodarz dał mu plik listów z prośbą, by zaniósł je kupcowi o imieniu Rufus. Wytłumaczył drogę. Pańko i Mychajło byli potrzebni w domu. Personel „ambasady" najwyraźniej szykował się do opuszczenia Gdańska.

Staszek wypełnił zadanie szybko i sprawnie. Kupiec obiecał listy jeszcze w tym tygodniu przesłać przez swego znajomego do Krakowa i Lublina. Chłopak opłacił usługę i był wolny.

Trzeba by się przejść trochę po mieście, pomyślał. I kolejną paczkę podać dla Marka, cholera wie jak go tam karmią...

Ruszył na jarmark. Nieoczekiwanie między wozami i straganami mignęło coś zielonego. Serce uderzyło mu mocniej, poczuł, jakby przez kręgosłup przebiegł mu ożywczy prąd. Hela.

Zechce ze mną rozmawiać czy nie? – zamyślił się. Tak niewiele wiem o dziewczynach. Nie rozumiem, jakimi ścieżkami biegną ich myśli. Zaryzykuję...

Przyspieszył kroku i po chwili ją dogonił. Dreptała przez targ w towarzystwie drobnej, czarnowłosej dziewczyny. Wyczuła chyba, że idzie za nią, bo obejrzała się.

– Witaj – powiedziała zupełnie spokojnie. – Cieszę się, że cię widzę.

– Dzień dobry – wyjąkał.

Uśmiechała się przyjaźnie. Staszek poczuł ciepło na sercu.

– Poznaj, proszę, Martę, to... – zawiesiła na sekundę głos, jakby szukała odpowiedniego słowa – wychowanka pani Agaty.

Ukłonił się machinalnie, słuchając, jak dziewczyna go przedstawia. Ciemnowłosa była podobna do Heli. Mogły niemal uchodzić za siostry. Stali naprzeciw siebie.

– Brakowało mi twojego towarzystwa – odezwał się pierwszy.

– Mnie też. – Spuściła wzrok. – Ale tak będzie lepiej. Moralnie w każdym razie. Bezpieczniej.

– Przecież ja... – bąknął i zaczerwienił się.

Wspomnienie nocy w zasypanym śniegiem namiocie wypłynęło niemal natychmiast, natrętne, niechciane. No i to teraz, w Gdańsku... Obudzona na chwilę osobowość Estery...

– Nie ciebie się boję, ale tego, co tkwi niczym cierń w mojej duszy. Co u was? – z gracją zmieniła temat.

– Staram się odkryć, kto zamordował Gretę i resztę tych ludzi – wyjaśnił. – Ponadto myślę, jak wyciągnąć Marka z więzienia.

– Ciężka sprawa. – Pokręciła głową. – Pani Agata próbowała coś wytargować, Grot jest jej kuzynem. Nie chciał nawet słuchać. Służbista twardy i zasadniczy jak carski żandarm. Rozkazy wydane i tyle. Źle powiedziałam. Carskiego żandarma by się przekupiło albo upiło.

– Marius Kowalik też nie może pomóc. Twierdzi, że to sprawa burmistrza i biskupa, którym on nie może ani wydać rozkazów, ani w inny sposób na nich wpłynąć. W dodatku czeka tylko na otwarcie sezonu żeglugowego, żeby płynąć do Visby. Los kapitana Petera całkowicie zaprzątnął jego głowę.

– Marius Kowalik... Wynalazca.

– Dziwny człowiek. Ale trochę go podziwiam. – Skrzywił się niechętnie. – Jest fenomenalnie bystry. Może ponieść? – Zahaczył spojrzeniem kosz na ramieniu Marty.

– Pusty nie jest ciężki. – Dziewczyna błysnęła w uśmiechu zębami.

– Coś musicie kupić? – zreflektował się. – Pozwolicie sobie towarzyszyć?

– Skoro mam przyzwoitkę – droczyła się Hela. – Zresztą i tak już się wygadałam...

– Mieszkasz u tej kobiety, którą poznałaś w Bergen. – Wzruszył ramionami. – Wiem. To bez znaczenia, nie chcę ci się narzucać. Jeśli tylko uważasz, że jesteś tam bezpieczniejsza niż u Kozaków.

– Tak właśnie uważam. – Kiwnęła poważnie. – Jeśli masz trochę czasu, chodź z nami. A potem może nawet pozwolę ci odprowadzić się do domu... – Puściła oko.

Nie muszę jej rozumieć, dumał, krocząc za dziewczynami. I tak ją kocham. Bywa złośliwa, przekorna, dowcipna, ale ma w sobie to coś... Nienazwane.

Przypomniał sobie po raz setny dziewczyny, z którymi chodził do gimnazjum, a potem do liceum. Bezbarwne, nudne, lekceważące.

Doszli do targu rybnego. Hela obmacała kilka jesiotrów, zanim krzywiąc straszliwie wargi, zaczęła targować się z przekupką. Staszek patrzył na potężne rybiszcze. Grzbiet pokryty kościanymi płytkami...

Nigdy tego nie jadłem, pomyślał.

Ryba wylądowała w koszyku. Dziewczęta zaszły jeszcze do sklepu korzennego, gdzie nabyły kamionkową flaszę reńskiego wina, jakieś przyprawy. Wziął sprawunki i przerzucił sobie sznur przez ramię. Był to gest czysto grzecznościowy, ryba nie mogła ważyć więcej niż trzy kilogramy, inne zakupy w zasadzie się nie liczyły.

– Nad czym tak dumasz? – zagadnęła Hela.

– To miasto... Jak tu pięknie. Cudny poranek, chłodno, ale chmury odbijają się w kałużach... I wszystko tu takie... Czuję wiosnę. Cieszę się dniem – wyrzucił z siebie.

– Wiersze zacznij pisać. – Uśmiechnęła się. – Chętnie przeczytam. Mógłbyś na przykład opisać, jak pewna ruda dziewczyna ze swoją towarzyszką dreptcą przez błocko.

– Błoto – powiedział. – Powinni wybrukować te zaułki. Bo tak trzeba bez przerwy patrzeć pod nogi.

– Ludzie patrzą w ziemię, zamiast dumnie unieść głowę i spoglądać w niebo – odezwała się nieoczekiwanie służąca. – Kto nieustannie patrzy na własne stopy, całe życie będzie giął kark. Tak kucharka nasza mówi.

Zaskoczyła go ta uwaga.

– Ale też z drugiej strony, kto nie patrzy pod nogi, będzie miał buty powalane błotem albo i czymś gorszym – westchnęła Hela. – Tak źle i tak niedobrze. Ale masz rację, Marto, obie za mało patrzymy w górę.

Odetchnął głęboko. Chłodne powietrze pachniało morzem, gotowaną kapustą i trochę końskim nawozem.

Odprowadził je aż na próg kamienicy Ferberów. Oddał kosz Marcie. Służąca weszła do sieni. Hela została jeszcze na schodkach.

– Cieszę się, że cię spotkałem – powiedział.

– Yhym... – mruknęła, a potem nieoczekiwanie musnęła wargami jego policzek i z chichotem umknęła, zatrzaskując za sobą drzwi.

Wracał na targ jakby w półśnie, rozmarzony, szczęśliwy... Jest dobrze. Trzeba tylko wyciągnąć Marka z pudła, rozważał. Łasica nie pojawia się od tak dawna, pewnie już ją diabli wzięli. Możemy plunąć na to całe Oko Jelenia i tajemnice Hanzy. Pojedziemy we trójkę z Mariusem Kowalikiem do Visby, pozbieramy do kupy wszystko, co pamiętamy, wszystko, co da się zastosować w tej epoce. Spylimy zegarki po Chińczykach, będziemy mieli kasy jak lodu. Dom się kupi, rozkręci jakiś fajny interes. Ożenię się z Helą, bo w końcu dlaczego by nie?! Dorosły jestem, a i ona za kilka lat będzie dorosła.

Kupił kiełbasę, chleb, wędzony ser, kawałek suszonego dorsza, świece... Nie wiedział, co jeszcze, więc dorzucił wianek suszonych plastrów jabłek. Poszedł na odwach. Znajomy strażnik przyjął koszyk i przejrzał jego zawartość równie starannie jak przedtem.

– Zaraz mu to zaniesiemy – obiecał. – A z tobą justycjariusz chciał mówić.

Masz babo placek, zmartwił się Staszek.

– Gdzie go znajdę? – zapytał, nadrabiając miną.

– Jest u siebie w kantorku.

Wyszedł na dziedziniec. Brama była uchylona. Zwiać? Pokusa była bardzo silna, ale pokonał ją. Zapukał do okutych drzwi.

– Wejść! – dobiegło ze środka.

– Chcieliście mnie widzieć, panie? – Staszek ukłonił się grzecznie. – Otóż jestem.

– A i owszem – westchnął Grzegorz Grot. – Źle się dzieje ostatnimi czasy w Gdańsku. Siadaj, waść. – Wskazał zydel.

Chłopak w milczeniu czekał na wyjaśnienia. Urzędnik wyjął ze skrzynki dwa kubki, nalał z flaszy piwa i gestem zaprosił do stołu.

– Giną ludzie. Giną nagłą, złą śmiercią, a ich kres wymyka się próbom racjonalnego pojmowania – odezwał się.

– Mieszkańcy kamienicy...

– Potem zabójcy do lochu się zakradli, by osadzonych tam ubić – uzupełnił. – To ich właśnie spotkaliście w zaułku. I fart prawdziwy, żeście z życiem uszli. Jeden jest wspólny element tych wszystkich śmierci. Mistrz Marek.

– Naprawdę?

– Sam rozumiesz, że mając polecenie królewskie dbać o spokój i bezpieczeństwo miasta, muszę siłą rzeczy każdy włos na czworo dzielić... Jest wiele sił, które starają się kształtować już to losy pojedynczych ludzi, już to losy miast całych. Tedy zapytam ciebie: czy Marek i panna Helena w jakiś sposób złamali prawo Hanzy, ubliżyli komuś lub w inny sposób ściągnęli na siebie gniew starszych ligi?

– Nie. Szczerze powiedziawszy, chyba wręcz przeciwnie. Wszak mój patron, a mojej narzeczonej ojciec, w obronie kapitana Hansavritsona ranę niemal śmiertelną odniósł.

– Hmm... A może zatem wrogów Hanzy rozjuszyliście?

– Nic mi o tym nie wiadomo.

– Przybyłeś do miasta w skórzanym kożuszku, jaki wkładają dzikie ludy z północy. Teraz nosisz się jak szlachcic. – Grot zlustrował chłopaka niechętnym spojrzeniem. – Czy pochodzenie twe...

– Stawaj, waszmość – warknął Staszek, kładąc dłoń na rękojeści szabli.

Grot uśmiechnął się kwaśno.

– Tu waść jest pod prawem miejskim – burknął. – A szlachetnie urodzonych warchołów co rusz do loszków sadzamy lub nawet pod pręgierzem na rynku, ich dostojne zady obnażywszy, chłoszczemy. Żywsze krwi krążenie wpływ ma zbawienny na pracę serca i umysłu. Grzeczniej tedy.

– Wybaczcie, panie.

– Nijak mi się to wszystko do kupy nie klei – westchnął justycjariusz. – Ale nie o tym chciałem.

– Zatem...

– Heli powiedz, żeby nie chodziła po mieście w tym zielonym wdzianku, jest zbyt widoczna. Katowej powiedziałem, że znikła jak kamień w wodę. Tego tylko brakuje, by babsztyl mi ją na odwach przywlókł! Ponoć Kozacy się już do domu wybierają? – zmienił temat.

– Zdaje się, że tak.

– Nie chcesz mówić, trudno. – Grot bawił się pustym kubkiem. – Jesteś wolny, ale pogadamy sobie jeszcze.

Nie zabrzmiało to jak groźba. Staszek dopił swoją porcję piwa i pożegnawszy się, wyszedł.

🦊 Siadłem wygodnie na słomie i przejrzałem zawartość dostarczonego przez strażnika koszyka.

Paczka dla więźnia, pomyślałem prawie wesoło. Jak w książkach przygodowych. Tylko pilniczka w chlebie nie ma... Nie, w chlebie to drabinka sznurowa. W czym się przemycało pilnik? W serniku? No i gryps. Nie wiem, co się dzieje tam na zewnątrz. A tu figa. Najwidoczniej Staszek czytał w dzieciństwie co innego i nie pomyśli, żeby jakiś liścik przeszmuglować...

Odłamałem kawał kiełbasy.

– Klaus? – zawołałem półgłosem. – Łap.

Rzuciłem mu pół laski. Złapał w locie.

– Dziękuję, wielmożny panie. – Współwięzień ukłonił mi się i zaraz wgryzł w poczęstunek.

Pal go diabli, pomyślałem. Bandzior niewart splunięcia, ale skoro i tak go niebawem powieszą, to niech ostatni raz w życiu nacieszy kubki smakowe czymś innym niż chleb i woda.

Podjadłem sobie trochę, kosz zawiesiłem na sztyfcie sterczącym z muru. Miałem nadzieję, że żaden szczur nie doskoczy tak wysoko. Świece... Szkoda tylko, że zabrali mi krzesiwo. Zazgrzytały drzwi i na dół zeszli trzej strażnicy. Odpięli mój łańcuch od ściany. Kolejne przesłuchanie? Powlokłem się za nimi na górę. Sądziłem, że przez dziedziniec zaprowadzą mnie do kantorka, a tymczasem przeszliśmy przez odwach do sporej sklepionej salki.

Rozejrzałem się po nieznanym mi pomieszczeniu i zaraz przestało mi być do śmiechu. Poprzednio widziałem takie urządzenia na wycieczce z moimi uczniami...

Był też kat w skórzanym kapturze na głowie. Rozgrzewał jakieś narzędzia w koszyczku z żarem. Obok stał wysoki, szpakowaty mężczyzna. Cały ubrany na czarno, jedynym kolorowym elementem był złoty łańcuch opadający na jego piersi. Jakaś fisza z rady miasta?

Justycjariusz czekał na mnie przy pulpicie z naszykowanym już papierem. Skinął na pomagierów. Nim zdążyłem pomyśleć o stawianiu oporu, już leżałem rozciągnięty na ławie. Przywiązali mnie kilkoma skórzanymi pasami.

Zupełnie jak wtedy na pokładzie „Srebrnej Łani", pomyślałem melancholijnie. Tylko tam przynajmniej były piękne widoki za burtą i powietrze świeże.

– Pora wreszcie pogadać – powiedział Grot. – Pogadać szczerze i od serca.

– Pytaj, waszmość – westchnąłem, patrząc ponuro w sufit.

– Interesuje mnie zarówno Peter Hansavritson, jak i jego kuzyn Marius Kowalik.

– A co to ma wspólnego z zarzutami, które na mnie ciążą? – zdumiałem się.

– Nic, a w każdym razie niewiele. – Wzruszył ramionami. – To bez znaczenia, bo jak to się mówi, jak już mam waści pod kluczem, mogę z okazji skorzystać a o to i owo wypytać...

Szpakowaty nie odezwał się dotąd ani słowem. Stał w bezruchu, zamyślony. Kat także milczał, ale odniosłem wrażenie, że pod maską uśmiecha się ironicznie. Ładny gips.

– Sprawy Hansavritsona to sprawy Hanzy – powiedział spokojnie śledczy. – Nasz burmistrz chwilami jakby zapominał, że składał przysięgę na wierność królowi. I że władza króla ważniejsza i więcej w Gdańsku znaczy niż słowo hansatagu. Uczyliście się czegoś, panie, o systemach władzy?

– Tylko ogólnie – burknąłem, przypominając sobie, jak na pół roku wrobiono mnie w zastępstwo za nauczyciela wiedzy o społeczeństwie.

– Zatem?

– Mam o tym opowiedzieć?

– Proszę.

– Wiem, co to jest władza, jakie są jej źródła i jak funkcjonuje społeczeństwo demokratyczne...

Gdybym nie miał związanych rąk, palnąłbym się w głowę. Co ja pieprzę! W tym świecie władza pochodzi od Boga, demokracja zajmuje się delikatnym podgryzaniem monarchii, a prawo głosu na sejmikach ma może dziesięć procent populacji...

– Zatem sam waść rozumiesz, że nie można służyć dwóm panom. Posłuszeństwo wobec króla powinno być dla burmistrza ważniejsze niż to, czy Gdańsk pozostanie w Hanzie, czy nie. Gdy o tym zapomina, rada miasta winna go pouczyć i na właściwą drogę skierować. By zaś członkowie rady zrozumieli, jak bardzo interesy Hanzy i Rzeczpospolitej są rozbieżne, potrzebują danych pochodzących z samego źródła.

– Nie rozumiem.

Męczyły i drażniły mnie jego monologi.

– Winni znać plany Hanzy. Kto zaś lepiej je nam naświetli, jak nie człowiek, który otarł się o największe sekrety Ligi?

– Zatem nie do mnie te pytania – warknąłem – bo mnie do żadnych tajemnic nie dopuszczali!

– Przyjacielu – westchnął – Peter Hansavritson uchodzi za prostego kupca... Tymczasem, gdy się mu trochę dokładniej przyjrzeć, wrażenie to pryska. Podróżuje dwusetletnią krypą, wozi towar niewart nawet splunięcia. Całkiem przypadkiem towarzyszą mu dwaj rękodajni, z których każdy ma na sumieniu dziesiątki trupów ludzi zarżniętych zupełnie jawnie i zapewne drugie tyle zaszlachtowanych potajemnie...

– Każdy ma taką ochronę, na jaką go stać... – Impertynencko wzruszyłem ramionami. – Może ukrywa fakt, że jest bogaty. A może z wdzięczności za jakieś przysługi mu służą?

– Problem w tym, że jego na taką ochronę w żadnym razie nie byłoby stać. I nie ukrywa żadnego majątku. Sprawdziliśmy handle jego rodu do trzech pokoleń wstecz. Wiosną zeszłego roku z Kijowa przybył do nas Kozak o imieniu Maksym. Znany waści oczywiście. O kogo rozpytywał? Ano o tegoż właśnie nieobecnego przyjaciela naszego, o prostego kupca podróżującego dwusetletnią krypą... I co zrobił, dowiedziawszy się, że kapitan jest w Sztokholmie? Ruszył na drugą stronę Bałtyku. O tak.

– To ich sprawy. Może ataman Bajda potrzebuje doświadczonych żeglarzy na Morzu Czarnym. Może flotę wojenną chce zbudować i na Turków rzucić? Może wręcz przeciwnie: Kozaków z Siczy planuje na Bałtyk posłać. Nie moja to rzecz i nie waszmości nawet.

– Ataman Bajda ma tu własne oczy i uszy w postaci cwanego Kozaka Samuela, dwu kobiet i dwu chłopaczków, którzy ledwo od ziemi odrośli, a już lepiej łukiem ich omijać, bo w robieniu szablą... A, nieważne. Gdyby ataman zechciał doświadczonych żeglarzy ugadać, wystarczyłoby kieską zabrzęczeć.

Milczałem.

– Teraz waszmość... Przybywacie na nasz brzeg niczym anioł śmierci. Tam, gdzie noga wasza lądu dotknęła, czternastu grabieżców padło i na zawsze zostało na plaży. Raport z oględzin ich zwłok otrzymałem. Legli od kul z samopału jakowegoś... Takich jak ta. – Ze skórzanego woreczka wytrząsnął na dłoń naboje. – Legli bardzo szybko, zabici nieomal w jednej chwili. Strzelasz waść o wiele lepiej niż moi ludzie. Szybciej, celniej, w ciemności... I cudaczny wielopał dziwnej roboty do tego posiadasz. Wracając zaś do trupów, nieliczni piraci, widać tylko ranieni, zostali dobici kordem. A kto ich tak zaszlachtował? Dwóch towarzyszących wam synów kupieckich z Nowogrodu. Przypadkiem ludzie ci to najwierniejsze psy łańcuchowe kapitana Hansavritsona. Musiałeś waść wielkie przysługi mu oddać, że takich przybocznych wam przydzielił.

Wciąż milczałem. Czarno odziany rajca też nadal nie odzywał się ani słowem.

– Następnie przybyłeś waść do Gdańska – Grot podjął monolog. – I przypadkiem oczywiście najął eś mieszkanie u kobiety, która krewną była pewnego bardzo ciekawego karczmarza. I wreszcie ktoś do tego stopnia was nie lubi, że wymordował osiem osób, byle tylko was dopaść...

Poczułem dreszcze. Obecność kata i jego narzędzi dodatkowo utrudniała mi skupienie się na rozmowie.

– I co z tego wynika?

– Nie wiem – odparł Grot z udawaną bezradnością. – Mam swoje teorie, a bardzo chcę dociec, na ile odpowiadają prawdzie, więc dobrze by było, abyś waszmość mi o tym opowiedział.

– Nie mam w zasadzie nic do powiedzenia – warknąłem. – Kapitana Petera poznałem... Diabła tam, przecież mówiłem waści, gdzie go spotkałem!

– Mówiliście. – Machnął dłonią, jakby się odganiał od natrętnej muchy. – A skoro już przy tym jesteśmy... Zastanawia mnie kwestia taka, czego też szukał kupiec z Visby w dalekim Trondheim.

Spojrzał pytająco.

– Nie wiem. Może tłuszczu z ryb, sezon właśnie się kończył. Wyprzedawano resztę zapasu. Był jedynym kupcem wyruszającym na południe, więc...

– Jedynym – przerwał mi. – Czyli co? Tylko on po olej rybny przypłynął – zakpił.

– Nie wiem, jakie miał tam interesy – powiedziałem zmęczonym głosem. – Nie zaglądam bliźnim pod kołdrę ani do ksiąg handlowych. Skorzystałem z okazji, by zabrać się na południe.

– I nie tylko waszmość... Wszak na pokładzie był także poddany duński Islandczyk, zwany Bjart.

– No, chyba był ktoś taki...

Przypomniałem sobie tego milczącego, bladego, jasnowłosego mężczyznę. Czarno odziany urzędnik, czy kim tam on był, przeszedł kilka kroków i znowu znieruchomiał.

– O kapitana Bjarta pismo z zapytaniem z Kopenhagi przyszło. Coś go korona szuka i znaleźć nie może, zastanawiali się, czy w naszych stronach się nie objawił. Gryzie mnie jednakowoż problem, czy Hansavritson popłynął tak daleko na północ, by wydobyć go z lochu, czy może was obu chciał na południe dostarczyć...

– Jak już mówiłem...

– Pamiętam. – Uciszył mnie gestem ręki. – Fakty zaś są takie. Przybywacie, waszmość, obecnie do Gdańska z Bergen, gdzie spędziliście sporo czasu, lecząc się z rany na głowie. Przybyliście w towarzystwie Sadki, Borysa i panny Heleny. Obaj rękodajni wyjechali, gdy tylko znaleźliście się bezpiecznie pod opieką naszych, mam na myśli gdańskich, zauszników Hanzy. A waszmość z dziewczyną czekali, aż do miasta dotrą ci dwaj, Staszek i Maksym.

– Tak było. – Wydąłem wargi. – I co z tego? To wolny kraj. Jeśli zechcę spotkać się z przyjaciółmi...

– Opowiesz teraz, o co w tym chodzi.

– Że co?! – nie zrozumiałem.

Justycjariusz skinął dłonią. Kat wyjął z paleniska rozżarzone szczypce i chwilę machał nimi w powietrzu. Zaskowyczałem, jeszcze zanim cokolwiek zrobił. Organizm zareagował absolutnie zwierzęcą paniką. Oprawca podszedł i złapał kleszczami płat skóry na moim lewym boku. Ryknąłem dziko. Wycie rodziło się gdzieś poza świadomością. Szarpnąłem się potężnie, ale rzemienie trzymały. Oprawca puścił, obszedł mnie i powtórzył operację na drugim boku. Znów zawyłem. Kleszcze wystygły, powinno boleć mniej, ale gdzie tam...

– Wystarczy. – Śledczy odesłał mistrza małodobrego gestem. – A zatem wracam do pytania.

– Nie rozumiem go. Przybyłem do Gdańska może w dziwnym towarzystwie i...

– Wieźliście coś ważnego? – odezwał się ten ubrany na czarno. – Coś tak szalenie ważnego, że syndyk Hanzy, czcigodny Heinrich Sudermann, oddał wam swój statek, a kapitan Peter Hansavritson delegował najlepszych ludzi. Wieźliście rzecz tak niezwykłą, iż jej przewiezienie powierzono najlepszemu strzelcowi na świecie i wyposażono go w jakąś niezwykłą broń o iście piekielnej sile. Wreszcie, by rzecz tę odebrać lub ochronę wzmocnić, do Gdańska przybył Kozak Maksym, o którym wiemy tyle, że na dworze atamana Bajdy przebywał. Ma i on swych rękodajnych, Kozaka Samuela, szermierza niezrównanego, gotowego własnoręcznie pół miasta wysiec... Idąc dalej tym tropem, jest jeszcze Marius Kowalik.

– Ale ja...

– Słyszałem opowieści, stare, powtarzane w karczmach i te przekazywane mi przez dziadków – odezwał się Grot. – Torturując ludzi różnorakiego stanu, także zasłyszałem niejedno. Władza, którą widzimy, to piana na falach. Prawdziwe decyzje zapadają na dworach potajemnie. Tajne traktaty przewożą zaufani kurierzy. Czasem zaś możni gną karku przed ludźmi, którzy uchodzić chcą za żebraków. By zaś wysłannika takiego rozpoznać, niezbędne są znaki potwierdzające jego tożsamość i wagę misji. Co waść na to powiesz?

– Może i tak jest. Nie interesuję się polityką.

– Zatem pamięć waszmości odświeżymy.

Milczałem. Skinął na kata. Palce u stóp potraktowane cęgami zareagowały potwornym bólem. Krzyczałem, aż poczułem w ustach słony posmak krwi. I naraz ból odpłynął. Straciłem przytomność? Chyba tak, bo gdy otworzyłem oczy, byłem cały mokry. Chlusnęli cebrzyk wody?

– Oczywiście wieści o kurierach i niezwykłych przedmiotach potwierdzających ich posłannictwo krążą nie tylko po naszym mieście. Widać dotarły gdzieś daleko, gdzie żyją ludzie ponurzy, okrutni i żądni władzy. To, co waszmość przewoził, musiało poruszyć ich plugawe dusze, bo aby waści dopaść, mordowali jak w amoku – bydlak podjął wątek jakby nigdy nic.

Poczułem, że mam mokre spodnie. Od wody czy zwieracze nie wytrzymały? Rany nieznośnie ćmiły. Oprawca znowu krzątał się przy piecyku. Szykował narzędzia, by kontynuować zabawę.

I naraz błysnął mi pomysł. Szatański, podły i okrutny. Przecież... Ten człowiek wie wiele, ale szuka po omacku i wnioski wyciąga błędne. Wystarczy, że powiem, iż w całej tej sprawie chodzi o Helę... Że to ją mieliśmy bezpiecznie dostarczyć do Gdańska. Że to ona jest ważna. Dla katowej, dla Hansavritsona, dla atamana Bajdy...

Zagryzłem wargi z całej siły. Przeraziła mnie sama świadomość, że tak ohydna myśl mogła mi przyjść do głowy. Justycjariusz uśmiechnął się promiennie. Czułem, że zaraz padnie naprawdę zjadliwe pytanie. I doczekałem się... Jednak to nie on się odezwał, a jego szpakowaty kompan.

– A zatem gdzie jest ukryty przedmiot zwany Okiem Jelenia?

O kuźwa...

– Nie mam go – wystękałem.

– Tyle to i ja wiem – burknął. – Komu je przekaza-liście? Kowalikowi?

– Wiem mniej więcej, czym miało być Oko Jelenia – powiedziałem. – Ale to tylko legenda. Nawet jeżeli ist-nieje naprawdę, nie mam pojęcia, w czich rękach się znajduje. Lensmann Trondheim sądził, że ma go Peter Hansavritson, ale nie znalazł go przy nim.

Skurczybyk Grot znowu skinął na kata. Nie sądzi-łem wcześniej, że mam tak dobrze unerwione palce... Ból wyłączył mi zdolność myślenia. Wyłem i wyłem, usiłując wyszarpnąć nogę. Szpakowaty stał nieporuszony. Socjo-pata, psia jego mać.

– Po co twój upór? – zapytał justycjariusz, gdy kat zrobił sobie przerwę. – I tak pomalutku wyciśniemy z ciebie całą prawdę. Czasu mamy pod dostatkiem, a bę-dzie bardzo bolało...

Splunąłbym mu w gębę, gdyby nie to, że całkiem za-schło mi w ustach.

– A tak właściwie to po cholerę wam to Oko? – wy-mamrotałem. – Zakładając, że istnieje...

– Dla burmistrza.

Nie rozumiałem. W ogóle jakoś nie mogłem zebrać myśli. Pewnie dlatego, że bolało mnie wszystko.

– Dziś burmistrz rozdarty jest między swymi po-winnościami. Ten, kto ma Oko, wydaje mu rozkazy. Czasem sprzeczne z rozkazami króla. A burmistrz skła-dał przysięgę na wierność władcy. Biblia mówi, że nikt nie może służyć dwóm panom. Ocalę jego duszę, po-zbawiając możliwości wyboru. Jeśli na oczach rady roztrzaskam pieczęć, włodarz miasta będzie wolny w swych decyzjach – wyjaśnił szpakowaty.

– To bardzo szlachetny zamiar... – przyznałem. – Jeśli plan wasz się powiedzie, rzeczywiście burmistrz w swych decyzjach wolnym będzie. Kilka tygodni może nawet, bo wykonanie nowej pieczęci w twardym kamieniu może tyle potrwać.

Obaj urzędnicy popatrzyli po sobie zaskoczeni. Kat parsknął śmiechem stłumionym przez maskę.

– Tak czy siak, niestety, pomóc nie mogę – zakończyłem.

Szpakowaty wykonał niecierpliwy gest dłonią. Kat zabrał się znowu do pracy. Gdy skończył, wszystkie palce u nóg miałem równo przypalone. Wyglądały jak wędzona szynka, przez spękaną, zwęgloną skórę ciekł płyn surowiczy i krew.

– I co powiesz? – zagadnął Grot.

– Łasica mnie pomści. Będziecie obaj przeklinali dzień, w którym się urodziliście.

Na twarzy szpakowatego pojawił się cień. Widać trafiłem.

– Życie ślubowałem oddać w służbie króla – warknął. – I jeśli trzeba oddać, oddam. Tak poprzysiągłem.

– Idźcie się obaj wyswaźbnić! Nie mam pojęcia, gdzie jest to cholerne Oko! Nie wiem nawet, kto może wiedzieć! Nie mam pojęcia, kim naprawdę jest Hansavritson i co knuje.

Oprawca, czekając na kolejne polecenia, spokojnie żarł pajdę chleba ze smalcem. Poczułem, że też jestem głodny.

– A wiesz, zostawmy na chwilę sprawę Oka. – Grot uśmiechnął się wrednie. – Wiemy mniej więcej, kto jest po jednej stronie. Waszmość, Staszek, panna Helena, Sadko, Borys, Maksym, Marius Kowalik... Niczego sobie drużynę kapitan Peter zebrał. Pogadajmy zatem, kto jest po stronie drugiej.

– Jakiej drugiej? – wychrypiałem.

– Piwa – rzucił szpakowaty.

Kat znikł i po chwili wrócił z glinianym kubkiem. Przytknął mi do ust. Piwo było lekko skwaśniałe, ale przyjemnie przepłukałem gardło.

– O co waszmości chodzi? – zapytałem.

– Moim zadaniem jest utrzymanie porządku w mieście – powtórzył po raz nie wiadomo który. – Tymczasem mam na ziemi, która podlega mej pieczy, nie tylko zauszników Hanzy, ale i wrogów Ligi, którzy gotowi są was wymordować.

– Nie wiem, kim są – powiedziałem zupełnie szczerze.

Pokręcił głową jakby z naganą. Kat z żalem odłożył swoją „kanapkę" i teraz dla odmiany przypalił mi podbicie stopy. Myślałem, że zwariuję. Szarpałem się, ale rzemienie oczywiście nie puściły.

– W moim mieście będzie porządek – warknął Grot. – I dopnę tego, choćbyście mieli tu ducha wyzionąć.

Jego kumpel milczał, jakby stracił zainteresowanie całą sprawą.

– Nie wiem, kim są mordercy! – wrzasnąłem. – Gdybym wiedział, to poszczułbym waści na nich jak psa!

– Nawet nieźle to brzmi. – Pokiwał głową. – Ale chyba nie dałem się przekonać.

Druga stopa zaskwierczała. Straciłem przytomność. Polewali mnie wodą, o coś pytali, ale nie byłem w stanie zrozumieć tych pytań. Przestało mnie obchodzić, co ze mną robią. Odleciałem gdzieś daleko... Roiły mi się czytelnie biblioteki i uśmiech Zuzanny. Wędrowałem zaułkami Bergen z Agatą. Patrzyłem, jak Borys niesie Helę przez kipiel w stronę plaży.

– Wieźliśmy nie Oko Jelenia, tylko tę diabelną łasicę. Zażądała statku i ochrony – wymamrotałem. – To ona zabiła tych wszystkich ludzi na brzegu...

– Brzmi niezwykle przekonywająco – dobiegło gdzieś z daleka, zupełnie jakbym trzymał głowę pod ziemią. Nie wiedziałem, kto mówi, nie rozpoznawałem twarzy ani głosów. – Jednak gdyby to była prawda, powiedziałbyś od razu.

Nie wiem, co zrobili. Nie potrafię nawet powiedzieć, która część ciała zabolała. Ujrzałem nagły rozbłysk. A potem wszystko zgasło definitywnie.

🎔 Ból oszałamiał. Stopy rwały okropnie. Uchyliłem powieki. Znajomy loch... Widocznie nie mogli mnie docucić i przywlekli tutaj. Popatrzyłem na nogi. Palców niczym nie owinięto, nie opatrzono. Poczerniała, przypieczona skóra, bolało przy każdym ruchu. Może i lepiej, że nie zostały owinięte? Powietrze ochłodzi rany, wszystko przyschnie. Pod bandażem mogłoby się zaognić. Buty? Na szczęście stały obok.

– Skurwiele – wymamrotałem pod adresem przesłuchujących. – Czekajcie, wyjdę stąd, to dostaniecie takiego kopa...

Kopa to akurat nie dostaną. Nie tymi nogami, zachichotał mój diabeł.

Zignorowałem go. Spróbowałem przypomnieć sobie przebieg przesłuchania. Justycjariusz wiedział zaskakująco dużo. Wiedział, że Peter wyruszył do Trondheim i powrócił, wioząc mnie i Bjarta. Słyszał o Oku Jelenia.

I naraz przypomniałem sobie ulewną noc i ruiny katedry Nidaros. Jestem idiotą. Przecież mogłem opowiedzieć... Peter popłynął na daleką północ, zaryzykował schwytanie przez Duńczyków właśnie dlatego – by wesprzeć Bractwo Świętego Olafa, by dostarczyć wskazówek, gdzie szukać kości króla, który nawrócił tamten kraj. Paradoks. Protestant pomagający w zdobyciu relikwii dla nielegalnie działającego Kościoła katolickiego.

I zaraz z głębin pamięci wypłynęło inne wspomnienie. Stratowana łąka, resztki wielkiego stosu. Ksiądz Jon. Także należał do bractwa. Pojawił się w Norwegii niemal w tym samym czasie. Czy mieli się spotkać? Coś łączyło tych trzech? Jakie wspólne sprawy? Bractwo Świętego Olafa? Oko Jelenia? Walka z Duńczykami?

Wpakowałeś się w cudze sprawy, wpadłeś w bagienko, to pływaj, parsknął krótkim śmieszkiem diabeł.

– A jakaś konstruktywna rada? – zapytałem.

Nie odpowiedział. Zadumałem się nad Grotem. Torturował mnie, sukinsyn. Coś tam zrozumiał, czegoś się domyślał, ale generalnie wiedział piąte przez dziesiąte.

Szkoda, że nie wymyśliłem tego z łasicą zaraz na początku. Z drugiej strony czy dałby się nabrać?

– Oko Jelenia – szepnąłem.

Wiedział o nim lensmann Otto, wiedział justycjariusz i ten ubrany na czarno koleś. Wszyscy zapragnęli je zdobyć. Jeden dla swego władcy, drugi, by chronić zwierzchnika przed łamaniem przysięgi składanej zapewne przy obejmowaniu urzędu i przed nielojalnością wobec króla.

– Paranoja jakaś – wychrypiałem.

Z drugiej strony... Grot mógł przywlec do katowni Helę. Zaszantażować mnie, że albo powiem, albo wezmą na męki dziewczynę. Przecież to takie proste. Łatwe... Czemu tego nie zrobił? Nie wpadł na ten pomysł? Przeszkodziła mu wrodzona przyzwoitość? Honor? Bo ja w tej sytuacji... No właśnie, co bym powiedział? Że prawdopodobnie to Peter ma Oko Jelenia? To wiedzą i beze mnie... Co za szambo.

Powoli doszedłem do siebie. Klaus siedział na swoim posłaniu, ogryzając w zadumie kawałek kości.

– Sponiewierali? – zapytał z troską.

– Te skur...

– Radę dam, jak sikać będziesz, po palcach lej i tam, gdzie żelazem przypiekali. Mocz słony jest w smaku i sól ta rany chłodzi i zabliźnienie przyspiesza. A nogi domyje w butach nieściąganych zakisłe, od czego zgorzel pójść może. Chyba że... W koszyczku butli oliwy lub sadła odrobiny waszmości nie podano?

– Nie...

– A masło może? Bo tłuszczem posmarowana oparzelina goi się szybciej.

– No to mam pecha...

Zamieszanie po drugiej stronie lochu przerwało nam rozważania na temat sekretów medycyny penitencjarnej. Rozejrzałem się po piwnicy. Rosły, jasnowłosy chłop, mogący sobie liczyć dwadzieścia parę lat, ryczał jak dzieciak. Patrząc na jego herkulesową sylwetkę, mimo woli skrzywiłem się lekko. Chłop jak dąb, a beczy jak koza...

Się narozrabiało, to teraz pora ponieść konsekwencje, dumałem. Następnym razem pomyśli, zanim coś zmajstruje. Bo za niewinność chyba tu nie trafił?

Osadzony zaprzestał szlochów, teraz dla odmiany targał wściekle łańcuchem, kopał buciorami w ściany i mamrotał pod nosem najgorsze przekleństwa.

– Za co go zapuszkowali? – zapytałem półgłosem Klausa.

– Za... Co?

Cholera, no tak. Pół roku w innej epoce, a ciągle szybciej mówię, niż myślę.

– Wtrącili do lochu – uściśliłem.

Bandziorek westchnął.

– Wiecie, panie, że nie tak dawno nagły sztorm spustoszył wieś Łebę? – zagadnął.

– Coś słyszałem – mruknąłem, mimo że nie miałem pojęcia, o czym Klaus mówi. – Ale piąte przez dziesiąte tylko. W dalekich krajach ostatnio bywałem...

– Dwa lata już minęły – wyjaśnił. – Bo to jakoś w styczniu było chyba. Na morzu sztorm straszliwy się rozpętał. Brzeg tam płaski, a u brzegu mielizny. Tedy fala za falą zaczęły w ląd bić, aż wieś całą zniosły, a kościół murowany, co pod wezwaniem Świętego Mikołaja, runął częściowo... Ludu masa z domów ubieżać musiała, a i mnogie się potopili. Nawet nie wszystkie trupy odnaleziono, by je po chrześcijańsku ziemi oddać, bo woda wiele zabrała.

– Straszne nieszczęście – westchnąłem.

– W każdym razie nową osadę umyślili przenieść na drugą stronę rzeczki i dalej od morza brzegu domy swe wznoszą. No i co najważniejsze, kościół nowy stawiać chcieli. Ze starego cegły zabrali, kamienie obrobione, co tam ocalało. Pech kolejny ich dosięgał, gdy dzwon przez rzekę przeprawiali, łódź przeważył i w piachu zatonął.

Milczałem, czekając, aż wyjaśni, w jaki sposób historia ta wiąże się z nowym więźniem.

– Tedy ten spryciarz tu, do Gdańska, przywędrował, by na budowaną świątynię wśród kupców, jak i biedniejszych mieszczan kwestować – zakończył Klaus.

– To bardzo szlachetny cel zbiórki – mruknąłem, by podtrzymać rozmowę.

Nadał nie łapałem związku.

– Tylko że on przybył tu nie z pobratymców polecenia, a na własną rękę, a pieniądze od ubogich i bogatych wyłudzone jednako w karczmach i zamtuzach przepuszczał... – zarechotał. – Wreszcie znudziła Grzegorza Grota ta zabawa, pochwycić go kazał a z zebranego grosiwa się wyliczyć... Gdym go w więzieniu przy katowni spotkał, na rozprawę przed sędzią jeszcze czekał, a skoro tu wtrącony, widno wyrok zapadł.

– Co z nim zrobią? – zainteresowałem się.

– Ukradł pieniądze ludzi pobożnych na cel szlachetny i wzniosły przeznaczone. Tedy świętokradca... Skoro go tu wsadzono i ryczy jak niedźwiedź w paści, musi wyrok już wydany być. – Przesunął wymownie dłonią po gardle.

Pomyślałem mimowolnie o swojej epoce, o dziesiątkach afer na ciężkie miliony i miliardy złotych... Nikogo nie rozliczono, sprawcy często uniknęli nawet symbolicznej kary. Ile mógł zgromadzić ten wydrwigrosz? Kilka dukatów? I za to go zetną, powieszą albo zrobią mu coś podobnego... No, może młody, niekarany, to tylko łapę odrąbią i rozpalonym żelazem napiętnują. A ja? Co będzie ze mną?

W jednym z pomieszczeń na piętrze Hela odkryła szpinet. Był mniejszy i bardziej zniszczony niż ten, który pani Agata miała w Bergen. Pokrywała go też gruba warstwa kurzu. Najwyraźniej od dawna nie był używany.

Dziewczyna oczyściła instrument i usiadłszy na zydlu, położyła dłonie na klawiszach. Zagrała kilka taktów i skrzywiła się straszliwie. Instrument był nastrojony o ton wyżej.

Przestroić? Zagryzła wargi. Robota... ale chyba warto. Całe popołudnie miała przecież dla siebie, do własnej dyspozycji.

Kiedyś z pomocą brata zdołała ożywić po latach nieużywania stare pianino po matce. Sprawdzała klawisz po klawiszu. Przymykała oczy, wsłuchując się w dźwięki. Otworzyła skrzynkę. Nie miała odpowiednich narzędzi, urządzenie okazało się bardziej skomplikowane, niż począstkowo sądziła. Nie da rady. Siadła wygodniej i mimo wszystko spróbowała zagrać walc Chopina.

Muzyka szybko zwabiła Agatę i Martę, nawet kucharka przyczłapała zaciekawiona. Stanęły w drzwiach, słuchając koncertu.

– Strasznie dzika melodia – zganiła Agata. – I dźwięki dziwne... drażniące ucho.

– Może zatem to będzie lepsze? – Spod palców dziewczyny popłynęły takty Mozarta.

Także ten utwór nie wzbudził zachwytu. Słuchały wyraźnie zdegustowane, po czym wróciły do swoich zajęć. Została tylko Agata.

– Tak gra się tam, skąd pochodzisz? – zapytała.

– Tak, pani.

– Ciekawe. Pamiętam, jak zagrałaś w Bergen, wtedy gdy spotkałyśmy się po raz pierwszy... Tylko Markowi się spodobało. Nieważne, muzykuj sobie, jeśli czujesz taką potrzebę duszy. Ja i tak od dawna nie używam tego instrumentu.

– Dziękuję, pani.

– Nie tylko mistrzowi Markusowi się podobało – zauważył Artur, dotąd stojący na korytarzu.

Wdówka pokręciła głową jakby z naganą i wyszła. Chłopak uśmiechnął się do Heli i podążył w ślad za siostrą.

Staszek sądził, że zdąży jeszcze nacieszyć się towarzystwem przyjaciół, jednak przychodzące niemal dzień po dniu rozkazy zmusiły Kozaków do wcześniejszego wyruszenia w drogę. Dzień rozstania nadszedł szybko.

Chłopak obudził się przybity. Maksym już wstał. Przeglądał swoje sakwy.

– Przyszło nam się pożegnać – powiedział. – Ale nie martw się. Wszystko w ręku Boga i jeśli zechce, spotkamy się jeszcze nie raz. Może tu, może na Ukrainie, może w krajach Lewantu. Czuję to przez skórę.

– Może i się spotkamy? – westchnął Polak.

– Dam ci coś na *nezabudusz*. – Maksym uśmiechnął się ciepło i podał małą sakiewkę ze skóry.

Chłopak rozsupłał rzemyk i wytrząsnął na dłoń monetę. Była bardzo stara. Brąz, z którego ją wybito, poczerniał i pozieleniał. Po jednej stronie widać było wizerunek Chrystusa, po drugiej grubo tłoczone litery greckiego alfabetu.

– Bizancjum. Folis albo coś podobnego – zidentyfikował. – Ma z osiemset lat.

– No proszę – uśmiechnął się Kozak. – Nie wiedziałem nawet. Kiedyś na brzegu Morza Czarnego w piasku mały garnczek znalazłem, takimi pieniążkami wypełniony. Przyjaciołom je daję, po jednym, aby pamiętali o mnie...

– *Spasybi*. – Staszek starannie ukrył prezent.

Zeszli na dół. Śniadanie upływało w milczeniu, ale gdy Polak patrzył w oczy przyjaciół, widział w nich rozmarzenie i gorączkę włóczęgi. Cieszyli się, choć starali się tego nie okazywać. Mógł sobie tylko wyobrażać, jaką mordęgą był dla nich pobyt w mieście. Teraz ruszają na szlak, który zawiedzie ich do Kijowa i dalej. Na stepy, gdzie król daleko, a Bóg wysoko...

– Ten dom będzie stał pusty jakieś dwa miesiące – powiedział Samiłło. – Potem z właścicielem musisz się zgadać, czy pozwoli ci dalej mieszkać. Jego słowo prawem i tu pomóc ci bardziej nie możemy.

– Dziękuję, i tak otrzymałem od was...

– To nie jest zwykły dom. Wejścia już widziałeś. Brama obmyślona tak, by można było opór stawiać, ale tobie to zbędne, *nec Hercules contra plures*. Jeśli ceklarze żal do ciebie będą mieli, bardziej od mocnych wrót przyda ci się co innego. Chodź.

Weszli do pokoju zajmowanego wcześniej przez kobiety. Kozak wskazał kufer stojący w kącie.

– To nie jest zwyczajna skrzynia – powiedział. – Jeśli konieczność zajdzie, ukryć się w niej możesz.

Staszek popatrzył nieco zaskoczony.

– Nie wewnątrz samej skrzyni, bobyś się tam długo nie uchował. – Samiłło podniósł wieko. – Patrz. Ścianka tylna da się uchylić...

Pociągnął, odsłaniając dziurę.

– Czyli...

– Kiedy się w to wślizgniesz, trafisz do kryjówki pomiędzy ścianami uczynionej. Wąsko tam i ciasno, ale napaść przeczekać można. Szpary w ścianach celowo tak uczynione, by spoglądać i na pokój mój, i tu na kobiet sypialnię. Dzbany z wodą dwa tam postawione, bez jedzenia kilka dni przetrwać się uda. Druga taka skrytka w stajni za końskim żłobem. Zapamiętasz?

– Zapamiętam i dziękuję.

Staszek w milczeniu patrzył, jak Kozacy zbierają się do drogi. Objuczyli konie. Część bagaży złożyli na dwukółce, wsiadły na nią też Marfa i Łesia. Maksym i Samiłło osiodłali konie pod wierzch. Podobnie zrobili Pańko i Mychajło. Mężczyźni przytroczyli za siodłami zrolowane grube derki.

– Czas ruszać w drogę – powiedział z westchnieniem przyjaciel Staszka. – Zostałbym, ale słowo atamana jak słowo ojca, rzecz to święta, a woli jego ani nie chcę, ani nie mogę się przeciwstawić. Da Bóg, spotkamy się jeszcze – powtórzył. – Nie raz może. Gdybyś kiedyś do Lwowa lub Kijowa zawitał, rozpytaj o mnie wśród Kozaków, ktoś wieści przekaże, a zapewne i drogę wskazać potrafi.

– Dziękuję za wszystko.

– To ja dziękuję. Wtedy w Dalarnie, gdyśmy siedzibę warowną Pana Wilków brali, gdym przez mur skakał, życie mi uratowałeś. Może okazja się trafi, że ja twoje uratuję...

– Już raz uratowałeś. I to jako pierwszy.

– Tak?

– Wtedy gdy zabiłeś Chińczyka, który stał w oknie wieży. Gdybyś kuli mu nie posłał, nie rozmawialibyśmy dziś...

– Wtedy się nie liczy, bo jeszcze cię nie znałem ani ty mnie – roześmiał się Maksym. – Ćwicz codziennie szablą robienie, dobrze ci idzie. Może trafisz kiedyś na prawdziwego weneckiego szermierza, uproś go wtedy i opłać, by na naukę cię wziął. Pora w drogę. Za trzy lub cztery niedziele będziemy w Kijowie. Potem dni dziesięć może i na Siczy wśród swoich staniem.

– Czas najwyższy – mruknął Samiłło. – Bo mnie już oglądanie pludraków znużyło wielce, a choć rozmowy z Lachami zajmujące bywają, to jednak lepiej własną mową o własnych sprawach gadać. A i obyczaj nasz zdrowszy. Zwłaszcza dla młodych bezpieczniej, gdyż step pokus takich nie budzi jak to zepsute miasto. – Uśmiechnął się do obu pacholików.

– Step – westchnął Maksym. – Niebo nad głową, trakt biegnący na spotkanie horyzontu, łan traw... Na pewno nie chcesz jechać z nami? – Spojrzał na Staszka z błyskiem w oku. – Łasica nigdy cię tam nie znajdzie, przepadniesz jak kamień w wodę, szarawary założysz, w osełedec cię postrzyżemy, słońce twarz spali, sam diabeł nie pozna.

– Raz jeszcze dziękuję za propozycję. – Staszek ukłonił się. – Wolę jednak pozostać tu, gdzie przyjaciele...

– Pora. – Pańko znacząco wskazał dłonią słońce stojące już wysoko na nieboskłonie.

Uścisnęli się. Kozacy wskoczyli na siodła i niewielka karawana wyjechała na uliczkę. Po chwili znikli za zakrętem. Żaden nie obejrzał się na pożegnanie.

Staszek wyszedł na próg. Czuł łzy wiercące się pod powiekami. Oczy zapiekły, ale zdołał powstrzymać narastające rozżalenie. Mimo swojej miłości do Heli, mimo niepokoju o los Marka czuł szaloną, przemożną pokusę, by jechać z nimi.

Tylko czy spodobałby mi się taki sposób na życie? – zapytał sam siebie. To inny świat. Świat mężczyzn, ostrej broni, walki, zasadzek na wrogów... Pojadę. Wyprawię się przeciw Tatarom czy przeciw Turkom. Padnę gdzieś w stepie i jeśli wilki nie rozwłóczą mojego ciała, to za całe wspomnienie po mnie zostanie kopczyk ziemi i drewniany krzyż... Jeśli czynów bohaterskich dokonam, może dumkę o mnie ułożą. Ale ja... Nie tam moje miejsce. Nie tego szukam.

Westchnął raz jeszcze.

– Pojechali – odezwał się ktoś za Staszkiem. – Cóż, dla mnie to jeden kłopot mniej.

Odwrócił się. Grzegorz Grot stał oparty o mur.

Przypomina mi się filmidło o przygodach porucznika Columbo, pomyślał chłopak. Też pojawia się nieoczekiwanie, dręczy, osacza, snuje sieć jak pająk. Gdyby tylko jeszcze dać mu wymięty prochowiec...

– Ważkie sprawy wezwały ich do Kijowa. – Wzruszył ramionami. – Mówili, że za cztery lub pięć niedziel będą wśród swoich.

– A potem zapewne dalej na wschód podążą, do tych krain, gdzie ludzie nad sobą tylko władzę boską czują, a z rabowania pogan uczynili rzemiosło i sposób na życie – westchnął justycjariusz. – Cóż, sam miewam czasem takie myśli, by rzucić to przeklęte miasto i podążyć gdzieś daleko, może zostać piratem na Karaibach albo poprowadzić banderię w głąb nieprzebytych lasów Nowego Świata.

– Gdańsk miastem portowym. Można ugadać kapitana, który do Londynu zabierze lub dalej jeszcze. Tam okręt, który do kolonii podąża, waszmość bez trudu odnajdzie. Ponoć ważniejsze od pieniędzy są chęci. To z ich nadmiaru lub z ich braku wszystko inne wynika – podsunął chłopak.

– Przysięgałem wobec króla zadbać o porządek w Gdańsku. – Urzędnik pokręcił głową. – Choć czasem straszliwie ciąży mi to zadanie. Nie zrozumiesz.

– Mniej więcej rozumiem. Mnie też w tym mieście obowiązki zatrzymały i takoż moja dusza się w świat wyrywa. Kozacy zostawili beczułkę piwa, napijesz się waszmość? – zaproponował Staszek.

– A napiję.

Usiedli w kuchni. Żar na piecu jeszcze się tlił. Staszek dorzucił polano. Polał piwo do kubków.

– Samiłło – westchnął urzędnik. – Ciekawy człek...

– Pomógł waszmości tamtej nocy, gdy...

– Wiem. Z nim jednak taki kłopot jak z wilkiem. Możesz wilczego szczeniaka wychować od małego. Z ręki ci jeść będzie, a jak pies polecenia wykona. Jednak zwierzem dzikim w głębi pozostanie. I nigdy nie będziesz mógł być go tak zupełnie pewnym. Czasem bowiem natura okazuje się silniejsza.

– Dlatego waszmość cieszy się z ich wyjazdu?

– Tak. Pomogli mi parę razy w roku ubiegłym jeszcze. I tropić umieją, i w robieniu bronią niezawodni. Jednak choć bez nich ciężko, i z nimi nielekko. Na służbę do mnie nie chcieli, być ceklarzami też im nie pasowało. A idzie sztorm.

– Sztorm?

– Wiosna idzie. Wielkanoc niedługo. Ceny rosną, jak to na przednówku, a rybacy jeszcze boją się ruszyć w morze, więc i świeża ryba nikogo nie poratuje.

– Nie rozumiem.

– Z daleka waszmość przybywasz. – Grot zmrużył oczy. – Z bardzo daleka. Z dali większych, niż usiłujesz nam to wmówić. Może z kolonii Nowego Świata, może i z Chin.

Chłopak wolał dyplomatycznie milczeć.

– Każdej wiosny miasto wrzenie ogarnia – justycjariusz wrócił do tematu. – Każdej wiosny na przednówku ludzie widzą kurczące się zapasy, a w ich sakiewkach więcej jest skóry niż lichych monet. Na wsi zawsze można kurę lub perliczkę zarżnąć lub iść w pole z procą i z tłustych młodych wron rosołu nagotować. Tu, w mieście, gdzie wśród murów żyjemy, trudniej brzuch napełnić.

– Grozi wam bunt?

– Tak też bywało. Zbierali się złodzieje i rzezimieszki, za nimi szli biedacy, wyrobnicy i terminatorzy, którzy u nadmiernie surowych a chciwych majstrów nędzę klepią. I kupą ruszali to domy kupieckie rabować, to członków rady miasta mordować. Działy się tu różne rzeczy, i smutne, i straszne zarazem. Różnie być może. Bacz, abyś i ty gorączce wiosennej nie uległ.

– Wydaje mi się, że złoto przed nią chroni.

– Złoto zabezpiecza tylko przed zachorowaniem. Sam w pustym domu ostałeś. Jeśli masz pieniądze, milcz i wydawaj ostrożnie, by nikt nie pomyślał, że warto bogactw twych uszczknąć. Problem drugi to ludzie, którzy zabili Gretę i mieszkańców kamienicy.

– Nadal nie trafiłeś waszmość na żaden trop?

– Nie. Wiele znam tajemnic tego miasta. Naprawdę wiele. Ale wychynęli znikąd i znikli, jakby w otchłań zapadli. Jedyne, co mamy, to cztery ich trupy, dłoń piątemu urżniętą i trzy wilcze ogony.

– Wilcze ogony... Trzy? – zdziwił się Staszek.

– Mam też raport od lensmanna Visby z opisem zniszczeń i śladów w domu Petera Hansavritsona. Potwierdza, że takoż i tam wilczy ogon znaleziony został.

– Zatem ci sami mordowali lub inni, jednak na polecenie tego samego pana, który umyślił sobie w ten sposób coś światu lub waszmości zakomunikować...

– Myślałem, czy mogli to być ci sami. Ale pewności nie mam. Waść z Kozakiem Maksymem w Visby popasali, było to dzień lub dwa po zbrodni. Potem po lodach ruszyliście. Mogli co prawda do miasta naszego przed wami przybyć, ale każda znaczniejsza grupa w oczy się rzuca.

– Poza tym, aby taki atak przeprowadzić, trzeba najpierw rozpoznanie uczynić – zauważył Staszek. – Przygotować się. Wiedzieć, jakie będą zamki, jakie drzwi, jaki rozkład pomieszczeń.

– Właśnie. Złodzieje, nim się gdzieś wedrą, czasem i kilka niedziel na przygotowaniach spędzają. Ci zaś przyszli i pozabijali, co od kradzieży trudniejszym przecież.

– Zatem dwie grupy?

– Jest jeszcze jedna rzecz, która za tym przemawia.

– Cóż takiego?

– Peter Hansavritson. Porwali go w jakimś celu. Zapewne by torturami sekrety z niego wydobyć, choć kto ich tam tak do końca może wiedzieć... Tortury tak twardego marynarza kilka dni trwać musiały. Nie da się człowieka męczyć, wlokąc po lodzie. A iść musieli 'szybko, bo wiosna niedaleko i lód był już zapewne bardzo sparszywiały. – Grot spojrzał badawczo na chłopaka, jakby szukając potwierdzenia.

– Ja z Maksymem ledwo zdołaliśmy się przedrzeć. Tafla już mocno wodą podeszła i rozmiękła. Miejscami pękała. Szaleństwo to było i opatrzności zawdzięczamy, że z życiem uszliśmy!

– Tedy sam waszmość widzisz. Dwie grupy morderców. I jeden pan, który im rozkazy wydaje. Jakie?

– Skąd mogę wiedzieć?

– Wedle tego, co ustaliłem, Peter Hansavritson pełni w Lidze Hanzeatyckiej liczne funkcje sekretne.

– Zapewne ktoś chciał zdobyć wiedzę o tych sekretach...

– Tak mi się wydaje, ale póki nie znam ich charakteru, trudno wyrokować, kogo mogło to zainteresować. Drugi padł ofiarą mistrz Marek, a raczej nie padł, bo go szczęśliwie w domu nie było. Miast tego ludzi niewinnych narżnięto...

– Mniemacie, iż on też pełni w Związku Hanzeatyckim funkcje sekretne? – zakpił Staszek.

– Chyba nie, ale z jakiegoś powodu Hanza wzięła go pod opiekę albo i kuratelę. Jeśli dobrze rzecz całą ogarniam, trzecim, który paść ofiarą napaści może, jest przyjaciel waszmości, Marius Kowalik...

– I też funkcje sekretne pełni?

– Wykluczyć tego nie mogę – rzekł Grot ze złością. – Przybył do miasta już po zamknięciu sezonu. Nieliczni tylko morze przebiegają jesienią, gdy sztormy pustoszą nawet osady w głębi lądu położone. By tego dokonać, trzeba splotu odwagi, palącej potrzeby, szczęścia oraz odważnego kapitana i, co najważniejsze, specjalnego pozwolenia...

– Zatem może go po prostu zapytacie?

– Pytałem – mruknął.

– Dlaczego więc przychodzisz waszmość z tym do mnie? Ja u pana Mariusa bywam, by o maszynach rozmaitych wspólnie radzić.

– Gadam z tobą, bo wydaje mi się, że będzie kolejnym. Że mordercy zechcą jemu wizytę złożyć.

– Ostrzegliście go, panie?

– Tak. Ufa w grubość murów spichrza, w którym mieszka, siłę i biegłość szermierczą swych rękodajnych.

– Sądzicie, że nie docenia niebezpieczeństwa?

– Wydaje mi się... Człek to mądry niebywale, ale czasem rodzą się ludzie, którzy strachu nie czują. Którzy w burzę puszczą się przez morze, którzy sami uderzą na dziesięciu wrogów, by drogę sobie wyrąbać. Dla których lęk jest niezrozumiały, bo znają to uczucie tylko dlatego, że kiedyś ujrzeli, jak boi się ktoś stojący obok.

– Ludzie pozbawieni instynktu samozachowawczego? – zdziwił się Staszek.

Grot oczywiście nie zrozumiał.

– Są tacy, bo zepsuło im się coś w głowie lub w sercu, co odpowiada za strach? – zapytał chłopak ponownie, starając się przełożyć pojęcie i nagiąć je do realiów epoki.

– Tak. Człek od małego uczony walki może stanąć przed wrogiem i zdać sobie sprawę, że umrze, jeśli uderzy, ale honor i duma nie pozwalają mu się cofnąć. Idzie i ginie, a czasem szczęśliwym losu zrządzeniem się przedrze. Jednak widzieć śmierć, a nie cofnąć się to odwaga. A śmierci nie dostrzegać to głupota.

– Rozumiem.

– Pomówcie z nim, proszę. Waszmości lubi, za wiedzę szanuje, może posłucha zatem. Ja zaś z ludźmi moimi miasto nadal przeszukiwał będę.

– Może należałoby zapytać kogoś, kto może wiedzieć? – podsunął Staszek. – Wszak nie tylko ceklarze życie miasta pilnie obserwują... Są ludzie, których...

– ...których los i fortuna, a czasem i przetrwanie zależą od tego, co zauważą – dokończył justycjariusz. – Złodzieje i żebracy. Wiem. Trzech starszych złodziejskiego cechu na rozmowę zaprosiłem. Jednak nic nie powiedzieli, niewiedzą się zasłaniając.

– Może kłamali?

– Uwierz, waszmość, mam metody, które pozwalają z najtwardszego choćby łotra najgłębiej skrywaną prawdę i najszczerszą skruchę wydobyć. Z mistrza Markusa też wszystko wycisnę, jeno czasu potrzeba.

Chłopak wzdrygnął się lekko.

– Pamiętaj, waszmość. – Urzędnik wstał. – Sam w tym domu pozostajesz. Uważaj, by nikt ci wizyty niespodziewanej nie złożył. Dziękuję za poczęstunek.

– A ja dziękuję za radę – bąknął Staszek.

Został sam. Przeszedł się po pokojach. Zastanawiał się, czy nie złożyć wizyty Heli, ale obawiał się wpadać do niej bez zapowiedzi, a nie bardzo wiedział, jak kulturalnie uprzedzić i poprosić o audiencję. Wreszcie wyprał swoje ubrania, wyczyścił buty i natarł resztką oliwy. Zmierzch przyszedł wcześnie.

Ciekawe, gdzie są Kozacy? – zadumał się już w łóżku. Pewnie dojechali do Tczewa, obozują na wysokim brzegu Wisły. Rano zjadą ku rzece. Mostu raczej nie ma,

poszukają brodu albo przewoźnika... Rano pojadą dalej. A może rzekę przed zmrokiem przebyli? Jutro może
mury Malborka ujrzą. Nie, co ja gadam... Tak przecież
pociąg jeździł w dwudziestym wieku. Zapewne pójdą
wysoczyzną po łuku Wisły, by nie przeprawiać się bez
potrzeby przez szeroko rozlaną o tej porze roku rzekę.
A może ku Pelplinowi podążyli? Mogłem zapytać...
  Zasnął.

🦊 Obudził mnie stek przekleństw. Współtowarzysze
niedoli nie należeli do ludzi szczególnie kulturalnych,
ale teraz w powietrzu krążyły wyjątkowo piętrowe wią-
chy, na których zawieszał się nawet scalak. Otworzyłem
oczy i usiadłem. Obolały kręgosłup zaprotestował bólem.
  Patrzyłem, nie rozumiejąc tego, co widzę. Pod okienkiem jakieś trzy metry ode mnie leżał trup. Podłogę znaczyły kałuże krwi. Posoką upaćkana była też ściana do
wysokości mniej więcej półtora metra. Nieboszczyk nie
miał jednej stopy, z poszarpanej rany sterczała główka
kości piszczelowej. Cięcie poprowadzono po stawie. Powyżej miał prymitywną opaskę uciskową ze sznurka lub
rzemienia zaciśniętego za pomocą trzonka łyżki.
  Wyżej, ponad miejscem, gdzie spoczywało ciało,
w ścianę wbity był krótki, szeroki nóż. Z muru sterczała jego kościana rękojeść i kawałek grubego, wygiętego
ostrza.
  Wszyscy więźniowie gapili się na nieboszczyka i klęli,
aż powietrze tężało.
  – A to ci dopiero – mruknął mój sąsiad i też dołożył
na końcu soczyste przekleństwo.

Wyczułem w jego bluzgu podziw.

– Co... – Wzruszyłem bezradnie ramionami.

– Nie rozumiesz? Wtedy gdy przyszli nas zabić. Kopnąłeś człowieka, który się pochylał z nożem w ręce. Broń widać potoczyła się daleko. Co szkodziło w zamieszaniu kozik dłonią nakryć? I dzisiejszej nocy ten nieszczęśnik postanowił wykorzystać szansę daną mu przez los.

– Był przykuty za kostkę nogi – domyśliłem się.

Zrobił zacisk ze sznurka i oderżnął sobie stopę. Potem pokuśtykał do ściany, wbił nóż, wyskrobując zaprawę spomiędzy kamieni. Gdy stanął na rękojeści, mógł dosięgnąć okna. Kraty jeszcze nie wprawiono na stałe, więc zaczął rozplątywać rzemienie, które ją przytwierdzały do futryny. Tu siły go opuściły, bo upływu krwi, rzecz jasna, całkowicie stłumić nie zdołał. I runął niczym worek łachmanów. Najpierw zemdlał, potem zmarł z wykrwawienia.

Klaus milczał, ja też siedziałem głęboko poruszony. Ktoś skazany na śmierć albo przewidujący taki wyrok postanowił uciec kostusze spod kosy. I aby uwolnić się z oków, odciął sobie stopę... Ot tak. Chciał żyć. I aby to pragnienie zrealizować, podjął próbę szaloną. A może szaloną tylko z mojego punktu widzenia? Bo przecież mogło mu się udać! Był blisko, bardzo blisko wolności! Gdyby wypełzł z lochu na dziedziniec i pokonał bramę... Potem wystarczyło przejść przez miasto, chyłkiem w ciemnościach, skacząc na jednej nodze, dotrzeć do meliny i jakichś przyjaciół, którzy by go ukryli i wykurowali. Jeśli zdołałby uniknąć tężca i gangreny... No i do końca życia kuśtykałby o kulach. Ale przecież lepiej tak żyć, niż nie żyć wcale.

– To mogło się udać – powiedziałem w zadumie.

– Jedna szansa na mendel – ocenił Klaus. – Może jedna na tuzin? Kto to może wiedzieć. Ale szansa! Bo najtrudniejsza część tej roboty to nogę oderżnąć... Cichcem, by nie krzyknąć ani jęku głośnego nie wydać, coby nikt się nie obudził. A to wszak już zrobił.

Przypomniałem sobie, jak człowiek Petera Hansavritsona na rozkaz odgryzł sobie kciuk. Przypomniałem sobie wyraz twarzy chłopaka, któremu pirat odstrzelił głowę.

Ciągle uczę się tych ludzi, pomyślałem. Są inni niż ja. Twardsi. Lepsi, ulepieni z innej gliny. Cała moja przewaga nad nimi to trochę wiedzy liźniętej tu i ówdzie. W sumie to gówno, a nie przewaga.

Zaledwie strażnicy zabrali trupa, wrócili po mnie. Kuśtykając na pokancerowanych stopach, wdrapałem się na górę.

Miodzio, pomyślałem. Nigdy się nie wygoi, jeśli będę co chwilę narażał strupy na zerwanie... Tym razem zamiast do celi tortur poprowadzili mnie do biura swojego szefa. Dobre i to.

Grot siedział za stołem, wyglądał na zmęczonego. Gdy wszedłem, studiował jakieś papiery. Raporty konfidentów? Kto wie... Z drugiej strony jaki odsetek mieszkańców miasta umie pisać?

– Waszmość rzeczywiście jesteś sługą diabelskiej łasicy – powiedział wreszcie poważnie.

– A z czego waść wniosek taki wyprowadzasz? – zagadnąłem.

– Pomyśl, człowiecze, sam. Jesteś pod ciężkim oskarżeniem. Wrzucono cię do lochu. Jakby tego mało było, próbowano cię zabić. Śmierć uderzyła obok... Tuż obok. Trzykrotnie. A waszmość, ilekroć cię przesłuchuję, krotochwile sadzisz, dowcipkujesz, błazna istnego z siebie robisz, aż i mnie popatrzeć miło i mimo woli najszczerszej uśmiech na me oblicze wywołujesz... Tedy wyjaśnienia mogą być dwa. Pierwsze takie, że waszmości od ciężkich terminów rozum się popsował, drugie zaś takie, że rychło diabelska łasica przybędzie i z lochu naszego waszmości wyrwie. Kto wie, może nawet datę swego przybycia zdradziła? – Wbił we mnie hipnotyzujące spojrzenie.

– Nie zdradziła. – Wzruszyłem ramionami. – I nie wiem, przybędzie czy nie, gdyż od wielu dni nie było mi dane się z nią spotkać. Mijają oto dwa tygodnie, a ja...

Zbladł, jakby miał zemdleć.

– Waszmość powiedział: dwie niedziele?

– Tak. – Nie widziałem sensu, by to ukrywać.

– Zaledwie czternaście dni temu ten demon kroczył ulicami Gdańska?! – wykrztusił przerażony.

– Demon i demon – parsknąłem. – Tylko tyle przychodzi wam do głowy? Tłumaczyłem już. To nie jest ani anioł, ani diabeł. Uczyniono ją z metalu niczym chronometr! To tylko skomplikowana konstrukcja mechaniczna!

Milczał. Wkurzał mnie ten typ. Śledczy za dychę.

– Może byście mnie tak wypuścili? – zaproponowałem.

– Co? – Zdumiony aż rozdziawił gębę.

– Trzymacie mnie w lochu na podstawie donosu jakiejś wściekłej baby i pętaka, który ledwo duka po niemiecku. Nie przesłuchaliście, nie stawiacie przed sądem. To chyba oznacza, że nie macie przeciw mnie wystarczająco mocnych dowodów?

– O tym zadecyduje sąd.

– To niech zadecyduje. Powieście mnie albo pozwólcie wracać do domu.

Westchnął.

– Sprawa wasza nie tak prosta, jak by się wydało – powiedział. – Luterańska starszyzna chciałaby was przesłuchać, nie ma jednak po temu prawa. Biskup katolicki, którego władzy podlegacie z racji chrztu, chętnie sam by was osądził, ale nie uśmiecha mu się opierać na donosach lutrów. Burmistrz zaś uważa, że całe to gadanie o demonie to tylko ciemnota i zabobon. Jego zaufany rajca Wolf pragnąłby przypiec wam boczków, byście opowiedzieli nam o Peterze Hansavritsonie i jego brudnych sprawach.

– A waszmość?

– A mnie się w ogóle nie podobacie – powiedział szczerze. – Z łasicą gadacie, która miasto całe spalić może. W przyjaźni z Mariusem Kowalikiem pozostajecie. Wreszcie ukrywacie prawdę. Ktoś, na was polując, ludzi wyrżnął, że zliczyć trudno... Bez powodu się takich rzeczy nie robi. Moim zadaniem jest utrzymać porządek w mieście. Wy i wasz protegowany Stanisław stanowicie zarzewie płomienia, który niepilnowany poparzyć może albo i pożogą się rozlać.

– Prawdziwi bandyci chodzą po mieście i wodzą was za nos! – zawołałem. – A ja siedzę w lochu, bo się nie podobam waszmości, biskupowi, burmistrzowi, rajcom...

– Waszmość człek uczony. Rozumiesz tedy, iż utrzymanie porządku w Gdańsku jest sprawą ogromnie trudną. Nawet w czasie, gdy statki nie zawijają do portu. Nie da się upilnować wszystkiego. Trzeba siły rozdzielić. Pilnować tych, którzy groźni dla prawa i porządku. Katu oddawać tych, których przyłapać na różnych niegodziwościach się udało. Najchętniej zobaczyłbym was na szafocie – westchnął. – Bo póki żyjecie, nadal drobiną żaru jesteście – powtórzył swoją myśl.

Widać sam wydumał to porównanie i teraz się popisywał. Wiedziałem, że to idiotyzm, ale podobała mi się szczerość Grota.

– Na szafocie... – podchwyciłem.

– Najlepiej wespół z waszym przyjacielem Staszkiem i jego druhem Maksymem – uzupełnił. – Choć tamtej nocy znaczne usługi nam oddali, zabijając jednego ze złoczyńców i poważnie raniąc drugiego, to jednak nie jest dobrze, gdy po mieście chodzą ludzie nie tylko pod bronią, nie tylko potrafiący nią władać, ale do tego wszystkiego wprawieni w zabijaniu.

– Najlepiej byłoby wszystkich rozbroić – zakpiłem.

– Nie, to też dobre by nie było, gdyż wtedy nikt bandyty powstrzymać by nie mógł – odpowiedział poważnie. – Nie sposób postawić strażników wszędzie, tedy każdy człowiek musi mieć możność, by samodzielnie lub wespół z sąsiadami i przyjaciółmi odeprzeć napaść.

No proszę, ten koleś był mądrzejszy niż niejeden polityk z mojej epoki.

– Do lochu – polecił ceklarzom.

🦊 Rankiem Staszek zamknął dom i poszedł nad Motławę. Nie musiał długo szukać. Jakiś staruszek dysponujący małą, brudną łódką za kilka groszy przewiózł go na drugą stronę. Chłopak zastukał do drzwi wynalazcy. Marius Kowalik otworzył mu osobiście.

– Cóż za miła wizyta – ucieszył się na widok gościa. – Zapraszam.

Nie minęła chwila i znaleźli się w pracowni pod dachem, na samym szczycie budynku.

– Zagrajmy w otwarte karty – powiedział Staszek.

Gospodarz uśmiechnął się przyjaźnie.

– Zagrajmy – zgodził się. – Czego potrzebujesz, co mam ci zaofiarować w zamian za twoją wiedzę?

– Niezupełnie o tym mówić chciałem. Wiesz, waszmość, co wydarzyło się w Dalarnie.

Wynalazca od razu spoważniał.

– Wiem. Peter Hansavritson podjął środki, by temu zapobiec. A ty przyniosłeś mi wieść, że człowiek zwany Panem Wilków i jego sługusi zginęli. Ludzie z waszych czasów podjęli tam próbę...

– Inwazji – dokończył ponuro chłopak. – Albo kolonizacji.

Milczeli długo.

– Przychodzisz zatem do mnie po pomoc – odezwał się wreszcie Marius. – O co chodzi? Jakie troski zaprzątają głowę człowieka, który dzielnie stawił czoła tak straszliwemu wrogowi, a następnie pokonał morze po lodzie?

– Generał Wei przed egzekucją proponował, abym ułatwił mu ucieczkę. W zamian obiecywał pieniądze, które miał u kogoś tu, w Gdańsku.

Wynalazca czekał na dalsze informacje.

– Ktoś wyrżnął domowników kapitana Hansavritsona. Ktoś podobnie postąpił z mieszkańcami kamienicy, gdzie zatrzymali się Marek i Hela.

– Dwie sprawy z pozoru odległe – zamyślił się Marius. – Jednak elementy wspólne aż dwa. *Primo* sposób działania zbrodniarzy, *secundo* zaś fakt, że i do was, i do kapitana Hansavritsona żal mają ci sami ludzie...

– Dlatego myślę...

– Mniemasz, iż to jacyś niedorżnięci ludzie Pana Wilków? Za szybko wyciągasz wnioski – pokręcił głową mężczyzna. – Pomyśl sam. Chińczycy na Ukrainie zastrzelili Kozaka Osipa. W Bergen zaś trędowatych wygubili trującym powietrzem. W obu przypadkach uderzyli za pomocą metod z waszych czasów. Tu zaś i w Visby w robocie były topory i kordy. Nawet jeśli broń swą postradali, to czy są wprawiani w biegłym władaniu naszą?

– O tym nie pomyślałem – przyznał Staszek.

– Jest jeszcze jeden element, który do mozaiki tej nie pasuje i porządek jej burzy. Kapitan Peter obserwował Chińczyków i podjął decyzję, by ich zniszczyć. Jednak oni o tym wiedzieć nie mogli. Tedy i odwet ich nie mógł go dosięgnąć. Bardziej podejrzewałbym Duńczyków lub piratów na usługach tych ludzi, tu jednakowoż nie pasuje mi próba mordu na twym patronie.

– A wspólnicy Chińczyków? Nie tylko w Gdańsku, ale i w Visby mogą mieć swych agentów. Ludzi teraz urodzonych, którzy za pieniądze różne przysługi gotowi im oddać. Zakładanie, że nie wiedzą o kapitanie Hansavritsonie, to nadmierny optymizm.

– A skąd mogliby się o nim dowiedzieć? – zirytował się Kowalik.

– Po pierwsze, z ksiąg. Pewne tajemnice po latach tracą na znaczeniu. Wyobraźcie sobie, panie, za lat sto, gdy Hanza schyli się już ku upadkowi, może znaleźć się człowiek, który powodowany choćby odruchem serca zechce ocalić wasze dokonania od zapomnienia. Usiądzie, aby spisać dzieje potęgi i wspaniałości Ligi. Człowiek, który będzie miał dostęp do archiwów hansatagu, do papierów po syndyku Sudermannie, do papierów, które po was i po kapitanie Peterze zostaną... Siądzie i opisze, jak walczyliście. Miną wieki i Chińczycy znajdą księgę z jego wspomnieniami, a ruszając w przeszłość, wezmą ze sobą. Znajdą się tu, znając wasze sekrety. I te, które skrywaliście wczoraj, i te dzisiejsze, i te, które ważne staną się za pięć, dziesięć, dwadzieścia lat...

– Zaczekaj, waść, bo mi się we łbie miesza. – Kowalik ścisnął skronie. – Jeszcze raz... Oni mogą wiedzieć, kim jest Peter Hansavritson, dzięki mądrości, którą niosą księgi jeszcze dziś nienapisane?

– Tak. Tak mi się wydaje.

– A więc takie możliwości daje wędrówka przez czas – szepnął wynalazca. – W takim razie rzeczywiście mordów mogli dokonać ich wspólnicy lub zgoła wynajęte rzezimieszki – ocenił. – A po drugie?

– Co?

– Rzekłeś: „Po pierwsze, z ksiąg". Z jakiego jeszcze innego źródła Chińczycy wiedzy mogli zaczerpnąć?

– Z podsłuchu.

– Dbamy o to, by nikt nie kręcił się w pobliżu, gdy się naradzamy. – Kowalik machnął lekceważąco ręką.

– Oni nie muszą być w pobliżu. W moich czasach istniały niewielkie urządzenia pozwalające z daleka usłyszeć głos...

– Masz na myśli coś takiego? – Mężczyzna sięgnął do skrzynki i wydobył niedużą kamerę.

Staszek poczuł, jak ziemia ucieka mu spod nóg. Wciągnął gwałtownie powietrze.

– Kamera – wykrztusił.

– Do czego służy?

– Aby nie tylko podsłuchiwać, ale też podglądać. Obserwować. A zatem...

– Znaleziono to w Gdańsku. Wisiało zaczepione na jednym z domów koło nabrzeża. Obok było jeszcze to...

Kowalik wyciągnął niewielkie pudełko z anteną i pęknięty panel baterii słonecznych.

– Uszkodzone zasilanie – mruknął chłopak. – Przestała działać i w pośpiechu porzucili ją albo zapomnieli zabrać.

– Zasilanie?

– Ta płyta wytwarza elektryczność, siłę, która ożywia wszystkie nasze urządzenia – wyjaśnił. – Z niej prąd biegł po drucie do tego pudełka. To zapewne nadajnik. Tu także trafiał obraz z kamery. I ta antena wysyłała go w świat.

– Czyli Pan Wilków ze swej siedziby w Dalarnie mógł w kilka chwil sprawdzić, co dzieje się na nabrzeżu tutejszego portu.

– Tak.

– Czy potrafiłbyś złożyć to do kupy, naprawić? Miałeś z takimi przyrządami do czynienia?

Staszek przyjrzał się urządzeniu.

– Baterie słoneczne są rozbite – powiedział. – Choć nie wiem, może coś jeszcze z nich będzie? Kable... Da się od biedy połączyć. Nie wiem, czy urządzenie jest sprawne. Nie ma żadnych przycisków do regulacji, pewnie pracuje samo, automatycznie i bez dozoru człowieka. Może zadziała po podłączeniu, może nie. Tylko...

– Warto by najpierw sprawdzić, czy na pewno wszyscy nie żyją – mruknął Kowalik. – Bo jakby ktoś gdzieś zorientował się, że to mamy... Teraz pytanie najważniejsze. Czy jest możliwość, by obraz taki obejrzeć?

– Nie mamy odbiornika ani monitora. Nie. To niemożliwe. Nie uda się.

– Szkoda. Bo tak sobie pomyślałem, gdyby sekrety urządzenia rozgryźć i na przykład kupiec w Bergen pokazałby do tej... kamery? deskę z wypisanymi cenami ziarna... A my w Gdańsku byśmy to odczytali.

– Obawiam się, że nie jestem w stanie pomóc. – Staszek pokręcił głową. – To skomplikowane urządzenia.

W moich czasach pracowali nad nimi specjaliści. Ani ja, ani Marek nie zdołamy zbudować czegoś takiego, ani nawet zbyt dobrze nie wiemy, na jakiej zasadzie to wszystko działa.

– Opowiedz mi, proszę, czy tak mogą wyglądać przedmioty, których użyją przeciw nam. – Marius wyjął rulon papierów i rozłożył je przed chłopakiem. – Czy na przykład to?

– Anteny satelitarne?! – zdumiał się Staszek. – Gdzie coś takiego...

– W Bergen. Były na dachu leprozorium. Niestety, odczepili je, gdy uciekali z miasta. Zniszczone zostały wraz z helikopterem... Jak pech, to pech. Ale narysuj, proszę, na co jeszcze uwagę powinniśmy zwrócić.

On poważnie zakłada, że ktoś z Chińczyków mógł ocaleć, uświadomił sobie Staszek.

Zmroziło go. Ujął pałeczkę ołowiu i zaczął szkicować, co tylko pamiętał. Kamery, mikrofony, anteny... Kurczę, przecież mogli naćkać urządzeń podsłuchowych, gdzie tylko się dało. Mogli... Wszystko mogli. Jak się wykrywa podsłuchy? Wykrywaczem podsłuchów. A bez takiej aparatury? Poczuł się naraz totalnie załamany. Marius wyczuł to, bo przyjacielsko ujął go za ramiona i ścisnął potężnie.

– Bądź spokojny – powiedział. – Odnajdziemy morderców Grety. Odnajdziemy również wspólnika Chińczyków, a jeśli któryś z nich ocalał, to też go odszukamy i pożałuje, że kiedykolwiek ruszył poza czas, w którym się narodził.

Staszek wsiadł do łódki skołowany. Liczył, że wizyta uspokoi go, że wraz z Mariusem dojdą do jakichś konstruktywnych wniosków, a tymczasem... Wraca do domu jeszcze bardziej ponury.

Wszedł do kamieniczki. Przespacerował się w zadumie po pokojach. Wreszcie usiadł w fotelu ze znalezioną książką. Niewielki wolumin zawierał opis właściwości rud metali oraz podawał sposoby ich odnalezienia.

Nagle chłopak drgnął, wyrwany z zaczytania. Zaraz, co się stało? Dzwonek? Co mówił Samiłło? Że do bramy jest zaczepiona linka. Ilekroć ktoś wchodzi lub wychodzi, odzywa się dzwoneczek. Ktoś... wszedł?! Przecież tam rygle...

Podszedł ostrożnie do okna i spojrzał przez najbardziej przejrzysty kawałek szklanej gomółki. Na podwórze ostrożnie wyjrzał człowiek w masce na twarzy. Po chwili dołączył do niego drugi. Kolejni dwaj kryli się obok komórek.

Mordercy Grety! – zawyło w głowie chłopaka.

Rzucił się do pokoju kobiet. Skrzynia! Podniósł wieko, odchylił tylną ściankę, gniotąc pościel. Szybko wcisnął się w wąską szczelinę. Pociągnął klapę, a potem docisnął ściankę i zabezpieczył dwoma sztyftami. Podniósł się ostrożnie. Stał w wąskiej skrytce pomiędzy dwiema ścianami. Za plecami miał alkierzyk, przed sobą przez szczelinę na łączeniu desek widział pokój, w którym przed chwilą jeszcze siedział nad książką. Kolana dygotały mu tak, że ledwo był w stanie ustać na nogach. Opanował się z trudem.

Rany boskie, pomyślał. Tak w biały dzień, w środku miasta ci bandyci po mnie przyszli?!

Namacał w kieszeni różaniec i zaczął się bezgłośnie modlić. Na dole trzasnęły wyłamywane drzwi. Pożałował, że zasunął tylko jeden rygiel z pięciu, ale skąd mógł przewidzieć coś podobnego?! Zresztą i tak by wyłamali! Zatupotały podkute buciory. Włazili po schodach.

Zamknąłem od środka, z przerażenia mało nie krzyknął. A to znaczy... Zorientują się, że gdzieś tu jestem! Jeśli mnie odkryją, zabiją na miejscu jak psa! Myśli tłukły mu się rozpaczliwie pod czaszką. Rewolwer i złoto schowane... Może nie znajdą. Zresztą pal diabli, niech sobie wszystko zabiorą, byle mnie nie dorwali...

Zegarek na szczęście miał na ręce. Zawsze to jakiś kapitał w razie czego. Skrzypnęły drzwi pokoju. Serce waliło mu jak młot. Zbliżył oko do szczeliny.

Do wnętrza weszło trzech mężczyzn odzianych z niemiecka. Wszyscy trzej mieli na twarzach maski. Jeden kopniakiem rozbił drzwi szafy i mieczem dźgał wiszące ubrania.

Drugi w furii wywrócił stolik, rozrzucając wokół kawałki suszonych jabłek. Inny przebił włócznią wyściółkę fotela. Milczeli. Trzaski i łomoty dobiegające z innych pomieszczeń świadczyły, że cały dom jest poddawany szybkiej, niefachowej rewizji i dewastacji.

Dlaczego są tak cicho? – zdumiał się Staszek. Czemu nic nie mówią?

Trzej napastnicy systematycznie niszczyli pokój. Wywracali każdy mebel, zrywali draperie. W ich działaniach kryło się coś dziwnego, całkowity bezsens, jakby niszczenie sprawiało im przyjemność.

Naćpani? Zahipnotyzowani? – zastanawiał się gorączkowo. W każdym razie to nie roboty...

Pot ciekł mu po plecach. Żeby tylko przeżyć! Przeczekać tę napaść. Nie dać się odkryć.

Muszę jak najwięcej zapamiętać, rozkazał sam sobie. Jeśli przeżyję, informacje będą bezcenne!

Dobrze, że żaden nie dotknął wyściółki fotela ręką, pomyślał chłopak. Gdyby wyczuli, że poduszki są ciepłe, domyśliliby się... Boże, żeby tylko nie zechcieli na odchodnym podpalić domu!

Trząsł się jak osika. Tytanicznym wysiłkiem woli opanował dygot. Z dołu dobiegały łomoty i trzask tłuczonych garnków. Ktoś kopnął drzwi do sypialni. Staszek przekręcił głowę i nieznacznie przesunął się, by móc zobaczyć, co dzieje się w drugim pomieszczeniu.

Do środka wtargnęło dwóch innych oprychów. Najpierw kordami podziurawili łoża, potem dopiero je przewrócili, jakby spodziewali się znaleźć ukryte pod spodem ofiary. Zdarli draperię ze ściany, zerwany z łańcuszka czajnik znad umywalki potoczył się po podłodze z blaszanym hurgotem.

Jeden z napastników szarpnięciem podniósł wieko skrzyni. Wywalał poduszki, jego kompan pruł je nożem. Staszek obserwował go zdumiony. Bandyta nie szukał zaszytych kosztowności. Tylko niszczył. Opróżniwszy kufer, mężczyzna próbował oderwać go od ściany i przewrócić.

Teraz umrę, uświadomił sobie Staszek. Za chwilę odsłoni wejście do kryjówki i...

Jednak skrzynię przymocowano wyjątkowo solidnie. Nie poddała się. Wreszcie zniechęcony osiłek tylko kopnął kufer ze złością, łamiąc przednią ściankę. Wieko opadło. Obaj wyszli. Staszek ostrożnie przesunął się i spojrzał ponownie do saloniku. Wszyscy trzej bandyci łazili bez celu po pokoju. Nagle w drzwiach stanął nieduży człowieczek, także w masce na twarzy.

– Poszli – warknął.

Po chwili pomieszczenie było puste. Hałasy w domu ucichły. Wynieśli się? Staszek pozostał w skrytce. Co jakiś czas spoglądał na zegarek. Kwadrans. Drugi. Godzina...

Nie wiedział, czy wyjść, czy jeszcze poczekać. W kamienicy, gdzie mieszkał Marek, wymordowali wszystkich i ulotnili się czym prędzej. Ale tu... A jeśli domyślili się, że siedzi w jakiejś kryjówce? Jeśli czekają, by go zaszlachtować, gdy tylko wysunie nos? Gdzieś czytał historię snajpera, który kilkanaście godzin czatował w zasadzce.

Zachciało mu się sikać, długotrwały bezruch stawał się torturą. Wsłuchał się w ciszę. Chyba nikogo... Strasznie ciążyło mu to „chyba". Wreszcie ostrożnie opadł na kolana. Zwolnił oba rygle i odchylił ściankę kufra. Ostrożnie wypełzł z kryjówki. Skradając się na palcach, dotarł do drzwi. Przyłożył ucho do desek i długo nasłuchiwał.

Podniósł z podłogi ciężką nogę roztrzaskanego bukowego stołka. Lepsza drewniana laga niż gołe ręce.

Teraz najważniejsze to przemknąć się na poddasze, pomyślał. Jeśli nie znaleźli rewolweru, będę miał w ręce konkretną broń.

Zagryzł wargi. I na paluszkach ruszył korytarzem. Zakręt, uchylone do połowy drzwi. Zasadzka? Na szczęście nie... Schody. Wiedział, że zaskrzypią pod jego ciężarem, i to przeraźliwie. Sprężył się w sobie. Jeśli tylko usłyszy podejrzany odgłos, będzie musiał gnać w górę na złamanie karku. Może wtedy zdąży...

Cóż, skrzypiących desek nie da rady naoliwić – żartem dodał sobie odwagi.

Postawił nogę na pierwszym stopniu. Rozeschnięte drewno wydało dźwięk, ale nie tak głośny, jakiego się spodziewał. Chłopak czekał dłuższą chwilę w napięciu, lecz w domu nic się nie poruszyło. Ostrożnie przenosząc ciężar ciała, pokonał kolejne stopnie.

Nasłuchiwał pilnie, ale w domostwie panowała głucha cisza. Czuł szóstym zmysłem, że bandyci odeszli, lecz wiedział, że nie może zaufać intuicji. Że zbytnia pewność siebie może go kosztować życie.

Na piętrze i poddaszu także poszaleli. Nadal rozdygotany Staszek rozglądał się po całkowicie zniszczonych wnętrzach. Ile to trwało? Dziesięć minut? Kwadrans? Kilku rozwścieczonych bydlaków zdążyło w tym czasie przewrócić mieszkanie niemal do góry nogami. Ale na szczęście tu też chyba nikt na niego nie czatował...

Wdrapał się wreszcie na swój stryszek. Łóżka zostały połamane. W powietrzu unosiło się pierze z rozprutych poduszek. Zajrzał ostrożnie do pokoju.

Szabla otrzymana w Sztokholmie od Maksyma leżała na podłodze. Na ten widok Staszek odetchnął z ulgą. Poczuł, jakby odzyskał przyjaciela. Chciał wejść, ale zamarł w pół ruchu. Broń leżała podejrzanie pośrodku i na widoku. Zasadzka? Zaczaili się przy drzwiach. Po lewej? Po prawej? Po obu. Zdjąć kurtkę i rzucić do przodu? Pomyślą, że to on biegnie. Wyskoczą. Nie, co za bzdura, nawet dzieciak nie nabierze się na tak głupią sztuczkę.

Stał, słuchając. W pomieszczeniu było cicho. Nie skrzypiały deski... Spróbował zwęszyć wroga. Na poddaszu pachniało kurzem, żadna woń nie zdradzała obecności niemytego ludzkiego ciała...

Z Bożą pomocą, syknął w duchu i skoczył do przodu, by jak najszybciej minąć niebezpieczny punkt.

Doskoczył do broni, chwycił rękojeść. Wyrwał z resztek pochwy i wykonał zwrot. Ciął od razu na oślep. Nic się nie stało. Nadal cicho, nikt nie uderzył. W kątach obok drzwi nikogo nie było.

Poczuł ulgę i jakby rozczarowanie zarazem. Obejrzał odzyskaną broń. Pochwa była strzaskana, musieli po niej skakać buciorami. Ale gdy wysunął klingę, okazało się, że nie nosi żadnych śladów. Głownia z damastu ocalała. Zapatrzył się na ciemniejsze pasy nadające stali wygląd podobny do słojów drzewa. Dmuchnął wiatr, wiązania dachu wydały przeciągły jęk. Staszek się ocknął.

– Rewolwer, idioto! – rozkazał sobie. – Ja się szablą bawię, a tymczasem...

Deska pod oknem pozostała nienaruszona. Skrytki z rewolwerem i pieniędzmi na szczęście nie odnaleźli.

Zacisnął palce na kolbie. Odbezpieczył. Wsunął palec na języczek spustu.

– Dobra – zapiszczał.

Odchrząknął. Zajrzał do pokoju, gdzie dawniej mieszkała Hela. Tu też wszystko przewrócili do góry nogami. Jednak skrytkę w ścianie przegapili... Worek z rzeczami zabranymi z mieszkania Marka uszedł ich uwadze. Chłopak zawiesił kaburę pod pachą. Nadal ze spluwą w dłoni przejrzał cały strych. Potem zszedł na piętro.

Żebym miał broń te dwa kwadranse temu, pomyślał. Ranić któregoś i do loszku w katowni na spowiedź... Nie, głupoty gadam, zgromił sam siebie. Napastników było zbyt wielu. Może zdołałbym ich wystrzelać, ale musiałbym walić tak, aby wszystkich zabić. Na samą myśl omal nie zwymiotował.

Powoli i ostrożnie przeczesał dom. Nikogo. Nigdzie nie znalazł przybitego wilczego ogona.

Albo im się skończyły, albo zostawiają tylko tam, gdzie kogoś zabili, dumał. Bo to przecież oni...

Obejrzał komórki w podwórzu. Tu zniszczenia były mniejsze, ale drewno ułożone w równe sągi rozrzucono. Połamano nawet sanki. Zabójcy odnaleźli też skrytkę za żłobem, o której mówił Kozak.

Fart, że się tu nie schowałem, pomyślał i przeżegnał się.

Rozejrzał się raz jeszcze po całkowicie zdewastowanym wnętrzu domu. Wreszcie potrząsnął głową.

– To robota dla policji – mruknął. – Wprawdzie w tej epoce jeszcze jej nie wynaleziono... Ale są już ceklarze i pewien wścibski typek też z pewnością chętnie rzuci okiem...

Zaszedł do sklepiku na rogu. Za dwie drobne monety ugadał właściciela i młody posługacz pobiegł do ratusza z wiadomością do justycjariusza.

Urzędnik nadszedł po mniej więcej dwudziestu minutach. Minę miał, jakby szykował się do popełnienia mordu. Staszek wyszedł przed bramę.

– No, co się stało? – zapytał Grot. – Co to za pomysł durny wezwanie mi przesyłać?! Czy ty w ogóle, chłopcze, wiesz, co to znaczy królewski urzędnik?

Kuźwa, pomyślał Staszek, łajając się w duchu. W mojej epoce dzwoniło się na komisariat i przysyłali patrol, a zdaje się wygląda, jakbym wojewódzkiego komendanta fatygował...

– Uniżenie proszę o wybaczenie, panie. – Ukłonił się głęboko. – Problem w tym, iż napaść morderców Grety w tym domu przetrwałem, a oddalać się od kwatery nie chciałem, bo po najściu, ze schowka wypełzłszy, broń moją dopiero ze skrytki dobyłem i zasadziłem się, na wypadek gdyby jeszcze wrócili.

– No dobra. – Grot wyglądał na nieco udobruchanego. – Cóż zatem się stało?

Chłopak opowiedział. Spostrzegł, jak na skroni urzędnika pulsuje żyłka i ściągają się usta.

– Znowu te ścierwa buszują po moim mieście – syknął. – Znowu w biały dzień, znowu rzut kamieniem od ratusza... Szczęście prawdziwe, że ocalałeś – dodał już łagodniej. – Na twoim miejscu świecę bym kościołowi ofiarował tak długą, jak jesteś wysoki!

– Tak zrobię.

Grot długo i w milczeniu oglądał rygle.

– Przecięto je – powiedział, musnąwszy palcami krawędź przepiłowanej belki. – Użyli piły o bardzo drobnych ząbkach. To bez sensu.

– Dlaczego?

– Bo wystarczyło korbą zakręcić i je podnieść.

– Ale...

– Dałeś się nabrać, dokładnie tak jak chcieli. Ten, kto piłował, stał tutaj, w bramie. Piłował od środka. Od strony ulicy nie da się tego zrobić, bo listwa z metalu szparę zasłania.

– Czyli najpierw któryś z nich przedostał się na dziedziniec, a potem przepiłował rygle i wpuścił towarzyszy? – zdumiał się chłopak.

– Tak.

– To rzeczywiście bez sensu!

– Mogą być dwa wyjaśnienia tego zdarzenia. Albo zakradł się tu ktoś słabujący na głowę, albo chcieli...

– Stworzyć pozory, że od strony ulicy się wdarli?

– Tak. Tak mi się wydaje. Pomyśl sam. Co zrobiłbyś na moim miejscu? Gdybym w ten pozór uwierzył.

– Założyłbym, że grupa weszła tu z ulicy. Nie mogli przybyć dużą kupą jednocześnie, to by zwracało uwagę, więc raczej szli dwiema lub trzema grupkami po kilku z różnych kierunków, żeby w miarę jednocześnie znaleźć się pod bramą. Zatem należałoby rozpytać sąsiadów, czy czego nie widzieli.

– Dokładnie tak. Sąsiedzi, rzecz jasna, na ulicy wielu ludzi z niemiecka odzianych dostrzegą. Tedy opisem dysponować będziemy fałszywym. Będziemy przeto szukali to wysokich, to niskich, to jasnowłosych, to czerwonych na gębie... A żaden nie będzie nawet podobny do prawdziwych sprawców. Bo oni weszli tu inną drogą...

– Od kanału rzeki Raduni, po murze, potem po dachach komórek...

– Przybyli wodą... Bardzo prawdopodobne, wszak tamtej nocy też w stronę Motławy biegli, gdyście im drogę zastąpili. Zacznę zatem od wypytania ludzi, co na rzece żyją i pracują.

Justycjariusz rozejrzał się po wnętrzu kamienicy. Zajrzał do komórek i szop. Jego oczy spokojnie lustrowały zniszczenia. Wyjął papier i pałeczką ołowiu zanotował kilka spostrzeżeń.

– Powiadasz, że wszyscy milczeli? – zadumał się.

– Nie wszyscy. Jeden na zakończenie powiedział jedno słowo... – wyjaśnił Staszek. – Coś jakby „poszli”.

– To niemożliwe. Niepodobna. – Grzegorz Grot znowu rozglądał się po zdewastowanym wnętrzu.

– Nienaturalne, ale...

– Orgia zniszczenia. Tłukli garnki, zdzierali zasłony, pruli poduszki, niszczyli meble... I wszystko po cichu? Powinni ryczeć, bluźnić najgorszymi słowami, śmiać się, dowcipkować, nawoływać...

– Też tego nie rozumiem... Wtedy gdy z Maksymem i Samiłłą drogę im zastąpiliśmy, też słowa nie powiedzieli – przypomniał sobie Staszek.

– Wyjaśnienie jest jedno. Nic innego nie przychodzi mi do głowy. A i to nieprawdopodobnie zabrzmi.

– Mówcie, panie.

– Wycięto im języki lub odcięli sobie sami – westchnął urzędnik. – Lub w krtań noże zapuszczono. Po to właśnie, by niszcząc, nie mogli głośno wyrażać swej radości lub by schwytani nie mogli zdradzić, kto ich przysłał.

– Słyszeliście, panie, o podobnych praktykach?

– Raz. Gdzieś w Niemczech grasowała banda rzezimieszków. Aby do nich przystać, trzeba było się tej operacji poddać, bo ich herszt bał się panicznie zdrady. Bał się także, że schwytani obciążyć by go mogli wobec władz, pisząc, więc wyłącznie z niepiśmiennych drużynę zebrał. Nic mu to jednakże nie pomogło, został powieszony.

– Może zatem w naszych stronach o tym usłyszano i ideę podchwycono?

– Na to wygląda. Czyli gdy podejrzenie na kogoś padnie, trzeba będzie sprawdzić, czy on i jego kompani języki w ustach mają... Szkoda, żem nie zbadał, jak to było u trupów z lochu i tych, co na ulicy padli. A teraz za późno, ścierwa ich zakopane. Chociaż ziemia zmrożona jeszcze, może warto wieczny spoczynek im przerwać...

– Teraz pytanie najważniejsze. Czy przyszli po mnie, czy po Kozaków? – westchnął ciężko Staszek.

– To już, chłopcze, sam powinieneś wiedzieć. – Justycjariusz skrzywił się paskudnie. – Ale zapewne twierdzić będziesz, że nie wiesz? – Uśmiechnął się kpiąco.

– Nie mam jakoś pewności. Ludzie, którym zalałem sadła za skórę, nie żyją chyba. Ponadto oni innych sposobów się imali i innych by użyli, aby mi dopiec.

– Masz ochotę o tym opowiedzieć? Wprawdzie beczkę w kuchni strzaskali i piwo na zmarnowanie poszło, ale szynk opodal...

Przesłuchanie w knajpie nad kuflem z piwem, Staszek aż uśmiechnął się w duchu. W niektórych aspektach ta epoka jest lepsza od mojej.

– Ze sprawą tą przygody moje związku nie mają żadnego.

– Kto wie? Wszak z Hanzą jesteś w przyjaźni. W wojnie małej, którą w Dalarnie Lapończycy z obcymi jakowymiś stoczyli, i Hanzy ślad się przewija, i strój twój poprzedni lapońskiego wyrobu.

Chłopak poczuł gulę w gardle. Czyli wieści o rozprawie z Panem Wilków już tu dotarły?! Wyszli na dziedziniec. Naraz Staszek zamarł w pół kroku.

– To ich ślady. – Wskazał odciski obuwia wyraźnie widoczne na rozmiękłej glebie.

– Niechybnie – przyznał Grot. – I cóż nam z tego?

– But butowi nierówny. Jeśli będziemy mieli podejrzanego, to można obuwie jego obejrzeć. Jeśli do śladów pasować będzie, dowód mamy, że to on z twarzą skrytą pod maską napaść tę uczynił.

– Tylko że te tropy za dzień lub dwa deszcz rozmyje i przestaną istnieć – zauważył trzeźwo justycjariusz. – No i podsądnego tu wlec kłopot, choć niby można i but sam przynieść.

Oni o tym jeszcze nie pomyśleli, uświadomił sobie Staszek. Nie umieją zabezpieczać takich dowodów. W mojej epoce zalewano ślady gipsem.

– Stopimy na piecu kilka świec w garnczku i odlewy woskowe uczynimy – zaproponował. – Poleżeć mogą w skrzyni i dziesięć lat, aż okazja do porównań się nadarzy.

Grot milczał długo, patrząc na chłopaka. Wyglądało na to, że układa sobie ten pomysł w głowie, bowiem jego twarz rozjaśniał coraz szerszy uśmiech.

– Idea to zaiste genialna – szepnął. – Nie doceniłem twej mądrości i przebiegłości.

– Zważ, panie, że sposób ten i w innych sprawach może zastosowanie znaleźć.

Zalali tropy gorącym woskiem i milcząc, czekali, aż masa dobrze stężeje.

– Co zamierzasz robić teraz? – zapytał wreszcie Grot.

– Siądę i książkę poczytam. – Chłopak wzruszył ramionami. – Nie, nie poczytam, w ogień mi ją, ścierwa, rzucili – zasępił się.

– Poważnie pytam!

– A co niby mam robić?

– Mogą wrócić. Jeśli to na ciebie polują, wrócą na pewno. Zważ, że mistrza Marka na kwaterze zabić nie zdołali, ale ich chęci, by życia go pozbawić, tak silne były, że gdy tylko ustalili, gdzie jest przetrzymywany, bez wahania do lochu się zakradli.

– Zatem może do Mariusa Kowalika się udam i o gościnę poproszę. Albo przyczaję się tu i tym razem łby im porozwalam.

– Jak uważasz. Dla mnie to kłopot – westchnął urzędnik. – Kuzynka moja, Agata Ferber, przygarnęła twoją małą przyjaciółeczkę Helenę.

– Narzeczoną! – warknął Staszek.

– Zwał, jak zwał. Nieważne.

– Dla mnie ważne!

– Zgoda, narzeczoną – Grot spuścił z tonu, jakby nie chciał kłótni. – W domu jest jej brat oraz ojciec starzec. Mniemam, iż przyda im się rękodajny. Poza tym żyją w środku miasta, tam bezpieczniej.

– Sugerujecie, bym o gościnę ich poprosił?

– Nie. Jeno się zastanawiam, skoro i koło panny Heleny śmierć uderzyła, czy nieszczęścia na moich krewniaków nie ściągnie. Ale gościa pod dach przyjętego nie wygonią przecież. Gdybyście się oboje u Kowalika ukryli... Diabła tam, przecież domniemam, że i on ofiarą paść może. Mogę broń twą obejrzeć? – zmienił temat.

– Broń?

Staszek odpiął kaburę i podał rewolwer urzędnikowi. Ten w skupieniu oglądał nieznany mu przedmiot.

– Wielopał – mruknął wreszcie. – Niezwykły. Z podobnej broni patron wasz, Marek, do łupieżców na brzegu strzelał?

– Rewolwer jest sześciostrzałowy, a jego pistolet chyba dwanaście pocisków mieści – wyjaśnił Staszek. – Mam go w skrytce.

– Czyli, jak mniemam, sześciu ludzi trupem położyć waszmość możesz raz za razem, bez zabaw prochem, stemplem, przybitkami i tak dalej? A gdybyś jeszcze broni przyszłego teścia dobył, to osiemnastu?

– Tak. Oczywiście trafić jeszcze bym musiał.

Grot zwrócił Staszkowi rewolwer, kręcąc głową w zdumieniu.

– Gdzie taki zdumiewający oręż wytwarzają? – zapytał. – Gdzie kupić takowy można i za ile? Bo i mnie by się w tych trudnych czasach przydał.

– Zdobyłem ją w Dalarnie – wyjaśnił chłopak. – W czasie tej małej wojenki, gdzie Hanza Lapończyków wsparła. Ale pochodzi z Chin.

– Cóż. Pozostaje mieć nadzieję, że nie przybędzie mi niebawem w mieście sześciu nieboszczyków, a jeśli już przybędzie, będą to ci ludzie, którzy żyć nie powinni – westchnął Grot ciężko. – Zostań tu i czekaj. Chyba żeby... Mamy w ratuszu pokoik dla ludzi, których przechować nam trzeba, tam czas jakiś mieszkać możesz. Choć pewnie u Kowalika przyjemniej...

– Dziękuję. Zostanę tutaj.

🕊 Zmierzchało. Z zamyślenia wyrwało mnie skrzypnięcie drzwi. Dwaj ceklarze załomotali buciorami po schodach. Po chwili stali już przy mnie.

– Nie można było mnie przed południem dokładniej wypytać? – zirytowałem się. – Jeśli bez przerwy będę po schodach łaził, nigdy mi się stopy nie wygoją.

Nie odpowiedzieli. Jeden zajął się kłódką, drugi, trzymając dłoń na rękojeści korda, najwyraźniej go ubezpieczał.

– Uwy, jaki ze mnie groźny więzień – zakpiłem. – Po prostu do gardła z zębiskami wam skoczę...

– Gdy na tortury wloką, w najmizerniejszego łyczka siły niedźwiedzia mimo mikrej postury wstępują – odgryzł się ten z kluczami. – Tedy doświadczenie pracy naszej uczy, by nikomu nie ufać. Nawet takiemu, co w połowie na trupa wygląda.

– Znowu tortury? – westchnąłem z lękiem.

– A co waszmość myślałeś, że na jednym posiedzeniu się skończy? – Spojrzał jak na wariata. – Rany się zabliźniły, okazja jest, by nowe męki zadać... Idziemy.

Zrobiło mi się wszystko jedno. Nie uniknę, to nie uniknę. A z tymi dwoma byczkami nie wygram. Zatem mogę pójść od razu i co najwyżej zarobić szturchańca po drodze, albo mogę oberwać solidny łomot i też pójdę... Prosty wybór. Pomaszerowałem posłusznie. Po schodach na górę przez odwach do znajomego gabinetu tortur. Tym razem na stole nie rozłożono żadnych ciekawych narzędzi, nie wypatrzyłem cebrzyka z rózgami, lin, rzemieni, kociołka z żarem... Nie było kata.

E, to tylko przesłuchanie zwyczajne, rozczarował się mój diabeł stróż.

Z lżejszym sercem siadłem na zydlu i oparłem się wygodnie o ścianę. Tu, z dala od lochu, wyraźnie czułem smród, który wokół rozsiewałem. Kurde balans, ostatni raz wąchałem coś podobnego na Dworcu Centralnym w Warszawie, gdy jeden z tamtejszych rezydentów poprosił mnie o dotację na flaszkę denaturatu. Justycjariusz wszedł po chwili.

– Dzień dobry – burknąłem.

– Komu dobry, temu dobry – odwarknął. – Jednemu dobry, drugiemu fatalny, trzeciemu bywa, że ostatni...

– Jednym koza mleko daje, innym koziołki fika – zauważyłem filozoficznie.

Mierzyliśmy się wzrokiem, jak dwa koguty gotowe rzucić się na siebie. Wreszcie spojrzenie Grota złagodniało.

– Pytanie mam – powiedział.

– Nic nowego – westchnąłem.

– Tym razem nie wasze sprawy mnie nurtują. – Śledczy przeszedł się po komnacie.

– O sprawach cudzych, na ten przykład kapitana Hansavritsona, wiem niewiele i powiedziałem chyba już wszystko...

– Mądrość wasza jest mi potrzebną.

– Mądrość moja w lochu od smrodu i ciemnicy zakisła. Resztki jej ocalałe wszy wraz z krwią wyssały.

Ty to debil jesteś, westchnął mój diabeł z ubolewaniem. Kretyn do kwadratu. Jak tylko się zorientujesz, że nie będą męczyć, zaraz zaczynasz prowokować i grać twardziela.

– Fortuna prawdziwa, mistrzu Marku, wam sprzyja, boście do lochu pod ratuszem trafili. W katowni czy w baszcie na Żabim Kruku więźniowie po każdym deszczu śpią w błocie, a gdy mróz ściśnie, bywa, że w jedną złą noc posną wszyscy i zamarzną. Grzeczniej tedy, bo więźnia przenieść żaden problem dla mnie.

– A o co waszmość chcesz zapytać? – zainteresowałem się.

– Wyście człek mądry, a w świecie bywały. Jak powiadają, wiedzę po krainach pludrackich od lat zbieracie. Pogadamy zatem o tym, jakimi sposobami można pod wodą przebywać, a jednocześnie zachować suche odzienie – powiedział.

Policzyłem powoli do trzech.

– Co? – wykrztusiłem.

– Mordercy, którzy zabili twą służącą, panie, uderzają z wody. Tak nam się wydaje. Przybywają kanałami. Możliwie blisko celu swego schodzą na ląd, zabijają i do wody uciekają. Tak było we wszystkich trzech przypadkach. Napadli waszą kwaterę, potem dom Kozaka Samuela. Woda jest tu wspólnym czynnikiem... Takoż i po najściu na ratusz ku rzece umykali.

– Hmm... Łódką przypływają?

– Nie, gdyż ruch na Motławie i kanałach spory. Wiele łódek teraz pływa, nikt zaś ich nie spostrzegł. Banda ta zaś ośmiu, może nawet dziesięciu ludzi liczyć może. Łodzie tak duże znaczne.

– A kilkoma małymi?

– Flota trzech lub czterech musiałaby się szybko rozproszyć. To niełatwe. Idea mi tedy zaświtała taka. Gdy kiedyś z Kozakiem Samuelem popiliśmy, opowiadał nam o Kozakach płastunach, którzy żyją w stepie między Krymem a górami Kaukazem zwanymi. Oni sztukę taką opanowali, że w wodzie niczym żaby siedzą, przez długie wydrążone trzciny oddychając, a gdy pora ataku przychodzi, spod wody z kusz bełtami szyją, a potem na brzeg wyskakują, by wroga zaskoczonego szablami sprawiać. Takoż i płynących po rzece tureckich kupców napaść potrafią, bo za łodzią cicho suną, by naraz hakami na linach w burty się wszczepić...

– To bardzo ciekawe...

– Jednako w naszym przypadku to niemożliwe, gdyż Kozak taki, w wodzie przebywając, odzienie zawsze zmoczy. Tu zaś wygląda, jakby złoczyńcy spod wody w suchym odzieniu wychodzili...

– Może gdyby ubrania w worki skórzane zapakowali? – zastanawiałem się. – A po wyjściu na ląd zakładali na siebie...

– Dziesięciu nagusów, tak ich liczbę szacuję, odziewających się na brzegu rzeki ktoś by zauważył.

– No i pora roku trochę nieodpowiednia – dodałem. – Długo pod wodą nie wysiedzą... A może to łódź podwodna? – zadumałem się.

– Coście powiedzieli? – Spojrzał na mnie z nagłym błyskiem w oku.

– Łódź podwodna. Szczelna beczka, która ludzi kilku pomieści, a zawarta pod wodą się kryje – wyjaśniłem. – Z drewna lub metalu uczyniona.

– Widzieliście takowe?

– Tylko o idei takiej słyszałem piąte przez dziesiąte.

– Jak oceniacie? Czy to możliwe w ogóle?

– Tego nie wiem – westchnąłem.

Czy w tej epoce byliby w stanie zbudować coś podobnego? Zaraz, ścisnąłem skronie dłońmi. Coś mi się kołatało. „Podwodynka" cara Piotra I? Zatem kombinowali nad takimi konstrukcjami już w XVIII wieku. Sto lat z hakiem... Nie! Moment, było też coś podobnego w powieści Dumasa o trzech muszkieterach. Jej fabuła rozgrywa się w XVII wieku. Ciepło, ciepło... Tylko cholera wie czy Dumas pisał na podstawie faktów, czy plótł co mu ślina na język przyniosła... Dzwony nurkowe? Po katastrofie okrętu „Vasa" spuszczano się w nich, by wydobywać z wraku armaty. Kiedy zatonął ten galeon? 1628? Zatem od technicznej strony to chyba wykonalne i teraz, ale czy ktoś już wpadł na ten pomysł?

– Myślicie, panie, widzę, intensywnie...

– Istnieją zapisy, że Aleksander Macedoński opuszczał się na dno morza w szczelnej beczce, która dzięki szklanym szybom umożliwiała mu obejrzenie podwodnego świata. Mniemam, iż ktoś przemyślny mógłby zbudować i dziś podobne urządzenie – powiedziałem z wahaniem.

– Tylko z widzeniem podwodnym problem by miał, bo Motława mętna i nigdy przejrzystości wody studziennej nie posiada – odparł Grot trzeźwo. – A bez możliwości patrzenia jak trafić do celu? Ponadto w zamknięciu powietrze szybko się psuje i do oddychania zdatnym być przestaje... Zatem i płynąć trzeba szybko.

Zastanawiałem się dalej.

– Myślę, że i to da się zrobić – powiedziałem poważnie. – Wystarczy, jeśli na powierzchni umieścimy łódkę, a za nią na holu podążać będzie w zanurzeniu wielka szczelna beczka. Z łódki rurą można powietrze tłoczyć...

I nagle uderzyłem się w czoło, aż plasnęło.

– Nie – warknąłem. – Można prościej. Trzeba podwodną beczkę zbudować, na szczycie jej zaś zwyczajną łódź umieścić. W niej jeden lub dwóch ludzi zaledwie siądzie. Pod ławką otwór można zostawić, którym powietrze świeże do ukrytych dochodzić będzie. Siedzący w łodzi sterować mogą i widzą, gdzie płyną. Wreszcie sygnał zabójcom do wyjścia dać mogą, gdy nikogo w zasięgu wzroku... A dwóch rybaków w starej krypie nie zwraca niczyjej uwagi.

– A co z wypornością? – Justycjariusz poskrobał się po głowie.

– Rzeczywiście. Gdy dziesięciu luda wydobędzie się na ląd, to podwodna beczka się wynurzy. Chyba że kotwicami dobrze do dna przytwierdzą albo inaczej problem balastu rozwiążą.

– Geniuszem waszmość jesteście – stwierdził Grzegorz Grot z uznaniem.

– Poznać taki statek łatwo będzie. Beczka da duży opór, tedy wioślarze, pracując najciężej nawet, dużej szybkości łodzi nadać nie zdołają.

– Prawdziwa mądrość przez usta wasze przemawia – westchnął. – Ja bym pięć lat myślał i nie wymyślił. Dziękuję serdecznie za idei tej podsunięcie. Ciekawe jeno, kto taką sztuczkę wymyślił.

Zastanowiłem się. Chińczycy? Zbyt prymitywne. Hanza? Kto ich tam wie, pokemonów. Najbardziej podejrzany był Marius Kowalik. Łeb jak szafa. On byłby w stanie coś takiego wykombinować.

– Dziękuję, mistrzu Markusie, bardzoście mi pomogli.

– Wdzięcznością waszą gardzę – burknąłem.

– Niesłusznie, gdyż schwytanie zabójców Grety, a waszych niedoszłych morderców, bezpieczeństwo twym podopiecznym zapewni. A ja naprawdę dobrze życzę i pannie Helenie, i jej narzeczonemu.

– Szkoda, że życzliwość wasza moją skromną personę łukiem jakoś omija – odgryzłem się.

– Szanuję waszą mądrość...

– Palce u stóp mi o tym waszmości szacunku przypominają co rusz. Mniemam, iż lubicie torturować ludzi mądrych, bo zapewne gadają składnie i ciekawe rzeczy – zakpiłem.

– Ja nikogo nie lubię torturować. – Urzędnik wzruszył ramionami. – Ale czasem po prostu muszę wiedzieć. Zresztą gdybyście od razu mówić zaczęli, wszelkich przykrości można by uniknąć.

– Waść się ode mnie taką masę rzeczy dowiedział, aż sam zdziwiony byłem – nadałem słowom ironiczny wydźwięk. – Pod wpływem gniecenia palców kleszczami jakoś dziwnym trafem nie doznałem oświecenia.

– Ano nie. Czasem się uda, czasem nie...

– Z polana krwi nie wyciśniesz – warknąłem. – Choć polano przy okazji zmiażdżyć można.

Łypnął okiem.

– Czegóż waszmość taki na mnie cięty? Tortury w więzieniu rzecz normalna. Cóż się waszmości nie podoba?

– Brudnym.

– Tak w lochu bywa. Są miasta, gdzie więźniów szlachetnie urodzonych w suchych celach trzymają, w więzieniu inkwizycyjnym pościel nawet otrzymują. Ale tu jest Gdańsk. A z własnego doświadczenia wiem, że podsądny nadgniły i ogryziony przez szczury bardziej do wyznań skłonny.

– A domniemanie niewinności?

– Co?

– Zasada prawa rzymskiego, że człek niewinny jest tak długo, póki sąd mu winy nie dowiedzie – wyjaśniłem.

– Toż to aberracja. – Grot uniósł brwi. – Gdyby taką jurystyczną sztuczkę wprowadzić, to przecież tortur nijak zastosować, jeszcze potem przepraszać trza by było, gdyby sąd orzekł, że człek niewinnym się okazał.

Nawet mojego diabła zatkało ze zdumienia.

– A waszmość ciągle chmurny niczym gradowa chmura – parsknął. – A przecież za rady i informacje podziękowanie uczyniłem i szacunek waszej mądrości okazałem. Czego jeszcze oczekujecie?

– Przydałaby mi się balia z ciepłą wodą, ręcznik, mydło i czyste odzienie – powiedziałem. – Do tego udko pieczonej kury i dzban wina do popicia. Wtedy być może i ja na waszmości życzliwiej spojrzę.

– I zapewne jeszcze do balii tej dziewczynę chcecie? Nagą oraz ochotną nie tylko do tego, by plecy waszmości umyć?

– Poproszę brunetkę – zakpiłem. – Tylko żeby nie była za młoda. Tak z dwadzieścia pięć lat. Z wszystkimi zębami i bez wszy. No i koniecznie cycata.

Wstał i wyszedł bez słowa. Przeciągnąłem się. Wkurzał mnie ten typ. Potwornie wkurzał. W sumie to mogłem skorzystać z okazji i dać mu w ryj. Co by mi za to zrobili? Najwyżej dostałbym solidne bęcki. Czemu o tym nie pomyślałem? Po kiego grzyba w ogóle z nim gadałem?

Bo nie masz z kim pogadać, a ten sukinkot umie pilnie słuchać, podpowiedział diabeł. No i erudycją mogłeś błysnąć. Niezłe na nim wrażenie zrobiłeś.

Może i miał rację. Idea łodzi podwodnych mnie zaintrygowała. Czy to możliwe? Gdzie tam. Nie ta epoka, nie ten poziom techniki. Drzwi szczęknęły, do wnętrza weszli znajomi strażnicy.

– Idziemy, panie – odezwał się ten z kordem.

– Poprzednio obiecywaliście tortury, a tu jakoś mi się upiekło – zachichotałem. – Teraz możecie śmiało mi obiecać powrót do lochu, szansa jest, że tym razem nie będzie to czcza obietnica...

Uśmiechnął się krzywo.

– Zatem nie obiecuję.

Zaniepokoiłem się. Co kombinowali? Pomaszerowaliśmy przez odwach. Minęli drzwiczki i otworzyli mi następne. Wszedłem i ze zdumienia aż mnie zatkało. Łaźnia? Pośrodku stała balia z parującą wodą, leżało mydło, pęczek mydlnicy, był ręcznik, powiedzmy, trzeciej czystości, oraz lniana koszula i spodnie.

Nie zagrzaliby tak szybko całej balii wody, pomyślałem. Kto inny miał skorzystać.

– Macie czas, póki nie ostygnie – rzekł jeden z nich i obaj wyszli.

Kąpiel. Brakowało mi takich luksusów. Oj, brakowało. Rozebrałem się i zanurzyłem w wodzie. Najpierw pozwoliłem skórze trochę odmoknąć, potem zacząłem trzeć całe ciało mydlnicą i mydłem na przemian. Woda w balii zrobiła się szara. Zmyłem włosy i znowu tarłem je mydłem. Ranki piekły. Podtopione wszy pływały po powierzchni. Rozgniotłem je bez litości o krawędź balii. Obejrzałem palce u stóp. Nie wygoiły się jeszcze. Wolałem nie rozmoczyć strupów.

Wytarłem się, szorując mocno skórę zgrzebnym płótnem, i wreszcie poczułem się czysty. Założyłem naszykowaną koszulę i spodnie. Ze starych zabrałem tylko rzemień zastępujący pasek. Reszta była już do niczego. Włókna podgniły, nie uratuje ich żadne pranie.

Wszedł Grot.

– Zadowolonyś, panie? – zagadnął z krzywym uśmiechem.

– Miała być do balii brunetka, a blondynkę dostałem – uśmiechnąłem się równie paskudnie. – Do tego za młoda była, szczerbata, zawszona i płaska jak deska...

– O waszmości zdrowie jedynie zadbałem, bo na brunetce łatwiej brzydką chorobę złapać – sukinkot nie tracił humoru.

Prawie go w tym momencie polubiłem.

– A kura i wino? – zaciekawiłem się.

– Będzie, jeśli wasze supozycje co do podwodnej beczki okażą się słuszne.

– Trzymam za słowo...

– Do lochu – polecił ceklarzom czekającym na korytarzu.

Znajome schodki, znajoma woń ludzkiego chlewu. Znów wylądowałem w podziemiach. Znowu przykuty jak bydlę do ściany. Na szczęście świeżej słomy dali, była więc szansa, że ubranie czyste zostanie przez jakieś trzy dni... Za to wszy już na mnie czekały. Wyobraziłem sobie, jak siedzą na ścianach i stęsknione łypią małymi, złośliwymi oczkami.

Spróbowałem zasnąć. Nie mogłem. Wreszcie zapadłem w dziwną, płytką drzemkę. We śnie zobaczyłem zaułki jakiegoś miasta. Paskudne wąskie uliczki, rynsztoki, ciemne fasady domów i domków, to z pruskiego muru, to ceglane. Szedłem, potykając się o grudy zmarzniętej ziemi. Minąłem spalony kościół. Mury z białych kamiennych bloków wznosiły się ku niebu jak bezgłośne oskarżenie. I nieoczekiwanie wyszedłem na rozległe pole ruin. Kilka domów musiało częściowo oprzeć się szalejącemu pożarowi. Patrzyłem na bryły ceglanego gruzu, na rozsypujące się konstrukcje drewnianych belek. Przypominały mi trochę Bergen. Spalone miasto... Zawróciłem, przeszedłem przez bramę i stanąłem w nawie zniszczonej świątyni. Nad głową miałem szkielet kamiennego stropu, wysrebrzony światłem księżyca. Wszystko runęło, pozostały tylko łuki przywodzące na myśl żebra wielkiej ryby. Na posadzce rósł mech, gdzieniegdzie trawa zapuściła korzenie w szczeliny między płytami.

Nagle dobiegła mnie zjadliwa woń chloru. Coś poruszało się w ciemności. Skrat? A może inna istota jego rasy? Pojaśniało i wtedy go ujrzałem. Przechodził spokojnie przez nadwątloną drewnianą ścianę, jakby była utkana z mgły. Zwrócił się w moją stronę. Odniosłem wrażenie, że patrzy na mnie dziesiątkami drobnych, jasnych punkcików znaczących jego skórę. Nie byłem w stanie na niego patrzeć. Wymykał się zdolnościom pojmowania, mózg nie potrafił przetworzyć nieznanego sobie obrazu. Stwór rozwinął ni to macki, ni to pajęczynę. Przenikała częściowo ściany.

– To nie jest sen – rzuciłem.

Poczułem dotyk na mózgu.

– To nie jest sen. – Obca myśl była tak mocna, że aż mi świeczki w oczach stanęły.

– Jesteś Skratem? – zapytałem podejrzliwie.

– Jestem tym, którego scalaka szukacie. To ze mnie wydarto to, co nazwaliście Okiem Jelenia.

– Jesteś duchem?

– Nie zrozumiesz.

– Oko Jelenia?

– Podtrzymuję reliktową świadomość istnienia dzięki energii płynącej z żywej istoty waszego gatunku.

– Mam za zadanie odnaleźć twój scalak.

– Wiem.

Poruszył mackami, a może pajęczyną.

– Przenikasz przez ściany. To tylko sen?

– To naturalny dla mnie sposób poruszania się.

– Nie rozumiem.

– Jestem zbudowany z materii prostopadłej. To, co widzisz, to projekcja mojego ciała rzucona na twoją sieć współrzędnych.

– Nie rozumiem – powtórzyłem.

– Wyobraź sobie materię. W czterowymiarowej przestrzeni rozciąga się wzdłuż długości i szerokości, ale zamiast ku głębokości i wypukłości zwrócona jest w kierunkach, które wasi matematycy zwą ana i kata.

– To niemożliwe.

– Dlaczego?

– Widziałbym cię w dwu wymiarach!

– Widzisz mnie w dwu wymiarach. Twój mózg do pewnego stopnia uzupełnia to, czego nie widzi. Próbuje zobaczyć to, czego nie ma, załatać luki. Stąd nie jesteś w stanie na mnie dłużej patrzeć. Dezorientacja. Ośrodki widzenia przesyłają informacje, które wzajemnie się wykluczają.

– Dlatego nie wiem, czy to macki, czy pajęczyna...

– Tak. A wracając do twojego pytania, przechodzę przez ściany, wykorzystując, że dla mnie stanowią tyl-

ko zbiór dwuwymiarowych kształtek. Tak jak ty odnajdziesz drogę wśród wiszących wstążek.

– Ale...

– To, co teraz masz przed oczami, to projekcja.
Chciałem ukazać ci się jako ja. W tej wspaniałości mojej rasy, która jest dostępna twym zmysłom. Ale to bez
znaczenia, utrudnia komunikację, nie będę cię męczył.
Tak lepiej?

Wtopił się w ścianę i nieoczekiwanie ujrzałem pła-
skorzeźbę w kształcie głowy lwa, wykonaną z jasnego
metalu.

– Forma jest dla mnie bez znaczenia – odezwała się,
poruszając pyskiem. – Tak będzie ci łatwiej rozmawiać.

– Dziękuję. Mam problem.

– Pytaj.

– Gdzie jest łasica Ina?

Poczułem, jak przeszukuje moje myśli. Znalazł scenę
ostatniej rozmowy z kosmiczną tancerką. Wyświetlał to
sobie chyba, bo wspomnienia stanęły mi przed oczyma
tak żywe, że przez chwilę nie byłem pewien, gdzie jestem.

– Fazowała się – powiedział.

– Co to znaczy?

– Rozplotła swe ciało i ustawiła częściowo w kierunku C-wektor, by wykonać skok w przyszłość – zawyrokował wreszcie.

– C-wektor? Hipotetyczny kierunek prostopadły do
promienia światła?

– Tak. Tam są drogi na skróty. Jeśli zużyła cały zapas ciężkiej wody pozostały w ogniwach, mogła wykonać taki skok.

– Fuzja termojądrowa? – zdumiałem się.

– Zimna fuzja. Skoki, nawet skoki do przyszłości wymagają ogromnej energii.

– Ona to potrafi? Wrócić... tam.

– Nie ma przeciwwskazań teologicznych. To byt niższy, prawie tak jak wy.

– Teologicznych? – zdumiałem się.

– To słowo, choć nieprecyzyjne, najlepiej oddaje złożoność problemu. Przewyższamy was cywilizacyjnie tak bardzo, że wydajecie się nam zwierzętami. To, czego nam nie wolno, może nie wypada robić, dla was jest dopuszczalne. Nie dziwisz się, że psy w rui kopulują na ulicy. Tak mnie nie dziwią wasze zwyczaje ani nie przykładam do nich tego, co wy nazwalibyście normą moralną.

– Od ludzi przybyłych z mojej przyszłości usłyszałem, że Skrat został osądzony, skazany i zabity. Prawdopodobnie to on zniszczył moją planetę.

Znowu grzebał mi w pamięci. Ohydne wspomnienie torturowanego Chińczyka wypłynęło na powierzchnię.

– To możliwe – odezwał się wreszcie. – To znaczy, że moi towarzysze postanowili wreszcie osądzić Skrata.

– Zrabował wcześniej skarby mojej cywilizacji.

– To także możliwe. Wszak i wy zabijacie zwierzęta, by pozyskiwać z nich mięso i skóry. Rozłupujecie muszle, by wyjąć perły. Zwierzę nie płacze nad trawą, którą pożera.

Poczułem zamęt w głowie. Czułem, że upraszcza, że mówi tak, abym zrozumiał. Mimo to cała wypowiedź była dla mnie straszliwie mętna. Nie mogłem się w niej połapać.

– Ta analogia... Czy dopuszczacie niszczenie cywilizacji dla zdobycia ich skarbów?

– Nie. Tak jak wy niechętnie widzicie podpalaczy lasów. Jeden z waszych wodzów powiedział, że owce trzeba strzyc, a nie obdzierać ze skóry.

Miodzio. Czyli Skrat został zlikwidowany nie za to, że wykończył sześć miliardów ludzi, ale za to, że rozwalił planetę, z której i inni mogliby nakraść ile wlezie?! – pomyślałem.

– Twoja interpretacja jest w ogólnym zarysie poprawna. Choć z jednym uzupełnieniem. On zniszczył wiele planet. Wiele cywilizacji. Był jak kłusownik w lesie, trzebiący zwierzynę bezmyślnie i ponad miarę.

– Okradacie nas!

– Gdy zbierasz kwiaty na górskiej łące, czy nazwiesz to kradzieżą?

– Kwiaty są niczyje!

– Pszczoły mogą poczuć stratę, gdy ich nie znajdą. Jesteśmy cywilizacją wyższą. Mamy prawo do wszystkiego, co stworzycie. Do wszystkiego, co nas zainteresuje.

– Wybrał nas: mnie, Staszka, Sebastiana vel Ivo i Helę, abyśmy...

– Czasem wy tresujecie sobie świnie, by szukały trufli. Tak Skrat wybrał Inę i was do wypełnienia zadania, które dla niego byłoby trudne i brudne.

– Dlaczego szuka twojego scalaka?

– Nie zrozumiesz.

– Dlaczego rozmawiamy? Czemu pokazujesz mi to miasto?

– Bo masz mnie odnaleźć.

– Takie polecenie wydał mi Skrat.

– To bez znaczenia, kto je wydał. Odnajdziesz mój scalak. Dostarczysz mi ciężką wodę. Potem ożyję. Odtworzę swoje ciało. Zbuduję pojazd i odlecę.

– Jak niby? Bez przemysłu?

Wyczułem coś na kształt rozbawienia.

– Wystarczy nanotechnologia. Coś w rodzaju nanotechnologii – dodał. – Bo to, czym będę dysponował, nie do końca odpowiada waszemu rozumieniu tego słowa.

– Nanotechnologią wytworzysz statek kosmiczny i paliwo do jego napędzania? – Nie mieściło mi się to w głowie.

– Będzie wielkości waszej beczki. Nie potrzebuję skomplikowanego napędu, by opuścić tę galaktykę. To wam, Ziemianom, wydaje się, że do podboju kosmosu niezbędne są skomplikowane silniki. Kluczem do gwiazd jest fizyka. Prawa, których nie znacie, do których nawet nie zbliżyliście się w swoich poszukiwaniach.

– Teleportacja?

– To nie jest odpowiednie słowo. To nie ten typ zjawisk, choć efekty wizualne mogą być podobne.

– Dobrze. Poproszę o wskazówki, gdzie się znajdujesz. Jak odszukać Oko Jelenia.

– Nie wiem. Nie mam wiedzy, gdzie znajduję się obecnie. Kontaktujemy się po raz ostatni. Brak energii...

– Jakiej energii?

Milczał.

– Przyjmijmy, że odnajdę twój scalak. Co w zamian? – zapytałem konkretnie.

– Czy płacisz mrówkom za usuwanie padliny z lasów?

– Odszukam go, w zamian za to po powrocie do przyszłości powstrzymasz Skrata przed zniszczeniem mojej planety – zażądałem twardo.

– Tobie już zapłacono za wykonanie zadania. Zapłacono o wiele więcej, niż to warte.

Wyczułem w obcej jaźni chłód obojętności. Zalała mnie fala wściekłości i wizja prysła. Obudziłem się na słomie w gdańskim lochu.

– Co to było? – wymamrotałem.

Odpowiedziała mi głucha cisza podziemi. Czułem się zupełnie zdezorientowany. Gardło wyschło mi na wiór. Pociągnąłem łyk zatęchłej wody z dzbanka. Zwilżyła mi śluzówki. Odchrząknąłem. Gorączka? Czoło miałem rozpalone, ale mną nie trzęsło. Ubranie było przepocone na wylot. Powoli doszedłem do siebie na tyle, by móc zebrać myśli.

Sen? Przekaz telepatyczny? Raczej to drugie. Gdzie byłem? Spalone miasto... Na pewno nie były to ruiny wypalonej dzielnicy przed katedrą Nidaros. Zatem gdzie? Spopielone miasto... Osmalone ściany kościoła. Nie słyszałem o niczym podobnym. A może słyszałem? Wytężałem pamięć, lecz nie mogłem sobie przypomnieć.

Szlag. Po co mi to pokazał? Czy to wskazówka, gdzie ukryto scalak? A może nie?

– Mam go w dupie – warknąłem do siebie. – Jeśli łasica rzeczywiście zmyła się do przyszłości, to nie będę szukał scalaka żadnego kosmicznego popierdoleńca. Niech sobie Hanza używa go jako pieczątki, póki się nie rozleci od podbijania dokumentów.

Swoją drogą, milusia cywilizacja, pomyślałem. Stosunek do nas mają jak nasi przodkowie do żółwi szylkretowych. Dać w łeb i zabrać skorupę jako surowiec na grzebień.

Powiedział, że łasica odeszła... W przyszłość? Wróci? Ścisnąłem skronie. Zaraz, jak to było...? Obiecała wrócić za dwadzieścia dni. Gdyby skakała do XXI wieku, czy mogłaby tak precyzyjnie określić, kiedy pojawi się znowu? Nie miałem pojęcia, komu wierzyć.

A może to był tylko sen? Głupia maligna wywołana wysoką gorączką. A jeśli Ina nie przybędzie? Co z tego wynika? Co z tego wynika dla nas? Zostaliśmy sami i jesteśmy wolni? Nie bardzo chciało mi się w to wierzyć.

Skrat szuka scalaka istoty swojego gatunku, z którą rozmawiałem. Ten... Ten „jeleniowy" zdaje sobie sprawę, że ktoś go szuka? Bzdura jakaś... Uroiłem sobie to wszystko.

🦊 Był późny ranek. Z nieba siąpił paskudny kapuśniaczek. Woda płynęła rynsztokami, unosząc wszelkie zimowe brudy do kanału. Marta spojrzała przez uchylone okno i skrzywiła się.

– Trzeba iść – powiedziała.

– Może później, gdy niebo trochę się przetrze? – zaproponowała pani Agata.

– Lepiej teraz, z rana wybór większy, a i deszcz ludzi odstraszy, naprawdę ładnego, świeżego jesiotra będzie można wybrać – uparła się służąca.

Zależy jej, pomyślała leniwie Hela. Może jakiś chłopak od rzeźnika czeka, by zamienić z nią choć słowo.

A może nawet pocałują się ukradkiem. Albo spotka przyjaciółkę na targu i poplotkują sobie chwilę beztrosko. A może zwyczajnie lubi nas i chce zdobyć na obiad rybę jak najlepszą.

– Weź, proszę, moje okrycie – powiedziała. – Staszek kupił je w Trondheim. Ten płaszcz dobrze mi służył, nawet gdy szłam przez kopny śnieg w wysokich i dzikich norweskich górach. Jest z grubej wełny, poszyty i gęsto tkany, nie przemokniesz ani nie zmarzniesz. Obok drzwi na kołku wisi.

– Dziękuję!

Przeszły w trójkę do sieni. Marta zarzuciła płaszcz na ramiona, głowę skryła w kapturze. Okręciła się na pięcie, najwyraźniej ciesząc się pożyczonym strojem.

– Zajdź jeszcze do krawca Hansa – poleciła wdówka. – Zapytaj, czy koszule już gotowe.

– Dobrze, pani.

Otworzyła drzwi i niespodziewanie zgięła się wpół, a potem z jękiem powoli osunęła na kolana. Uniosła dłonie, jakby chciała złapać się za pierś, ale ręce opadły bezwładnie i wolno przewróciła się na bok. Głowa głucho uderzyła o rozłożony przed drzwiami kobierczyk.

Deszcz pluskał na kamiennych schodkach. Gdzieś daleko rzemieślnik stukał młotkiem w kowadło. Zaszczekał pies. Pachniało deszczem, kurzem, trochę jeszcze zimą, a trochę już wiosną. Lekko skrzypiały zardzewiałe zawiasy. Z pozoru nie zmieniło się nic. I tylko śmierć uderzyła nagle jak żmija.

Marta leżała na ceglanych płytkach sieni. Czepek spadł i cienkie, puszyste włosy rozsypały się po podłodze. Zadarta spódnica odsłaniała przetartą pończoszkę. Obie kobiety patrzyły na to w osłupieniu. Przez uchylone ciągle drzwi delikatnie zacinał drobny deszczyk.

– Yyy? – wykrztusiła Agata. – Ale...

Jak zahipnotyzowana ruszyła w stronę wejścia. Hela ocknęła się momentalnie. Uderzyła ramieniem, odpychając wdówkę na bok. Kopnęła rozpaczliwie w okutą krawędź skrzydła i na szczęście zatrzasnęła drzwi. Uczyniła to dosłownie w ostatniej chwili. Coś uderzyło w deski gwałtownie, aż zatrzeszczały.

– Artur! – krzyknęła. – Na pomoc!

Rozległ się tupot, brat gospodyni zbiegał po schodach z kordem w ręce. Hela zerknęła ostrożnie przez okienko w drzwiach, ale nie zobaczyła nikogo. Zamachowiec lub zamachowcy najwyraźniej już uciekli.

– Co? – Chłopak wyrósł obok niej. – Co się dzieje?

– Zabili Martę! – rzuciła ostro. – Na progu waszego domu!

Przyklękła nad dziewczyną. Artur przełknął głośno ślinę i, uchyliwszy ostrożnie drzwi, wyjrzał na ulicę. Zlustrował wzrokiem najpierw prawą, potem lewą stronę zaułka.

– Bądź ostrożny! – krzyknęła Agata. – Ci łajdacy mają kusze!

– Kimkolwiek byli, zdążyli uciec – orzekł Artur. – Deszcz, to i niewiele widać. Nie wiem nawet, w prawo czy w lewo. Ani ilu ich było? Nawet tupotu już nie słyszałem. Jesteście pewne? Może słabo się jej w nogach zrobiło, czy coś...

Urwał, patrząc na bełt wbity w deski. Kolejny chwiał się, tkwiąc koniuszkiem w miedzianym wzmocnieniu drewnianej framugi.

W tym czasie Hela z Agatą pospiesznie rozchyliły ubranie Marty. Służąca oddychała chrapliwie, na jej ustach pękały banieczki śliny. Spomiędzy piersi sterczał długi bełt.

– Medyka? – bąknął chłopak. – Czy księdza raczej? Pobiegnę do Świętej Brygidy, najbliżej będzie.

Stał nad nimi bezradnie, ciągle z obnażonym kordem w dłoni. Palce powalane miał atramentem, widać rozpaczliwy krzyk Heli oderwał go od pracy.

– Za późno – pokręciła głową jego siostra. – Ona za chwilę umrze. Ani ksiądz, ani medyk nic już tu nie pomogą.

Hela rękawem ocierała łzy cisnące się do oczu. Nadbiegła kucharka zaalarmowana krzykami. Na widok leżącej na ziemi podopiecznej stanęła jak wryta i pobladła. Marta uchyliła powieki. Potoczyła wokół półprzytomnym spojrzeniem brązowych, sarnich oczu. Sine wargi ułożyły się w lekki uśmiech. Usta poruszyły się, ale dziewczyna nie miała siły wydać z siebie głosu. Hela, klęcząc obok, trzymała jej dłoń w swoich rękach. Agata delikatnie gładziła umierającą po twarzy. Marta odetchnęła głębiej, przez ciało przebiegł mocny skurcz.

– Amen – szepnęła wdówka, zamykając oczy.

Zagrzmiało i niebo przecięła błyskawica. Piorun uderzył gdzieś daleko. Deszcz lunął jak z cebra, jakby samo niebo zapłakało nad losem nieszczęsnej służącej.

– Pani – wychrypiała leżąca – duszno mi... Cała pierś boli, jakby kto pięścią uderzył, i mroczki przed oczyma latają... Pomóżcie mi wstać.

– Ale... – zaczęła Hela.

Spojrzała na haftowany stanik zasłaniający dekolt sukni. Sięgnęła pod niego i złamawszy bełt, wydobyła szkaplerzyk kryjący modlitewnik. Grot przebił książeczkę prawie na wylot, ale aplikacja z mosiądzu zdobiąca okładkę i kilkadziesiąt kart cienkiego pergaminu zdołały go zatrzymać.

– Wszelki duch – szepnęła Agata. – Cóż za uśmiech fortuny, żeś się czytać wyuczyła. Albo i opatrzności zrządzenie, gdyż to Zbawiciel własną piersią od zguby cię osłonił...

Bełt, uderzywszy w sam środek okładki, zniszczył wygrawerowany na blaszce wizerunek Chrystusa. Szlachcianka wraz z kucharką i Arturem przenieśli dziewczynę do sypialni na piętro. Chłopak doniósł jeszcze łóżko i siennik. Agata pomogła jej się rozebrać. Marta cicho skarżyła się na bóle w piersi.

– Mostek i żebra całe – stwierdziła Hela, fachowo obmacawszy kości. – Ale uderzenie tak silne mogło płuca oraz chrząstki odbić, a narządy wewnętrzne nadwerężyć. Śledziona szczęśliwie niżej jest, bo gdyby pękła... Śmierć pewna.

– Widzę, że znasz się na tym? – Agata pokręciła głową z podziwem.

– Tak.

Hela przypomniała sobie kurs medyczny. Wiedzieli, że powstanie potrzebować będzie sanitariuszek. Nie

ukończyła go. Na dobrą sprawę niewiele zdążyła skorzystać. Za wcześnie się to wszystko zaczęło. Ale pod-
stawowe rany i urazy omówiono...

– Co zatem robić?

– Niech poleży dwa lub trzy dni i rosołu trza nagotować z cielęciny, tak gęstego i zawiesistego, by galaretą
się ścinał.

– Post mamy – zauważyła Agata. – Ale dla chorej
przecież wolno... Tylko skąd cielęcinę weźmiemy? Rzeź-
nie zamknięte!

– Może od Żydów? – zaproponowała szlachcianka.

– Pójdę i popytam – odezwała się kucharka. – A jak
się nie uda, to z rybich łbów galaretę nagotuję. To pomoże?

– Wzmocni ciało, jeśli chrząstki nadpękły, pomoże
im się na powrót posklejać i szybko do zdrowia przywróci.

Ranna poleżała, pojęczała i wreszcie usnęła. Wróciły
do saloniku. Hela usiadła na ławie. Westchnęła ciężko.
Do tej pory trzymała się dzielnie, teraz grube łzy popłynęły jej po policzkach.

– Co cię gryzie, moja droga? – zapytała wdówka,
obejmując przyjaciółkę ramieniem.

– Marta...

– Tragedia prawdziwa, iż ubić ją próbowali, i szczęśliwe losu zrządzenie, że modlitewnik dobrej sprawie...

– Pani. To moja wina.

– Co ty mówisz?

– To ja sprowadziłam niebezpieczeństwo pod twój
dach. Wyszła z domu w moim płaszczu. Ktoś chciał

zabić mnie, a prawie pozbawił życia Martę. Po czym spostrzegłszy omyłkę, dwakroć jeszcze strzelał.

Wdowa milczała bardzo długo.

– To być może – powiedziała wreszcie. – Lecz nie ma w tym twojej winy. Nie mogłaś tego przewidzieć, nie mogłaś temu zapobiec. Zły człowiek to uczynił.

– Płaszcz. Gdybym nie dała jej swego płaszcza...

– Ta napaść...

– Sprowadziłam niebezpieczeństwo pod twój dach, pani – powtórzyła Hela. – Muszę odejść. Nie darowałabym sobie, gdyby przeze mnie...

– Szlachetny zamysł, ale zrobimy inaczej...

Hela uniosła pytająco wzrok.

– Ojciec mój stary już i trochę zniedołężniał. Brat zaś młody jeszcze, choć strzela dobrze, a i kordem robić umie. Cztery kobiety pod ich opieką pozostają. Kucharka Anna rękę ma ciężką i powiadają, że kiedyś na targu w pośladek klepnięta tasak porwała, a bezczelny zalotnik trzy palce stracił. Tyś bronią władać przyuczona. Ja jeno z krócicy strzelać potrafię. Marta nic... Sił naszych mało, by kolejną napaść odeprzeć.

– Poproś, pani, kuzyna o ceklarzy do ochrony.

– Prawa miasta tego zabraniają. Ale myśl twa w dobrym kierunku dąży. Potrzeba nam rękodajnego. W dodatku kogoś, komu zaufać możemy bezwzględnie, gdyż pod naszym dachem zamieszkać musi. Mężczyznę wpuszczać między trzy młode i ładne kobiety to jak lisa do kurnika zapraszać. Wynajęłabym Kozaków, ale oni odjechali. Pozostaje twój narzeczony.

– Staszek...

– Tak. Artur słyszał, że Samiłło i Maksym robić szablą go uczyli.

– To prawda. Dużo już umie. I ma pistolety, swój i Marka. Nie wiem tylko, jak strzelać potrafi.

– Ufasz mu?

– Jak mało komu na świecie.

– Tedy przed wieczorem pójdę po niego.

– Wy, pani?

– Marta chora. Ciebie ubić próbowano. Artur zostać tu musi, by was bronić. Kucharka mięsa niech szuka. Ty przyjaciółki naszej doglądaj i domu strzeż. Drzwi zawrzyjcie i zawsze sprawdzaj, kto puka.

– Dobrze, pani...

Zdusiła w sobie nagły lęk.

Staszek chodził z kąta w kąt, nie mogąc znaleźć sobie miejsca. Poustawiał przewrócone meble, pozgarniał potrzaskane sprzęty na kupę. Zamiótł nawet.

– Idiotyczne to wszystko – westchnął do siebie. – Co niby mam robić? Iść do Mariusa i poprosić o przechowanie? Głupio. A może wyskoczę do szynku na browara lub dwa? Żebym jeszcze tylko lubił piwo... Poza tym czego tam szukać? No, można by pogadać z tymi szlachetkami, jeśli się pojawią. Sympatyczni kolesie... No i między ludźmi bezpieczniej. Tylko potem trzeba samotnie do pustego domu wrócić.

Wspiął się na piętro. A właśnie, przypomniał sobie, widząc szablę. Z tym trzeba coś zrobić...

Kozacy zostawili szable używane do treningów, żadna jednak nie miała pochwy. Myszkując po domu, znalazł kawał grubej wołowej skóry. Wyciął z niej dwa pasy, natarł dobrze woskiem i oliwą, potem długo wycinał dziurki wzdłuż krawędzi. W szopie wyszukał młotek i garść nitów. Szabla wychodziła trochę ciężko, więc wkładał ją i wyjmował, aż prowizoryczna pochwa ułożyła się do klingi. Nawet okucia ze starej zdołał odczepić. Zawiesił broń u boku.

Właśnie kończył poprawki, gdy ktoś załomotał do wrót. Poszedł i ostrożnie wyjrzał na zewnątrz przez szparę. Przed bramą stała ładniutka, drobna kobieta, chyba ciut starsza od niego. Miała lekko zadarty nosek, duże brązowe oczy i gruby złocisty warkocz opadający na piersi. Kogoś mu jakby przypominała.

Damy nie ma się co bać, pomyślał i położył dłoń na ryglach. Zwłaszcza że nikt nie czai się za jej plecami, bo za szczupła...

Mógł uchylić furtkę na szerokość łańcucha, ale uznał to za zbyteczną ostrożność.

– Witam, czym mogę służyć? – Ukłonił się.

– Jestem Agata Ferber – przedstawiła się, podając dłoń do ucałowania.

Siostra Artura, a sympatia Marka, zidentyfikował. Podobna do brata. Czego tu szuka?

Naraz serce uderzyło mu mocniej. Coś z Helą?

– Stanisław. – Ukłonił się ponownie, wpuszczając kobietę do wnętrza.

– Przyszłam do waszmości po prośbie... Nie bawmy się w konwenanse. Hela przedstawia waści jako człowieka prawego i godnego zaufania, a przy tym w posługiwaniu się bronią wprawionego. Brat mój tak samo twierdzi. Mistrz Marek, gdym go w Bergen poznała, takoż w ciepłych słowach o waszmości wspominał. Tedy propozycję złożę.

A teraz ta słodka damulka każe mi kogoś zabić, pomyślał. E, to chyba niemożliwe...

– Mówcie, pani – bąknął.

– Na dom mój napad dziś uczyniono i tylko szczęśliwym losu zrządzeniem udało nam się ofiar uniknąć – ciągnęła.

– Napad?! – Teraz naprawdę się zaniepokoił.

– Wychowanka moja, nie Helena – zastrzegła od razu, widząc przestrach na twarzy Staszka – w progu kamienicy została z kuszy trafiona. Gdyby nie przytomność umysłu panny Heleny, która drzwi zatrzasnęła, kto wie jak przykro sprawa mogłaby się skończyć. Sił naszych mało. Jeśli się waszmość zgodzisz zostać naszym rękodajnym, dach nad głową, jedzenie przy wspólnym stole i parę groszy zaofiarować mogę.

Nad czym się tu zastanawiać? Będę blisko Heli, pomyślał. Znowu codziennie będę się cieszył jej widokiem...

– Zgadzam się, pani – powiedział z ukłonem. – Dla chronienia narzeczonej tę posadę przyjmę, zatem z jakiegokolwiek wynagrodzenia rezygnuję.

– Tedy chodźmy.

Zaskoczyła go trochę.

– Proszę jeno chwilę, bym rzeczy moje mógł zebrać! – wykrztusił.

Zostawił ją na parterze i pobiegł na stryszek. W zasadzie wszystko miał w marynarskim worku. Zrolował jeszcze pled wraz z prześcieradłem i rzemieniem przytroczył z boku. Otworzył skrytkę. Rewolwery, pistolet Marka, nędzne resztki amunicji... No i złoto. Gruby, ciężki mieszek pełen dukatów. Wszedł do pokoju zajmowanego przez Helę. Otworzył schowek w ścianie i wyciągnął wór z dobytkiem zebranym w domu Marka. Szabla...

Z kuchni zabrał resztę zapasu świec, było ich ze dwadzieścia. Jedną osadził od razu w latarce i zapalił. Na zewnątrz zapadał już zmierzch. Agata czekała cierpliwie przy bramie.

– Jestem gotów, pani.

Zamknął bramę i ruszyli. Wdówka kroczyła przodem.

Marek smalił do niej cholewki. Ma facet gust, pomyślał Staszek. Niczego sobie kobitka. Zgrabna, ładniejsza od mojej Heli, a na twarzy ma wypisane, że sympatyczna. Zresztą jakby nie była w porządku, to Hela by do niej nie uciekała.

W ciągu może dwudziestu minut dotarli do domu Ferberów. Agata zastukała, Hela otworzyła im, wpuszczając do sieni.

– Już się niepokoiłam – powiedziała.

Nadstawiła Staszkowi policzek do pocałunku. Zamurowało go w pierwszej chwili, ale szybko skorzystał z okazji.

– Co z Martą? – zapytała wdówka, odwieszając okrycie na kołku. – Jak się czuje?

– Chyba lepiej. Przebudzona miskę rosołu zjadła z chlebem. Ale leżeć jej kazałam. Kolacja na stół podana. Pan Wiktor i Artur czekają.

– Nie każmy im siedzieć głodnym.

Przeszli do jadalni. Agata przedstawiła Staszka ojcu. Pan Wiktor przywitał się uprzejmie. Pomodlili się przed posiłkiem. Chłopak siadł naprzeciw Heli. Post zachowali surowy. Był ciemny chleb, a każdemu nalano do miseczki odrobinę oliwy do maczania pieczywa. Dziewczyna jadła ze spuszczonym wzrokiem.

Najważniejsze, że znowu jest blisko, pomyślał. Brakowało mi jej tak bardzo...

Gdy skończyli jeść, pan Wiktor odchrząknął i spokojnie zaczął wydawać rozkazy. Wszystkie drzwi muszą być zaryglowane. Kucharka ma spać w kuchni zamiast u siebie. Jeśli ktoś potrzebuje wyjść za potrzebą, budzi Staszka albo Artura. Wszystkie pomieszczenia na parterze muszą być pozamykane na klucz. Jeśli ktoś wedrze się oknem, nie może przeniknąć w głąb domu. Kobiety drzwi zawrą od środka w swoich sypialniach. Broń trzymać na podorędziu. Chwilowo nie ma potrzeby, by ktoś czuwał nocą, ale w razie jakichś podejrzanych odgłosów natychmiast alarmować.

Bywał już w takiej sytuacji, domyślił się Staszek. Może w dalekich portach, może tu, w Gdańsku, gdy ludzi ogarnęła wiosenna gorączka. Wie, co mamy robić.

– Gdzie będę spał? – zapytał, korzystając, że staruszek skończył już wydawać instrukcje.

– Zaprowadzę – wyjaśniła wdówka. – Hela, zbierz, proszę, ze stołu i umyj naczynia. Artur, zrób jeszcze obchód całego domu, sprawdź też klapę na dach.

– Tak, siostro. – Ukłonił się i wyszedł.

Staszek ponaglany gestem ruszył za panią Agatą.

– Tu będzie twoja kwatera. – Pchnęła drzwiczki, otwierając niewielką komórkę pod schodami. – Czasem kontrahenci tu nocują – dodała.

Zajrzał do pomieszczenia. Pakamera była ciasna. Dwie murowane ściany, jedna drewniana, zamiast czwartej i sklepienia spodnia część schodów. Łoże z siennikami i poduchą. Jakieś baranice do przykrycia. Latarka ze świeczką i kuferek na ubrania... Czego więcej chcieć od życia? Wnętrze było znacznie bardziej przytulne niż strych, na którym sypiał u Kozaków.

– Wspaniałe – powiedział zupełnie szczerze.

Ułożył się na łożu. Było zaskakująco wygodne.

Całkiem jak w książce o Harrym Potterze, zachichotał w duchu. Komórka pod schodami, kufer. Tylko sowy w klatce mi brakuje...

– Zatem życzę miłej nocy – uśmiechnęła się Agata.

– Dziękuję, pani. – Wstał, by się ukłonić.

Usłyszał, jak idzie na górę. Przysypiał już, gdy skacząc po kilka stopni, przebiegła Hela.

Radosna jak młody źrebaczek, pomyślał z czułością i zasnął.

Wstał rankiem. Było mu dobrze, czuł, że wyspał się za wszystkie czasy. Cóż, poszedł spać około ósmej wieczorem. Teraz dochodziła szósta rano. Ochlapał twarz. Na podwórzu zastał Artura. Młody kupiec wytrzasnął skądś łuk i szył do starej słomianki zawieszonej na drzwiach szopy.

– Chciałbym obejrzeć drzwi wejściowe – rzucił Staszek zamiast powitania.

– Na cóż to? – zdumiał się syn gospodarza.

– Chcę pomyśleć nad tym, jak to było... Każdy przestępca zostawia jakieś ślady.

– Tedy chodźmy.

Przeszli przez sień. Syn gospodarza najpierw zlustrował ulicę, wystawiając tylko głowę, potem wzruszył ramionami i otworzył szeroko.

– Gdzie stała Marta, gdy ją trafił?

– Tu leżała, gdym nadbiegł – wskazał Artur.

Staszek dłuższą chwilę oglądał drzwi, podchodził bliżej i dalej. Wyszedł na ulicę i patrzył w sień od zewnątrz.

– Zamachowiec nie mógł strzelać na wprost – powiedział wreszcie. – Trafił służącą, myśląc, że to Hela. Ale po chwili obie, ona i pani Agata, pochyliły się nad Martą. Tego rudego koloru włosów nie mógłby pomylić... Nawet z daleka i w deszczu.

– Wtedy wystrzelił raz jeszcze – zauważył Artur. – Bo w drzwiach utkwił drugi bełt.

– Szkoda, że został wyrwany, bo wiedzielibyśmy, skąd nadleciał.

– Mam go u siebie! W mig przyniosę.

Młody kupiec zniknł, słychać było, jak tupocze po schodach, i po chwili pojawił się z bełtem w dłoni. Wetknął grot w otwór znaczący twardą dębinę.

– Rozruszałem – westchnął. – Tedy dokładnie położenia już się nie rozpozna. Ale musiał przylecieć gdzieś stamtąd. – Machnął ręką w stronę centrum miasta.

– Nie znajdował się na wprost drzwi. Zatem nie mógł strzelać z domu naprzeciwko – dumał Staszek. –

Trafił dziewczynę. Nie był pewien skutków. Czekał niczym pająk w sieci. Gdy Hela podeszła do wyjścia, najwyraźniej ją poznał i wystrzelił kolejny raz.

– Nie usłyszały uderzenia w dechy, bo zbiegło się z hukiem zatrzaskiwanych drzwi. Ale zaraz trzeci bełt się wbił. Po chwili ja stałem już na dole... Wyjrzałem. Ulica była pusta, słuchałem, czy nie dobiegnie mych uszu tupot stóp uciekającego rzezimieszka.

Artur popatrzył w zadumie na drzwi domu.

– Nie. – Pokręcił głową. – *Primo*, nie mógł czekać na ulicy. Wszak nie wiedział, kiedy ktoś wyjdzie. Przecież nawet nie co dnia dom mój służba opuszcza... Ktoś by go zauważył i zapamiętał. *Secundo*, gdyby stał z napiętą kuszą, musiałby kryć ją pod płaszczem...

– Taka i moja myśl – przyznał Staszek.

– Sądzimy zatem obaj, że strzelił z budynku lub zgoła z dachu? – zamyślił się Artur.

– Dom naprzeciw jest zamieszkany... Zresztą nie strzelano na wprost. A ten obok?

– Tamte trzy kamienice należą od lat do mojej rodziny. Mamy tam magazyny rozmaitych towarów – wyjaśnił Ferber.

– Czyli nikt tam nie mieszka?

– Tylko jeden stary stróż na dożywociu. Majątek na ciężkie tysiące talarów tam leży. Nie można kosztownych materii i innego dobra bez dozoru zostawić. To nie jest dobre miasto. Wielu na złą drogę zstępuje. Wiesza się tu wprawdzie złodziei, bywa nawet i kilku w miesiącu, ale wcale ich nie ubywa. – Młodzieniec zasępił się. – Jak wszy się mnożą. Bogate miasto przyciąga rzezimieszków. Lecą niczym ćmy do świecy. Płomień opala ich skrzydła, giną, ale kolejnych to nie odstrasza.

– Moglibyśmy przejść się i zobaczyć, czy nie znajdziemy jakiegoś śladu?

– Dlaczego by nie? Ale to niemożliwe chyba. Stary trochę jest ślepawy, za to twierdzi, że słuch ma koci. Pytałem go zaraz po zamachu, jednak nic nie widział.

Albo chce dorobić do emerytury i jest w zmowie z zagadkowym snajperem, pomyślał Staszek.

Podeszli do drzwi kamienicy i zastukali. Zaraz otworzył im starzec, chudy jak szczapa, o drżących dłoniach pokrytych wątrobianymi plamami.

– O, pan Artur. – Ukłonił się, mrużąc powleczone bielmem oczy. – Proszę...

Weszli do środka. Dozorca napalił w piecach. Widocznie złożone tu towary były wrażliwe na chłód.

– Kiedyś to były kamienice – wyjaśnił Artur. – Ale przed laty Gdańsk spustoszyła wielka zaraza. Mój dziad za grosze je wykupił, a opatrzywszy, na składy obrócił.

– Myślałem, że magazyny macie jedynie w tych wielkich budynkach na wyspach – zdziwił się Staszek.

– Tam trzymamy to, co ciężkie i co Wisłą przychodzi i na statki po Bałtyku pływające jest następnie ładowane. Tak poręczniej nam to wychodzi. Tam, gdzie mieszają się wody słodkie i słone, tam, gdzie mieszają się statki rzeczne i morskie – zaśmiał się. – Tu towar szlachetniejszy a dozoru lepszego wymagający.

Staszek rozglądał się po wnętrzach. Trzy kamienice przebito korytarzem, łącząc pomieszczenia i sienie w amfiladę. Stały tu skrzynie i stelaże z belami materiałów. Jak mógł się zorientować, ród Ferberów specjalizował się w materiałach bławatnych. Handlowali chyba wszystkim po trosze.

Przepatrzyli cały parter. Wszystkie okna zabito dawno temu gwoździami. Zardzewiałe kwadratowe łebki sterczały z framug. Rzucili też okiem na pomieszczenia od strony podwórza, ale i tu wszystko było w porządku. Żadnych śladów włamania, żadnego nieładu. Dziad Artura dla zaoszczędzenia miejsca usunął wszystkie schody, wykorzystując miejsce po nich jako dodatkową powierzchnię magazynową.

– Na piętrze trzymamy rzeczy kosztowniejsze – wyjaśnił młody kupiec. – Żeby dostać się na górę, potrzeba drabiny, a ta w pokoiku stróża dobrze ukryta, i kołowrotu dla spuszczania i podnoszenia towaru. Tedy nikt na górę wejść nie mógł.

– Z parteru nie mógł – rozważał Staszek. – Po ścianie wdrapać się też nie da... Ale może się rozejrzymy?

– Wedle życzenia.

Wyciągnęli drabinę i przez otwór w suficie wdrapali się na piętro. Tu zgromadzono prawie wyłącznie droższe towary. Grube bele sukna, płótna oraz coś, co wyglądało na prawdziwy jedwab.

– Nawet złotogłów mamy, najlepszy, z rosyjskich warsztatów, co w ich świątyniach za obrus leży – pochwalił się Artur. – I pasy kontuszowe przedniej roboty, gdańskich mistrzów dzieło. Takoż kobierce wzorzyste, co je Ormianie we Lwowie tkają, jeśli trzeba, u nas znajdziesz – puszył się jak paw.

Staszek, ignorując przechwałki towarzysza, w zadumie oglądał okna. Przez mętne szybki spoglądał na ulicę, badając, pod jakim kątem widać feralne drzwi. Sprawdzał metodycznie pokoik za pokoikiem. Przypatrywał się też podłodze.

– To mogło być tutaj – mruknął, rozglądając się po sporym pomieszczeniu w ostatniej z kamienic.

– To okno, jak i inne zabite na amen – wzruszył ramionami Artur. – A szybki w ołów oprawione, zatem żadnej obluzować i wyjąć nie mógł, bobyśmy to zaraz spostrzegli. Ruszajmy dalej.

Staszek powstrzymał go gestem. Oglądał framugę. Czuł, że są w odpowiednim miejscu, ale potrzebował jeszcze choćby śladu, czegoś, co posłuży za niezbity dowód.

– To jest to okno – powiedział z naciskiem. – Spójrz na pozrywane pajęczyny.

– Krucafuks!

Między murem a framugą wisiały tylko nieliczne resztki sieci. Drugie okno oplecione było dokładniej.

– Ktoś niedawno musiał je otwierać.

– Ale gwoździe – jęknął kupiec.

Staszek poruszył zaśniedziałym rygielkiem i rama okienna uchyliła się bezszelestnie.

– Ale gwoździe... – powtórzył bezradnie Artur.

– Wszystkie wyrwano, przecięto i wbito ponownie same łebki – wyjaśnił Staszek. – Zawiasy rdzewiały przez ostatnie kilkadziesiąt lat, lecz napuszczono w nie oliwy i rozruszano ostrożnie. Już nawet nie skrzypną. Morderca przygotował sobie stanowisko. Potem czekał w cieple, popatrując przez szybkę, by w odpowiedniej chwili uchylić i strzelić... Raz, może dwa albo i trzy... Parapet szeroki, mógł dwie naciągnięte kusze położyć.

– Masz rację. Stróż słyszy dobrze, ale daleko stąd siedzi, a na górę rzadko kiedy zagląda, bo i potrzeby nie było... Tylko jak, u diabła, tu wlazł? Trzeba jego drogę odkryć!

W moich czasach, westchnął Staszek w duchu, zebrałoby się odciski palców, potem wystarczyłoby porównać z bazą danych na policji i już.

Przepatrzyli wszystkie pomieszczenia tego budynku. W ostatnim stało kilka potężnych gdańskich szaf.

– Za tą ścianą jest już kolejna kamienica? – upewnił się Staszek.

– Tak.

Otwierał po kolei skrzypiące drzwi i zaglądał do środka. Macał tylne ścianki. Niestety, wiedza wyniesiona z oglądania przygód Hansa Klossa nie przydała się w tym przypadku. Nie znalazł ukrytych przejść ani nic podobnego.

– Strychy? – zaproponował Artur.

Przeszli przez długą amfiladę pomieszczeń. Wciągnęli drabinę na górę i przez klapę weszli na poddasze.

– Gdyby dostał się tutaj przez dach, to musiałby własną drabinę przynieść – mruknął młody kupiec. – I gdzieś by tu leżała.

– Albo liny by użył – zgasił go Staszek. – Grubego sznura z nawiązanymi supłami.

– Zaczepionego o belkę nad klapą... – Artur badał wzrokiem łaty. – Spójrz...

Na pociemniałym przez dziesięciolecia drewnie jasno odcinał się ślad świeżego otarcia.

– Jak można wyjść na dach? – zapytał chłopak.

– Przez klapę. Ale kłódka wisi przecież...

Podszedł i pociągnął skobel.

– Kłódka wisi – mruknął Staszek. – Lecz zawiasy są po drugiej stronie. Założę się, że... – Pchnął klapę, a ona się uchyliła.

– Przepiłował! – syknął młody kupiec. – Od tej strony nic nie widać, a jemu wystarczy podnieść. I już jest w środku.

– Tylko jak porusza się po dachach?

– Kładkami kominiarskimi – rzucił Artur gniewnie.

– Czym?

– Wzdłuż kalenic dachów są położone deski – wyjaśnił. – Kominiarze chodzą po nich, by nie musieć za każdym razem zbiegać na dół i do drzwi kołatać. Idą i czyszczą kolejno kominy, dom po domu, aż kwartał cały obejdą. Po domach zaś kominiarczyki chodzą i od spodu pieców doglądają, sadze do wiaderek lub szaflików zbierają. Dopiero gdy prace zakończone, idzie mistrz ich gildii i zapłatę zbiera.

– Rozumiem. Możemy zobaczyć te pomosty?

– Oczywiście.

Wyjrzeli na dach. Rzeczywiście, opodal klapy przebiegała drewniana kładka. Pociemniałe ze starości dechy były wąskie i powyginane. Staszek rozglądał się wokoło. Dziesiątki dachów, niektóre kryte dachówką, większość tanim sosnowym gontem.

– Można taką drogą obejść cały kwartał – zauważył. – Wystarczy, by jedna kamienica była opuszczona lub w remoncie, i jeśli się przez nią prześliznął, to ma od góry dostęp, gdzie tylko zechce.

– Nie tylko – uzupełnił ponuro Artur. – Ten, kto ma mocną żerdź lub linę z kotwiczką i nad ulicą po niej przepełznie, to może i z daleka przyjść, a potem niepostrzeżenie zniknąć. Nocą szczególnie, gdy ciemno, a nikt w górę nie patrzy, sztuki takiej dokonać można.

– Zdarzało się coś podobnego?

– Gdy byłem młodszy i ciekawość kobiecego ciała bardziej mną targała, poszedłem raz na taką wyprawę popatrzeć, jak w łaźni dziewczyny w baliach się obmywają... – Oczy Ferbera na samo wspomnienie zrobiły się nieco maślane. – Małom się wtedy nie zabił, ale lin z hakami używszy, dwie ulice pokonałem. Takie grzechy młodości. – Uśmiechnął się z zażenowaniem. – Rzecz jasna, droga to niebezpieczna, a bywa, że niektórzy posesjonaci kładki takowe zdejmują, by nikt im po dachu nie łaził, i tylko dla kominiarzy na czas ich pracy wykładają. Ale...

Staszek spojrzał na stare, nasiąknięte wilgocią dranice. Bieganie po dachach nie wydawało mu się szczególnie trudne, jednak czuł, że sam nie byłby w stanie odbyć takiej wycieczki. Zawierzyć życie spróchniałym deskom?

– Trzeba coś przedsięwziąć – powiedział młody kupiec. – Na wypadek gdyby człowiek z kuszą powrócił. Bo chyba trzeba się z tym liczyć?

– Przygotował się bardzo starannie. Myślę, że zechce raz jeszcze z miejsca tego uderzyć – zadumał się Staszek. – Teraz pytanie: co robić? Czy straż tu trzymać nie wiadomo jak długo?

– Pułapkę zastawmy. Wszak starczy kładkę podpiłować, a potem sprawdzić, kto na podwórzu ze skręconym karkiem leży, i ścierwo ziemi lub węgorzom w Motławie oddać. – W oczach Ferbera błysnęło coś niedobrego.

Na dobrą sprawę to rozwiązanie optymalne, westchnął w duchu Staszek. Mamy do czynienia z bandziorem gotowym z jakiegoś powodu zabić młodą dziewczynę. Musimy ją chronić... Mamy chyba moralne prawo go zabić. Wyeliminować.

Przypomniał sobie walkę w Dalarnie, jak z przestrzelonej sufitowej klapy odrywają się krople krwi, jak rozbijają się na blacie stołu. Przed oczyma stanęli mu ci wszyscy, których pozabijał... Musiał. Nie było innego wyjścia. Ale mimo wszystko strasznie mu to ciążyło.

Zabiłem ich w walce, w starciu twarzą w twarz, pomyślał. Nie potrafię na zimno zaplanować stworzenia pułapki, która zabije każdego. A jeśli zapłącze się tu przypadkowy dzieciak, który, tak jak kilka lat temu Artur, zechce podglądać sąsiadkę? Czy to wystarczająca przewina, by karą była tak paskudna śmierć? A jeśli zginie kominiarz?

Młody kupiec też chyba nie palił się do wprowadzania w życie swego pomysłu.

– Raczej trzeba się zaczaić tam, na dole – powiedział Staszek. – I dopaść go, że się tak wyrażę, na gorącym uczynku.

– Takież i moje zdanie... Jak myślisz, czy dziś w nocy?

– Nocą człowiek ten może przybyć na miejsce. O ile w ciemności odważy się na ryzykowną wędrówkę kładkami. – Spojrzał pytająco na towarzysza.

– Noc będzie księżycowa. Prawie pełnia.

– Zatem przybyć tu może. Potem noc spędzi w zasadzce. Jeśli przed świtem się nie zjawi...

– Rozumiem – wszedł mu w słowo Artur. – Największym niebezpieczeństwem dla naszego wroga jest sama droga wiodąca do kryjówki. Tu, w budynku, czuje się bezpieczny i ma pełną swobodę działania. Byle tylko nie tupał, bo go stróż usłyszy. Zatem...

– Któryś z nas musi się w magazynach na niego zasadzić i czymś ciężkim po łbie pomacać.

– Zabić...

– Nie. – Staszek pokręcił głową. – Zabić jest łatwo, ale...

– ...ale wtedy nie dowiemy się, kto go przysłał, na czyje polecenie i z jakiego powodu nastaje na życie panny Heleny – Ferber w lot załapał, o co chodzi. – Masz rację. Najpierw tortury. Który z nas pierwszy na straży stanie? Czy obaj może?

– Jeden powinien czuwać tutaj, drugi na dole, na zewnątrz, by w razie czego drogę ucieczki mu odciąć. Mało nas do tej roboty.

– Wolałbym nikogo nie wtajemniczać – westchnął Artur. – Zaufanych przyjaciół mam niewielu i wszyscy akurat jak na złość poza miastem. A ci w Gdańsku pozostający to raczej współbiesiadnicy, z którymi można dzban wina wysuszyć, lecz do prac tak poważnych zbyt hałaśliwi i wyrywni. Zresztą znasz ich przecież.

– Ach, ci szlachetkowie – domyślił się Staszek.

– Mili ludzie, choć nazbyt w gorącej wodzie kąpani. Tu ogromnej rozwagi i ostrożności trzeba... Chodźmy, śniadanie już pewnie podane.

Dzień zleciał szybko. Przed wieczorem Staszek zjadł wcześniejszą kolację i przemknął do magazynów. Zaczął od pospiesznej, lecz dokładnej lustracji wszystkich pomieszczeń. Cicho, pusto, martwo. Zapadł zmierzch. Cienie wydłużyły się, kąty spowił mrok.

Chłopak siedział w zupełnych ciemnościach, nasłuchując odgłosów panujących w domu. Stara kamienica trzeszczała i skrzypiała, gdzieś w ścianach popiskiwały szczury. W belkach chrobotały kołatki. Żeby nie zasnąć, przespacerował się z kąta w kąt.

Do diaska, zaklął w myślach. Żebym tak wziął chociaż coś do poczytania... Ale przecież światła nie mam i nie mogę zapalić, przynajmniej na razie.

Czas wlókł się straszliwie. Nic się nie działo. Nie było nic do roboty. Chłopak popatrzył na zegarek. Północ już minęła. Brak jakiegokolwiek zajęcia doprowadzał do szału.

Wyjrzał na ulicę, przeszedł parę razy całą amfiladę i wrócił. Zrobił kilka pompek i przysiadów. Minęła pierwsza w nocy. Staszek czuł, że sen czai się gdzieś w pobliżu. Znowu się przespacerował.

Gdyby Artur ze mną został, pomyślał. Ale i tak nie moglibyśmy pogadać. Pół roku temu nie było dla mnie niczym nadzwyczajnym nie spać pół nocy. Siedziało się na necie, czytało, dopisywało komentarze na forach. Albo czasem w telewizję popatrzyło. A teraz... Inna sprawa, że żyję intensywniej, wcześniej wstaję. To i bardziej jestem zmęczony, odpowiedział sam sobie.

Z ulicy dobiegł go stukot czyichś butów. Staszek wyjrzał ostrożnie przez okno. Ujrzał dwóch ceklarzy z latarniami. Szli niespiesznie, lecz czujnie. Oświetlali mijane bramy. Słaby poblask księżyca wyłowił z mroku hełmy, grube nity na skórzanych kaftanach, kordy u boku, samopały zatknięte za pas. Jeden niósł nawet halabardę na długim drzewcu.

– Śpij spokojnie, ORMO czuwa. – Chłopak przypomniał sobie ironiczne powiedzonko ojca i uśmiechnął się kwaśno.

Stanął pod ścianą, przymknął oczy i zaczął grzebać w swojej pamięci. Przypominał sobie liceum, gimnazjum, podstawówkę... Nudne, jałowe dni. Bezsensowne kucie dat, nazw i definicji. Mechaniczne rozwiązywanie ćwiczeń i zadań. Własne poszukiwania przydatnej wiedzy.

Uczniów, z którymi musiał wytrzymać po osiem godzin dziennie. Gośkę, która nie chciała iść z nim do kina... I belfra od biologii, cudownego człowieka, który był normalny paradoksalnie tylko dlatego, że był wariatem...

Wspominał dziadka. Przed wojną staruszek zjeździł całe Bałkany, bywał w republikach nadbałtyckich. Jego korespondencje ukazywały się w ilustrowanych tygodnikach. Opowieści... Przypominał sobie też te ostatnie wakacje. Nudne, spędzone na plaży w towarzystwie ojca biznesmena, który wszelkie propozycje wypadu gdzieś dalej kwitował stwierdzeniem, że przyjechał odpocząć, a nie włóczyć się po okolicy.

Moje życie, pomyślał. Jak worek trocin.

A potem... Marek, Hela. Nagle pojawiło się tyle zadań, którym musiał stawić czoła. I chyba nawet nie najgorzej stawił!

A więc taki jestem naprawdę? Tak potrafię funkcjonować, gdy pojawia się możliwość, by działać. By żyć pełnią życia, a nie na ćwierć gwizdka? – zadumał się nad sobą.

Przypomniał sobie namiot w górach, obezwładniający chłód, światło świecy na skórze Heli. Szorstka faktura wiązań gorsetu, krągłe łopatki poruszające się pod jego dłońmi. A potem tu, w Gdańsku... I jeszcze Taavi biegnąca w chmurze kropel wyrzucanych przez deszczownie. Naga, drobna, niesamowicie gibka, zjawiskowa i piękna jak dzikie leśne zwierzątko. Wspomnienia aż go zabolały. A przecież nawet wtedy zdołał zachować się tak jak trzeba. Zachował trzeźwość umysłu, nie dał się ponieść instynktom...

Gdzieś daleko zawył pies, po chwili dołączył do niego kolejny. A potem znów zapadła cisza. Staszek ocknął się. Zasnął na stojąco. Zegarek pokazywał, że jeszcze nie ma drugiej. Zrobiło się ciemniej, grube chmury zakryły księżyc.

Podłoga zaskrzypiała, jakby naciśnięta czyjąś stopą, lecz nawet w półmroku chłopak wiedział, że pokoik jest pusty. Wzdrygnął się. Co mówił Artur? Ferberowie kupili te budynki po zarazie? Z pewnością w tych murach umarł niejeden człowiek. Duchy? Podłoga znów skrzypnęła, jakby na potwierdzenie. Staszek przeżegnał się odruchowo. Przeszedł go dreszcz. Ale widma dawnych mieszkańców, jeśli rzeczywiście to były one, nie manifestowały więcej swojej obecności.

Drewno pracuje, pocieszył się. Deski, legary, wszystko ma swoje lata. Paczy się od wilgoci, wysycha w cieple, kurczy, rozszerza... Fundament też pewnie osiada. To inne budownictwo niż nasze.

Ziewnął. Senność nadciągała podstępnie, gotowa skoczyć mu do gardła. Przespacerował się z kąta w kąt.

Idiotycznie to wymyśliłem, złościł się na siebie. Przyjmijmy, że ta menda faktycznie zakradnie się tu w nocy, by sobie wszystko naszykować i cały dzień spędzić w zasadzce. Po jaką cholerę mam tu siedzieć? Przecież lepiej wstać sobie raniutko, podejść z Arturem i jego ojcem, odciąć linę przy klapie, a potem pomalutku wykurzyć lisa z kurnika, zapędzić gdzieś w kąt... W kupie raźniej, bezpieczniej i wyspałbym się.

Wydobył szablę i machnął nią kilka ósemek. Broń chodziła tak jak trzeba, ze świstem cięła powietrze. Świetnie wyważona, naostrzona jak brzytwa... I tylko nie było komu wsadzić jej w bebechy.

Tak mało umiem, rozżalił się. Maksym i Samiłło niewiele zdążyli mnie nauczyć. A do treningu dwu potrzeba.

Wsunął broń do pochwy jednym gładkim ruchem i ponownie wsłuchał się w ciszę budynku. Nadal nic. Koło trzeciej zaczął wzmagać się wiatr. O dach zabębniły krople.

Już nie przyjdzie, pomyślał Staszek. Pada deszcz, kładki są mokre, śliskie, niebezpieczne. Nie będzie ryzykować. Z drugiej strony w deszczową noc nikt go nie nakryje. Może śmiało ganiać po dachach. Deszcz wszystko zagłuszy, ukryje przed każdym spojrzeniem. Trzeba czekać.

I znowu czas wlókł się niemiłosiernie. Wreszcie niebo za oknem zaczęło szarzeć. Wstawał nowy dzień.

Zagadkowy snajper się nie pojawił. Chłopak był pół-przytomny ze zmęczenia. Całonocna warta, napięcie, gonitwa myśli zupełnie go wykończyły.

Wstał wczesnym popołudniem. Nocne czuwanie zdołał odespać w jakieś pięć godzin. Artur siedział przy pulpicie i kreślił coś w skupieniu na karcie papieru.

– Ktoś puka – zawołała z dołu Agata.

Młody kupiec poderwał się z miejsca, pochwycił obuszek i już biegł po schodach. Staszek dogonił go w sieni. Poczuł się głupio, szabla leżała w jego pakamer-ce. Wyciągnął więc rewolwer z kabury i odbezpieczył.

– Kto tam? – zagadnął Ferber, podchodząc do bra-my.

– To ja, Grzegorz Gerhard Grot, sprawa jest pilna.

Drzwi wychyliły się i gość wszedł do środka.

– Fit, fit – mruknął, widząc broń w dłoniach do-mowników. – To tak się wita królewskiego urzędnika w jego własnym mieście? I to krewniaka w dodatku.

Artur zakłopotany opuścił obuszek.

– Gość w dom, Bóg w dom. – Staszek uśmiechnął się z przekąsem i zasunął za justycjariuszem rygle.

– Miłe i grzeczne wasze obyczaje. Każdego, kto próg przestąpi, pod bronią witacie... A gdzie gościnność pra-wem i obyczajem nakazana? – marudził urzędnik.

– Źli ludzie na nas nastają, tedy i obyczaj nasz stał się stosownie do okoliczności dzikim. Prosimy zatem do stołu, drogi kuzynie. – Artur uśmiechnął się już sym-patyczniej.

– Wybaczcie, obowiązki gnają mnie dziś po mieście, więc na kielich wina kiedy indziej zajdę. Pilnie rozmówić się nam trzeba.

Popatrzył na Staszka zmęczonym wzrokiem.

– Pytaj, waszmość – powiedział chłopak.

– Wolałbym zaprosić was na przechadzkę. Dzisiejszej nocy zaszły wypadki paskudne.

– Cóż takiego nocą się stało?

– Nikt już chyba nie jest bezpieczny w tym mieście. Mordercy powrócili.

– Kto ucierpiał? – zapytał Artur.

– Marius Kowalik przepadł bez wieści. Wszyscy jego pracownicy i domownicy w pień wyrżnięci zostali. Waść bywał u niego w domu na Wyspie Spichrzów. – Grot ukłonił się przed Staszkiem. – Tedy prosiłbym, abyś mi towarzyszył dla przypatrzenia się, co też mogło zginąć. Wszelkie spostrzeżenia wasze rozwikłanie zagadki przyspieszyć mogą.

– Ale...

– Idź – polecił Artur. – Ja domu i kobiet dopilnuję.

– Zapraszam z nami. Trzej ceklarze domu pod nieobecność waszą strzec będą. A i pan Wiktor zapewne u siebie...

– Zatem zgoda.

Niebawem doszli nad rzekę. Czekali tu dwaj ceklarze z łódką. Wszyscy zajęli miejsca i złapali za wiosła. Od wody ciągnęło chłodem. Staszek patrzył, jak mkną obok zacumowanych okrętów. Na pokładach roiło się od ludzi. Smołowali deski pokładów, naciągali liny, badali różne detale. Woń dziegciu i rozgrzanego wosku otuliła rzekę jak woal.

Niewielkie te statki, dumał chłopak. Niewiele większe od naszych kutrów rybackich. A przecież ci ludzie pływają nimi po morzu, ba, niektóre zapewne zapuściły się na Wyspy Brytyjskie lub jeszcze dalej...

– Cóż robią marynarze? – zaciekawił się. – Wygląda, jakby szykowali się do drogi, a przecież port jeszcze zamknięty.

– Opatrują statki po zimie – wyjaśnił młody kupiec. – Niebawem rada miejska ogłosi otwarcie sezonu żeglugowego.

Pokonali nurt Motławy i mknęli teraz wzdłuż prawego brzegu. Wyspa Spichrzów... Grube mury z cegły i kamienia, poczerniałe ze starości belki dźwigów, pokrzywione pomosty...

Dobili. Ceklarze zręcznie przycumowali łódkę.

– Nikt jeszcze nie wie, co się stało w nocy – wyjaśnił justycjariusz. – Moi ludzie siedzą po szynkach, nasłuchując uważnie, czy komu się coś nie wymsknie.

Weszli przez niskie, okute drzwi. Wewnątrz od razu dało się wyczuć słaby zapach krwi.

– Którędy mordercy wdarli się do wnętrza? – zapytał Staszek.

– Wypchnęli dwa okna na drugim poziomie. Nie wiemy, jak tego dokonali, jeżeli przynieśli tak długie drabiny, musieli po wszystkim zabrać je ze sobą.

– Lina z hakiem na końcu – podsunął Artur. – Moi bracia raz próbowali tym sposobem wejść do pokoju pewnej miłej mieszczki w Bremie. Mało brakło, a misja by się powiodła, jednak jej ojciec okno otworzył i linę przeciął. Zdrowo się potłukli, spadając z wysoka...

– Raczej drabinka strażacka – mruknął Staszek.

– Co waść mówisz? – zaciekawił się urzędnik. – Jaka drabina?

– W moich stronach używa ich straż pożarna... eeee... ludzie, którzy pożogę gaszą. To krótka drabina zaopatrzona w haki. Zaczepić ją można o framugę, wejść na parapet, wciągnąć bez trudu, bo lekka, i zarzucić na kolejny...

– Doskonała idea! – zdumiał się justycjariusz. – I pasuje ta koncepcja do śladów na obramowaniu okien znalezionych. Tam ukruszenia świeże, które metalowy zaczep zostawić mógł.

Wdrapali się po schodach na drugą kondygnację. Wielka, niska sala zastawiona była worami ze zbożem. Las słupów podtrzymywał belki stropowe. Było prawie ciemno, okna dawały niewiele światła i ginęło ono w wąskich przejściach między zgromadzonym towarem. Walka rozegrała się właśnie tutaj.

Ciała obrońców nakryto starymi workami, zakrzepła krew znaczyła dechy podłogi. Rozbryzgi były niemal wszędzie. Od kałuż posoki biegły zadeptane krwawe ślady. Artur po kolei podnosił tkaniny i przyglądał się zwłokom.

– Dosłownie posiekani, a cięto ich szablami – powiedział. – Napastników było wielu, zbyt wielu, by tych czterech mogło się skutecznie obronić. Po dwóch lub trzech na jednego wypadło. W dodatku mordercy świetnie widzieli w ciemnościach albo mieli jeszcze kogoś, aby świecił im pochodniami. Ale coś mi się tu nie zgadza...

Pochylił się nad najbliższym trupem. Staszek odwrócił wzrok.

– Spójrzcie, panie – młody kupiec zwrócił się do urzędnika. – To chyba ślad po ostrzu włóczni.

– Jak niedźwiedzia go sprawili, najpierw piką w żywot, potem szablami...

– A część ciosów zadano, gdy już leżał, podłoga jest cięta w kilku miejscach.

Staszek podszedł do ściany. Mdliło go. Dwa okna rzeczywiście wypchnięto, rozrywając cienkie ołowiane profile trzymające szybki wycięte z miki.

– Furia nimi powodowała jak u dzikiego zwierza – głos Artura dobiegał zza worów. – Samiłło opowiadał mi kiedyś, że w tureckich krajach i Lewancie są wywary lub dymy z czarnego konopnego oleju, które podane wojownikowi szał w czasie walki wywołać mogą.

– I u nas takie znano – zauważył urzędnik. – Wikingowie, gdy Europę łupili, mieli w swoich szeregach berserków. Przed bitwą pili oni ponoć napój z trujących grzybów i ziół jadowitych uwarzony, przez co bólu nie czuli, jeno zamęt myśli straszliwy i chęć mordu. Jednak o tym, by ktoś próbował w naszych czasach podobne sztuki czynić, nie słyszałem nawet. Choć wykluczyć tego nie możemy...

Staszek ruszył w ich stronę i nieoczekiwanie nadepnął na coś miękkiego. Spojrzał pod nogi i omal nie zwrócił niedawno zjedzonego śniadania. Na podłodze leżała urżnięta ludzka ręka. Obaj jego towarzysze, słysząc jęk, podeszli.

– Wszyscy domownicy, choć na dzwona niemal poszlachtowani, obie ręce mieli – zauważył urzędnik. – Tedy sądzę, że któryś z zabójców w starciu z nimi łapę utracił. A jeśli to ten, któremu Kozacy dłoń ucięli, to już obu mieć nie będzie...

Podniósł znalezisko. Staszek zauważył jeszcze pokrwawiony rękaw i dziwną bransoletkę z zębów.

– Żadnych blizn ani tatuaży – mruknął zawiedziony justycjariusz. – Cóż to? – Ujrzał artefakt w dłoni chłopaka.

– Nie wiem... Ale sądzę, że gdy kończynę ucięto, z kikuta spadła.

– To być może.

– Pokaż. – Artur podszedł do wybitego okna. – Hmm... Wilcze zęby i pazury końskim włosem oplecione. To amulet – orzekł.

– Widziałeś już kiedyś coś podobnego? – zaciekawił się urzędnik.

– Tak. Gdym się zapuścił daleko na północny wschód. Jeden kupiec z Rygi bransoletkę takową zdobył, na wojnie z Rosją będąc, i mnie jako *curiosum* pokazał. Podobne było, jeno włos koński jasny, a nie czarny, pazury nie z wilka, a z niedźwiedzia łap wydarte i zęby nie wilcze, a psie wpleciono.

– Wilki. – Grzegorz Grot poprowadził młodzieńców schodkami na górę. – Wielce to zajmujący problem, bowiem zebrane ślady wskazują, iż zwierz ten najwyraźniej morderców godłem albo i czymś na kształt znaku.

Zatrzymali się nad wielką kałużą skrzepniętej krwi.

– Pan Marius z samopału jakiegoś przez drzwi otwarte wystrzelił, co najmniej jedneg, dwóch może trupem kładąc. – Wskazał plamę, a potem upiorny rozbryzg na ścianie.

W murze nadal tkwiły wbite w cegłę siekańce. Staszek poczuł, że ma ochotę uciekać gdzie pieprz rośnie. Ostra woń spalonego prochu walczyła o lepsze z metalicznym smrodem krwi.

– Lufa tegoż samopału musiała być taka, że dorodną śliwkę by w nią wetknął – zauważył Artur. – A może garłacza użył? Broń to zacna. Tam lufa niczym lejek, całą garść rozmaitych świństw wsypać można.

– Potem drzwi wyłamali i dopadli go, nim ponownie armatę swoją naładować zdążył – wyjaśnił śledczy.

Przestąpili próg. Pracownia była zdemolowana. Makiety pogłębiarek roztrzaskano w drobny mak. Na podłodze leżał woreczek, wokół czerniał rozsypany proch.

– Nabijał i już nie zdążył. – Kupiec pokiwał głową. – Widząc, że się zabierają za niego, rzucił to i po oręż jakiś sięgnął. Miecz lub szablę... Dwóch, zdaje się, poszczerbił.

Na podłodze widać było kolejne rozbryzgi.

– Ale za późno już było albo wrogów zbyt wielu – westchnął Staszek. – Czy wystrzału nikt nie usłyszał? Wyspa ma wszak swoich strażników?

– A i owszem. Trupy wszystkich czterech rankiem z kanału wyciągnęliśmy. Gdyby nie one, nie przyszłoby nam do głowy magazynów badać i tej rzeźni ludzkiej długo jeszcze nikt by nie odkrył. Czy coś zginęło? – zwrócił się do Staszka. – Bywałeś tu, waszmość, opowiedz, co zmianie uległo.

– Tu stały dwie lub trzy skrzynie z papierami i księgami – wyjaśnił chłopak, wskazując pusty kąt. – Miał tam poskładane karty z rysunkami machin, które wymyślił, i opisami, jak też przebiegała ich budowa i czy dało się je praktycznie wykorzystać.

– Człek ten ogromną wiedzę posiada – westchnął Grot. – Tedy, wszmościowie, szczerze sobie porozmawiajmy. Wyście go znali,..

– Nie. – Staszek pokręcił głową. – Kilka razy jedynie z nim się spotkałem. Nie mogę powiedzieć, że go znałem. A mój patron, mistrz Marek, nie darzył Kowalika sympatią, były między nimi jakieś zatargi. Tedy nie wiem, jakich miał wrogów ani czym jeszcze się zajmował. Poza tym, że pracował dla kuzyna swego Petera Hansavritsona, nie mam pojęcia, komu mógł na odcisk nadepnąć...

– Ja z nim gadałem kilka razy w szynku, gdym na Lastadię chodził dozorować smołowanie okrętu mego brata. Ale to jeszcze ubiegłej wiosny było – rzekł Artur.

– Tedy w kropce jestem.

– Pomóc waszmości nie umiem. – Staszek rozłożył bezradnie ręce.

– W tym problem, że wrogów mógł mieć naprawdę wielu, choć nie wszyscy przypuszczali, iż to on jest ich wrogiem – westchnął justycjariusz.

– Nie rozumiem? – Staszek spojrzał na niego zdziwiony.

– No to zobacz sobie...

Otworzył ocalałą skrzynkę, ukazując kilka masek. Dwie wykonano z porcelany, pozostałe z grubej tektury lub masy papierowej.

– O... – Artur wciągnął powietrze.

Sądząc po jego minie, natychmiast odgadł przeznaczenie tych przedmiotów.

– Nigdy czegoś takiego nie widziałem – bąknął Staszek. – To z Wenecji? Karnawałowe?

– Tak, ale w tych stronach czemu innemu służą – mruknął urzędnik ponuro. – Gdy ktoś złamie prawa Hanzy, musi umrzeć. Niezależnie, czy jest prostym kupcem czy burmistrzem. Od wieków wiadomo, iż Hanza ma swoich ludzi, którzy wyroki jej tajnych sądów wykonują. Ci, gdy idą kogoś wychłostać, zasztyletować lub powiesić, zakładają na twarze takie maski. – Na obliczu justycjariusza malowała się zimna wściekłość.

Rozumiem go, westchnął w duchu Staszek. Gdybym był dzielnicowym, też by mnie wkurzało, że po moim terenie latają zamaskowani mordercy. Nawet jeśli Hanza wymierzała sprawiedliwość wedle swoich praw i obyczajów... Cóż, policja nie lubi samotnych mścicieli.

– A więc tu kryła się siła, która w Gdańsku kary wymierzała wrogom Ligi – Artur powiedział to bardziej do siebie niż do nich. – Sprawę tę warto zachować w tajemnicy najściślejszej – dodał z naciskiem.

Urzędnik obrzucił go kpiącym spojrzeniem.

– A niby dlaczego?

– Kupcy dowiedzą się, że nikt im na ręce nie patrzy. Będą mogli popełniać drobne draństwa i grubsze łotrostwa, wiedząc, że mogą spać spokojnie. Że nikt ich za to nie wychłoszcze pod ich własnym dachem, że nie umrą powieszeni we własnym kantorku...

– W tym mieście łotrzy powinni bać się mnie – warknął justycjariusz. – Lat temu pięćdziesiąt sam mógłbym go skazać z mocy urzędu, dziś od sprawiedliwości wymierzania jest sędzia!

– Tego nie neguję – Ferber wyraźnie zrozumiał, że powiedział za dużo, i teraz kładł uszy po sobie.

– Peter Hansavritson podobnie znikł – rozważał Grot. – Może woli jego złamać nie zdołali i sądzą, że wydając na męki jego przyjaciela, towarzysza i krewnego zarazem, wiadomości z niego użyteczne wyduszą? Może też docenili mądrość Kowalika i chcą odwrotnie postąpić? Może to kapitana chcą męczyć na jego oczach... Tak czy inaczej, nie wiemy nadal, kim są, skąd przychodzą, gdzie mogą się kryć...

Popatrzył ze złością na wilczy ogon przyszpilony nożem do framugi okna.

– Grają z wami w kotka i myszkę – powiedział Artur. – Jeśli porwali pana Kowalika, to zapewne zechcą go wywieźć daleko od miasta, w miejsce, gdzie ich sojusznicy przetrzymują pana Hansavritsona.

– Zwiążą, zakneblują, w beczkę wtłoczą i na wóz rzucą. Nie sposób skontrolować wszystkich, którzy przez bramy ciągną – westchnął justycjariusz. – Wydałem jednakowoż rozkazy, by uwagę na podejrzane ładunki zwrócono. Nadziei większych nie mam, bowiem zbrodniarze uwieźć mogli go natychmiast po bram otwarciu, nim jeszcze mord odkryliśmy, lub dni kilka odczekają, aż nasza czujność osłabnie. Szansa jedyna, że gdzieś w mieście go przetrzymują i że kryjówkę ich wykryć zdołamy, a więźnia szczęśliwie odbijemy. Lub trupa jego z rzeki wyłowimy, bo i tak być może.

– Z wyspy musieli wywieźć go łódką. Trzeba wypytać marynarzy, niektórzy na okrętach kwaterują, może ktoś coś ujrzał nocą, osobliwie niedługo po tym, jak z wyspy huk wystrzału dobiegł – zauważył Staszek. – Noce księżycowe teraz, bezchmurne. Głos daleko się niesie.

– Chmury szły – pokręcił głową Grot. – I mgły od wody ciągną. Niewiele widać było. Ale rozpytam. Wolni zatem, panowie, jesteście, a za pomoc i opinie dziękuję serdecznie. – Ukłonił się uprzejmie. – A i prosiłbym, byście na siebie uważali, gdyż jak widać, po mieście naszym wilkołaki prawdziwe biegają...

– Czy Hela jest bezpieczna? – Staszek spojrzał Grotowi prosto w oczy.

– Przecież trzech was tam pod bronią czuwa. – Urzędnik uniósł brwi jakby zaskoczony pytaniem.

– Tutejsi strażnicy nawet psy mieli i nic im to nie pomogło, jak widać – mruknął Artur.

– Nie mieli, bo jeszcze zimą ktoś je wytruł, a szczeniaków do pracy nie przyuczono, na wiosenne mioty czekając.

– Marius Kowalik siedział tu jak w twierdzy – rozważał Staszek. – I ludzi miał trzech lub czterech. I nic mu to nie pomogło.

🐾 Kolejne dni w kamienicy Ferberów popłynęły podobne do siebie jak krople wiosennego deszczu. Staszek jeszcze dwukrotnie zasadzał się w magazynach, ale bezskutecznie. Zamachowiec się nie pojawił. Teraz na przełomie zimy i wiosny mieszkańcy nie mieli specjalnie dużo do roboty. Śniadań nie jadali prawie wcale. Kucharka na obiad gotowała ryby. Podawała do nich nieomaszczoną kaszę. Na kolację był chleb maczany w oliwie, czasem jeszcze solony śledź z beczki i cebula krojona w plastry. Post.

Pan Wiktor zazwyczaj siedział u siebie w pokoju niczym puszczyk w dziupli. Czasem słychać było, jak śpiewa kościelne hymny. Artur wyjaśnił Staszkowi, że jego ojciec po śmierci drugiej żony stracił zainteresowanie doczesnością.

Staszek nudził się jak mops, ale szybko znalazł sobie zajęcie. Porżnął piłą i porąbał na szczapy ogromny stos drewna zwiezionego do celów opałowych. Potem zabrał się do tłuczenia kamieni zgromadzonych do wybrukowania podwórza. Wyłożył też nimi ścieżkę od drzwi ogrodowych do wygódki. Pewnego dnia wleźli z młodym kupcem na dach i oczyścili gonty z mchu. Marta szybko stanęła na nogi i wróciła do obowiązków. Hela też się nie oszczędzała. Widywali się głównie przy stole.

Mijał tydzień, a zagadkowy snajper nie powrócił. Dwukrotnie zaszedł justycjariusz. Marudził na brak postępów w tropieniu bandy morderców. Z kanału wyłowiono trupa jednego z nich. Nie miał ręki i choć napoczęły go węgorze, stwierdzono, że przed laty wycięto mu też język i okaleczono krtań. Agata odwiedziła dwóch znajomych jurystów, próbując ustalić, czy są jakieś szanse wydobycia Marka z lochu. Niestety, prawnicy byli bezradni.

Wreszcie nadeszła Niedziela Palmowa, a wraz z nią ostatni tydzień przed Wielkanocą. W środę, tuż przed świętami, Artur nieoczekiwanie otrzymał przez posłańca kartę z zaproszeniem.

Studiował ją dłuższy czas, rozważając coś w myśli. Wreszcie zaprosił Helę, Staszka i Martę do swojego pokoju. Agata też tam była, przymierzała nowe kotary do okna.

– Moja przyjaciółka Anna, córka mistrza Piotra, złotnika, prosi nas dziś na wieczernicę – powiedział. – Czas to dla zabaw niedobry, ale dwie jej towarzyszki zaraz po Wielkiej Nocy ruszają do Utrechtu, tedy ostatnia okazja spotkać się w gronie przyjaciół. Jestem zaproszony. Chciałbym, abyście poszli ze mną i służyli wsparciem, bo chwila jest dla mnie trudna.

– Będą tańce? – zaciekawiła się Hela.

– Tańców nie, przecież jest post – wyjaśnił Artur. – Posiedzimy, porozmawiamy. Zjemy coś, może wypijemy po kubku wina. Rozerwiemy się trochę.

Prywatka bez muzyki, pomyślał leniwie Staszek. Idzie do swojej ukochanej, bierze dwie przyzwoitki. Nie, co ja bredzę, to dziewczyna wzięłaby przyzwoitkę. Rozumiem Marta, panna na wydaniu powinna bywać tam, gdzie może spotkać kawalera. Ale ja i Hela? Po co mu jesteśmy potrzebni? A może po prostu chce nam dostarczyć odrobinę rozrywki? Dlaczego potrzebuje wsparcia?

– Musicie się ładnie ubrać – zauważyła Agata. – To wysokie progi... Marto, idź, proszę, ze mną, muszę ci coś dobrać z moich sukien i przyfastrygować bystro.

– Tak, pani.

Hela założyła swoją zieloną jedwabną sukienkę. Staszek czuł się jak idiota, wygrzebując ze skrzyni ubranie. Ale wiedział, że trzeba. Koszula z gładkiego i gęsto tkanego płótna. Wyprana wiele razy straciła nieco kolor, wyblakła, ale nadal na tle samodziałowych wdzianek tubylców mogła uchodzić za odzienie iście luksusowe. Na to polar. Czegoś podobnego w ogóle tu nie widzieli. Naciągnął jeansy, choć już wytarte, nadal były bardziej błękitne niż wszystko, co tylko tu widział. Cyrk, istny cyrk, myślał, zakładając na grzbiet delię.

Hela i Marta okryły ramiona szerokimi wełnianymi płaszczami, Artur założył kaftan. Zabrali dwie latarki i zapas świec. Wreszcie ruszyli. Przeszli furtą na nabrzeże. Zapadał już zmierzch. Jak się okazało, nadłożyli drogi, bo Artur chciał jeszcze pomówić z jakimś marynarzem. Podeszli do okrętu zacumowanego niemal dokładnie na wprost Bramy Zielonej. Młody Ferber przeszedł po trapie na pokład, ale nie zastał znajomka.

Pod łukiem bramy przeszli na ulicę Długą.

Byłem tutaj kilka razy, dumał Staszek. W mojej epoce... Raz stała tu śliczna dziewczyna grająca „Serenadę" Schuberta. A te wszystkie kramy i kramiki z badziewiem dla turystów...

Popatrzył w wysokie, rozjarzone blaskiem świec okna.

– Dwór Artusa? – zapytał.

– Tak. – Artur kiwnął głową. – Siedzi kompania... Nie lubię tam bywać – przyznał. – Mam do tego prawo jako członek rodu Ferberów, kupiec i z urodzenia obywatel miasta hanzeatyckiego, ale... Wiesz, to trochę za wysokie progi. W takie miejsce chodzi się spotkać przyjaciół i znajomych, a ja... Moi przyjaciele to tacy jak ja. Młodsi synowie, którzy nie odziedziczą ni kamienic, ni okrętów, ni majątku. Moja radość to iść do szynku, by przesiedzieć wieczór przy stole i pogadać z podobnymi gołodupcami jak ja. Zbieramy się przy butli miodu lub węgrzyna, gdy przy sąsiednim stole bindużnicy i tragarze portowi zadowolić się muszą podłą gorzałką, kwaśnym piwem i winem rozrobionym pół na pół z wodą.

– W takim właśnie miejscu spotkaliśmy się po raz pierwszy – westchnął Staszek.

– I dobrze tam. Ciepło i wesoło... Kompanija zacna, sami gołodupcy, nikt nosa nie zadziera. Nawet herbowi z kupcami jak równi gadają.

– Ale w Bergen bywałeś waść w domu hanzeatyckim? – zdziwiła się Hela. – Raz nawet Marka wzięliście...

– Tam byłem cudzoziemcem z daleka. Taki zawsze ma więcej przyjaciół, bo nowiny ze świata przywozi. Ech, Bergen... – zadumał się Artur. – Cóż za miejsce wspaniałe i dziwaczne zarazem.

– Pięknie tam – powiedziała Hela. – Domy takie niezwykłe, ale do mieszkania całkiem wygodne. Łóżka tylko wąskie. I tak przyjemnie było, bezpiecznie. No, do czasu bezpiecznie – zreflektowała się.

Złotnik, do którego córki Ferber smalił cholewki, mieszkał opodal ratusza. Artur zastukał do drzwi. Otworzył im stary służący. Zostawili wierzchnie odzienie i ruszyli na pięterko, gdzie znajdował się salonik.

Córka gospodarza powitała ich w progu. Towarzyszył jej chłopak w wieku Artura, jak się okazało, brat.

Młody kupiec przedstawił Staszka i Helę. W salonie siedziały jeszcze cztery inne dziewczęta, synowi gospodarza towarzyszyli dwaj młodzieńcy. W kącie drzemała jakaś staruszka, zapewne miała dopilnować moralności.

Złota gdańska młodzież spotkała się, by pogadać i przy okazji upatrzyć sobie ewentualne kandydatki do przyszłego ożenku? – Staszek spróbował zinterpretować sytuację.

Dziewczęta skupiły się w kącie przy misie z suszonymi śliwkami i orzechami. Młodzieńcy zajęli kąt po przeciwległej stronie salonu. Na stoliku pojawiły się dzban wina i kubki. Wejście gości przerwało dysputę, teraz wrócili do rozmowy.

– Historia toczy się utartymi koleinami – perorował chłopak odziany w aksamitny kaftan. – Wojna czy bunt mogą na chwilę z drogi ją zepchnąć, ale mija najwyżej lat kilkanaście i wszystko wraca do stanu pierwotnego.

– Zważcie, mości panowie, że byłem świadkiem końca kantoru hanzeatyckiego w Bergen – odparł Artur. – Sądzicie, że tam cokolwiek w stare koleiny wróci? Duńczycy złamali kręgosłup kupcom. Nikt oporu nie stawił, nieliczni najbardziej wolność miłujący cudem prawdziwym zbiec zdołali.

– Darujcie, waszmość – odezwał się brat Anny. – Z bliska mogło to wyglądać jak katastrofa i zagłada. Jednakowoż gdybyście lat żyli dwieście lub trzysta, dostrzeglibyście co innego. Bergen nie raz płonęło. Bywało, że ogień niszczył je do gołej ziemi. Tak, iż ci, którzy chcieli je odbudować, po resztkach niedopalonych legarów dochodzili granic działek a uliczek przebiegu.

Jednak zawsze odradzało się jak feniks z popiołów. Idea miasta, jego duch są bowiem niezniszczalne. Duńczycy walczą z Hanzą od pięciuset lat. Za kolejne pięćset kantor w Bergen będzie głosił chwałę Hanzy, a o takich żałosnych kreaturach jak Rosenkrantz nikt nawet nie wspomni.

– Podobnie Gdańsk – dorzucił jakiś lokalny patriota. – Wszak i nasze miasto nawiedzały zarazy, pożary, najazdy wrogów, a przetrwał wszystko. I jeszcze niejedno przetrwa! Niczym perła w koronie Rzeczpospolitej jaśniał będzie.

– Albo i bez Rzeczpospolitej – mruknął Artur. – Przodkowie nasi nie raz polskim królom okoniem stawali.

Coś w tym jest, dumał Staszek. Ale nie do końca mają rację. W moich czasach nie było już śladu Hanzy. Nigdy nie słyszałem o Bergen. Sam Gdańsk dawno przestał być jednym z najważniejszych miast Europy. Choć rzeczywiście odrodził się, odbudowany stopniowo ze straszliwych zniszczeń drugiej wojny światowej. Idea, myśl człowieka, naprawdę pozwala to i owo odtworzyć, ale jednocześnie to nie zawsze działa. Zrekonstruowano Stare Miasto w Warszawie, lecz życie kulturalne przedwojennej stolicy nie odrodziło się już nigdy. Albo na przykład Lwów czy Wrocław. Ciekawy problem filozoficzny.

– Wydaje mi się, że jednak tym razem jest inaczej – bronił się Artur. – Coś się zmienia. Zważcie, waszmościowie, że w Smalandii przed niespełna trzydziestu laty chłopi bunt podnieśli, by króla swego i wiary ojców przed lutrami bronić. Dziś kraina ta jest niemal bezludna. Po lasach jadąc, rozwaliska starych chałup znajdujemy, w nich kości pożółkłe się walają. Zamordowanych nie było nawet komu pogrzebać. Mija lat przeszło trzydzieści, od kiedy mieszkańcy Lubeki najechali i spalili kantor w Visby. Dziś miasto to nadal pełni ważną rolę w Związku, nadal zbierają się tam hansatagi, ale dzielnicy spopielonej ani wielu kościołów pochłoniętych przez pożogę do teraz nie odbudowano!

– Co chcesz nam przez to powiedzieć? – nastroszył się syn gospodarza.

– Że kiedyś farmy i wsie Smalandii tętniły życiem. Na polach tej krainy dojrzewało zboże, a łąki pełne były tłustych krów o wymionach spęczniałych od mleka. Dzisiaj pola zarosły lasem, a miast krów trawę sarny i jelenie skubią. Że kiedyś Visby lśniło niczym diament na falach Bałtyku. Dziś to nie miasto, ale na pół trup miasta! Kiedyś trzymało w swym ręku handel i czerpało z niego niebotyczne zyski. Kiedyś jego skarbiec srebro wypełniało po dach. Dziś mieszczan nie stać, by wypalone mury swych świątyń nowym dachem nakryć. Kiedyś na Gotlandii zbiegały się szlaki idące z Inflant ku Niderlandom. Dziś, płynąc tym szlakiem, do Gdańska czy Strzałowa raczej się zawija. Nic nie jest dane raz na zawsze. Dziś Gdańsk jest bogatszy niż kiedykolwiek w dziejach swych. Ale i jego upadek potrafię sobie wyimaginować!

Przy stole zapadło milczenie. Staszek w zadumie rozglądał się po wnętrzu. Ściany z tynkowanej cegły zawieszono dywanami. Obok drzwi, jakby na honorowym miejscu, wisiał niewielki arras ze sceną biblijną. Oba stoliki nakryto haftowanymi obrusikami. Lichtarze na świece lśniły ciepłą barwą polerowanego mosiądzu. Krzesła i fotele przykryto kilimkami lub poduszkami ze skóry. Miły pokoik...

— A co waszmość o tym powiesz? — jeden z młodych zwrócił się do Staszka. — Siedzisz jak puszczyk w dziupli, słuchasz, lecz milczysz. Widać słowa nasze rozumem rozważasz, by celną ripostą albo podsumowaniem nas ugodzić...

— Cóż — odparł Staszek. — Pan Artur ma wiele racji. Istotnie, nic nie jest dane raz na zawsze. Gdańsk jest od Visby w sytuacji lepszej, gdyż u ujścia Wisły leży. Rzeka to szlak dla flisu i spławiania towarów, tedy w tym miejscu znaleźć można wszelkie towary z Korony i Ukrainy, a także zapewne ze Śląska, Czech, Wołoszczyzny...

— Ha — ucieszył się lokalny patriota.

— Ale pomyślcie też i od drugiej strony. Gdańsk w delcie Wisły jest jak jabłko wiszące na końcu gałązki. Póki drzewo soki toczy, jabłko nabiera krągłości i koloru. Ale gdy ktoś Wisłę przetnie granicą celną, Gdańsk zmarnieje niczym jabłko uczepione usychającej gałązki. Nic nie jest dane raz na zawsze.

— Być to nie może — bąknął syn złotnika.

— Może — westchnął któryś z gości. — Prawdę mówi, aczkolwiek nie całą sytuację rozumem ogarnął. Istotnie Gdańsk na Wiśle wisi niczym jabłko na gałęzi, ale morze wokół jest dla niego tym, czym dla jabłka promienie słońca. One nadają owocom smaku i barwy. Gdy wojna jakaś żegludze zagrozi albo cieśniny duńskie zamknie, tak i Gdańsk marnieć będzie niczym owoc niedojrzały jeszcze w ciemności piwnicznej położony. Bywało tak przecież już niegdyś...

I będzie znowu, pomyślał Staszek. Nie minie kilkadziesiąt lat i zaczną się wojny ze Szwecją. A po rozbiorach w ogóle będzie bryndza, bo do miasta przestanie docierać spławiane z Rzeczpospolitej i Ukrainy zboże.

Spojrzał spod oka na drugi koniec pomieszczenia. Hela i Marta siedziały wśród innych dziewcząt i słuchały radosnej paplaniny. Jedna, szczupła szatynka, rzuciła na ławę kilka orzechów i usiadła z rozmachem. Chrupnęły głośno kruszone skorupki. Perlisty śmiech nagrodził pokaz twardości zadka.

Któraś z panienek głośno wyrażała zachwyt suknią Heli. Zielony jedwab, choć nadwerężony rozmaitymi przygodami, robił wrażenie nawet na córkach gdańskiej elity.

Fajnie być dziewczyną, westchnął w duchu Staszek. Sam bym tak chciał. Niczym się nie przejmować, niczym się nie martwić. Dyskutować o modach i strojach. Plotkować, bawić się, tkać, haftować. I niech mężczyźni odwalają całą brudną robotę...

– Mogę obejrzeć bransoletę waszmości? – zapytał syn złotnika. – Dobrą już chwilę patrzę na nią...

Staszek odpiął zegarek i podał mu.

– A niech mnie! Dobrze zauważyłem. Wszak to chronometr! Maciupki i fikuśny. I pięknej, niebywale delikatnej roboty. Czemu jednak w stal oprawiony miast w metal szlachetniejszy, który by urodę przedmiotu podkreślił?

– Bo to dla mnie nie klejnot, którym zazdrość i podziw chcę wzbudzić, jeno rzecz na co dzień przydatna – wyjaśnił.

Jubiler oglądał zegarek podniecony. Przyłożył do ucha.

– A na cóż ta cieniutka wskazóweczka, co tak chyłkiem tarczę obiega? – zainteresował się.

– By sekundy odmierzać. – Staszek zobaczył, że nie zrozumieli. – Jak godzina na sześćdziesiąt minut podzielona, tak minuta na sześćdziesiąt sekund.

– Na cóż komu tak drobniutkie ułamki czasu? – zdumiał się któryś z gości.

– Na przykład do pulsu mierzenia – wyjaśnił chłopak.

– Czy na mechanizm mógłbym okiem rzucić? – poprosił syn gospodarza.

Staszek wyszukał odpowiednie miejsce i podważył tylny dekiel. Widok drobniutkich trybików wprawił młodego złotnika w poważne zakłopotanie.

– Ależ to niemożebnie precyzyjna robota – szepnął. – Nie do uwierzenia wręcz. Gdybym na własne oczy tego teraz nie ujrzał... Jeszczem takiego nie widział.

Zamknął kopertę i z szacunkiem zwrócił przedmiot właścicielowi. Widać było, że jest pod ogromnym wrażeniem.

– Sprzedać go waszmość nie chcesz? – zaciekawił się. – Dam dobrą, naprawdę dobrą cenę.

– Mam tylko jeden i potrzebny mi, bo czas badać co chwila przywykłem... A jak jego wartość szacujecie?

– Kwota, która na myśl mi przyszła, tak znaczna, że wolę na głos jej nie wypowiadać. – Puścił oko. – O tym na spokojnie w cztery oczy kiedyś pomówimy. Teraz czas dziewczętom towarzystwa dotrzymać...

Anna pokazywała właśnie przyjaciółkom bransoletę wyłożoną na przemian niebieskimi turkusami i czerwonym koralem. Teraz dopiero Staszek miał okazję przyjrzeć jej się bliżej. Dziewczyna miała czternaście lat, choć wyglądała raczej na dwanaście. Pospolita twarz z pękatym noskiem, włosy wiły się w loki. Przypominała owcę... Niemal na każdym palcu miała gruby pierścień. W uszach wisiały kolczyki. Niedomytą szyję otaczał gruby złoty łańcuszek z okazałym medalionem. Staszkowi przypomniały się obrazki ruskich dorobkiewiczów obwieszonych złotem jak choinki. Dziewczyna ubrana była w sukienkę z czegoś w rodzaju aksamitu, wyszywaną małymi cekinami ze srebra i kolorowych kamyczków.

Szpan, pomyślał. Wystroiła się tak, żeby pozostałe panny aż skręcało z zazdrości.

– To brata mego robota – pochwaliła się, kręcąc bransoletą na nadgarstku. – Srebro w ogniu złocone.

– Złocone w ogniu? – zaciekawił się mimowolnie Staszek.

– To wielki sekret naszej profesji. – Dziewczyna dumnie uniosła podbródek.

– Taki tam sekret – uśmiechnął się krzywo jej brat. – Trza złoto na drobniutki pył zetrzeć i z rtęcią rozprowadzić, amalgamat tworząc. Taką pastą przedmiot się pokrywa, a gdy w ogniu go wyprażymy, złoto do metalu przylgnie, zaś rtęć spłonie, jeno pył rudy po sobie zostawiając. Potem wypolerować powierzchnię wystarczy.

Jego siostra zrobiła minę pełną świętego oburzenia.

– Oczywiście nie takie to proste, jak opowiadam – ciągnął młody złotnik. – Gdyż należy znać proporcje złota i rtęci, samo zaś wypalanie wykonać niezwykle fachowo, w przeciwnym bowiem razie złoto albo wraz z rtęcią spłonie, albo w niekształtne grudy zastygnie. Lat kilka poświęcić trzeba, by się tego nauczyć, a i nie każdy kunszt ten opanować zdoła.

– Tedy same widzicie, jak niezwykle kosztowny to przedmiot. – Anna napuszyła się do obrzydliwości i podała bransoletę najbliżej siedzącej towarzyszce.

Staszek poczuł falę niechęci do dziewczyny. Widział też zazdrość i niemy podziw w oczach pozostałych panienek. Oglądały biżuterię w nabożnym skupieniu. Marta zacisnęła usta w wąską kreskę. Tylko Hela uśmiechała się jakby ironicznie. Na niej jednej pokaz nie zrobił żadnego wrażenia.

Może miała w domu coś lepszego? – zamyślił się chłopak. Na przykład brylanty po przodkach? Był czas, że polska szlachta gromadziła niezmierzone fortuny w biżuterii, obrazach, srebrach rodowych. Wiele tego przepadło w czasie wojen, ale przecież masa upadłościowa kraju, spadek po okresie prosperity, wystarczyła wielu rodom na cały okres rozbiorów. Finansowano z tego powstania narodowe i studia dla dzieci. A może Hela po prostu ma to gdzieś? Może panienka dobrze wychowana, bogobojna i skromna gardzi snobką? Może jako szlachetnie urodzona pokpiwa sobie w duchu z przechwalającej się mieszczki? Może wyżej ceni sobie herb odziedziczony po przodkach niż bogactwo dorobkiewiczów? Może... Skąd mogę wiedzieć, co się roi w tej ślicznej rudej główce?

– Ona śpi – szepnął jeden z gości, zezując na staruszkę siedzącą w kącie.

Trzej młodzieńcy stanęli obok siebie, tworząc żywy mur. Anna zrobiła tylko jeden krok do przodu. Artur pochwycił ją w ramiona. Usta zetknęły się, musnęły pospiesznie. Dwie panienki zaczerwienione spuściły wzrok, Marta zasłoniła buzię wachlarzem, ale wszyscy uśmiechali się jak konspiratorzy, którym udało się wykiwać groźnego przeciwnika.

Tak to wygląda w tych czasach, pomyślał Staszek z melancholią. Zetknięcie warg na sekundę... Całus wymieniony ukradkiem, w tajemnicy, dzięki pomocy przyjaciół stojących na straży. Tylko czemu miała przy tym tak obojętną minę?

Hela spojrzała na Staszka i nieoczekiwanie puściła do niego oko. Nie mógł uwierzyć, ale naprawdę puściła. Czyżby... Przypomniał sobie noc w górach. Wtedy był w tym fałsz, szaleństwo sprowadzone przez nagle obudzoną drugą osobowość. Lecz potem w bramie, jak wracała z targu. Pocałowała przecież!

Druga parka powtórzyła pospiesznie manewr.

Wtedy Hela nie była sobą, rozmyślał. Ale teraz... Teraz nasze myśli są czyste. A gdyby ulec nastrojowi chwili? Zaciągnąć ją w kąt, odgrodzić się od nadzorującej nas staruchy murem ludzi i pocałować. Przelotnie... Łatwo powiedzieć.

Młodzi rozsypali się. Nikt już nie ryzykował. Tylko roziskrzone oczy dziewcząt i niepewne uśmiechy młodzieńców zdradzały buzujące hormony.

Boję się, stwierdził Staszek. Brak mi odwagi... To tylko pocałunek. Najniewinniejsze pod słońcem okazanie sympatii, bardziej potwierdzenie przyjaźni, zażyłości, nawet nie głębszych uczuć. A po prostu brak mi odwagi.

Kobieta w fotelu nagle poderwała głowę. Zlustrowała stadko młodzieży i uspokojona rozparła się wygodnie.

– Opowiedz nam, babciu, jakąś wesołą krotochwilę, wszak żyjesz tak długo, że znasz ich z pewnością co najmniej całą kopę – przymilił się jeden z chłopaków.

Staruszka łypnęła okiem.

– Nalej mi wina, synku, to coś wam opowiem.

Wychłeptała pospiesznie cały kubek i nadstawiła, by ponownie jej nalał. Potem zapatrzyła się w ogień buzujący w kominku i pociągając drobne łyczki, zaczęła opowiadać:

– Pewnego dnia wilczyca siedziała w domu sama, gdyż służące jej kuny poszły na targ po drób na niedzielny obiad. Tkała właśnie, gdy pukanie do drzwi się rozległo i w progu stanął lis Reinicke, który z mężem jej interesa rozliczne prowadził. „Czy wilk jest w domu?" – zapytał. „W ważnych sprawach do króla poszedł" – odparła. „Zatem może ze służącą się rozmówię?" „One także na jarmark poszły". „Nieszczęsna wilczyco, jedna w domu ostałaś? Któż zatem nudę samotności twej rozproszy, by lico radością się rozpromieniło?" – zagadnął. A widząc jej uśmiech, w te tony uderzył: „Kwiecie przecudny, męża twego gwałtowności się lękam, alem dawno

już chciał ci wyznać, że uroda twa do szaleństwa mnie przywodzi, nocami sny mnie dręczą, w których widzę nas w miłosnym uścisku splecionych, a po przebudzeniu daremnie dłoń ma po posłaniu błądzi, a ciebie nie znajduje". „Cóż waszmość mówisz, tak się żartować nie godzi" – rzekła, ale Reinicke po rumieńcu i oczu błysku pojął, że komplementa mile wilczycę połechtały. „Pani, z serca szczerego me słowa płyną. Daj mi usta swe ucałować, kibić dłonią otoczyć, a będziesz miała we mnie po wsze czasy niewolnika". I krok uczyniwszy, ramieniem ją objął, a usta swe do jej ust zbliżył. Słabość ogromna wilczycę ogarnęła i jako wosk w cieple w ramionach lisa Reinicke zmiękła.

Widziała, jak się całowali, uświadomił sobie Staszek. Udawała tylko, że śpi! Cwana babcia, a może trochę sprzyja młodym? Kazali towarzystwa pilnować, ale... Tak pilnowała, by nie upilnować!

Staruszka dopiła wino, ktoś zaraz usłużnie dolał jej z dzbana nową porcję.

– Takoż lis Reinicke, uwodziciel zawołany, widząc zwycięstwo już bliskie, z wilczycą śmielej sobie poczynał. Już dłoń jego pierś bujną musnęła, już druga, po sukni na plecach sunąc, szparę odnalazła pod odzienie prowadzącą. „Mój aniele – szeptał przy tym. – Nigdym takiej rozkoszy nie zaznał jak w chwili tej, gdy w ramionach cię trzymam". A kolanem przy tym jej kolana rozdzielił i ku łożu ją popchnął. „Mój panie, miarkuj się, waść, co za wiele, to niezdrowo" – rzekła wilczyca, na opór po raz ostatni się zdobywszy. „O pani, dopuść mnie, bym zaznał z tobą rozkoszy przynależnych małżonkowi, a w dowód miłości mojej zechciej przyjąć ten oto drobiazg". I z sakwy piękną bransoletę wyjął, ze złota uczynioną i szmaragdami zdobną. Na ten widok myśli o oporze i wierności małżeńskiej ostatecznie uleciały wilczycy z głowy i ległszy w alkowie, oddała się uwodzicielowi. Gdy już po wszystkim było, Reinicke, jakby przerażony, odział się spiesznie. „Umykać muszę – rzekł – bo gdy wilk mnie tu zastanie, domyśli się wszystkiego!" „Uchodź spiesznie – odparła niewierna cudnym klejnotem nadal zauroczona. – Acz zajdź do mnie rychło znowu, gdyż serce me płonie". „Przybędę niezawodnie" – obiecał i ubieżał. Wilk powrócił do domu niebawem chmurny i ponury. „Czy był tu lis Reinicke?" – zapytał. „Był" – odrzekła wilczyca przerażona, iż ktoś doniósł i jej niegodny postępek na jaw wyjdzie. Bransoleta na jej przegubie zalśniła zdradziecko, lecz by ukryć ją, było za późno. Wilk dojrzał blask kamieni, uśmiechnął się szeroko i powiedział: „Widzę, że rudy przechera przyniósł jednak ten cudny klejnot, który mi za darowanie długu był przyobiecał".

Młodzieńcy ryknęli śmiechem. Panienki zaczerwienione pozasłaniały twarze rękawami, ale też chichotały.

– Tak, tak – mruczała stara. – Wielu jest na świecie ludzi, którzy żyją, parając się kunsztem lisa Reinicke. Uważać na nich trzeba, bo choć mili z pozoru, zdradę knują. A i wy, dziewczęta, pamiętajcie, że dbać o swą cześć i dobre imię należy. By nie narażać cnoty dla byle błyskotki. – Posłała kose spojrzenie w kierunku złotników.

To ci opowieść, dumał Staszek rozbawiony. Słyszałem coś podobnego w postaci dowcipu o misiu i zajączku... Czyżby ta historyjka była aż tak stara? Swoją drogą, wesoła babcia, takie świństwa, i to jeszcze dwuznaczne moralnie, młodzieży opowiadać.

Drzwi skrzypnęły i do pokoju zaszedł starszy mężczyzna. Był zupełnie łysy i czerwony na gębie. Byczą szyję przyozdabiał złoty łańcuch o ogniwach grubych jak w krowiaku. Rękawy niebieskiego kaftana i nogawki spodni miały po bokach wszyte grube białe lampasy.

Pradresiarz, pomyślał Staszek.

– A kogóż tu widzimy? – Mężczyzna na widok gości uśmiechnął się kwaśno. – Pan Artur Ferber we własnej osobie...

Jego głos brzmiał zgryźliwie, nieprzyjemnie dla ucha.

– Witajcie, mistrzu Piotrze. – Młody kupiec zgiął się w ukłonie. – Rad jestem was widzieć.

Nieźle kłamie, ocenił przybysz z przyszłości.

– Jak tam interesa wasze? Słyszałem, że pismo do duńskiego króla układacie. – Gospodarz skrzywił się ironicznie.

– Owszem, przygotowujemy z siostrą skargę na namiestnika Rosenkrantza i będziemy domagali się wypłacenia przez koronę odszkodowań za pozostawiony w Bergen dom. Gdy tylko otworzą sezon żeglugowy, podamy list ten do Kopenhagi.

– Prędzej śnieg latem zobaczycie niż jakieś pieniądze z tego tytułu – wzruszył ramionami mężczyzna. – A na razie widzi mi się, iż pora waszmości na kolację do dom wracać.

Artur poczerwieniał, nozdrza zadrgały mu z tłumionej wściekłości.

– Jak sobie życzycie, panie. – Ukłonił się.

Skinął towarzystwu głową i we czwórkę spiesznie opuścili salonik. Ubrali się w sieni i ten sam stary sługa wypuścił ich na ulicę. Artur próbował zapalić hubkę, ale ręce drżały mu tak, że w końcu Marta wzięła od niego krzesiwo i odpaliła obie świece.

– Co za drań – szepnął młody kupiec.

Staszek milczał, nie mając pojęcia, co powiedzieć. Nie do końca rozumiał scenę, której był świadkiem. Potencjalny teść zastał Artura na przyjęciu u córki. Wykpił go, dał mu do zrozumienia, że ten jest za biedny, i wywalił za drzwi? Tak to wyglądało. Parszywa sytuacja.

– Myślisz, że uda się coś wydusić od duńskiego króla? – zapytała Hela.

– To ostatnia szansa – odpowiedział Ferber. – Sami widzicie. Z siostrą umówiony byłem, że jej mąż, gdy podrosnę, na wspólnika mnie weźmie. Ale zamordowali go trzy lata temu. Obiecała zatem, że z domu po nim w Bergen połowę pieniędzy otrzymam, by interes własny rozpocząć. Ojciec też obiecał mi parę groszy, może i bracia by się zlitowali. Na udział w statku bym miał. Mistrz Piotr wiedział o tym, gdym latem roku ubiegłego do Norwegii ruszał, nawet parę obietnic złożył. Ale kiedym bez pieniędzy powrócił... Sami widzieliście. Wprost nie powie, lecz jego dom już dla mnie zamknięty, a i panna mniej przychylnie patrzy.

– I zaproszenie przysłała? – zdziwił się Staszek.

– Brat jej podpisał. Z nim w lepszej jestem komitywie.

Marta westchnęła cicho.

Porównuje jego sytuację ze swoją, uświadomił sobie chłopak. On ma jeszcze cień szansy. Ona, niestety, nie.

– Do domu pora – rzekł Artur już spokojnie. – Pod własnym dachem kolację zjemy.

Jaka szkoda, że nie ma tu żadnego miejsca, gdzie można iść wieczorem z dziewczyną, dumał Staszek. Artur zabrałby Martę, ja Helę. Siedlibyśmy w małej cukierni nad filiżanką herbaty i szarlotką na ciepło z gałką lodów. Trochę cichej muzyki gdzieś w tle. Moje czasy pod tym względem okazały się o niebo lepsze. Można było iść do kina... To znaczy ja nie miałem z kim. Nie pojawiła się w pobliżu dziewczyna, z którą miałbym ochotę. A jak się jakaś pojawiła, to ona nie chciała. A teraz, kiedy obok mnie idzie cudna istota, jak na złość kina nie ma... Tu nawet jeszcze teatru nie wybudowali! Hm, a może założyć? Sprzedać zegarek i zbudować teatr. Taki jak w filmie o zakochanym Szekspirze. A obok herbaciarnię.

Potknął się na grudzie błota.

Oczywiście do naszego lokalu prowadziłby porządny chodnik, rozmarzył się. I latarnie trzeba by postawić. Do tego niezbędna byłaby gazownia albo elektrownia. Gazu ziemnego nie zdobędę, ale w XIX wieku wytwarzali gaz, podgrzewając węgiel kamienny.

Latarki niesione przez Artura i Martę dawały niewiele światła. Dwie lub trzy lampy oliwne płonące przy rzeźbach nad portalami kamieniczek też nie rozwiązywały problemu.

– Zimno. – Hela zadrżała i szczelniej otuliła się obszernym płaszczem.

– Już niedaleko – pocieszyła ją służąca. – Siądziemy w cieple przy piecu. Zzujemy buty. Napijemy się grzanego wina z miodem i korzeniami, zagryziemy gorącym pierogiem nadzianym serem lub marmoladą, to chłód, choćby w kości wżarty, precz pójdzie.

Taka smarkula i grzane wino chce pić, pomyślał w zadumie Staszek. Z drugiej strony w tej epoce to już niemal dorosła kobieta. Biologia, dojrzewanie? Cholera wie. Są węższe w ramionach niż dziewczyny z moich czasów. Mniej białka w pożywieniu? Z drugiej strony czym mogą się rozgrzać? Herbaty z cytryną tu po prostu nie ma. A może jest? Może w aptekach da się ją już kupić? Przecież Holendrzy pływają do Indii i do Chin. Brazylia też odkryta. Kawa. Czy kawa pochodzi z Ameryki Południowej, czy może z Turcji? W szkole uczyli mnie tylko, gdzie się ją uprawia...

– Coś się tak zamyślił? – Artur dał chłopakowi przyjazną sójkę w bok.

– Dumam nad skarbami dalekich krain – odparł Staszek. – Nie nad złotem i klejnotami, ale o pożytecznych roślinach, które można przywieźć.

– O, tak – rozmarzył się młody kupiec. – Cynamon, goździki, wanilia, imbir.

– A szafran... – dodała Marta. – To jest dopiero korzeń. Trzy albo cztery pręciki wystarczy do odwaru wrzucić, by kluski barwę zmieniły i aromatu nabrały.

– Szafran jest drogi – westchnął Artur. – Łut tej przyprawy za łut złota stoi. Choć ponoć i w krajach Lewantu tani nie jest. By miarkę zebrać, trzeba pręciki z tysięcy drobnych kwiatów wydrzeć i przemyślnie ususzyć.

Ale rację masz. Wiele ciekawych roślin kwitnie pod gorącym niebem południa. A i na północy takowych nie brakuje. Ot, żółte maliny, którem w Bergen jadł, cudny posmak miodu posiadają. Albo szyszki cedrowe, com kilka od przyjaciela otrzymał. Na północy Rosji się je zbiera. Małe, a bardzo tłuste orzeszki się w nich kryją. Jednak z malinami tymi kłopot, bo jak je przewieźć? Ususzyć co najwyżej, gdyż sok wyciśnięty zepsuje się, nim statek cieśniny przebędzie.

Nie znają pasteryzacji, uświadomił sobie Staszek. Dlaczego o tym jeszcze nie pomyślałem? Puszki, weki, soki, kompoty, konfitury, powidła! Przecież ta umiejętność jest warta fortunę!

– Myślałem o bardziej prozaicznych uprawach – powiedział na głos. – Kartofle, kukurydza...

– Co?

– Trzeba po to jechać do Ameryki – zauważyła Hela. – Dobry statek, dzielny kapitan i kilka tygodni na morzu.

– Statek – zasępił się Artur. – Liczyłem, iż sprzeda się dom w Bergen i siostra statek za to kupi. Wtedy przekonałbym ją, żeby mi dała na wyprawę. A tu przepadło.

– A zaryzykowałaby? – zaciekawił się Staszek.

– Jestem jej ulubionym bratem – powiedział młody kupiec z dumą. – Poza tym umiem nawigować, czytam w gwiazdach i wyznaczam kierunki na pełnym morzu. Astrolabium nie kryje przede mną tajemnic. Mam zbiór map dalekich krajów. Wiem, jak sondować dno, gdy się płynie po nieznanych wodach. A tam za horyzontem czeka świat... Wielki świat, pełen bogactw i przygód. Rosenkrantz, że też natura stworzyła takiego łotra!

Żyje w bogatym portowym mieście, zadumał się Staszek. Jest obywatelem Gdańska i członkiem kupieckiego rodu. Dziewięćdziesiąt dziewięć procent mieszkańców tego kraju chętnie by się z nim zamieniło. Ale mało mu tego, co ma. Dusi się. Chce przestrzeni. Chce szalonej przygody, wyprawy przez Atlantyk na łupinie wielkości kutra rybackiego. Chce dobić do nieznanych brzegów, pierwszy postawić stopę w miejscu, gdzie przed nim nie było nikogo. Jest podobny do mnie. Dzielą nas przeszło cztery stulecia, ale ożywia podobne pragnienie.

– Statek – szepnęła Marta. – Nasz, „Srebrzysta Grzywa", leży gdzieś tam, na dnie. Ze wszystkimi, których kochałam, z całym towarem, załogą... Razem z nim utonęły marzenia.

– Nie smuć się, nie damy ci zginąć – pocieszył ją Artur. – Ojciec mój córki przyjaciela i kontrahenta w biedzie nie zostawi. A i posag jakiś pewnie da.

W sumie to takie proste, dumał Staszek, brnąc przez błoto. Ugania się za Anną od złotnika, głupiutką jak owieczka. Znosi docinki przyszłego teścia, który patrzy na ten związek jak na mezalians i knuje, jak by tu córkę wydać lepiej. Artur nie widzi, że we własnym domu ma fajną, czystą, miłą, bystrą i do rzeczy dziewczynę... Najtrudniej dostrzec to, co pod nosem, czy ki diabeł? Cholera, a może jest coś, co uniemożliwia ich związek? Pokrewieństwo? Może są jakieś zasady, że nie wolno uwodzić dziewczyny, z którą się żyje pod jednym dachem? Nie wiem, a pytać głupio.

Chmury sunęły po niebie, ale co chwila wyglądał zza nich blady księżyc.

Popchnąć by ich jakoś ku sobie, rozmyślał Staszek, patrząc na młodego kupca i drepczącą obok sierotę. Ot tak, by się wreszcie zauważyli. By spojrzeli sobie w oczy. By ich wargi odnalazły się na krótką chwilę. A może nie powinienem? Może co innego im pisane? Nie należy wtrącać się w cudze życie. To, co mnie wydaje się oczywiste, wcale nie musi takie być.

Wiatr od Motławy wdarł się w zaułek. Okna kamienic były ciemne, wszyscy widać spali. Kuta latarnia nad drzwiami domu Ferberów kołysała się na wietrze, osadzona w niej świeca była jedynym jasnym punktem na całej uliczce. W jednym z okien chłopak dostrzegł słaby poblask świecy. Pewnie pan Wiktor siedział jeszcze nad papierami.

W pierwszej chwili Staszek sądził, że Hela się potknęła. Dziewczyna stęknęła dziwnie, zatoczyła się w tył, zatrzymała i opadła na kolana w błoto. Zaskoczony zrobił krok w bok i pochylił się, by podać jej rękę, pomóc wstać. Jeszcze nie rozumiał... A może nie dopuszczał do siebie złej myśli?

Wyciągnął dłoń. Bełt targnął ubraniem, rozszarpał rękaw i rozorał chłopakowi przedramię. Marta krzyknęła rozdzierająco. Artur momentalnie skoczył między nich bez wahania, zasłaniając Helę własnym ciałem. Trzeci bełt strącił mu czapkę. Młody kupiec sapnął ze strachu, ale podtrzymał dziewczynę, nim runęła na twarz.

Pierwsza latarnia zgasła, gdy ją upuścił. Marta odrzuciła drugą. Zapadła ciemność. Staszek wyrwał rewolwer z kabury. Kątem oka spojrzał na Helę. Jęczała cicho, a więc żyła. Poczuł ulgę.

Ulica była pusta i cicha. Staszek wbił spojrzenie w mrok. Szukał potencjalnych kryjówek wroga. Bramy i załomy murów tonęły w ciemnościach. Artur i służąca pospiesznie przenieśli Helę pod ścianę. Staszek czekał, gotów natychmiast dać ognia. Jego wzrok zatrzymał się na budynku furty prowadzącej na nabrzeże. Zmrużył oczy. Coś się tam poruszyło czy to tylko złudzenie? Zagryzł wargi. Zagadkowy snajper musiał strzelać zza opuszczonej kraty. Tak, teraz nie miał wątpliwości, ktoś się tam czaił. Wypalił wzdłuż ulicy. Pocisk skrzesał iskrę na prętach.

– Goń go! – krzyknął kupiec.

Machinalnie posłuchał. Rzucił się pędem. Krata bramy była opuszczona, jednak nie opadła do końca. Zostało ze czterdzieści centymetrów prześwitu. Stróż niedokładnie zamknął? Coś się zacięło w mechanizmie? A może to napastnik jakoś ją uniósł, by zapewnić sobie w razie czego swobodne przejście? Nie miało to żadnego znaczenia. Staszek padł w błoto i przeturlał się pod przeszkodą.

Jak się zsunie, to mnie zabije, pomyślał, czując na plecach dotyk ostrych stalowych kolców.

Nic się jednak nie stało. Poderwał się i wypadł na nabrzeże. Nie było już na nim nikogo. Zamachowiec umknął. Chłopak czekał przez chwilę z bronią gotową do strzału. Nigdzie nie było śladu człowieka. Gdzieś z daleka wiatr niósł po wodzie odgłosy muzyki. Ktoś świętował z knajpie przy Lastadii?

Wiatr szarpał płaszczem chłopaka. Chmury sunęły po niebie. Coś poruszyło się w cieniu. Momentalnie złożył się do strzału, ale widząc, że to tylko wielkie kocisko, opuścił lufę. Zwykła gdańska noc. Nikt nie łazi niepotrzebnie po ulicach, cuchną rynsztoki, w śmieciach popiskują szczury.

Staszek spojrzał w lewo i w prawo. Zrobił kilka kroków do przodu. Znalazł porzuconą na bruku kuszę. Zamachowiec tu był, przed chwilą...

Gdyby choć śnieg leżał, pomyślał ze złością chłopak. A tak szukaj wiatru w polu.

Zaglądał za stare beczki i stosy śmieci. Okręty stały ciemne, jak martwe. Za dnia marynarze tyrali ciężko, by doprowadzić pokłady i takielunek do porządku. Widać członkowie załóg, którzy nocowali na krypach, spali już znużeni robotą. Huk wystrzału nikogo jakoś nie zaalarmował.

Może być gdziekolwiek, pomyślał Staszek, przepatrując stosy pak. Może się czaić z kolejną kuszą w ręce, z bełtem już na prowadnicy. Mógł wskoczyć na pierwszą z brzegu łajbę i ukryć się za relingiem. Mógł... Nie znajdę go. Diabła tam! Hela!

Podniósł mordercze narzędzie i biegiem ruszył w stronę kamienicy Ferberów. Przeczołgał się raz jeszcze pod kratą.

Obie latarnie, ponownie zapalone, stały na ulicy. Artur klęczał przy dziewczynie. Obok niego kobieta, Staszek spodziewał się Marty, ale z zaskoczeniem rozpoznał Agatę. Opodal stali dwaj nieznajomi mężczyźni. Obnażone szable połyskiwały im w dłoniach. Płaszcze narzucone na ramiona nie maskowały niedostatków stroju, obaj byli też boso. Sąsiedzi wyskoczyli na pomoc? Najwyraźniej.

– Co...? – wykrztusił, pochylając się nad przyjaciółką. – Co z nią?

Hela leżała nieprzytomna.

Do tej pory sądził, że została lekko ranna. Teraz poczuł zgrozę. Twarz szlachcianeczki była upiornie blada. W pierwszej chwili przestraszył się, że już nie żyje, ale spostrzegł parę oddechu.

– Marta pobiegła po medyka – wyjaśniła wdówka. – Jest źle... Bardzo źle.

– Musimy ją ostrożnie przenieść do domu – polecił Artur. – Zaraz... Waszmościowie pomogą – zwrócił się do sąsiadów.

– Oczywiście – odparł jeden.

Schowali broń do pochew. Kucharka nadbiegła z długą, szeroką dechą.

Siedzenie od ławy, zauważył Staszek.

Ostrożnie przełożyli ranną na deskę. Księżyc ponownie ukrył się za chmurami.

– Bełt... W same kiszki... – szepnął młody kupiec. – Jakie to ohydne i tchórzliwe do dziewczyny strzelać...

– Nie doszedłeś go waszmość? Zdołał ubieżać? – drugi z sąsiadów zapytał Staszka.

– Uciekł. Musiałem się pod kratą przeciskać, to mu dało dużo czasu. Rzucił kuszę i uciekł.

– Diabli nadali... Do domu szybko. Źle z nią. – Popatrzył na Helę ze smutkiem. – Dobrze, że krew się ustami nie rzuciła... Tak może jest nadzieja.

– Zaraz chłopaka poślę, niech ceklarzy zawiadomi – powiedział jego towarzysz. – Mości Ferber, jak tylko pannę odniesiemy, trza ludzi zbudzić, uliczki i nabrzeże przepatrzyć. I pieska dobrego sprowadzić, może łotrzyk ten gdzieś w pobliżu przyczajony ostał i Bóg da, to jak lisa z nory go wykurzymy.

Stary kupiec stał w drzwiach, lustrując ulicę. W dłoni trzymał samopał. Staszka zaskoczyła szybkość reakcji tych ludzi. Jeden strzał na ulicy, a ci już gotowi nieść pomoc lub odeprzeć atak. No i sąsiedzi. Natychmiast wyskoczyli z łóżek, wybiegli z bronią. Na ratunek. Popatrzył na Helę nieprzytomnie leżącą na deskach i targnęła nim wściekłość, jaką zrodzić może jedynie poczucie zupełnej bezsilności.

Przepchnęli się jakoś przez wąskie drzwi. Kucharka pospiesznie zapalała świece w kantorku.

– Na stół – poleciła Agata, zmiatając jednym ruchem naczynia stojące pośrodku.

Dwa cynowe kufle zabrzęczały, tocząc się po posadzce. Kosztowna biało-błękitna fajansowa misa z trzaskiem rozsypała się na kawałki. Ostrożnie położyli ranną na blacie. Strzała sterczała groteskowo na wysokości pępka. Hela, nim straciła przytomność, zdążyła zacisnąć na niej kurczowo palce.

Teraz gdy nie był potrzebny, Staszek poczuł zawrót głowy. Gdyby Artur go nie podtrzymał, niewątpliwie padłby jak długi. Mdliło go, przed oczyma latały mroczki. Powoli zaczęła docierać do niego cała groza sytuacji. Sąsiedzi skłonili się i wybiegli.

– Źle to wygląda – powtórzyła wdówka bezradnie. – Bardzo źle... Mam nadzieję... – zaczęła i nie dokończyła.

Drżała cała.

Nią też telepnęło, i to strasznie, pomyślał Staszek. Niedawno omal nie zginęła Marta, teraz kolejna dziewczyna...

Wreszcie Agata wzięła się w garść. Zacisnęła usta w kreskę. Odgięła palce Heli. Położyła jej ręce wzdłuż ciała. Odchyliła głowę dziewczyny do tyłu, by ułatwić oddychanie.

Trzeba by w pozycję boczną ustaloną, pomyślał Staszek. I czekać na pogotowie... Ale przy zranieniu w brzuch? Wiadomości z lekcji przysposobienia obronnego plątały mu się równo. Tfu. Jakie tam pogotowie?

Dusiło go z żalu. Czuł, że wszelkie zabiegi zdadzą się już na nic. Wdówka sięgnęła po mały nożyk. Zaczęła ciąć ubranie wokół bełtu. Chciał też jakoś pomóc, coś zrobić, nawet jeśli to zbędne, nawet jeśli... Zdjął przemoczone buty przyjaciółki. Pończoszka była przetarta na pięcie. Stopy i łydki drżały nienaturalnie.

Co jest grane? – zastanawiał się. A może coś z mózgiem? Wstrząs? Uszkodzenie? Nie, przecież w głowę jej nie trafili. Widocznie... Kręgosłup?! Bełt wszedł aż tak głęboko? To kusza. To zabija, odpowiedział sam sobie. To broń tak skuteczna, że papieże okładali jej użytkowników klątwą, bo bali się, iż wyginie cała ludzkość.

Omal się nie rozpłakał. Postawił ubłocone trzewiki na podłodze i bezmyślnie wytarł dłonie o poły płaszcza.

Strzelałem do ludzi, pomyślał. Zabiłem. Teraz dopiero rozumiem, co to znaczy. Teraz widzę, jak to może wyglądać. Przecież musiałem. Ale...

– Pomódlmy się – zaproponował Artur.

– Co? Ach, tak...

Uklękli w kącie pod wiszącym na ścianie krucyfiksem. Artur wyjął z kieszeni różaniec. Staszek nawet nie zdążył się zdziwić, widząc w rękach młodego Ferbera znak rozpoznawczy Bractwa Świętego Olafa. Półgłosem zaczęli odmawiać modlitwy.

Jak trwoga, to do Boga, myślał Staszek. I słusznie chyba, bo sprawa jest taka, że bez pomocy opatrzności nijak...

W sieni trzasnęły drzwi wejściowe i rozległ się tupot kilku par nóg. Zadyszana Marta wprowadziła medyka.

– O dobry Boże! – szepnął lekarz, widząc ranną. – A któż to nieszczęsne dziecko tak... – urwał.

Zaraz też zakrzątnął się przy stole. Kucharce kazał stać blisko z lichtarzem. Pochylił się nad dziewczyną. Uniósł jej powieki i zajrzał w oczy. Dotknął stóp. Potem ostrożnie poruszył sterczącą końcówką bełtu. Staszek nie wiedział, co medyk robi, jaki jest sens tych wszystkich czynności, ale w działaniach mężczyzny widać było rutynę.

Trzeba zaufać, pomyślał. To człowiek tej epoki. Miał do czynienia z podobnymi ranami. Może poradzi sobie bez tomografii, respiratora, kroplówek...

– Ona nie przeżyje – orzekł wreszcie doktor. – Bełt wszedł na całą głębokość. Przeszył kiszki, może też wątrobę. Tkwi bardzo mocno, chyba musiał wbić się w kość krzyżową...

– Co robić? – zapytała Agata. – Księdza wezwać, by dał ostatnie namaszczenie?

– Tak.

– Ja pójdę – zaofiarowała się kucharka. – To zła noc, by dzieci biegały po mieście. Starej baby nikt nie ruszy.

Nie chce być przy tym, jak Hela umrze, uświadomił sobie chłopak. Nie dziwię się. Sam wolałbym znaleźć się gdzie indziej, ale przecież nie mogę... Bo to... moja przyjaciółka. Najlepsza, jaką miałem w życiu.

Nagły spazm targnął jego piersią. Jeśli umrze... Będzie trzeba wydobyć scalak. Tylko co dalej? Bez Iny nie zdoła jej ożywić. A łasica odeszła. Obiecała wrócić, ale nie wróciła. To koniec.

Kucharka wyszła. Medyk w skupieniu oglądał bełt. Ugniatał delikatnie skórę wokół. Poruszył drzewcem, patrząc na stopy nieprzytomnej Heli.

– Spróbuję go wyciągnąć – powiedział poważnie. – Jeśli grot nie urwie się przy tym i zdołam wyjąć bełt w całości, jest cień szansy. Naszykujcie szarpie. Będzie krwawić na zewnątrz i do środka. Jeśli zaciśniemy mocno w talii, może rany uczynione wewnątrz zdołają się zasklepić.

– Kiszki... – zaczęła Agata.

– Jeśli strawione jadło rozleje się na boki, zgorzel pójdzie i dzieweczka umrze w dni kilka, cierpiąc straszliwe męczarnie. Co dziś spożywała?

Spojrzeli po sobie.

– Śniadanie to na pewno – powiedział Artur. – Ale potem tylko wino piła... Ciasta nie chciała, wymówiła się. Teraz do kolacji mieliśmy zasiąść.

– Jeśli wyżyje, przez trzy dni nic do jedzenia i ani kropli wody – rozkazał medyk. – Potem przez tydzień tylko bulion. Choć pewnie umrze, gdy bełt wyjmę.

Domyślać się jedynie tego mogę. A spróbować muszę. Bez tego ostatni cień szansy stracony.

– Czy to...

– Nie wiem, co grot przebił na swej drodze. Krew może rzucić się natychmiast. Wtedy umrze bardzo szybko – powiedział bez ogródek. – Jeśli się uda... – zawahał się. – Prawdopodobnie zatruje się tym, co zjadła, a co wewnątrz zalega, i umrze w mękach. Jeśli rana się nie zaogni, to może ma szansę. Jak trzy do stu. Wałki naszykujcie i szarfy – rozkazał Marcie i Agacie.

– Czekamy na księdza? – zapytał młody kupiec. – Niebawem powinien nadejść.

– Nie. To trzeba robić natychmiast, gdyż żelazo ciało zatruwa i nie ma co zwlekać. Olejem wrzącym płukać nie będziemy, bo zbyt głęboka to rana, więcej szkody niż pożytku uczyni.

Dziewczyny znikły i po chwili wróciły, niosąc zwitki płótna. Medyk obnażył głowę i przeżegnał się. Potem z rozcięcia koszuli wydobył wiszący na rzemyku medalion. Staszek spostrzegł, że przedstawia mężczyznę na koniu. Święty Jerzy? Doktor nabożnie po trzykroć ucałował wizerunek.

Tak nagle, dumał chłopak. Gadaliśmy o statkach, o podróżach, a w następnej chwili – trach! Wszystko rozsypało się na kawałki jak szklany wazon. Jesteśmy tacy krusi. Tacy delikatni i podatni na zranienia. Życie... Ja też gasiłem cudze. Ale przecież musiałem...

Agata szybko rozebrała Helę. Zostawiła tylko długie tkane pończochy i pantalety. Zdjęła gorset, piersi dziewczyny nakryła szmatkami. Pod plecy i pośladki ostrożnie podłożyła zwinięte pledy. Lekarz spróbował delikatnie rozruszać bełt i wreszcie pociągnął za brzechwę. Gdy bełt powoli wysunął się z ciała, odrzucił go precz. Krwawienie było niewielkie. Marta podała igłę i nić. Szybko zaszył ranę. I polał po wierzchu jakimś ciemnym ziołowym wywarem. Marta zasypała szew mąką. Teraz z pomocą wdówki pospiesznie okręcił talię Heli wąskimi, długimi paskami płótna. Zacisnęli je solidnie.

Błędy, pomyślał Staszek. Popełniłem co najmniej trzy. Po pierwszym strzale powinniśmy wszyscy paść na ziemię. To, że nikt z nas nie zginął, to cud... Po drugie, strzelałem na oślep. Mogłem zabić kogoś zupełnie przypadkowego. Po trzecie, kusza. Może dałoby się puścić psa świeżym tropem. I o tym też nie pomyślałem. Jestem durniem i pewnie kiedyś przez to zginę. Jestem durniem, zlekceważyłem niebezpieczeństwo i przez to Hela teraz umiera.

W milczeniu patrzył na nieprzytomną przyjaciółkę. Brzydko sterczące obojczyki. Wąska talia, żebra ukształtowane inaczej, niż można by się spodziewać.

Istna lalka Barbie, pomyślał smutno.

Wdowa, widząc, jak przygląda się nagiej Heli, ofuknęła go ostro, więc spłoszony odwrócił wzrok.

– Twa ręka, chłopcze – odezwał się lekarz.

Staszek popatrzył na niego, nie rozumiejąc. Dopiero po chwili przypomniał sobie, że przecież drugi bełt dziabnął go po przedramieniu. Rękaw był trochę zakrwawiony, ale rana już przyschła...

– Dziękuję, sam opatrzę – bąknął.

Czuł zawroty głowy. Napięcie dziwnie odpłynęło. Jak przez mgłę odnotował pojawienie się starego, siwego jak gołąbek księdza. Hela nadal żyła, to dawało nadzieję.

Łasica, pomyślał ze złością. Ta cholerna łasica. Przecież dla niej wyleczyć taką ranę to tyle, co splunąć... I Marka może by z lochu wyciągnęła. Gdzie ona się podziewa?

Do pomieszczenia wniesiono łóżko. Pomógł ostrożnie przełożyć przyjaciółkę w pościel. Agata z Martą przebrały ją w giezło. Nakryły stół obrusem, by duchowny mógł rozłożyć wszystko, co potrzebne było do obrzędu.

Zaczęli modlić się półgłosem. Wypolerowana srebrna flaszeczka z krzyżmem odbijała płomienie świec.

Zażyłem przez kilka miesięcy więcej praktyk religijnych niż przez całe swoje życie, uświadomił sobie chłopak. A i tak wobec tych ludzi jestem niemal poganinem.

Ksiądz zakończył ostatnie namaszczenie. Staszek chciał dać mu półtalara, ale Agata go ubiegła. Błysnął dukat...

Ktoś zastukał do drzwi. Justycjariusz. Przez chwilę rozmawiał z kobietami, wreszcie stanął nad Staszkiem. Przypatrywał mu się uważnie.

– Co z nim? – zapytał wdówkę. – Wygląda jak ogłuszony.

– Ciężkie nerwów wstrząśnięcie – zawyrokowała. – Kocha Helę, a tu jak grom z jasnego nieba...

– Muszę z tobą pomówić. – Grot ukucnął, patrząc chłopakowi w twarz.

– Wódki mu dajmy, to przytomność przywróci, a boleść przytłumi na chwilę. I myśli zbierze, i rozmawiać zdoła – zaproponowała Marta i zaraz znikła.

Staszek jak przez sen wypił kubek mocnej, podłej, doprawionej ziołami gorzałki.

– Powiedz mi, co zaszło.

Zaczął opowiadać, początkowo nieskładnie. Artur też się pojawił, to i owo dopowiedział.

– Czyli żaden z was go nie widział? – zafrasował się urzędnik. – Nie znalazłeś na nabrzeżu żadnego śladu, plam krwi, porzuconej części odzienia?

Staszek pokręcił głową.

– Nic, co pomogłoby ustalić, kim jest?

– Nie... Zaraz! Znalazłem kuszę! – Poderwał się. – Porzucił ją... Gdzie ja mogłem...

– Postawiłam przy drzwiach – wyjaśniła wdówka. – Zaraz przyniosę... Albo raczej przejdźcie panowie do sieni, rannej teraz spokoju trzeba...

Wyszli. Kusza istotnie stała przy drzwiach. Grot pochwycił ją w dłonie i zaczął badać w świetle kaganka.

Odciski palców zatrze, idiotyczna myśl błysnęła Staszkowi w głowie i zgasła.

Z piętra zszedł pan Wiktor. W milczeniu przyglądał się, jak krewniak bada oręż.

– Dźwignię naciągającą złamał, dlatego w ucieczce odrzucił precz – zawyrokował justycjariusz. – Lekka broń, lepsza do polowania na króliki niż do szycia w ludzi. Ale wszak i z tego zabić można.

– Bez korby i windy. – Stary kupiec oglądał ją przez chwilę. – Łuczysko z kości i rogu uczynione. Łatwo naciągnąć, jak kto krzepę w łapie posiada, gołą ręką cięciwę założyć może i szybko strzał powtórzyć. Widywałem takie i w Szwecji, i w Norwegii, Duńczycy na swoich wyspach do wiewiórek i lisów z tego strzelają. Ale i w Gdańsku niejedną taką po domach znajdzie.

— Gmerku właściciela ni wytwórcy nigdzie nie wyrzezano — westchnął Grot. — Czyli szukaj wiatru w polu. Ale tak mi się widzi, że to inna broń niż ta, z której do panny Marty strzelano. Tamta silniejsza była. Bełt głęboko w dębinę wszedł.

— Tam strzelał z zasadzki, dobrze przyczajony i przygotowany — zauważył Staszek. — Tu zaś gdzieś w zaułku się kręcił, broń pod płaszczem ukrywając. Mała kusza jest poręczna, a na bliski dystans...

Głos zaczął mu się łamać.

— Masz słuszność — mruknął urzędnik. — Cóż, późno już, pójdę, a jeśli czegoś się dowiem, dam znać.

Wyszedł po chwili.

Nogi same zaniosły chłopaka do saloniku. Hela leżała w łożu nakryta pierzyną. Była nadal potwornie blada, oddychała płytko. Obie kobiety krzątały się po pokoju.

Nanotech to połata? — zastanowił się. O ile jest jakikolwiek nanotech. To tylko teoria Marka. Szybko do zdrowia wrócił po postrzale w głowę, ale to nie jest dowód. Mogli nam po prostu podkręcić tę część fizjologii, która przyspiesza gojenie się ran. I nie jest powiedziane, że u mnie i Heli też tak działa.

— Jak ona? — zapytał.

— Nadal do przytomności nie powróciła. — Wdówka pokręciła głową. — To i lepiej, leży spokojnie, a oddycha równo. Sen gojenie przyspiesza i do zdrowia przywraca. Niech drzemie ile wlezie.

— Posiedzę z nią...

– Marta posiedzi – ucięła. – Śpi czujnie jak kotka. Ciepła jest. Gdyby Helę chłód ogarnął, obok się położyć może i własnym ciałem ogrzać.

– Czego waszmości uczynić nie wypada. – Dziewczyna pokazała w uśmiechu drobne, białe ząbki.

– No tak – bąknął. – Cóż tedy...

– Na spoczynek się udajcie – rozkazała Agata. – Jeśli potrzeba zajdzie, natychmiast zawołamy waszmości.

– Wedle rozkazu. – Ukłonił się. – Za medyka...

– Zapłacone.

– Oddam... I za księdza...

– Nie ma potrzeby. Gdy do zdrowia wróci, pracować będzie, a koszta wszelakie poniesione z obiecanej zapłaty jej potrącę.

Nie wiedział, czy to żart, czy Agata mówi poważnie. Ale spodobał mu się optymizm obu kobiet.

– Nic już nie wiem – mamrotał pod nosem. – To nie moje czasy, nie mój świat. Chciałbym być teraz w domu... Albo z Helą u niej.

Otworzył drzwi swojej komórki. Powiesił latarkę na haku i rozebrał się. Ochlapał twarz wodą z miski, a potem w samych slipkach wsunął się w łóżko. Zdmuchnął świecę.

Leżał, szczękając zębami z zimna, czekając, aż pościel choć trochę się nagrzeje. Ktoś zastukał do drzwi.

– Proszę – bąknął.

W progu stanęła Agata. W ręce trzymała kaganek. Lampa olejowa w korytarzu oświetlała ją od tyłu. Serce uderzyło chłopakowi mocniej. Wdówka miała na sobie tylko długie giezło z cieniutkiej, jedwabnej chyba tkaniny. W blasku płomyka dostrzegł zarys nóg. Jednocześnie był niemal pewien, że to nieświadomie, że kobieta nie zdaje sobie sprawy z gry światła. A pozwoliła sobie przyjść w negliżu, bo uznała Staszka już za domownika. Chciał spuścić wzrok, ale nie był w stanie, więc przymknął oczy.

– Artur wspomniał, że kolacji nie zjedliście – rzekła. – Ja nie pomyślałam, żeście głodni. Gdyby...

– Dziękuję za troskę, pani, ale nie mam ochoty nic jeść. Żołądek zawiązał się jakby na supeł.

– Rozumiem. Gdyby jednak w nocy głód dręczył, zejdźcie, proszę, do kuchni, chleb i kiełbasę na stole zostawiłam.

– Dziękuję...

Poszła. Słyszał, jak wstępuje stopień po stopniu po schodach. Wpatrywał się w ciemność, usiłując wymazać sprzed oczu widok Agaty. Była pięknie zbudowana i czuł teraz przykre, niezdrowe podniecenie.

Dziwny wieczór, pomyślał. Najpierw wszystko szło dobrze, a później nagle jak zły urok. Wywalili nas z imprezy, potem Hela omal nie została zabita. Jakby ktoś parszywy czar rzucił czy co... Artur i ta córka złotnika... Co on w niej widzi? Zachowuje się jak idiotka, wygląda jak owca. A co ja widzę w Heli? Ruda, brzydka, chuda, zdeformowana od gorsetu, płaska jak deska, rozmyślał. Ale łączą nas przyjaźń, jakieś dziwne pokrewieństwo myśli, braterstwo dusz, które wyczuwamy, mimo iż odebrała zupełnie inne wychowanie... Artur i Anna po prostu do siebie nie pasują.

A może Ferber liczy na posag? W głowie Staszkowi zapaliła się żaróweczka. Przecież panna z takiego domu dostanie niejeden pękaty mieszek dukatów. Za to można zrealizować prawie każdy plan. Dla Artura to może być przepustka do wyśnionych krain za horyzontem. Ja bym tak nie mógł. Nie bzyknąłbym czternastolatki, aby zdobyć kasę. Ale ci ludzie żyją w innej rzeczywistości. Małżeństwa się tu planuje jak inwestycje. Co ja bym zrobił na jego miejscu? Nie wiem. No i Marta. Artur żywi do niej uczucia chyba wyłącznie braterskie. Marek adoptował Helę. Może i oni zrobili coś podobnego? Może stworzyli między sobą stan jakiegoś nieprzekraczalnego tabu? Nie znam niuansów obyczaju...

Obraz ponętnej wdówki ubranej tylko w giezło znowu zawładnął jego myślami.

Agata... Westchnął w duchu. Czemu nagle tak mnie wzięło? Nie chcę przecież jej uwodzić! Ani ona mnie. Wtedy w górach trzymałem w ramionach prawie nagą, a do tego chętną nastolatkę, ale zdołałem się otrząsnąć! Bolało, ale zdołałem. A teraz wystarczyło, że niekompletnie ubrana kobieta stanęła obok mojego łóżka i już otwiera się otchłań nachalnych kosmatych myśli. Hela być może umiera, a ja... A ja myślę, że gospodyni tego domu jest ode mnie tylko jakieś trzy lata starsza. Że leży tam piętro wyżej sama. Że miała już męża, nie jest dziewicą i być może tęskni do rozkoszy, które daje małżeństwo... Tfu!

Poczuł obrzydzenie i złość na siebie, jednocześnie ogarnął go wielki smutek.

– Jestem świnią – szepnął. – Parszywą świnią. Erotomanem i socjopatą, który nawet w chwili straszliwego nieszczęścia myśli tylko o przypadkiem ujrzanych cyckach...

Wstał i przeszedł się po korytarzu. Chłód panujący w domu trochę go otrzeźwił. Zszedł na parter i cicho uchylił drzwi. Przy łożu Heli stała świeca. Marta, rozparta obok na wyściełanym fotelu, naprawdę spała czujnie, jak zając pod miedzą. Otworzyła oczy, otaksowała chłopaka wzrokiem i przyłożyła palec do ust. Stał przez chwilę w bezruchu, nasłuchując oddechu przyjaciółki. Potem wykonał zwrot i na palcach wycofał się do holu. Przymknął drzwi. Teraz dopiero spostrzegł, że jest bosy. Pomaszerował do pakamerki.

Krytyczna jest trzecia doba po operacji, przypomniał sobie zasłyszaną gdzieś informację. Tylko że nie było w zasadzie żadnej operacji...

Nakrył się pledem. Posłanie zdążyło wystygnąć.

Trzeba konkretnej interwencji chirurgicznej! – pomyślał. To, co zrobił ten medyk za dychę, to horrendalna bzdura. Wyjął bełt. Dobre sobie. Przecież trzeba rozkroić powłoki brzuszne. Wyciągnąć jelita. Przepłukać. Połatać. Umieścić z powrotem... Zaszyć. Tylko że ja nie umiem. Marek? Gdyby wypuścili go z lochu choć na jeden dzień? Nie, do diabła, on też sobie z tym nie poradzi. Przeszedł kurs ratownika medycznego. Umie opatrzyć doraźnie rany i utrzymać pacjenta przy życiu do czasu przybycia lekarza. Poza tym co? Zoperować to jeszcze. Czym to szyć? Jedwabnych nitek naskubać z sukni? Nie rozpuszczą się przecież. Czym zdezynfekować pole operacji? Nie mamy antybiotyków, by ochronić taką ranę. Nic nie mamy! Wywary z ziółek i gorzałka to za mało.

Przypomniał sobie o fiolce z zarodnikami pleśni zdobytej w Dalarnie. Sam nie zauważył, kiedy zasnął.

🐾 Odgłos odryglowywanych drzwi wyrwał mnie ze snu. Przez okno wpadał słaby poblask księżyca. Środek nocy. Leżałem na słomie, nie chciało mi się nawet unieść głowy. Ktoś nadszedł z pochodnią w ręce i trącił mnie nogą. Uchyliłem powieki. Justycjariusz Grot. Minę miał iście grobową.

– Co się stało? – zapytałem.

Nocny seans tortur, podpowiedział usłużnie diabeł.

– Twoja córka została dziś wieczorem ciężko raniona z kuszy – powiedział.

– Żyje?!

– Tak. Ale szanse, że doczeka rana, nie są wielkie. Medyk grot wyjął i ranę opatrzył, ale bełt przeszył dzieweczkę niemal na wylot. Jest pod dobrą opieką, a reszta w ręku Boga, więc pomódl się, człowieku. To jedyne, co doradzić mogę. Kiedy tylko coś wiedzieć będę, zaraz powiadomię.

– Kto ją...

– Nie wiem, ale się dowiem. – Jego twarz wykrzywił paskudny grymas.

Odszedł, a ja zostałem na wpół obudzony, przerażony i z totalnym mętlikiem w głowie.

🐾 Śniadanie upływało w ponurym nastroju. Hela nadal żyła, ale nie odzyskiwała przytomności.

– Musimy się naradzić – zadysponował Staszek.

– Naradzić? – Artur spojrzał na niego bezradnie. – A o czym tu radzić? Zawiedliśmy obaj. I...

— Pamiętasz, co było poprzednio? — warknął. — Przypomnij sobie. Dokładnie sobie przypomnij...

— Wtedy, jak próbował ukatrupić Martę?

— Właśnie. Strzelał do niej, sądząc, że ma przed sobą Helę. Widocznie wrócił po kilku dniach i spostrzegł, że obie dziewczyny żyją.

— Do diaska... Czyli sądzisz, że nas śledzi? Że nadal obserwuje mój dom?

— Tak właśnie przypuszczam. Wtedy tak zrobił. Przyszedł, by sprawdzić. Zaczaił się i stwierdził, że Hela żyje. Nie wiemy, co pomyślał, ale chciał za wszelką cenę dopiąć swego, więc uderzył jeszcze raz. No i teraz nie wie, czy trafił ani czy rana jest groźna. Gdy tylko zorientuje się, że znowu zawiódł i dziewczyna żyje, przygotuje kolejny zamach.

— Będzie atakował do skutku. Albo ją zabije, albo go powstrzymacie — szepnęła Agata.

— Tak właśnie sądzę, pani. — Staszek ukłonił się w jej stronę.

— Przedstaw zatem swój pomysł — powiedział pan Wiktor. — Bo widzę, że rzecz nocą przemyślałeś dokładnie i idea jakaś ci świta...

— Przede wszystkim musimy wprowadzić go w błąd. Niech myśli, że sfuszerował. Że znowu się nie udało.

— Bo i nie udało mu się. — Wdówka wzięła się pod boki. — Twoja narzeczona żyje!

— Niech myśli, że zupełnie mu się nie udało. Niech sądzi, że wyszła z tego bez jednego draśnięcia! Wtedy i tylko wtedy jest szansa go ująć. Gdy spróbuje ponownie.

— Ale jak? — zasępił się Artur.

– Ubranie uprałam i już wyschło zapewne. Ale ja jestem za wysoka, by ją udawać – powiedziała Agata. – Poza tym...

– Ja... – szepnęła Marta. – Założę stroje Heli. Włosy... – Nawinęła ciemne pasemko na palec. – Trzeba użyć świńskiego łajna.

– Co? – wykrztusił Staszek.

– Smaruje się głowę świńskim łajnem i okręca szmatami – wyjaśniła. – Trzy albo cztery dni tak chodzić trzeba, aż łajno włosy spali, z najciemniejszych choćby rude czyniąc. Kobiety upadłe czasem tak robią, gdyż wierzą, iż kolor ten mężczyzn przyciąga.

– Od tego „sposobu" niejedna wyłysiała. Inne niegojących się wrzodów i parchów na głowie dostały – zaprotestowała Agata. – Nie będziesz się tak oszpecać!

– Hela jest starsza ode mnie i wyższa ciut, ale... Sami mówiliście, że podobieństwo jest uderzające.

– Nie mogę cię prosić. – Staszek pokręcił głową. – To zbyt niebezpieczne. Myślałem o tym, by przygotować kukłę ubraną w strój Heli i wystawić tak, by była widoczna z okna...

– Panie Stanisławie – odezwała się Agata – nikt się na to chyba nie nabierze. Co innego żywej dzieweczki użyć. To ma wszelkie szanse powodzenia.

– Nie zgadzam się – powtórzył.

– Czemuż to? – Służąca spojrzała na niego, jak gdyby zdziwiona. – Czemuż pomocą mą gardzicie? Nie myślcie, że ja dla nagrody! Krótko pod jednym dachem mieszkamy, ale już ją kocham niczym własną siostrę! – Wyglądało, że zaraz się obrazi.

– To niebezpieczne, śmiertelnie niebezpieczne – wybuchnął. – Nie będę narażał dziecka...

– Nie jestem dzieckiem! – Oburzona ujęła się pod boki.

– Przepraszam – bąknął.

Czternaście lat... W tej epoce to próg dorosłości, uświadomił sobie popełnioną gafę. Dziewczyny w jej wieku czasem nawet za mąż wychodzą...

– Możemy chyba zaryzykować. W biały dzień ten łajdak nie będzie przecież strzelał na ulicy – zauważył Artur.

– A jeśli będzie? Małą myśliwską kuszę lub samopał można wszak ukryć pod płaszczem! Jeśli ma drugą, podobną do tamtej, którą znalazłem. – Staszek czuł ciarki na plecach, widząc, jak niefrasobliwie Ferberowie szafują życiem swej młodziutkiej wychowanki.

– Poczekajcie. – Milczący dotąd pan Wiktor dźwignął się z fotela i wyszedł.

Wrócił po chwili, niosąc spore i najwyraźniej bardzo ciężkie zawiniątko.

– Pójdzie Marta – rozkazał. – Okazja się nadarza, gdyż Wielki Czwartek mamy, zatem dziś wieczór kościół nam odwiedzić wypada. By dziewczynę rozpoznać było trudniej, my we trzech i Agata towarzyszyć jej będziemy. Otoczymy ją, zasłonimy, niech wygląda, że się o nią boimy i pilnie strzeżemy, tak jak to po krwawym zamachu na czyjeś życie czynić wypada.

– Mrok nadal zapada wcześnie! – zgłosiła obiekcje wdówka. – Ciemność istotnie wroga naszego sojusznikiem.

– Ale i naszym sprzymierzeńcem, bo rysy twarzy zaciera! Gdyby kto z arbalety szyć próbował, ufam, że to bezpieczeństwo dzieweczce zapewni niezawodne. – Kupiec rozwinął przyniesiony pakunek.

Staszek w pierwszej chwili pomyślał, że to gruby sweter, ale niemal natychmiast zrozumiał, że gospodarz odpakował kolczugę wykonaną z bardzo drobnych stalowych kółeczek. Był parę razy na piknikach rycerskich, ale nigdy nie widział tak gęstego splotu. Cóż, widać co innego replika, co innego oryginał...

– Robota mistrzów z Damaszku – pochwalił się starzec. – Młody byłem, gdym ją na weneckim targu kupił. Trzy razy w przygodach różnorakich życie mi uratowała. To naprawdę pierwszorzędny wyrób. Dwie strzały z łuku we mnie wymierzone i kula z arkebuza szkody jej żadnej nie wyrządziły. A cięć, które się po niej ześliznęły, nawet nie zliczę.

– Dziękuję – ukłonił się Staszek. – I wam, pani. – Skinął głową Marcie. – Pomoc okazana mi i Heli...

– Co do kukły ze słomy uczynionej i w stroje twej narzeczonej obleczonej – odezwała się Agata, ucinając gestem jego wypowiedź. – Po głębszym zastanowieniu wydaje mi się, że też nie jest to zła idea. Zróbmy tak!

– W oknie ustawimy? – zagadnął Artur.

– Nie. Jeśli z domu wyjdziemy, a wróg widokiem kukły przebranej się oszuka, zechce uderzyć. Czekać zbyt długo zapewne nie będzie, tedy do wieczerzy siądziemy w saloniku, kukłę plecami do okna sadzając. Szybki z miki tam wprawione, pozna strój, włosów barwę

i w plecy niechybnie jej strzeli. Wówczas go pochwyci-
cie. – Oczy Agaty zabłysły. – Albo ubijecie.

– Ciężko będzie – westchnął Staszek. – Pobiec naokoło trzeba, po schodach na dół, potem przez ulicę i po
drabinie na piętro. Jeśli w oknie przyczajony się zasadzi,
wystrzela nas jak kaczki, gdy tylko przed drzwi waszej
kamienicy wyskoczymy. Jeśli zaś na widok nasz uciekać
zacznie, znaczną przewagę uzyska...

– Sposób jest, by wyjścia na ulicę uniknąć... – zaczął Artur, lecz szybko umilkł pod karcącym spojrzeniem siostry.

Gęsta cisza zawisła nad stołem.

– Sposób jest – podjął pan Wiktor. – Można do
domu naprzeciw przeniknąć szybko i nie pokazując się
na ulicy.

– Ojcze – bąknęła Agata – sekret to nasz największy,
co na wypadek rozruchów w mieście...

– Z sojusznikiem, domownikiem i przyjacielem mówimy! – uspokoił jej obawy. – Lat temu dziesięć podkop
z synami uczyniłem i korytarz obmurowany tam prowadzi – wyjaśnił. – Gdy w kukłę bełt uderzy, tumult
wzniecimy, a światła niby to przypadkiem pogasimy lub
okno spiesznie kotarą zaciągniemy, by nie widział, co ro-
bimy. Wówczas wy dwaj tunelem pobiegniecie. Złoczyń-
ca pewnikiem na stanowisku swoim pozostanie, chcąc
tym razem pewność skutków uzyskać, a kto wie, może
i drugim bełtem poprawić. Bramę domu naszego obser-
wując, niczego niepokojącego nie dojrzy. Ataku z piwnic
nie spodziewa się. Dojdziecie go!

– Może ja zaczaję się w magazynach? – zaproponował Staszek.

– Nie jest to zły pomysł, obawiam się jednak, iż obserwować nas będzie, nim strzeli, i gdy nieobecność twą, chłopcze, spostrzeże, nie wiedząc, gdzie jesteś, zamiary mordercze na stosowniejszą chwilę odłoży – rozważał gospodarz.

– A jego przewaga w tym się zasadza, że uderzyć może, kiedy zechce – dodała Agata. – My zaś nie damy rady czuwać nieustannie, gdyż dni wiele może upłynąć, zanim się pojawi. Nadzieja nasza w tym, że do wściekłości doprowadzony, zechce uderzyć wtedy, gdy się tego spodziewamy, i w pułapkę wpadnie. Swoją drogą, może warto po kuzyna naszego posłać? – zaproponowała. – Tak w walce, jak i w pościgu każda para rąk i nóg cenna.

– Spotkamy go z pewnością w kościele – zauważył Artur. – Przygotować się czas. Włosów Marty ufarbować nie zdołamy, tedy utnij Heli koniec warkocza i w loczki udrapowawszy, brzeg chusty obszyj! Suknię, w której chodziła, ciut skróć i dopasuj, by wychowance naszej po ziemi się nie ciągnęła. Patynki trzeba wybrać jak najwyższe, to wzrostu brakującego doda. I spiesz się. Czasu nie za wiele.

– W mig się z tym uwinę. Ty zaś ze strychu kukłę znieś, tę po matce, na której szaty rozpinała – zwróciła się do brata.

Szybko podzielili obowiązki. Staszek poczuł się zbędny. Zaszedł więc do pokoiku, gdzie leżała jego przyjaciółka. Przystanął przy łóżku. Była blada jak ściana, tylko na wargach dostrzegł cień koloru. Ujął jej chłodną i wiotką dłoń.

– Jeden oddech na dwie lub trzy minuty – mruknął. – Serce bije raz na trzydzieści do czterdziestu pięciu sekund. I zimna, jakby już stygła. – Wzdrygnął się. – Letarg? Spowolnienie wszystkich funkcji życiowych, by nanotech połatał dziury? A może to bzdura, może nie ma żadnego nanotechu, tylko podkręcono naturalnie zdolności regeneracyjne? Ale dlaczego Agata i Marta wcale się temu nie dziwią?

Obejrzał rękę przyjaciółki. Skóra była blada, niemal półprzejrzysta, widział wyraźnie żyły i żyłki. Pod spodem wyczuć można było twarde sploty mięśni. Uwypuklały się dziwnie pod palcami.

Coś zjada tłuszcz, pomyślał. Może został potraktowany jako źródło energii w procesie regeneracji, a może to efekt braku odżywiania? Może powinniśmy ją poić rosołem, ale przy tak spowolnionych procesach życiowych i poszarpanych jelitach nie wiem, jaki byłby skutek. Nic nie wiem... Może tłuszcz spala się niezależnie od fizjologii organizmu, a może mi się tylko wydaje, zawsze była chuda...

Zagryzł wargi. Poczuł się zmęczony, potwornie, nieludzko zmęczony.

– Tyle zadań... – szepnął.

Odnaleźć konfidenta Chińczyków. Odszukać morderców Grety. Wykombinować coś, aby wydobyć Marka z więzienia. I jeszcze to, zagadkowy snajper z kuszą...

Westchnął ciężko. Popatrzył na Helę. Wydawało mu się, że jest martwa. Przyłożył dłoń do jej czoła. Zimne... Ale oddychała.

– Jestem szaleńcem – mruknął.

Za kilka, kilkanaście minut wyjdzie stąd. Zostawi nieprzytomną przyjaciółkę pod opieką kucharki i pójdzie do kościoła, towarzysząc przebranej Marcie. A jeśli zamachowiec uderzy na ulicy? No to się bydlak przeliczy. Uśmiechnął się krzywo. Sprawdził rewolwer i umieścił kaburę pod pachą. Szablę też weźmie. Różnie przecież bywa.

Zapadał zmierzch, gdy zebrali się w sieni. Agata naprawdę dołożyła starań. Marta miała ogniście rude włosy, pozwijane w loki. Suknię wdówka nieco założyła w pasie i przyfastrygowała. Patynki dodały dziewczynie dobre trzy centymetry wzrostu. Przypominała Helę tak łudząco, że Staszek aż poczuł ból...

– W kościele trzeba będzie przyklęknąć – zauważył. – Dasz radę w tej kolczudze?

– Tak, ale by wstać, potrzebuję męskiego ramienia do pomocy. Zbroja wąska jest a długa, nogi mi w udach spęta.

– Służymy trzema do wyboru – powiedział poważnie gospodarz. – Teraz co najważniejsze. Pójdziesz między nami. Gdy ujrzysz, że ktoś się do strzału składa, padnij od razu w błoto. W tłumie przed kościołem ktoś może próbować pchnąć ją nożem – zwrócił się do Artura i Staszka. – Tu działać wy musicie, ja jej plecy osłaniał będę. Gotowi?

Kiwnęli głowami.

– Czy dom... – zaczął Staszek. – Zostaną tu jedynie Hela z kucharką. A jeśli ktoś pod nieobecność naszą...

– Izba, w której przyjaciółka twa leży, ma drzwi solidnie okute. Kucharka instrukcje dostała, by od wewnątrz się zaryglować i dopiero na sygnał umówiony otworzyć. Drzwi zaś wejściowe zaopatrzone są w najlepsze zamki norymberskiej roboty – uspokoił go pan Wiktor. – Wyłamać ich nie sposób, a żeby otworzyć sztuką złodziejską, nie lada fachowca by trzeba i czasu musiałby poświęcić wiele. Będą tu bezpieczne. Tak bezpieczne, jak tylko jest to możliwe.

Agata najpierw długo lustrowała zaułek i dom naprzeciwko, potem kiwnęła głową. Można ruszać.

Być może idziemy na śmierć, pomyślał Staszek z melancholią i przeżegnał się. Kto wie co może nas spotkać na ulicy. Co gorsza, wystawiamy na niebezpieczeństwo to dziecko... Nie podoba mi się to, ale nie protestuję. Jestem ścierwem czy durniem? A może nie wierzę, że stanie się coś złego?

Nie zapalili latarni, by nie ułatwiać wrogowi celowania. Wieczór był bardzo chłodny. Staszek na polecenie kupca wziął dziewczynę pod rękę. Mijali większe i mniejsze grupki ludzi ciągnących do kościoła. Wielu niosło lampiony i latarki. Pan Wiktor wymieniał grzeczności z napotkanymi sąsiadami i znajomymi.

Okna świątyni z daleka jarzyły się blaskiem. Tłum gęstniał. Setki pełgających świec rozświetliły ulicę, stało się jasno niemal jak w dzień.

Zdumiewające, myślał Staszek. Nie ma tu nawet latarni ulicznych, a widać każdą grudę błota.

Weszli do kościoła. Ferberowie mieli tu swoją ławkę. Staszek próbował się skupić na liturgii, ale nie mógł. Myśli nieustannie uciekały. To o Heli, to znów o drodze powrotnej. Wreszcie msza dobiegła końca. Staszek zdumiony patrzył, jak księża zdejmują z ołtarza świeczniki i obrusy. Siostry zakonne obmyły kamień wodą i winem. Wierni już się rozchodzili. Artur dotknął ramienia Marty.

– Pora na nas – szepnął. – Lepiej wracać teraz, gdy ludzi na ulicach jeszcze wielu.

– Masz rację – odparła Agata. – Ruszajmy.

Staszek wyszedł pierwszy. Omiótł spojrzeniem ulicę. Przechodniów było sporo, nie wypatrzył jednak nic podejrzanego. Powędrowali w stronę kamienicy. Grupki mieszczan rozchodziły się, zakręcały w bramy i zaułki. Znikały lampy, lampiony, latarki.

– Ze światła wypełniającego kościół wychodzimy w mrok, jak krople płonącej oliwy odrywające się od pochodni, które padając w ciemność nocy, coraz dalej jedna od drugiej, gasną – powiedziała Agata.

– Pięknie to rzekłaś, pani – westchnął Staszek.

I naraz zadumał się nad własnymi słowami. Pani... Była od niego tylko trzy lub cztery lata starsza. W jego czasach byłaby pewnie studentką. A jednak emanowało z niej coś, co sprawiało, że wydawała mu się starsza, bardziej dorosła.

Wreszcie zostali na ulicy sami. Jeśli to ścierwo zdecyduje się nas napaść, to teraz, pomyślał, odbezpieczając ukradkiem rewolwer.

Nerwy miał napięte jak postronki. Zrobiło się zimniej, w powietrzu widział parę swojego oddechu. Jednak nic się nie wydarzyło. Udając, że się rozgląda w zadumie, omiótł wzrokiem okna. Nigdzie nie dostrzegł żywego ducha. Zagadkowy snajper nie czatował w zasadzce.

Czy ta cała maskarada w ogóle miała sens? – zamyślił się. Czy zamachowiec widział nas, a jeśli widział, czy dał się oszukać? Bo może narażaliśmy to dziecko zupełnie niepotrzebnie.

Pan Wiktor szybko uporał się z zamkami i niemal wepchnął Martę do sieni. Staszek i Artur weszli jako ostatni. Drzwi zatrzasnęły się z hukiem. Szczęknęły rygle.

– Jesteśmy bezpieczni – odetchnęła Agata.

– Jeszcze nie – odparł jej ojciec. – Wy dwaj przeczeszcie cały dom. Jeśli ktoś wdarł się tu pod naszą nieobecność...

– To żywy nie wyjdzie – uspokoił go syn.

Staszek po raz kolejny zdumiał się mądrością i przebiegłością starego. Zlustrowali pospiesznie wszystkie pomieszczenia na parterze i piętrze. Zajrzeli na poddasze i strych. Dopiero gdy upewnili się, że nigdzie nie ukryli się zamachowcy, pan Wiktor zapukał do drzwi komnaty. Kucharka odsunęła rygle.

– Co z Helą? – zapytał chłopak.

– Nadal ni to śpi, ni to umarła. – Kobieta przeżegnała się. – Dziwny to sen, głęboki i do śmierci podobny, ale żyje przecież... Bóg da, obudzi się ptaszyna.

– Na pewno się obudzi – uspokoił ją. – Sen zdrowie daje.

Zasiedli do wieczerzy. Kukłę w stroju Heli usadzili tyłem do okna. Na jej głowie Agata udrapowała motek przędzy rudego koloru. Staszek wyszedł z kamieniczki, by spojrzeć, jak dekoracja wygląda z zewnątrz.

– Nawet w miarę – stwierdził szeptem.

Szybki w oknach nie były do końca przejrzyste, ale zielony jedwab odznaczał się na tyle charakterystycznie, że wróg powinien go rozpoznać.

Gdy chłopak wrócił, stół był już nakryty. Pośrodku ustawili świecznik na cztery grube świece. Staszek zajął wskazane miejsce. Wszyscy domownicy zasiedli wokół. Nikt nie usiadł naprzeciw manekina.

Jeśli zamachowiec zakradł się do domu po drugiej stronie i strzeli, dumał Staszek, bełt wybije okno i kto wie czy nie przeszyje kukły na wylot...

Kolacja okazała się wybitnie postna. Na desce położono bochen ciemnego chleba, każdy dostał miseczkę z odrobiną oliwy na dnie. Pośrodku stanęła też miska z nastruganymi kawałkami suszonego dorsza. Modlitwa na rozpoczęcie posiłku... Maczali chleb w oliwie i przeżuwali niewielkie kęsy twardej jak podeszwa ryby.

Wreszcie wieczerza dobiegła końca. Wróg nie uderzył. Posiedzieli jeszcze kwadrans, ale wszyscy czuli, że to już nie ma sensu. Nawet jeśli ich śledził, to albo odkrył podstęp, albo nie był jeszcze gotów do przeprowadzenia zamachu.

– Cóż uczynimy? – zapytał pan Wiktor.

– Udajmy się na spoczynek, a jutro z rana maskaradę naszą powtórzymy – zaproponowała Agata.

W dzień raczej nie zaatakuje, pomyślał chłopak, ale wolał nie mówić o tym głośno.

Zaszedł jeszcze do saloniku, w którym leżała Hela. Zastał tu Martę. Krzątała się przy chorej.

– Poiłam ją, ćwierć kwarty rosołu dałam, lecz jedna rzecz bardzo mnie niepokoi.

– Cóż się stało?

– Nadal nie było ni kropli moczu – powiedziała. – Gdy u psa tak się stanie...

– To znaczy, że nerki nie pracują. Wiem, czym to grozi – westchnął. – Wiem aż za dobrze...

W tej zasranej epoce nie ma żadnych szans na dializę, pomyślał ponuro. Jedyna szansa, że to naturalne, że nanotech zużywa wodę w jakichś procesach... Diabła tam, wodę zużyje, ale co zrobi z mocznikiem? Przecież to trzeba wydalać!

– Nerki? – powtórzyła.

– Narządy wewnętrzne – wyjaśnił.

– Ależ wiem, co to nerki – obraziła się. – Tylko czemu tak niezwykle ważne się panu wydają?

– One produkują mocz, który następnie trafia do pęcherza i na zewnątrz – wyjaśnił. – Zwierzęta zbudowane są w środku dość podobnie do ludzi. Byłaś kiedyś przy rozbieraniu tuszy świńskiej albo cielęcej?

Kiwnęła głową.

– Przypomnij sobie zatem, z czym nerki są połączone.

– Macie rację, panie. – Ukłoniła się zarumieniona jakby ze wstydu. – A gdybyście tak noża użyli?

– Proszę? – zdziwił się.

– Gdy dziadunio wysikać się przez kilka dni nie mógł, medyk mu nożem otwór uczynił, między nogami poniżej przyrodzenia do pęcherza ostrzem sięgając. Zaraz do miski krew poszła i mocz z kamieniami, które się w starym człowieku czasem robią... Ulgę poczuł ogromną, ale po dniach kilku i tak umarł – zakończyła ze smutkiem.

– Po takiej operacji, nie dziwię się... – Wzdrygnął się. – Cud byłby, gdyby przeżył.

– Ponoć jak lekarz dobry, to się pęcherz udaje oczyścić i przeżywa krojenie takie aż trzech na mendel. Jeśli ma pan tak rozległą wiedzę medyczną, myślałam, że i tego by się pan podjął... – Speszyła się do reszty i spuściła głowę. – Hela jest dla mnie jak siostra – szepnęła.

– To nie pomoże. – Pokręcił głową. – Mniemam, iż problem nie w pęcherzu leży, ale wyżej.

Ujął dłoń Heli i poszukał pulsu. Serce biło ledwo ledwo. Skóra była chłodna. Dziewczyna oddychała może trzy razy na minutę. Letarg. Głęboki letarg, jak wtedy, gdy łasica odtworzyła ją ze scalaka. Ile to może trwać? Wtedy poszło szybko, od ręki niemal. A wcześniej? Ile dni dziewczyna spała w grocie, zanim odnalazł ją Marek? Czemu teraz jest w śpiączce? Żeby się nie ruszała, zanim nanotech połata wszystko w środku? Bełt przebił ciało prawie na wylot. Zatrzymał się na kręgosłupie. Co mógł uszkodzić? Trzustkę? Serca chyba nie, bo umarłaby natychmiast. Zresztą te organy są przecież wyżej. Co jest głębiej? Bełt raczej poszedł w wątrobę. I niemal wyszedł tyłem. Nerki chyba nie mógł przebić... Ale jelita. Sieczka. To, że w ogóle żyje, to cud.

– Zostanę przy niej znowu na noc – z zamyślenia wyrwał Staszka głos służącej. – Gdyby się zbudziła albo w razie pogorszenia natychmiast pana zawezwę.

– Dziękuję – powiedział. – Dziękuję za wszystko. Za to, że zgodziłaś się dziś zaryzykować życie, i za całą pomoc... Odwdzięczymy się jakoś.

– Dobrze by było, gdyby się jednak obudziła choć na godzinkę przed śmiercią... – westchnęła Marta. – Wyspowiadać się można i z lekkim sercem odejść... Ale chciałabym, żeby wyzdrowiała. Kochamy ją wszyscy.

Tym różnią się nasze epoki, uświadomił sobie. W moich czasach ludzie panicznie bali się śmierci, liczyli, że umrą we śnie, nagle, niespodziewanie. A przecież. Przecież sam modliłem się w kościele słowami: „Od nagłej a niespodziewanej śmierci zachowaj nas, Panie". Wypowiadałem je, choć nie rozumiałem treści, którą kryły. Dla nich zgon to tylko przejście. A lękają się tego, że umrą bez pogodzenia się z Bogiem. Tak czy inaczej, boją się o wiele mniej!

– Jesteś dobrą dziewczyną – westchnął. – Lepszą i szlachetniejszą niż większość tych, które w życiu spotkałem.

– Zatem w naprawdę dzikich krajach się pan obracał.

Zamyślił się. Polska dwudziestego pierwszego wieku... Wszechwładne chamstwo, skąpstwo, chciwość, korupcja... Tylko czy tu było lepiej? Nędza, przemoc, wyzysk... Ta epoka jest inna, ci ludzie są inni. Lepsi, gorsi, to nie ma znaczenia. Po prostu inni.

– Masz rację. W dzikich – westchnął.

Uśmiechnęła się w odpowiedzi. Opuścił salonik i otworzywszy drzwiczki, wszedł do swojej komórki pod schodami. Dziś było tu cieplej, ściana z przewodem kominowym wewnątrz nagrzała pomieszczenie. Ściągnął buty i spodnie. Odmówił dziesiątek różańca w intencji wyzdrowienia przyjaciółki i jeszcze dziesiątek, by Marka wypuścili z lochu. Wreszcie nieludzko umęczony legł na pachnącym trawą morską posłaniu.

Zdmuchnął świecę. Spać, spać aż do białego rana, do chwili gdy zbudzi go lekki krok pani Agaty na stopniach, które Staszek ma nad głową... Kolejny dzień za nim. Raz jeszcze udało się dożyć zmroku.

Mam szczęście do ludzi, pomyślał, zasypiając. Niewiarygodne szczęście. Stary introligator w Trondheim, Taavi, Maksym, Ferberowie. Tyle kłopotów im przysporzyliśmy, Hela, Marek, ja. Marta, która jako jedyna ze znanych mi dziewczyn umie opiekować się ranną. Przypomniał sobie te, z którymi chodził do gimnazjum i liceum. Która nieproszona zaofiarowałaby się czuwać przy chorej? Uśmiechnął się gorzko, a przy tym z ironią. Lampucerki... Wreszcie zasnął.

🐾 Wielka Sobota upłynęła Staszkowi jak w sennej malignie. Domownicy co chwila gdzieś wychodzili, więc opieka nad nieprzytomną dziewczyną spadła głównie na jego barki. Siedział w fotelu. Hela leżała jak martwa, tylko mniej więcej co dwadzieścia sekund jej pierś unosiła się w rwanym oddechu. Zaglądała do nich Marta i widząc, że wszystko w porządku, biegła do obowiązków.

Biedna mała, pomyślał. Powinna chodzić do szkoły, uczyć się, a zamiast tego siedzi w kuchni, tka albo sprząta. A przecież i tak ma farta, bo traktują ją tu raczej jak członka rodziny, a nie jak tanią siłę roboczą. Po prostu taka epoka. Wszystko, no, niemal wszystko robi się tu ręcznie. Pranie zaczyna się od zebrania popiołu na ług. Robienie obiadu od mielenia mąki na kluski. Trzeba by to wszystko usprawnić. Przygotować półprodukty. Suszone makarony, mrożonki, konserwy...

Westchnął.

Praca, dumał. Jak ci ludzie tyrają. Terminatorzy, czeladnicy. Wyrobnicy, cieśle, tragarze, nosiwody. Dzień po dniu dwanaście, czternaście godzin na nogach, sześć dni w tygodniu. Ile Marek dostawał za dzień pracy przy rwaniu kamienia? Jakieś marne grosze z trudem wystarczające na żywność. Gdyby łasica nie pomogła nam wtedy z szukaniem złota w pogorzelisku, mielibyśmy przerypane. Pani Agata haftuje po kilka godzin na dobę. Artur siedzi nad księgami i coś liczy całymi dniami. Uczy się. Abakus, astrolabium... Wyznacza kursy na mapach, kuje szczegóły linii brzegowej i punkty namiarowe. Uczy się, jak nawigować, jak prowadzić okręt. Może nigdy nie będzie miał szansy stanąć za sterem, ale szykuje się do tego intensywniej niż ja do matury. Może ktoś będzie go niebawem egzaminował? Głupio pytać.

Na obiad była gruba, nieomaszczona kasza z gotowaną rybą i ciemnym chlebem. Jeszcze trwał post.

Po posiłku Staszek znowu usiadł koło Heli. Policzył puls. Serce biło słabo i chyba nieregularnie. Uchylił powieki dziewczyny. Oczy miała dziwnie wywrócone, źrenice nie drgnęły, nawet gdy padło na nie światło. Nie reagowała na żadne bodźce. Uniesiona ręka opadła bezwładnie. Skóra w dotyku wydała się zupełnie sucha.

Odwodni się? Nie wiedział. Trzeba się było uczyć podstaw medycyny. Albo chociaż seriale szpitalne pooglądać... Wiedziałbym, czego się spodziewać. Z drugiej strony ten stan przecież nie jest naturalny.

Zagryzł wargi. Okna pociemniały, nadchodził wieczór. Usiadł wygodniej w fotelu.

❧ Obudziłem się. W lochu było niemal zupełnie ciemno. Tam na zewnątrz chyba dopiero wstawał świt. Co wyrwało mnie ze snu? Dźwięk kościelnych dzwonów... Biły chyba wszystkie. Huk potężniał, miałem wrażenie, że wibrują wiekowe mury. Pozostali więźniowie też już się obudzili. Klęli aż uszy więdły, tarli kaprawe ślepia. Ktoś przemyconym krzesiwem zapalił świecę.

– Rezurekcja – mruknął Klaus. – Dzwony budzą ludzi, a i oni zaraz przyjdą. Ogarnijmy się. Trza wyglądać po ludzku.

– Kto przyjdzie? – zdziwiłem się.

Nie odpowiedział. Wszyscy więźniowie w lochu pospiesznie poprawiali odzienie, próbowali przyczesać kudły. Wyglądało to na przygotowania do jakiejś inspekcji. Nie miałem pojęcia, co jest grane.

– Na kolana – szepnął mój sąsiad. – Wiele zależy od tego, byśmy wyglądali pokornie.

Zauważyłem, że wszyscy zakuci uklękli, tworząc dwa szeregi. Złożyli dłonie i pochylili głowy, z rzezimieszków przeistaczając się w pobożne owieczki. Patrzyłem na to, nic nie rozumiejąc. Ktoś przyjdzie komunię udzielać? Niby jak? Bez spowiedzi?! Szczęknęły rygle. Dobiegł mnie tupot podkutych butów. Zabłysło światło.

Środkiem piwnicy szła dziwna procesja. Przodem kroczyli dwaj dostojni starcy. Ubrani byli w stroje przywodzące na myśl habity. W dłoniach trzymali długie żerdzie z osadzonymi na końcach ludzkimi czaszkami.

Za nimi postępowali w dwuszeregu podobnie odziani następni mężczyźni. Każdy trzymał świecę. Kilku strażników idących obok niosło płonące łuczywa. Poza tymi dwoma na przedzie wszyscy mieli twarze zasłonięte białymi kapturami.

Zakonnicy? Bractwo religijne...? Nie miałem pojęcia. Na katów w każdym razie nie wyglądali. Zaraz za czołem procesji dreptał drobny staruszek. Był niewidomy, oczy zasnuło mu bielmo. Trzymał w dłoniach krzyż będący chyba także relikwiarzem. Na końcu szedł potężnie zbudowany młodzieniec, który niósł kolejny, tym razem duży krucyfiks. Spojrzał na mnie obojętnie, potem poszli dalej. Cała procesja dotarła do ściany i zawróciła. Zatrzymali się i zmówili *Pater noster*. Więźniowie wtórowali.

Przestałem myśleć. Obserwowałem nieznany obrzęd trochę jak turysta patrzący na święto obcej religii. Pochód ruszył. Teraz przypatrywali się więźniom po drugiej stronie lochu. Wreszcie ślepy starzec wskazał któregoś dłonią. Strażnicy podeszli i po chwili majstrowania przy kłódce odczepili okowy od ściany. Starzec podał uwolnionemu krzyż do ucałowania. Znowu odmówiono modlitwę i wszyscy, łącznie z więźniem, wyszli. Huknęły rygle. Ktoś zaklął paskudnie.

Nic z tego nie kapowałem. Przyszli zabrać więźnia na egzekucję czy ki diabeł? Chyba nie, za bardzo się ucieszył.

To przecież moja religia, pomyślałem. Te czasy od moich dzieli czterysta lat. A ja nie mam pojęcia, co to za obrzęd...

– Nie udało się – mruknął Klaus i też dołożył soczyste przekleństwo. – Zatem nie wywinę się.

Zauważyłem, że zmarkotniał i jakby przygasł.

– Nie znam tego zwyczaju – powiedziałem.

– Nie? – Spojrzał na mnie zaskoczony.

– Przybyłem z krajów, gdzie nauka Lutra wiele zmieniła – wykręciłem się.

– No tak. To stary obyczaj. Raz w roku na Wielkanoc członkowie Bractwa Męki Pańskiej mają prawo do lochów zstąpić i jednego więźnia na śmierć skazanego uwolnić – wyjaśnił.

– Tak po prostu? – zdziwiłem się.

– Nieważne, co uczynił i za co karę odbywa – potwierdził. – Od tej pory żyć musi pobożnie, a oni odpowiedzialność za niego przyjmują. I baczą, by na złą drogę nie powrócił. Lepiej tak żyć, niż nie żyć – westchnął. – Powieszą mnie pewnikiem już za kilka dni...

Staszek wstał ciut przed świtem. Z kuchni usłyszał śpiew kucharki. Zajrzał do Heli. Dziewczyna nadal leżała pogrążona w głębokim letargu. Marta spała na łóżku obok. Musiała mieć bardzo czujny sen, bowiem choć szedł na palcach, znowu obudziła się natychmiast.

– Nadal nic – odparła na nieme pytanie chłopaka.

Zszedł do kuchni, wziął oba cebrzyki i poszedł zaczerpnąć wody ze studni.

Umył się przy okazji przy korycie. Lodowate strugi rozbudziły go ostatecznie, przywróciły przytomność i klarowność myślenia.

Agata z ojcem zakładali płaszcze.

– Rezurekcja – powiedziała wdówka. – Dzwon już uderzył.

– Kto zostanie z Helą?

– Marta.

Staszek przełknął ślinę.

– Tylko ona? A jeśli...

Zawahali się.

– Zostanę z nimi – powiedział twardo. – Pomódlcie się w moim imieniu. Nie mogę iść. Kobiety opieki potrzebują.

– Zostań – przyzwolił pan Wiktor.

Z piętra zbiegł Artur. Także kucharka szła do kościoła. Staszek zasunął za nimi rygle. Przeszedł się po domu i zajrzał do pokoiku, gdzie leżała jego przyjaciółka.

– Posiedzi pan z nią? – zapytała służąca. – Ja śniadanie naszykuję, głodni wrócą, a tu niespodzianka ich zastanie.

– Oczywiście. – Uśmiechnął się.

Usiadł w fotelu. Patrzył na Helę. Nadal miała woskowo bladą twarz, ale co jakiś czas jej pierś unosiła się w oddechu.

– Się porobiło – mruknął.

Gospodarze wrócili po mniej więcej trzech godzinach. Razem z nimi nadszedł justycjariusz.

– Spotkaliśmy krewniaka w kościele – powiedział Artur – to i umyśliliśmy na śniadanie wielkanocne zaprosić.

Przeszli do salonu.

– Chrystus zmartwychwstał – rzekła Agata i pocałowała trzykrotnie najpierw Martę, potem Staszka.

– Zaprawdę zmartwychwstał... – odpowiedział zażenowany.

Służąca poprawiła manekin i odsunęła zasłony. Zasiedli do stołu. Grzegorz Grot popatrzył w zadumie na kukłę usadzoną znowu tyłem do okna.

– Zacny pomysł – ocenił.

– Ale to niemoralne w dniu takiego święta zasadzkę na bliźniego czynić – westchnął pan Wiktor. – Choć z drugiej strony cóż to za bliźni, gdy młode dziewczęta w samej wiośnie ich życia podstępnie mordować chce.

– Pan nasz Jezus Chrystus powiedział, iż to szabas jest dla człowieka, a nie człowiek dla szabasu. Bóg się nie obrazi, jeśli w dniu tym podejmiemy trud, by pochwycić zbrodniarza – mruknął Grzegorz Grot.

– Co słychać u przyjaciela mego Marka? – zagadnęła Agata.

Wyczuwało się w jej pytaniu ironię.

– Siedzi w lochu i krzywda mu się nie dzieje – odparł równie ironicznie justycjariusz. – Droga kuzynko, więzienie to miejsce paskudne. Należy dokładać wszelkich starań, by się tam nie znaleźć. – Spojrzał na Staszka, mrużąc złośliwie oczy.

Ten zagryzł wargi.

Na stół trafiła misa śledzi w korzennej zalewie i bochen białego pszennego chleba. Do tego szynka aż poczerniała od długiego wędzenia, pasztet, gotowane jaja. Post się skończył.

Staszek ukroił pajdę i podał usłużnie kobietom. Agata cięła wędliny. Ryby łowili z misy łyżkami.

Widelce by się przydały, dumał chłopak.

– Dokąd zamierzacie się udać, gdy mentor wasz wolność odzyska? – zagadnął nieoczekiwanie justycjariusz.

– Święto jest, nie gadajmy zatem o pracy waszmości – odgryzł się Staszek.

Agata i Marta uśmiechnęły się lekko.

– Nie chcecie, to nie mówcie. – Grot wzruszył ramionami. – Rad bym was jednak z miasta mego pożegnać jak najszybciej. Kozacy już wyjechali i tym samym ciężar jeden mi z serca spadł.

– Ja także wolałbym waści fizjonomii więcej nie oglądać, jednak czas jakiś przebywać tu jeszcze muszę, gdyż narzeczona moja...

– Wiem – zasępił się urzędnik.

– W każdym razie nie mam najmniejszego zamiaru niweczyć z takim trudem wypracowanego porządku – rzucił Staszek.

Było mu trochę głupio. W końcu siedzący przy stole justycjariusz po prostu wykonywał swoje zadania i wykonywał je dobrze. Pech chciał, że stanęli mu na drodze.

– Bardzo dobre te ryby – pochwalił Grot. – W zalewie nie tylko pieprz i imbir, ale chyba i szafran wyczuwam?

– I dzikiego tymianku odrobina – wyjaśniła wdówka.

– A ocet z wina mozelskiego, które skwaśniało, zrobiony?

– Z reńskiego. – Pokręciła głową.

W tym momencie okno rozprysło się na kawałki. Bełt trafił kukłę, która opadła na krawędź stołu. Wszyscy porwali się z miejsc. Zaraz drugi pocisk uderzył tuż obok pierwszego.

Wdówka jednym szarpnięciem zasłoniła okno kotarą. Trzeci bełt zaplątał się w tkaninę.

– Z Bogiem, chłopcy – szepnął pan Wiktor. – Przynieście mi jego głowę!

– Wybiegnę za chwilę – dorzucił justycjariusz. – Gdyby po dachach uciekał, pochwycę go, gdy ziemi dotknie. Albo zestrzelę niczym gołębia z gałęzi. – Z worka wyciągnął własną kuszę i dźwignią naciągnął cięciwę.

Pobiegli. Schodami w dół, potem długim, ciemnym korytarzem. Nie było czasu krzesać ognia i odpalać pochodni. Sunęli po ciemku, dotykając ściany. Zakręt, drabinka, klapa...

– Ty do wejścia na dach, ja do pokoju, skąd strzelał. Nie ujdzie nam! – syknął Artur, dobywając korda. – Kto pierwszy go postrzeże, niech krzyknie. Drugi z pomocą pospieszy!

Staszek obnażył szablę i sprawdził, czy wygodnie będzie sięgnąć po rewolwer. Dobiegł do klapy na strych.

– Tu go nie ma – krzyknął z dołu młody kupiec. – Pusto zupełnie! Musiał uciec zaraz po trzecim strzale. Ujdzie nam, bydlę! Porzucił jedną kuszę, uważaj!

Miał dwie albo trzy. Strzelał bardzo szybko raz za razem, nie zdążyłby naciągać, domyślił się Staszek. Czyli co najmniej jedną zabrał ze sobą. Muszę być przygotowany...

Pchnął klapę na dach. Bełt gwizdnął mu nad głową. Schylił się zaskoczony. Upuścił szablę. Poleciała w dół, brzęknęła, trafiwszy na jakąś cegłę. Nie było już czasu, aby po nią zejść.

I tyle tej ostrożności, zganił się surowo.

Spróbował podnieść klapę ponownie. Grot kolejnego pocisku śmignął mu między palcami. Chwilę potem usłyszał tupot.

Rąbnął z obu kusz i ucieka, zrozumiał Staszek w jednej chwili. Odrzucił uniesioną klapę i wyjrzał na dach. Kładkami kominiarskimi biegł jakiś łebek. Jedną kuszę porzucił obok komina, druga podskakiwała mu na plecach. Staszek przełknął ślinę i ruszył za nim po uginających się dechach.

Frajer, pomyślał. Gdyby poczekał sekundkę dłużej, to wpakowałby mi bełt prosto w czoło. Widać głupek umie co najwyżej strzelić dziewczynie w plecy. Poczuł narastającą pogardę i przyspieszył kroku.

Zamachowiec gnał jak kozica. Dystans powiększał się powoli, ale nieubłaganie.

– Stój! – krzyknął Staszek.

Uciekinier oczywiście go zignorował.

Przebył tę drogę wiele razy, uświadomił sobie. Chodził tędy także po ciemku. Zna tu każde spojenie, każdy sęk w tych zgniłych dechach. Ucieknie!

Teraz dopiero przypomniał sobie o rewolwerze. Zatrzymał się i dobył broń z kabury.

– Stój, bo strzelam! – wrzasnął.

Chłopak nie zwolnił nawet, gnał po kładkach jak szalony. Staszek odbezpieczył, wycelował i pstryknął przełącznikiem celownika laserowego.

Mam prawo go zabić, pomyślał. Tak po prostu. To on strzelał do Marty i Heli. Jedna dziewczyna uniknęła śmierci cudownym zrządzeniem losu. Druga może umrzeć w każdej chwili. Próbował też zabić mnie. Jeśli gnój ucieknie, w końcu kogoś zamorduje. Mogę posłać mu kulkę i niech bydlaka jutro zakopią w ziemi.

Zacisnął zęby.

Nie. Nie zrobię tego. Nie mam prawa strzelać w plecy dzieciakowi. Niech zadecyduje sąd...

Złożył się do strzału. Uciekający dobiegł do końca dachu i właśnie szykował się do przesadzenia brandmuru. Czerwona kropka pojawiła się na jego udzie.

– Stój – krzyknął Staszek ponownie i dopiero widząc brak reakcji, pociągnął za spust.

Broń wypaliła. Łebek zatrzymał się w pół skoku i padł jak podcięty. Byłby runął, ale w ostatniej chwili wbił się palcami w mocowanie kładki. Powoli podrzucił drugą rękę i poprawił chwyt. Staszek, ślizgając się na mokrych dechach, zbliżył się ostrożnie.

Jestem idiotą, pomyślał. Ciężkim idiotą. Przecież wystarczyło do tej klapy zaczepić sznureczek, przeciągnąć nad ulicą do kamienicy Ferberów, a tam przyczepić do małego dzwonka.

Stanął nad postrzelonym. Spojrzenie rannego przepełniała dzika wściekłość. Miał na sobie dziwną koszulę zapinaną na metalowe sprzączki. Widać było, że przybył gdzieś z daleka. Nie mógł być Polakiem, ani nawet Kaszubem.

– Poddaj się! – rozkazał Staszek po niemiecku.

Chłopak wyglądał na jakieś trzynaście, czternaście lat, ale Staszek zrozumiał, że nie wolno go zlekceważyć. Drobny, lecz zaskakująco umięśniony, żylasty, nawet poważnie ranny mógł okazać się niebezpieczny.

– Coś ty właściwie za jeden? – warknął. – Dlaczego chciałeś ją zabić? Co z ciebie za ścierwo z piekła rodem, że w tym wieku latasz z kuszą i strzelasz do dziewczyn?

Łebek nie odpowiedział, ale widać było, że zrozumiał pytanie. Wywinął pogardliwie wargi i obejrzał się przez ramię, jakby szacując odległość od ziemi.

– Gdzie twój honor? – wrzasnął Staszek.

– Należało się jej – odparł chłopak po niemiecku.

– A co takiego zrobiła, żeby to usprawiedliwiało tak podły i niegodny czyn?

Tamten nie odpowiedział. Może sam nie wiedział. Poprawił chwyt, ale się męczył. Upływ krwi też go osłabiał.

– Masz do wyboru: puścić się i polecieć na złamanie karku albo przed sądem stanąć. W pierwszym wypadku śmierć niechybna i bolesna. W drugim... Może sędzia się ulituje. Ja sobie tobą rąk brudzić nie będę – parsknął Staszek. – Choć wielką mam na to ochotę. Poddaj się, a całego i zdrowego ceklarzom oddam – obiecał.

– Te wasze polskie sądy – prychnął bandziorek po norwesku. – Sprawiedliwości w nich nie znajdziemy ja ani moja pani... Przeklęty papistowski kraj.

Działa na zlecenie jakiejś kobiety? – zdziwił się Staszek.

A potem nagle się domyślił. Policzki zapiekły go na myśl, że do tej pory nie odgadł wszystkiego samodzielnie...

– Pracujesz dla katowej z Trondheim! A ona chce śmierci Heli!

– Nie twoja to rzecz.

– Wykrwawiasz się – poinformował Norwega zimno, patrząc na szeroką czerwoną strugę rozlewającą się w mżawce na gontach dachu. – Podam ci rękę, potem staniesz tyłem do mnie i spętam ci nadgarstki. Wrócimy na strych. Tylko najpierw wyrzucisz nóż i co tam jeszcze masz ukryte po kieszeniach. I grzecznie, bo jeden podejrzany ruch i polecisz.

Deszcz się wzmagał. Norweg milczał, jakby rozważając słowa pogromcy. Wreszcie niechętnie skinął głową. Puścił się jedną dłonią, wyciągnął z pochwy przy pasie kozik i wbił go w dach. Staszek wsunął pistolet do kabury i przyklęknąwszy, zaparł się dobrze. Następnie upewniwszy się, że ciężar wroga nie pociągnie go w dół, podał mu rękę, pomagając wywindować się na kładkę. I w tym momencie dzieciak zaatakował. Uderzył nisko, czołem od spodu w podbródek, zapierając się zdrową nogą o łączenie desek. Staszek oszołomiony ciosem padł plecami jak długi na kładkę. Podpróchniałe drewno trzasnęło. Norweg też nie zdołał utrzymać równowagi i obaj zaczęli zjeżdżać po dachu. Staszek jedną dłonią rozpaczliwie usiłował wpić się w łączenia gontów, drugą próbował namacać rękojeść szabli. Chciał wbić głownię w poszycie i tym sposobem powstrzymać ślizg. Niestety, broń została na strychu!

Obaj jednocześnie zdołali powstrzymać upadek. Polak pochwycił odstający gont, Norweg, zsuwając się ukosem, złapał leżącą na klepkach drabinkę z deski nabitej poprzecznymi listwami. Tkwili jakieś półtora metra od siebie.

– Tym razem ubiłem twoją rudą suczkę. – Łebek wykrzywił się w triumfalnym uśmiechu.

– Jak ją nazwałeś, mendo?! – Zimna wściekłość przezwyciężyła strach.

– Wygrałem. Zaraz spadniesz na podwórze, a ja wylezę na górę i wolny będę, a pani nagrodzi mnie sowicie. Staszka zmroziło.

To koniec, uświadomił sobie. On ma drabinę, a ja... Ja mogę wisieć jeszcze chwilę. Dopóki palce nie osłabną. Potem polecę... Ten dach jest zbyt gładki. Zbyt stromy. Zbyt śliski. Nie wpełznę do góry. A do ziemi trzy kondygnacje!

– Piekło czeka, papisto!

– Za kogo się masz, by zabijać ludzi w niedzielę wielkanocną?! – wrzasnął Staszek bardziej ze strachu niż wściekłości.

– Upadek z dachu cię zabije, ja sobie katolickim wieprzem rąk brudzić nie zamierzam! – Norweg zaśmiał się i poczołgał na szczyt dachu. Staszek spróbował sięgnąć do kabury. Niestety, miał ją z prawej strony, a właśnie prawą dłonią trzymał się dachu.

Artur, gdzie jest Artur? – zawył w duchu. Tylko on może teraz capnąć tego gnoja. I ja... Lina. Potrzebuję liny...

Drabinka pod Norwegiem chrupnęła głośno. Najwyraźniej puściło mocowanie. Deska pomknęła po gontach jak sanki po oblodzonym zboczu. Łebek wrzasnął przeraźliwie i zniknął za krawędzią dachu. Dwie sekundy później z dołu dobiegł łomot i ohydne miękkie plaśnięcie. Staszek nie zdążył się wzdrygnąć. Gont, którego tak kurczowo się uczepił, oderwał się od poszycia. Chłopak próbował wyhamować na stromiźnie, jednak bez skutku. Uderzył parę razy pięścią, usiłując wyłamać jakąś klepkę, ale i to mu się nie udało. Płaszczyzna skończyła się pod nim nagle.

Rynna! – coś zawyło w jego głowie. Łapać rynnę!

Lecz rynien nie było. Chwycił krawędź dachu, zawisł na ułamek sekundy. Mokre, śliskie drewno nie dawało żadnych szans. Choć zaciskał palce z całej siły, nie był w stanie się utrzymać. Nagle deseczka trzasnęła i przybysz z przyszłości runął w otchłań. Mur domu z gładko spojonych kamieni mignął mu przed oczyma.

– Ojcze nasz, któryś...

Nie zdążył na dobre rozpocząć modlitwy, gdy uderzył ciężko stopami w dach jakiejś przybudówki.

...jest w niebie...

Przeturlał się po nim.

...święć się...

Próbował złapać się ściany, do której była przyklejona przybudówka. Palce o milimetry minęły szeroki gzyms okna.

...imię Twoje...

Gonty pod stopami zatrzeszczały, konstrukcja, choć ugięła się, to jednak wytrzymała. I znowu wilgotne, zroszone deszczem drewno okazało się śliskie jak lód.

...przyjdź...

Nie miał jak przytrzymać się ściany. Tynk był zupełnie gładki. Opuszki palców trące o zaprawę zapiekły. Na kolanach znowu zjeżdżał po mokrych deszczułkach. Kolejny dach skończył się pod nim.

...królestwo Twoje...

Przez moment półwisiał, usiłując powstrzymać upadek. Nie zdołał.

...bądź...

Uderzył w następny pochyły daszek i stoczywszy się z niego, plasnął ciężko w błoto podwórza, aż zobaczył świeczki w oczach.

...wola Twoja...

Kostka lewej nogi zabolała, chyba ją sobie zwichnął... Podniósł się natychmiast, czepiając ściany jakiejś komórki. Stanął chwiejnie. Rwała go nie tylko kostka, ale też kolano i biodro drugiej nogi. Miał ranę na łydce, czuł, jak krew leniwie ciekne mu po skórze. Łokieć też stłukł i żebra. Rozejrzał się, szukając odruchowo rękojeści szabli. Ale broni nie miał. Rewolwer...

Dobył. Odbezpieczył. Wokół panował martwy bezruch. Tylko krople deszczu pluskały w kałużach. Dokończył modlitwę i dopiero przeżegnawszy się, ruszył, kulejąc.

Jak się okazało, od strony podwórza do ściany kamienicy dostawiono oficynę, a tę z kolei podparto szopką. Daszki zamortyzowały upadek. Spadając, trafiał właśnie na nie. To pozwoliło Staszkowi wyjść z przygody niemal bez szwanku. Oszacował wysokość budynku. Siedem, może osiem metrów dzielących go od krawędzi dachu przebył w trzech ratach.

– Cud – mruknął zdumiony i przeżegnał się raz jeszcze.

Nurtowało go pytanie, gdzie też podział się przeciwnik. Czyżby zdołał czmychnąć? Pokuśtykał, by obejść przybudówki, i wtedy go zobaczył. Młody Norweg miał mniej szczęścia. W miejscu, gdzie upadł, nie było żadnych dodatkowych budynków, żadnych krzaków, nic, co mogłoby złagodzić upadek. W dodatku ta część podwórza leżała naprzeciwko bramy. Podjazd wybrukowano starannie granitowymi otoczakami.

Zamachowiec złamał obie nogi, być może miał też obrażenia wewnętrzne. Wił się teraz w błocie, jęcząc i klnąc wściekle w swoim języku. Staszek, kulejąc, podpierając się jakimś kijem jak laską, dokuśtykał do niego.

– I po cholerę ci to było? – zapytał ze złością. – Nie lepiej było siedzieć na dupie w swojej wsi? Musiałeś się pakować w sprawy, które cię przerastają? Nie lepiej było poddać się i grzecznie...

Umilkł.

Po cholerę mu to gadam? – zapytał siebie. Gnojek za chwilę wyciągnie kopyta. Prawienie w takiej chwili morałów to jak kopanie leżącego.

Trzasnęły wrota bramy. Na podwórze wpadł zasapany Artur. Towarzyszył mu wysoki mężczyzna ubrany z niemiecka, zapewne właściciel domu, na którego dachu rozgrywała się potyczka.

– Żyjesz! – krzyknął młody kupiec na widok Staszka. – Widziałem, jak spadłeś. Myślałem... – urwał, widząc rannego łebka. – Co z nim? Bierzemy czy...

Staszek spojrzał na dogorywającego wroga. Norweg wyglądał źle. Zbladł, jego twarz kolorem przypominała rybi brzuch. Pokryły ją kropelki potu, a może to był deszcz?

– Nie wiem. Nogi w upadku połamał, to pewne. Może i inne kości. I chyba źle z nim.

– Umrze – zawyrokował Artur. – Krew się z boku rzuciła. Popękały mu flaki albo inne narządy w trzewiach. Jeśli chcemy wiedzieć, czyje rozkazy wypełniał, musimy się pospieszyć ze sprawieniem go. Bo drogi do kata nie przetrzyma.

– Mam koszyk z żarem w kuchni – zaofiarował się gospodarz. – Jakieś kleszcze i haki też się w szopie znajdą.

Staszkowi żołądek podszedł do gardła. Właściciel posesji powiedział to zupełnie normalnym tonem, jak gdyby torturowanie przypadkowych gości było dla niego czymś zwyczajnym.

– Od kiedy to kupcom wolno w tym mieście sztuką katowską zeznania wydobywać? – rozległo się za nimi.

Staszek, Artur i nieznajomy odwrócili się zaskoczeni. Justycjariusz. Minął ich i pochylił się nad rannym.

– Poznajesz mnie, cudzoziemcze? – zapytał.

Norweg splunął z pogardą.

– Umierasz – powiedział Grzegorz Grot spokojnie po niemiecku. – Twoja droga kończy się tutaj.

Łebek kaszlnął krwią. W jego oczach malowało się zwierzęce przerażenie.

– Znalazłeś się oto w obliczu śmierci. Pół wachty nie minie, a przed Najwyższym Sędzią staniesz. Powiedz nam, proszę, kto cię wysłał, byś z kuszą na życie ludzkie godził?

Chłopak nie odpowiedział.

– Być może Bóg w swojej łasce przyjmie, iż działałeś zgodnie ze swym sumieniem. Ale mnie się widzi raczej, że do piekła pójdziesz. Jak to mistrz Markus zauważył, wysługiwałeś się kobiecie podłej i okrutnej. Pełną świadomość niegodziwości swych czynów zachowywałeś. Możesz część swych win odkupić jeszcze. Powiedz, to ona kazała ci zabić Helę?

Chłopak nie mógł już mówić, więc skinął kilkakrotnie głową.

– Jesteście świadkami. – Urzędnik spojrzał obu młodzieńcom w oczy.

Ranny westchnął ciężko i życie zgasło w nim niczym zdmuchnięta świeca.

Grot trącił trupa stopą.

– Wiele widziałem – burknął. – Chwytałem ludzi i szalonych, i zwyrodniałych. I takich, którzy dziewczęta dusili, i takiego, który gęś wychędożył. Ale żeby strzelać kobiecie w plecy w niedzielę wielkanocną, trzeba naprawdę nie mieć śladu ludzkich uczuć...

Gdzieś daleko odezwały się kościelne dzwony. Południe. Biły na Anioł Pański...

🐝 Obudziłem się jakiś rozbity. Zakaszlałem ciężko. Uchyliłem powieki. Parszywy loch skąpany w półmroku, porażający smród kłujący przez nozdrza prosto w mózg. Wieczny zaduch wiszący w powietrzu. Co to dziś? Wczoraj był poniedziałek wielkanocny, no to dziś wtorek... Zobaczyłem, że Klaus już nie śpi. Patrzył martwym wzrokiem w ścianę.

– Ech, wyrwać się stąd choć na chwilę. – Targnąłem łańcuchem.

– Każdy z nas wyrwie się na chwilę – burknął. – Każdy zobaczy błękit nieba, poczuje powiew wiatru na twarzy.

Spojrzałem zdziwiony.

– Każdemu ta sama droga pisana – ciągnął. – Po tych schodkach na górę, na wózek i pod szubienicę przed bramą. I to niebawem, dziś może.

– Czemu tak sądzisz?

– Już po Wielkanocy. Nikogo nie ułaskawią. Śledztwa zakończone i pora zrobić miejsce w lochach.

– Ale...

– Wszystkich siedmiu jednego dnia nie powieszą. Pewnie trzech lub czterech dziś, a resztę jutro może... Waszmości nie, najpierw tortury. Mistrz małodobry dziś i jutro będzie zajęty nami, wątpię, by zechciał jeszcze po egzekucji pracować, tedy przypuścić należy, iż dopiero w czwartek waszmości wezmą na męki.

– Ale... Ot tak, wyprowadzą i powieszą? – nie mogłem pojąć. – Powinno być ostatnie życzenie, ostatni posiłek, może dzban wina...

– Może tak dawniej bywało... Ponoć kiedyś i zwyczaj był taki, że jak jaka stara murwa lub wdowa chciała małżeństwa raz jeszcze zakosztować, to skazanemu chustkę na głowę zarzucała i poślubić ją musiał za win darowanie.

Aha. Czyli powieści historyczne łżą. To nie młode i piękne dziewczęta, ale podstarzałe prostytutki i zdesperowane babsztyle ratowały skazańców, pomyślałem.

– Głupi byłem, żem się dał pochwycić. – Klaus z bezsilną wściekłością uderzył dłonią w mur.

– A może głupotą był wybór takiego sposobu życia? – rzuciłem drwiąco. – Każdy z was jest przekonany, że nigdy nie zostanie złapany.

– Może tak. – Skrzywił się. – Może już dawno należało zostawić to parszywe zajęcie? Nim jeszcze pierwsze trupy sumienie obciążyły... Może trza było skorzystać, gdy szlachta wsie zakładała? Wziąć szmat pola i wolniznę... Przygarnąć jakąś biedną sierotę lub wdowę poślubić. Wszak dobrze być chłopem, praca ciężka, ale głodu nie cierpią, a i Bogu ich zajęcie miłe...

Klaus się nie mylił. Nie czekaliśmy długo, gdy zgrzytnęły rygle drzwi. Do lochu zeszli ceklarze. Ośmiu. Następny kwadrans był chyba najgorszym piekłem, jakie widziałem w życiu. Więźniowie znakomicie wiedzieli, dokąd i po co idą. Loch wypełniły nieludzkie ryki, biadolenia i błagania. Wysoki, jasnowłosy bandziorek próbował kopać. Ceklarze ujęli drzewca włóczni i bili go tępymi końcami, aż spłynął krwią i poniechał oporu. Żebra też mu chyba przy okazji połamali.

Działali metodycznie i ze sporą wprawą. Do jednego zabierali się w czterech lub pięciu. Wykręcali łapy, wiązali na plecach. W razie najmniejszych prób oporu tłukli ostro i bez litości, kopali ciężkimi sabotami, aż trzeszczały gnaty. Każdy spętany był odpinany od ściany i stawiany do pionu, po czym dwaj potężnie zbudowani strażnicy, nie szczędząc razów, odprowadzali go na górę.

Patrzyłem na to wszystko oniemiały i oszołomiony. Strażnicy pracowali niezwykle szybko, nie minęła chwila i przeciwległa część piwnicy została pusta. Teraz zabrali się do mojej. Czułem, że mnie ominą, w końcu moje śledztwo jeszcze nawet na dobre się nie rozpoczęło. Mimo to gdzieś w głębi trzewi narastał straszliwy dygot. Wreszcie zostało nas tylko dwóch. Klaus walczył jak dzikie zwierzę zapędzone w kąt. Próżny trud. Pięści uniosły się i opadły jak cepy. Po chwili zlany krwią leżał rozciągnięty na podłodze. Spętali mu ręce, nogi połączyli krótką linką, tak by mógł stawiać jedynie nieduże kroki. Więzień cały czas wyrzucał z siebie po niemiecku jakieś koszmarne, piętrowe wiązanki.

Gdy odpięli łańcuch, nieoczekiwanie wyrwał jedną rękę z pęt i rozpaczliwie uczepił się palcami metalowego pierścienia wpuszczonego w mur. Trzech łapaczy ciągnęło go za nogi, ale nie zdołało oderwać. Czwarty podszedł i paroma kopniakami strzaskał mu dłoń. Słyszałem wyraźnie pękające kości nadgarstka.

Żołądek nie wytrzymał, porzygałem się. I nagle wszystko ucichło. Uniosłem głowę. Cela była już pusta. Wywlekli wszystkich. Pozostały tylko stalowe kółka wpuszczone w mur, strzępy łachmanów, kilka ciemnych plam, zapewne krwi... No i słoma, na wpół zgniła słoma z legowisk, teraz porozrzucana była po całym pomieszczeniu. W powietrzu unosił się kurz.

Wiedziałem, że ci ludzie byli winni. Zdawałem sobie sprawę, że popełnili ohydne zbrodnie. Zasłużyli na śmierć. Ale mimo wszystko sposób, w jaki zostali potraktowani w swej ostatniej drodze, burzył we mnie krew. Ich skowyty nadal dźwięczały mi w uszach. Z drugiej strony przecież żaden z nich nie poszedłby dobrowolnie.

Usłyszałem kroki na schodach. Uniosłem głowę.

– Wieści przynoszę – powiedział justycjariusz. – Narzeczony córki waszej w ciężkiej walce ubił chłopaka, który was o służbę demonom oskarżył. To właśnie ten

Norweg, z polecenia katowej działając, pannę Helę próbował zabić. Potwierdził to przed śmiercią. Posłałem ludzi, by kobietę tę odnaleźli i pochwycili.

– Zatem jestem wolny?

– Nie.

– Co z Helą?

– Nadal świadomości nie odzyskała. Moja kuzynka i jej służba troszczą się o nią.

– Moja córka jest umierająca. Chcę ją ujrzeć.

Na twarzy urzędnika odmalowało się zdziwienie.

– Dam słowo, że zaraz potem wrócę do lochu. Jeśli nie wierzycie, możecie odprowadzić mnie zakutego w kajdany i pod eskortą. Ale iść muszę – warknąłem.

Zagryzł wargi.

– Mistrzu Marku – powiedział wreszcie – gdyby to ode mnie zależało, dalibyście słowo i poszli. Ale rozkazy otrzymałem niezwykle konkretne i surowe. Nie mogę was wypuścić choćby na krok poza bramę aresztu. Złożone przysięgi wiążą mi ręce. Obiecuję zarazem, że zrobimy wszystko, aby pochwycić tę, która jej śmierci chciała. Moi ludzie przekopują właśnie Gdańsk od piwnic po dachy.

Odszedł. Siedziałem pogrążony w ponurej zadumie. Nieoczekiwanie spostrzegłem coś jakby ruch. Jakby podłoga drgnęła. Patrzyłem na kamienie. W półmroku zdawały się zmieniać fakturę.

– Matrix się sypie czy ki diabeł? – szepnąłem.

I nagle zrozumiałem. Wywleczono więźniów, toteż wszy i pluskwy pozostałe na słomie poczuły się osamotnione i najwyraźniej zapragnęły mojego towarzystwa...

Jeszcze tego samego wieczora do lochu zeszli trzej ceklarze. Odczepili mój łańcuch od ściany.

– Kat po egzekucji odpoczął i znowu nabrał wigoru, by mnie rozpalonymi kleszczami pomacać? – zainteresowałem się.

– Gdzie tam – parsknął jeden. – Przed oblicze sędziego mamy waszmości doprowadzić.

– Nareszcie!

– Waszmość nie ciesz się przedwcześnie, to nie w waszmości sprawie, jeno katową z Trondheim ujęliśmy. Ona to waszmości córkę ubić poleciła, tedy ją jak lisicę z nory wykurzyliśmy i na łańcuchu powlekliśmy do ratusza.

Aha...

Zaprowadzili mnie do łaźni. Woda w balii parowała. Czekało też mydło i moja koszula, ta, którą zostawiłem tu poprzednio. Ktoś wyprał ją w mocnym ługu, lecz i tak śmierdziała stęchlizną. Cóż, jak włókno nadgnije, to żadne pranie nie pomoże. Umyłem się, spróbowałem pozbyć się wszy. Założyłem czyste odzienie i zacząłem wyglądać po ludzku. No, prawie.

Poprowadzili mnie przez dziedziniec, potem jakimiś krużgankami nowo budowanej części gmachu. Wreszcie znaleźliśmy się w szerokim holu.

Staszek siedział pod drzwiami sali rozpraw ze spuszczoną głową. Był smutny. Podszedłem, szurając kajdanami po ceglanej posadzce, i położyłem mu dłoń na ramieniu. Spodziewałem się, że strażnicy mnie odciągną, ale kulturalnie zostali z tyłu.

– Ja... – zaczął, nie podnosząc głowy. – Zawiodłem – szepnął. – Oddałeś ją pod moją opiekę, a ja zawiodłem...

Usiadłem obok, objąłem go ramieniem i w milczeniu długo czekałem, aż się uspokoi.

– Po pierwsze, weź się w garść! – powiedziałem. – Dziewczyna jeszcze nie umarła. Bóg da, wywinie się i tym razem. Po drugie, to nie twoja wina.

– Ale ja...

– Teoretycznie mogłeś ją przykuć w piwnicy na łańcuchu. – Wzruszyłem ramionami. – Albo wsadzić w dyby. Żadne półśrodki by jej nie zatrzymały. To jest bardzo żywiołowa osóbka, nie przywykła, by ktoś jej rozkazywał. Worek pcheł łatwiej upilnować. Popełniła błąd, wychodząc z domu. Tragiczny. Ale też nie ma sensu jej o to obwiniać. Nie wszystko da się w życiu przewidzieć. Nie mam do ciebie żalu, ty też nie powinieneś sobie nic zarzucać.

– Ja... Kocham ją... Tak boli...

– Będzie bolało. Będzie bolało do końca życia – wyjaśniłem. – Będziesz czuł to już zawsze, jak zadrę. Boli, gdy cierpi ktoś, kogo kochamy. To naturalne. Tak po prostu działa normalny i przyzwoity człowiek.

Normalny i przyzwoity, zaśmiał się mój diabeł stróż. I kto to mówi?

Zagryzłem wargi. Miał rację. Ja też wiele razy popełniłem błędy. Zawiodłem, skiepściłem. Czasem przez niedopatrzenie, czasem z głupoty, czasem z lenistwa lub niecierpliwości. A wspomnienie błędów młodości było w tym momencie szczególnie przykre.

Wreszcie Staszek trochę doszedł do siebie.

– Nie mamy możliwości, żeby cię wyciągnąć z lochu – powiedział. – Agata gadała z jurystami, rozmawiała też z kuzynkiem...

– Trudno. Może łasica się pojawi i coś wykombinuje.

– Może – westchnął. – Ale straciłem nadzieję. Czegoś potrzebujesz? Bo przesyłałem na wyczucie.

– Dziękuję, wszystko było bardzo smaczne i na duchu mnie podnosiło. Chciałbym laptopa i ze dwadzieścia płyt z filmami, bo zdycham z nudów... – zakpiłem. – Przydałaby się też aspiryna i jakiś antybiotyk, bo mi zaziębienie ostro lezie w płuca.

– Może książkę jakąś zdobędę?

– Za ciemno, żeby czytać.

– A świece?

– Nie wolno mieć krzesiwa, zresztą szczury mi się dobrały do koszyka i je zeżarły. Opowiedz, co z Helą.

Streścił. Słuchałem zmartwiały.

– Myślałem, że trzeba było operować... Wtedy... – zakończył opowieść.

– Tak. Wyciąć poszarpane części jelit, zszyć resztę. Tylko że... Żaden z nas nie jest chirurgiem.

– Też nie dałbyś rady?

– Nie. Poza tym taka ingerencja, ciąć powłoki brzuszne bez antybiotyków... Nie, to niewykonalne.

– Nanotech?

– Szczerze wątpię, by połatał jelita. Jest szansa, że się to jakoś pozrasta... Byle tylko... Nie, cholera. To niemożliwe.

– Umrze?

– Powinniśmy się z tym liczyć. Jeśli do tego dojdzie...

– Muszę wydobyć scalak – dokończył Staszek.

– Tak. A potem spróbować ożywić.

Spojrzał na mnie zdumiony.

– Jak niby mam to zrobić?

No tak. Nie wiedział!

– Łasica zostawiła mi urządzenie – wyjaśniłem. – Mały wihajster, wygląda jak zapalniczka. Musisz zebrać mięsa tyle, ile waży dziewczyna. Posypać zestaloną ciężką wodą, to taki srebrzysty pył w skórzanym woreczku. W to rzucić scalak i uruchomić.

– Coś jak zapalniczka? – powtórzył.

– Macie moje rzeczy? – zaniepokoiłem się.

– Tak. Pozbierałem wtedy wszystko, co miałeś w mieszkaniu, no, bez balii, skrzyń i tak dalej. Pamiętam jakieś okulary, zegarek, broń, mapę, tabletki czy coś takiego, ale zapalniczka? – Pokręcił głową.

– Przeszukaj raz jeszcze, sprawdź wszystkie kieszenie, woreczki i tak dalej – poleciłem.

– Długopis sobie pożyczyłem, przepraszam.

– Nic nie szkodzi. Okulary to noktowizor.

– O!

– Zaraz. – Postukałem się palcami po skroni. – Mówiłeś, że widziałeś tabletki?

– Tak, cały listek. Opisane po chińsku, nie umiem tego odczytać. Maksym mówił, że zestrzeliliście helikopter.

– Tak. To wtedy je zdobyłem – wolałem nie wchodzić w szczegóły. – Chińczycy handlowali jakimś antybiotykiem – przypomniałem sobie. – W Norwegii, w Szwecji, na Ukrainie.

– Tu, w Gdańsku, też. Pigułkami. Sądzisz, że to...

– Gdybyś mógł mi je podrzucić. Może pomogą, bo kaszlę jak potępieniec. Teraz posłuchaj, bo wydaje mi się to ważne... – opowiedziałem mu, co ujrzałem w tamtej dziwnej wizji z pobratymcem Skrata.

– Spalona dzielnica i ruiny? – zastanowił się.

– Spróbuj się dowiedzieć, czy podobne miejsce istnieje naprawdę.

– Wydaje mi się...

Niestety, nie było nam dane dłużej pogadać, bo drzwi się otworzyły i wpuszczono nas na salę. Katowa już tu była. Stała zakuta w ciężkie kajdany.

Rozprawa poszła błyskawicznie. Sędzia zapytał mnie, w jakich okolicznościach poznałem Helę. Opowiedziałem o znalezieniu jej w jaskini, o męczeńskiej śmierci księdza Jona, wreszcie o odbiciu dziewczyny z domu kata Leifa.

Staszek i justycjariusz zrelacjonowali kolejne zamachy, których ofiarą padły Marta i Hela. Opisali pościg po dachach i okoliczności śmierci młodego Norwega.

– I cóż nam, pani, powiesz? – sędzia zwrócił się do kobiety.

– Prawa mego kraju dają mi władzę nad życiem i śmiercią niewolnicy – prychnęła. – Miałam prawo ją zabić, jak i zlecić jej zabicie. Zwłaszcza że ta suczka usiekła mi córkę i sługę, a być może i męża obwiesiła!

– Aby dziewczę tak młode podobną krwawą zemstę obmyśliło i przeprowadziło, musiało straszliwych krzywd z rąk waszych doznać. – Sędzia spojrzał na kobietę ponuro.

– Nasza to rzecz!

– Przyznajecie się, pani, do winy?

– Tak, ale w swym prawie jestem!

– Dalsze przesłuchania świadków są zatem zbędne. Uznajemy panią za winną zlecenia mordu i wynikłego zeń przelewu krwi na terenie jurysdykcji królewskiego miasta Gdańska i skazujemy na karę śmierci przez powieszenie – głos sędziego zabrzmiał ponuro. – Wyrok wykonany zostanie nazajutrz w południe. *Dura lex, sed lex* – zakończył i uderzył ręką w stół.

– To bezprawie! – wrzasnęła.

Dwaj pachołkowie wywlekli katową z sali rozpraw. I już było po wszystkim.

Wracałem do lochu nieco zszokowany. Moja epoka przyzwyczaiła mnie do wlokących się latami procesów i symbolicznych wyroków za najohydniejsze nawet przestępstwa. A tu proszę, kwadransik i po sprawie. Definitywnie po sprawie.

– Nasz sędzia surowy, ale sprawiedliwy. – Ceklarz, który mnie odprowadzał, widać myślał o tym samym. – On nie daje jurystom możności wykręcania kota ogonem. Kto zawinił, wisieć musi i tyle... Waszmość możesz być pewnym, że gdy czas nadejdzie, i twa sprawa sprawiedliwie rozsądzona zostanie.

Nie znalazłem w sobie dość hartu ducha, by się odgryźć.

🜹 Staszek jako niemal główny pokrzywdzony zapewne bez trudu mógłby stanąć blisko szafotu, ale wolał patrzeć na krwawe widowisko z pewnej odległości. Obwarowania miasta wydały mu się odpowiednie. Strażnik nie chciał go puścić na koronę muru, ale gdy zobaczył błysk cienkiej srebrnej monety, zmiękł.

Ranek był piękny, wreszcie prawdziwie wiosenny. Z miejsca, które sobie wybrał, chłopak miał niezły widok. Mury Gdańska ciągnęły się na północ. U ich stóp rozłożyło się targowisko. Furmanki zaprzężone w osiołki, konie i woły, kozy, klatki z kurami i świniami, snopy zboża, worki zapewne pełne ziarna, słoma na sienniki, piramidki brukwi, wiązki chrustu... Handlowano tu prawie wszystkim. Wypatrzył nawet beczułki wina i plecione kosze. Targowisko zaskakiwało obfitością żywności.

Może ceny paskarskie i dlatego nie wykupiono towarów? – zastanawiał się. Pogadam z Arturem, on będzie wiedział.

Oderwał wzrok od handlarzy i ich kramików. Leżące opodal przedmieścia składały się z byle jakich szop i lepianek otoczonych chruścianymi płotkami. Szafot zbudowano na skraju placu targowego. Ludzi kręciło się tu mrowie, a im bliżej było pory egzekucji, tym tłum gęstniał.

Krew przyciąga gapiów, pomyślał z melancholią. Ciągną jak sępy, by nacieszyć oczy widokiem śmierci. A ja... Dlaczego tu jestem? Czy tak jak oni szukam rozrywki? Czy chcę się uspokoić, widząc, jak dokonuje się sprawiedliwość? A może przyszedłem tu dlatego, że chcę mieć pewność, iż to wredne babsko dostanie wreszcie to, na co zasłużyło?

Zatupotały podkute strażnicze buty i obok chłopaka nieoczekiwanie wyrósł justycjariusz.

– Znowu się spotykamy – zagadnął.

– Witam waszmości. Takie widać już moje szczęście – westchnął Staszek. – Mniemam, iż egzekucja zaraz się zacznie?

– Tak. Nie lubię oglądać z bliska. Wiele emocji wtedy, a w tłumie zwykle kilku rzezimieszków stoi. Jako że we mnie upatrują główną przyczynę klęski wieszanych towarzyszy, różnie być może. Parę razy jedynie kolczuga pod kaftanem życie mi ratowała, gdy nożem mnie w plecy pchnąć próbowano. Kusić człowieka, choćby i podłej kondycji, to grzech. Tedy zazwyczaj z muru patrzę. Nie sądziłem, że waści podobna idea zaświta...

Brama katowni uchyliła się ze zgrzytem. Wyjechał z niej wózek zaprzężony w osiołka. Na dechach stała kobieta, a obok niej miejscowy oprawca. Ceklarze otoczyli pojazd, któryś złapał kłapoucha za uzdę i ruszyli, na początek wokół placu.

– Powieszą ją? – zapytał Staszek.

– Taki wyrok wydał sędzia, ale jest zwyczaj odwieczny, a tradycją uświęcony, by członków rodzin katowskich karać mieczem – powiedział Grot. – Tedy nasz mistrz małodobry wyprosił złagodzenie kary.

Zamiast powieszenia odrąbanie głowy, pomyślał ponuro chłopak. I to ma być to złagodzenie? Choć może dla nich tak. Ścięcie to kara honorowa, a powieszenie hańbiąca. No i chyba szybciej się człowiek przenosi na tamten świat, mniej męczy...

Strażnicy, nie żałując łokci, torowali drogę zaprzęgowi. Ktoś rzucił zgniłą rzepą, ale nie trafił w skazaną.

– Krzywisz się waść – zagadnął urzędnik. – Nie w smak ci ten widok. A przecież ujęcie zbrodniarki to i twoja poniekąd zasługa.

– Trochę głupie to wszystko... Próbowała zabić mi narzeczoną, ale zrobiła to, gdyż chciała pomścić śmierć

męża i córki. On zginął, bo Hela za krzywdy od tej piekielnej rodzinki doznane odpłacić zamierzała... Onofria
i jej towarzysz legli, gdyż pochwycić ją próbowali. Hela,
gdy na szlaku ją dogonili, myśli o zemście porzuciła, już
tylko uciec chciała. Szalony wir śmierci i odwetu.

– Splątane są ścieżki sprawiedliwości. Zemstę osobiście dokonaną może nawet byśmy zrozumieć mogli
i katowa może by gardłem nie zapłaciła.

– Puścilibyście płazem, gdyby zabiła moją narzeczoną?!

– Krew żąda krwi. Sam przyznałeś, że Hela jej córkę usiekła, a wiemy, że i trupy obrabowała. Sędzia byłby
zapewne pobłażliwy. Za samosąd katowa posiedziałaby
w lochu z rok i wolna odpłynęła za morze.

– A wieszacie ją za sprawstwo kierownicze czynu –
mruknął Staszek.

– Co proszę?

– Nie sama zabijała, ale namówiła tego dzieciaka.

– Owszem. Ale czy to jej winy umniejsza? Sędzia
uznał, że przeciwnie. W swoją zemstę wplątała jeszcze
chłopaka, który posłuchał jej i grzech na siebie straszny ściągnąć próbował, a sam z życiem się rozstał. Jego
śmierć to także wina tej kobiety.

– Chcecie powiedzieć, że ona tu bardziej sumienie
obciążyła niż ja?

– Że ona, to pewne. A jaka twoja w tym wina? – Grot
wzruszył ramionami. – Poddanie się mu zaproponowałeś.

– Skąd waszmość wiesz?

– Coś taki zdziwiony. Artura przesłuchałem, był już
przy klapie na dach, wszystko słyszał, opowiedział. Ho-

norowo i ładnie waszmość postąpiłeś. Nie wiem, czy ja bym się na taką wyrozumiałość zdobył, by żywcem brać. A łyczek cię za to z dachu strącić próbował! Szczęściem, noga mu się powinęła. A ta kobieta ma inne rzeczy na sumieniu, co jako przybyły z tamtych krain zapewne wiesz...

– Wiem. Uwięzienie nieznanej liczby młodych dziewczyn, gwałty, zmuszanie ich do pracy w lupanarze. Czerpanie zysków z ich nieszczęścia. Może rzeczywiście zasłużyła na śmierć?

– Choćby za zniewolenie szlachetnie urodzonej. Tylko to sprawy odległe. Świadków pozyskać szybko nie sposób. Zatem skazano ją jedynie za przelanie krwi w naszym mieście i usiłowanie zbrodni. – Justycjariusz ponownie wzruszył ramionami. – A może i niedobrze się stało?

– Dlaczego?

– Kara doczesna karę wieczną łagodzi. Gdyby ścięto ją za próbę morderstwa i za udział w gwałtach, tu na ziemi sprawa byłaby rozwiązana. A tak na tamten świat ją zabierze...

Staszek milczał oszołomiony.

Teologiczne aspekty kary śmierci. W życiu bym o tym nie pomyślał. Coś jakby zasada, że nie można karać dwukrotnie za jedno przewinienie, tylko z narzuceniem jej zaświatom?! Próbował zracjonalizować, poukładać to sobie w głowie.

– Tak czy inaczej, martwą będzie – powiedział urzędnik. – Nikt nie każe waści patrzeć. Odwróćcie wzrok, jeśli was to mierzi – poradził życzliwie.

– Wiem, że pozbawić życia ją należy. Ale ta egzekucja... Rozrywka dla gawiedzi. Zabić to zabić, można w więzieniu. W czterech ścianach. Bez poniżania wystawieniem na widok publiczny.

– Dorosłym widok ten czczej uciechy dostarcza – przyznał justycjariusz. – I może istotnie lepiej byłoby na dziedzińcu katowni kobietę obwiesić. Z drugiej jednako strony ludzie nie lubią, gdy się ich słabość publicznie obnaża. Niejednego przed złem powstrzyma świadomość, że sąsiedzi i przyjaciele ujrzą jego upadek. No i dzieci przychodzi na takie *theatrum* wiele, i dla nich to najcenniejsza nauka. One widzą, jak złodziejom ręce są odejmowane, jak cudzołożnicy tracą swe przyrodzenia, jak fałszerzy monet poimy roztopionym ołowiem, jak czarownice-trucicielki płoną na stosach, jak morscy rabusie konają na hakach. I uczą się, co czeka tego, kto schodzi na złą drogę. A gdy rosną, ta nauka im w sercach pozostaje. Lęk do głów wbity przed złem powstrzymuje i ku dobremu wiedzie... Bo bez tego jak w tym wierszyku: od kamyczka do rzemyczka, od rzemyczka do koniczka, od koniczka aż do stryczka i już czeka szubieniczka...

– Tylko czy dzieci, widząc takie okropności, nie nabiorą chorobliwej fascynacji krwią i przemocą?

– To być nie może. – Grot uśmiechnął się z pobłażaniem. – Wszak od tysiącleci ten zwyczaj praktykujemy i zła nijakiego dotąd nie uczynił.

W jego głosie zabrzmiała niezachwiana kamienna pewność.

– Ale i dobra nie niesie, skoro nadal złodzieje i mordercy po miastach grasują – odparował Staszek.

– Bo natura człowiecza słabą jest i zawsze znajdą się ludzie, którzy nauki wyciągnąć nie umieją. Inni natomiast za wielkich spryciarzy się mają i przekonanie głębokie żywią, iż nigdy w ręce ceklarzy nie wpadną. Są i tacy, którzy ze wsi przybyli, w dzieciństwie nauki tej nie otrzymali i jeno bogactwa mieszczan uszczknąć chcą, nie wiedząc, dokąd ta droga prowadzi. Na głupotę ludzką ni sposobów, ni medykamentów dotąd nie wynaleziono. Jednako tak myślę, często dureń płodzi durnia, kanalia i synów ma łajdaków, a człek mądry i pobożny dzieci ma zwykle do siebie podobne. Tedy może gdy durniów i złoczyńców wieszać będziemy regularnie, potomstwo ludzi mądrych i uczciwych z czasem ziemię opanuje.

Średniowieczna eugenika, pomyślał Staszek z rozbawieniem. Ale kto wie, może gdyby częściej drani wieszali, ja cztery stulecia później nie chodziłbym do szkoły z dresiarstwem...

Wózek dotarł do stopni szafotu. „Pasażerowie" zeszli na ziemię. Oprawca z uprzejmym ukłonem wskazał skazanej drogę. Katowa weszła po stopniach niepewnie, potykając się o deski.

– Oto i chwila prawdy, w której każdy musi zadumać się nad swym losem. Nie raz przecież widziała, jak jej małżonek ludzi sprawia niby wieprze w rzeźni. Nie raz ubrania zabitych pożądliwą dłonią obmacywała, szukając zaszytych kosztowności. Dziś jej kolej przyszła – rzucił justycjariusz filozoficznie. – To jej głowę zetną.

Ironia losu, pomyślał Staszek. Kat gwałcił, bo zapewne lubił, kupował dziewczyny jak jałówki na targu, zabijał, torturował i chyba kochał tę robotę, skoro nawet

w zaciszu domowym dumał, jak tortury uczynić strasz-
liwszymi. Trupy pewnie obdzierał z ubrań. I nie tylko
trupy, skoro suknię zabraną Heli podarował córce. Głupie, prymitywne bydlę. Całe lata tak się bawił, a potem
pojawiliśmy się my. Ziarenko piasku w trybach. Kat zginął we własnym warsztacie powieszony, pomocnik i córka usieczeni szablą, brat jego lensmann też na stryczku
skonał. A teraz na samą burdelmamę przyszła kryska...

– A może to przeznaczenie? – mruknął urzędnik. –
Może sama opatrzność uznała, że przebrała się miarka?
Wszak i tak bywa, że zbrodniarz obławie zręcznie się wymyka, by naraz na syfilis zapaść i w smrodzie własnego
gnijącego żywcem ciała skonać.

Kat stanął w lekkim rozkroku, podtrzymując ofia-
rę pod ramię. Herold wydobył zwój pergaminu i zaczął
czytać sentencję wyroku.

Podszedł ksiądz trzymający w dłoni księgę oraz pa-
syjkę, przez chwilę łagodnie przemawiał.

– Odwieść od nauk Lutra ją spróbuje – wyjaśnił
Staszkowi Grzegorz Grot. – W więzieniu też perswa-
dował, ale bez skutku. Tu jednak, na szafocie, myśli ludzi biegną inaczej i nawet bywa, że żydów oświeci tak,
iż o chrzest święty poproszą...

Tym razem najwyraźniej się nie udało, bo kobieta
tylko odwróciła głowę. Duchowny bezradnie rozłożył
ręce. Zamiast kobiety pobłogosławił tłum i rozczarowany zszedł z szafotu. Oprawca grzecznie wskazał skazanej
pieniek. Szarpnęła się w tył. Poprosił ją znowu, tym razem jakby bardziej stanowczo. Cofnęła się o krok, potem drugi.

– Ciekawym, jakie to uczucie, gdy grdyka dotknie drewna – mruknął urzędnik.

Nawet stąd Staszek widział wycięte w pniaku zagłębienie, aby skazańcowi wygodniej było umieścić szyję. Zastarzałe plamy wokół i ślady topora świadczyły, że pniak pamięta niejedną egzekucję.

– Brr – wzdrygnął się.

– Pospieszyć się powinien – westchnął Grot. – Słońce ku południu zmierza.

– Co ma wspólnego...

– Oj, niewiele chyba waść egzekucji w życiu widział?

– Ano nie było jakoś okazji i ta strona egzystencji też mnie szczególnie nie frapowała – odparował.

– Gdy skazaniec głowę na pniu opiera, kat powinien stanąć tak, by między nim a słońcem się znaleźć, gdyż cień jego padać musi na miejsce, gdzie miecz uderzy.

– Dziękuję za objaśnienie.

– Warto wiedzieć takie rzeczy, gdyż młodzieniec bystry, chwacki, a przy tym do szabli prędki łacno z widza takich widowisk ich głównym aktorem stać się może. – Grot wyszczerzył zęby.

– Czy ja wyglądam na chętnego do roli kata? – odgryzł się chłopak.

– Język waszmości niby żmija uderza i jadem bryzga, aż słuchać dziwnie – w głosie urzędnika zabrzmiał autentyczny podziw. – Nieźle was mistrz Marek w szermierce na słowa wyszkolił. Nie miejcie mi za złe uszczypliwości, ale dbałość o porządek i spokój w tym mieście na moich barkach spoczywa, tedy i przykra mi świadomość, ilu tu pod bronią młodzieńców chodzi i w ulicznych burdach lub karczemnych bójkach bez wahania po kord czy szablę sięga...

– Nie myl, waszmość, owczarka z wilkiem.

Tymczasem dwaj pomocnicy mistrza małodobrego skrępowali kobietę niczym baleron. Nie było już mowy o żadnej uprzejmości. Jeden trzymał ją za ramiona, drugi ciągnięciem za włosy zmusił, by wreszcie ułożyła głowę w wycięciu pnia.

Kat uniósł miecz, klinga zalśniła w słońcu. Staszek zacisnął powieki. Zapadła cisza. Usłyszał tylko głuche uderzenie miecza w drewno pniaka. Otworzył oczy. Skrępowane ciało leżało na szafocie, obficie brocząc krwią z kikuta szyi. Przez tułów przebiegały ostatnie dreszcze. Nogi raz jeszcze kopnęły powietrze i zamarły. Pomocnik kata podszedł z woreczkiem piasku.

Ile jest krwi w człowieku? – usiłował sobie przypomnieć Staszek. Pięć do sześciu litrów? Po dekapitacji serce biło jeszcze przez chwilę, stąd ta kałuża.

Mistrz katowski tymczasem odebrał od drugiego pomocnika uciętą głowę i trzymając za włosy, uniósł wysoko, by pokazać gawiedzi. Pachołkowie dźwignęli ciało i ułożyli w trumnie. Oprawca umieścił w niej głowę, następnie ściągnął rękawice i rzucił na podołek nieboszczki.

– Dlaczego... – zapytał Staszek przez zaciśnięte gardło. – Te rękawice?

– To symbol, tak samo jak maska na twarzy. Kat nie istnieje jako człowiek. Stojąc na szafocie, nie jest jednym z nas. Nie przelewa krwi jako obywatel miasta. Nie czyni pomsty w imieniu naszym nawet. Wyrok wykonuje i skazanym życie odbiera ręka sprawiedliwości. Anonimowa i obiektywna.

– Obiektywna... Czy i mistrza Marka z równą obiektywnością osądzicie?

– Ściśle wedle przepisów spisanych na pergaminie. Z taką życzliwością wobec podsądnego, na jaką zdobyć się zdołamy. I oczywiście tak, by duch sprawiedliwości z prawa literą zgodnym był. A skoro już o patronie waści mówimy, od zimna i wilgoci gorączka go wzięła. Twierdzi, że ma leki na to, więc nie widzę przeszkód, by mu je przekazać.

– Nie lepiej przenieść go z lochu do jakiejś lepszej celi?

– Lepiej – westchnął Grot i na jego twarzy pojawił się cień. – Niestety, rozkazy mam bardzo jednoznaczne... Próbowałem ich złagodzenie wyjednać – dodał po chwili. – Ale bezskutecznie.

– Leki mam przy sobie. Chciałem dziś wraz z pożywieniem podać.

– Tak uczyńcie.

Chłopak pożegnał się z justycjariuszem i ruszył do miasta. Odwiedził krawca i odebrał zamówienie. Potem zahaczył jeszcze o szewca. Buty też były już gotowe.

W turkusowym żupanie i delii szedł, rozglądając się po ulicy. Nowiutkie obuwie poskrzypywało.

Idiotyczna epoka, klął, spoglądając po szyldach. W moich czasach byłby napis wołami i wielka szyba wystawowa, a za nią gablotki z biżuterią...

Wypatrzył sklepik opatrzony szeroką tabliczką przedstawiającą jakieś precjoza. Niestety, pudło. Sprzedawano tam nie szczerozłotą zastawę, lecz naczynia

z cyny i fidrygałki z mosiądzu. Ale przynajmniej zapytał o drogę...

Wreszcie znalazł się dokładnie tam, gdzie trzeba. Sklep nie był duży. Pośrodku stolik z dostawionymi krzesłami, na półce wiszącej na ścianie ustawiono kilka dzbanów wykonanych chyba ze srebra. Za przeszklonym przepierzeniem Staszek zauważył warsztat. Obok okna kilku chłopaków może w jego wieku przy czymś dłubało. Nie bardzo widział, co robią, może szlifowali kamienie, może polerowali wyroby? Jeden wydał mu się znajomy z sylwetki. Czy to z nim rozmawiał tamtego wieczora, gdy poszli z Arturem do jego ukochanej? Zaraz też na powitanie klienta wyszedł złotnik. Przywitał się i uprzejmie wskazał krzesło.

– Czym możemy waszmości służyć? – Otaksował gościa jednym spojrzeniem.

– Potrzebuję pierścionka.

– Waszmości to pierścień z herbem w kamieniu rżniętym, nie zaś pierścionek zaoferować należy.

– Pierścionka dla narzeczonej – uściślił.

Złotnik uśmiechnął się domyślnie.

– Miłość uczucie piękne i warto mu odpowiednią oprawę nadać. – Pokiwał głową. – Czy rozmiar palca waszmość zna? Bo na oko dobrać trudno. A jak rozumiem, to niespodzianka ma być, skoroś waszmość jej tu nie przywiódł.

– Służąca zmierzyła nitką, gdy narzeczona spała – zełgał.

– Sprytnyś, waszmość, jak sam lis Reinicke – pochwalił rzemieślnik. – Wyrobów gotowych posiadam w chwili tej nie za wiele, jednako nic straconego, bowiem jeśli nic oka nie ucieszy, w kilka dni sporządzimy coś ładnego.

Znikł na moment na zapleczu i wrócił z drewnianą skrzyneczką. Wyjął z niej węzełek z sukna i rozwiązawszy, rozłożył przed Staszkiem na blacie.

Uch, toporne draństwo, całkiem jak dresiarskie sygnety, pomyślał chłopak.

Pierścionki były dość duże, wręcz masywne. Jednak przypomniał sobie dłonie pani Agaty. Też takie miała. Tak widać w tej epoce przyjęte. Cóż, moda się zmienia...

– Szmaragd, piękny kamień, twardy, rodzą go góry Nowego Świata. – Złotnik wskazał pierwszy z brzegu. – Korona hiszpańska wiele ich dobywa wśród skalistych ostańców kraju zwanego Peru. To rubin, ponoć najdroższy i najpiękniejszy jest ten barwy gołębiej krwi, w dalekiej Birmie wydobyty. Ten z Cejlonu pochodzi i choć nie jest najwyższej klasy, każde oko przecież ucieszy. No i brylant, przez Holendrów z Indii przywieziony. W te zaś pierścienie pośledniejsze kamienie wstawiliśmy, zatem i tańsze to, choć równie piękne wyroby. Perły nie polecam, gdyż jak mówią uczeni astrologowie, pecha przynosi.

– Hmmm... Czemu zatem waszmość taki pierścień wykonał? – zdumiał się Staszek.

– Dla niedowiarków oczywiście, bo ludzie, którzy w przesąd ten nie wierzą, często o wyroby podobne pytają. To gagat, waści niepotrzebny chyba... – Złotnik spojrzał dziwnie badawczo.

– Niepotrzebny?

– Waszmość swej miłości i dziewczyny czystości pewnym chyba jest?

– Nie rozumiem.

– Gdy gagatu kawałek w wodzie namoczymy, a potem pannie do napoju damy, rzecz się okaże. Wszystko na jaw wyjdzie. Jeśli cnotliwa i *intacta,* nic się nie stanie.

– A jeśli nie dziewica?

– Zaraz parcie niepohamowane w żywocie poczuje i urynę puści – złotnik tłumaczył cierpliwie jak dziecku.

Staszek z trudem zachował powagę.

– Masz pan rację, to potrzebne mi nie jest – powiedział, tłumiąc wesołość. – Choć kamień to ładny...

– Coś innego zatem. Koral. Wedle mistrza Paracelsusa tak w całości, jak i sproszkowany leczy oczy, a tak przed chorobą świętego Wita, jak i przed urokami chroni. Tu zaś turkus, który przed upadkiem z konia zabezpiecza. To kamień świętego Piotra, czyli jaspis, kobietom w ich niemocy ulgę daje, a mężczyznom z wojny cało wrócić pomaga. Jest i chryzopraz, i oliwin...

– A ten? – Staszek wskazał dłonią delikatny pierścień z fioletowym oczkiem. – Cóż to takiego?

– Ametyst. Kamień to tani i pośledni raczej. Nieczęsto w kruszec szlachetny oprawiany. Niesłusznie jednak ludzie nim gardzą, bo wszak urodziwy jest, a ponoć i uczucie miłości wzmaga. Zważmy też, że korzyść dodatkową niesie, gdyż właścicielkę przed ukąszeniem węża i otruciem chroni.

– Piękny. – Chłopak ujął pierścień w dłoń i oglądał go uważnie.

Naprawdę mu się podobał.

– Pokażcie zatem tę nitkę.

Zmierzył średnicę i aż cmoknął z zadowoleniem. Dopasowała się idealnie.

– Niczym na obstalunek zrobiony – powiedział. – Gdyby jednak palec cieńszy lub grubszy się okazał, zajdźcie do mnie, proszę, a ja w kilka chwil go do noszenia przysposobię.

– Ile się należy?

Nawet nie był drogi...

⚜ Obudziłem się strasznie obolały. Ubranie przesiąkło potem, a w tym zimnym lochu niewielkie miało szanse wyschnąć... W ustach miałem Saharę. Zajrzałem do dzbanka. Pusty. Zakląłem w duchu. Musiałem w malignie wychłeptać resztę płynu. Ile czasu do kolacji? Ładne parę godzin. A jeśli... Przy sąsiednim posłaniu stał dzbanek. Została w nim woda? Kto wie? Położyłem się, rozciągając łańcuch na całą długość. Wyciągnąłem się jak struna, aż obręcz wpiła mi się w kostkę. Gdzie tam. Brakowało jeszcze z pół metra. Wyjąłem ze spodni rzemień zastępujący pasek. Po drugiej próbie zarzuciłem go na brzusiec dzbana. Pociągnąłem ostrożnie. Teraz najważniejsze to nie przewrócić naczynia. Zaskrzypiała glina szorująca o podłogę.

Z tego, co pamiętałem, mój towarzysz niedoli Klaus paskudnie pokasływał. Gruźlica? Cholera wie. Czy prątki są w stanie przetrwać kilka dni? Woda stała tu dość długo. W chłodzie. Bakcyle zginęły? Mało prawdopodobne.

Centymetr po centymetrze. Wreszcie mogłem złapać dzban w dłonie. Zbliżyłem wargi do krawędzi, ale sam zapach mnie odrzucił. Za długo stała. Zgniła, może rozwinęły się w niej jakieś pleśnie.

Leżałem bezsilnie trawiony gorączką, gdy szczęknęły drzwi. Strażnik przyniósł mi chleb, wodę i koszyk wiktuałów.

– Jedzenie dla waszmości – powiedział. – Od tego chłopaka, co Norwega z dachu strącił.

– Dziękuję.

Przeszukałem koszyk. Wędzony ser, gotowane jajka, kiełbasa... Jest! Popatrzyłem na listek tabletek. Pomysł, który początkowo uważałem za dobry, wydał mi się teraz ryzykowny. Znalazłem je w kokpicie helikoptera czy w kieszeni któregoś z Chińczyków? Nie byłem pewien. Antybiotyk? Sulfamid? Może zwykła polopiryna? A może amfetamina albo podobny dopalacz używany przez pilotów w dalekich trasach? A może się mylę, może to na przykład środki do odkażania wody? Co grozi, jeśli się taką połknie?

Zakaszlałem ciężko. Oskrzela zajęte, gardło zajęte, kto wie czy nie poszło mi już w płuca... Zdechnę bez leków. Chyba po prostu muszę zaryzykować. Teoretycznie jedna tabletka to jedna dawka.

Wyłuskałem pigułkę i obwąchałem. Nie miała zapachu. A jeśli to trucizna? A może to draństwo, które powoduje narastanie na mózgach wilków drutów? Nie, co za bzdury plotę... Dotknąłem tabletki końcem języka. Gorzkie... Połknąłem i popiłem wodą z kubka. Opadłem na posłanie. Gorączka zupełnie mnie wykańczała.

I naraz zalało mnie światło. Był pogodny wiosenny wieczór. Przez uchylone okno wpadały podmuchy przyjemnie ciepłego wiatru. Po niebie sunęły baranki chmur. Leżałem na szpitalnym łóżku w niewielkiej izolatce.

Zaraz, co jest grane? – zdumiałem się. To mi wygląda na XXI wiek!

– Panie Marku, słyszy mnie pan?

Poszukałem wzrokiem i moje spojrzenie spoczęło na rozmówcy. Przy eleganckim stoliku, na składanym krześle siedział lekarz w białym fartuchu, ze stetoskopem na szyi.

– Słyszę – wychrypiałem.

– Cieszę się niezmiernie. Obserwowaliśmy od tygodni symptomy wybudzania, ale widzę, że jest pan w niezłej formie. Zapewne tylko jeszcze nieco zdezorientowany... Jak z pamięcią? Wie pan, kim jest i gdzie pracuje?

– Tak. Co się...

– Mówiąc brutalnie i prosto z mostu: został pan otruty. Uczniowie dosypali panu do herbaty niemal zabójczą dawkę niezwykle silnego syntetycznego narkotyku chińskiej produkcji. Okazał się pan, niestety, niezwykle podatny, w dodatku dawka, którą pan wchłonął, była zbyt silna. Preparat wywołał pięciomiesięczny głęboki trans. Zdołaliśmy pana wybudzić tylko dzięki długotrwałej kuracji psychotropami najnowszej generacji.

Uszczypnąłem się. Zabolało. To nie sen! Wróciłem?! Niemożliwe! Kolory, zapachy... To jest realne!

– Nie wierzę!

Uśmiechnął się tylko w odpowiedzi.

– Co pan widział w oszołomieniu? – zaciekawił się.

– Śniłem, że byłem w szesnastym wieku. Ale... To nie był sen! Byłem tam.

– Wysoce prawdopodobne, że tak właśnie się panu wydaje. Proszę się jednak uspokoić i posłuchać. Cała ta przeszłość, którą pan pamięta, to jedynie ułuda. Ten narkotyk wywołuje przede wszystkim niezwykle silne omamy oniryczne.

– Co to takiego?

Psychiatria nigdy mnie jakoś nie interesowała...

– Wizje niemal nie do odróżnienia od rzeczywistości. Pojawiają się przy niektórych chorobach psychicznych. Chorzy widzą kolorowe projekcje, biorą udział w rozgrywających się wydarzeniach, czasem nawet czują zmęczenie wędrówką, fakturę przedmiotów, ból tortur, rozkosze seksu czy nawet smak jedzonych rzekomo potraw...

Poczułem zawrót głowy. Niemal nie do odróżnienia?! Dobre sobie. Przecież... Kurde.

– Nie słyszałem nigdy wcześniej o takich narkotykach – powiedziałem.

– Oczywiście, że pan nie słyszał. To dość świeża sprawa. Zsyntetyzowano je w chińskich laboratoriach wojskowych przed kilku laty. Zapewne jakaś komórka KPCh zdecydowała, że pora zacząć wykorzystywać je do rozmiękczania społeczeństwa Zachodu. Są bardzo tanie i na dobrą sprawę niewykrywalne przez psy. Stąd trudno zahamować przemyt. Zaczęły przenikać do Europy, pojawiły się w Polsce zaledwie tydzień przed atakiem na pana. Pański przypadek był dopiero trzecim czy czwartym w naszym kraju. Środek pojawił się jesienią, dziś to już cała plaga.

– O, w mordę... Więc jakie są objawy ich zażywania?

– Niezwykle łatwo uzależnia psychicznie, bo w fantastyczny sposób wzmacnia wyobraźnię. Można łyknąć dawkę, włączyć DVD i przeżywać wraz z piratami przygody na morzu. Tylko że zazwyczaj działanie narkotyku mija po czterech lub pięciu godzinach, a u pana doprowadziło niemal do całkowitego resetu mózgu.

– Szlag...

– Ma pan wielkie szczęście, że się wykaraskał. Niestety, nie potrafię jeszcze powiedzieć, czy będzie pan mógł wrócić od września do pracy w szkole. Musimy dopiero zbadać skutki uboczne tak długiego transu.

– Pal diabli, ważne, że w ogóle żyję – westchnąłem. – I że udało mi się wrócić do rzeczywistości...

– Faktycznie, ma pan dużo szczęścia. Czy może pan wstać? Robiliśmy regularnie elektrostymulację pańskich mięśni, aby nie doszło do ich zaniku.

Odrzuciłem kołdrę i bez wysiłku podniosłem się z łóżka. Wszystko działało bez zarzutu. Kości, ścięgna, stawy. Energia wręcz mnie rozpierała. Nawet nie miałem zawrotów głowy. Ubrany byłem w elegancką piżamę. Na podłodze czekały wygodne, puchate kapcie.

– Jakie piękne panele – zdumiałem się.

– To nie panele, tylko klepka. Egzotyczne drewno jatoba – wyjaśnił lekarz. – Przeszło stówka za metr kwadratowy.

Zamarłem. Kurczę, cały ten pokój wyglądał jak z katalogu sklepowego. Wszystko nowiutkie i w dobrym gatunku. Parkiecik, tapety na ścianie, firaneczki, marmurowe parapety. Nawet o kwiatki ktoś zadbał.

– To prywatna klinika? – zaciekawiłem się.

– No skąd! – niemal się obraził. – Państwowa. Dopiero będzie prywatyzowana. A że luksusy... – Puścił do mnie oko. – To teraz norma. Dopiero co skończyliśmy remont tego skrzydła budynku, lada dzień ruszy rozbudowa kompleksu. Od likwidacji ZUS-u zmienił się sposób finansowania służby zdrowia. Pogoniono kilkadziesiąt tysięcy biurokratów-pasożytów i wszystkim teraz lepiej, i pacjentom, i lekarzom. A jak zarobki wzrosły! Czysta poezja. Ja już prawie na mercedesika odłożyłem...

– Pan powiedział: likwidacja ZUS-u?! – Byłem pewien, że się przesłyszałem.

– Oczywiście. Wypalili ten wrzód do gołej ziemi. Całe kierownictwo poszło siedzieć. Pałace szefostwa i biurowce firmy sprzedano. No i wyroki złodzieje dostali, że się nogami nakryli. A jak skamlali o litość przed kamerami, tak się jeden z drugim oczerniali wzajemnie, aż radość brała patrzeć. Transmisje z procesów miały widownię i po osiem milionów widzów.

– Jaja pan sobie robi!

– Ależ skąd. Trochę się zmieniło w kraju przez te pół roku, gdy pan spał.

– Ale kto...? – Całkowicie skołowany nadal nie mogłem w to uwierzyć.

– UPR wygrała wybory! Dostali ponad siedemdziesiąt procent głosów. Janusz Korwin-Mikke został premierem. A tak swoją drogą, pewnie ucieszy pana wiadomość, że prokuraturze rejonowej udało się ustalić, kto z kochanych uczniów pana tak załatwił – gładko zmienił temat.

– Zna pan ich nazwiska, doktorze?

– Wiecheć, Lasek i Piotras.

– No to już ja im pokażę! – syknąłem. – Za miękki widać dla nieuków byłem. Tylko do szkoły wrócę. Ruski miesiąc gnoje popamiętają!

– Ależ nie ma najmniejszej potrzeby fatygować się osobiście. Zapraszam. – Wskazał mi okno.

Podszedłem oszołomiony i wyjrzałem. Na dziedzińcu przed kliniką stała długa, potrójna szubienica. Wisieli na niej moi uczniowie. Nawet z tej odległości rozpoznałem ich bez trudu. Wiatr poruszał ciałami. Trzy przewrócone stołki leżały jeszcze na podeście.

– Yyy?! – Wciągnąłem powietrze.

– Kara śmierci też została oczywiście natychmiast po wyborach przywrócona – wyjaśnił pogodnie doktor. – Nauczyciele są zgodnie z nowym kodeksem szczególnie chronionymi urzędnikami państwowymi. Próba zabójstwa belfra jest karana przez powieszenie. *Dura lex, sed lex...*

Poczułem zawrót głowy, wszystko pociemniało i obudziłem się na zgniłej słomie w gdańskim lochu.

– Omamy oniryczne – parsknąłem gorzkim śmiechem.

W pierwszym odruchu miałem ochotę cisnąć resztę tabletek do rynsztoka, ale powstrzymałem się. Środek był naprawdę silny. Jeśli się wykaraskam, może się przydać – na wrogów.

Hela ocknęła się przed wieczorem. Z wysiłkiem otworzyła oczy. Spróbowała usiąść, ale syknęła z bólu i opadła na posłanie. Staszek delikatnie dotknął jej twarzy.

– Co się stało? – zapytała. – Pamiętam, że wracaliśmy ulicą. A potem już nic.

– Pewien łajdak wystrzelił do ciebie z kuszy – wyjaśnił. – Medyk usunął bełt. Byłaś kilka dni nieprzytomna.

– A to ci dopiero – westchnęła. – Gdzie trafił? Bo czuję się jak wypchana jabłkami gęś, strasznie mi ciężko w środku. I słabam – dodała po chwili.

– Wszystko będzie dobrze – zapewnił ją i poczuł, że po raz pierwszy naprawdę w to uwierzył.

– Ktoś ma żal do mnie – rzekła. – Żal tak wielki, że chce zabić...

– Wiemy już kto – wyjaśnił. – Dopadliśmy chłopaka, który do ciebie strzelał.

– Chłopaka? – zdziwiła się.

Opowiedział pokrótce, co się stało. Kiwnęła głową.

– Rozumiem zajadłość tej kobiety – powiedziała w zadumie. – Gdyby mnie ktoś wybił całą rodzinę, też ścigałabym aż do śmierci. Ale on... Zaplątał się strasznie...

– Zawiązał sojusz z niewłaściwymi ludźmi – westchnął Staszek. – Lecz i sam nie był aniołkiem.

Nadal pamiętał starcie na dachu i rękę, która nagłym szarpnięciem pociągnęła go w przepaść. A przecież mogli obaj żyć. Hela poruszyła się lekko.

– Nogi ledwo czuję – powiedziała. – Jakby trochę z daleka.

Zmartwiał. No tak, bełt zatrzymał się na kręgosłupie! A jeśli uszkodził jakiś nerw?! Sparaliżowało ją? Zacisnął zęby.

Nawet jeśli, to zaopiekuję się nią. Spokojnie, rozkazał sobie. Sprawdzę...

Delikatnie połaskotał Helę po podbiciu stopy. Reakcja była natychmiastowa. Spiekła raka i szarpnęła nogami, próbując schować je pod kołdrą.

– Mój panie, nie za wiele sobie pozwalasz? – syknęła.

– Przepraszam – bąknął. – Myślałem, że czucie straciłaś.

– I to usprawiedliwia taką poufałość? – Nadal była obrażona. – Wystarczyło zapytać!

– Możesz poruszać nogami. To najważniejsze. Bałem się, że jesteś sparaliżowana. Uszkodzenie kręgosłupa...

Nie odpowiedziała. Patrzyła zdumiona na swoją dłoń. No tak, pierścionek.

– Zaręczynowy – wyjaśnił. – Złoto z ametystem. Powiadają, że ten kamień przynosi szczęście w miłości.

– Won! – syknęła.

Wybiegł pospiesznie. Pół godziny później Marta odnalazła go w kuchni. Pomagał wdówce i kucharce, mełł ziarno na mąkę na niewielkich żarnach.

– I jak tam? – Spojrzał z nadzieją.

– Jest wściekła jak rozjuszona osa – westchnęła służąca. – Powyklinała waści i zasnęła.

– Ale dlaczego? – jęknął.

– Mój panie! – Agata ujęła się pod boki. – A cóżeś myślał? Czy tak się traktuje damę? Budzi się dziewczyna z ciężkiej choroby i widzi, że ktoś, wykorzystując jej bezbronność, się z nią zaręczył? Ciesz się, że z krócicy w łeb waszmości nie wypaliła.

– A i to zapewne dlatego tylko, że broni pod ręką nie miała – podsunęła Marta.

– Moje intencje były czyste...

– Wdzięku jednak waszmość okazałeś przy tym tyle, co rozbiegany byk wpadający na targowisko pełne glinianych garów!

Milczał załamany.

Przydałby mi się poradnik z gatunku „Jak kochać trudną kobietę", pomyślał. I do tego oczywiście podręcznik savoir-vivre'u odpowiedni dla połowy XIX wieku.

– Miłość to poryw duszy wymagający taktu, delikatności i ostrożności – ciągnęła wdówka. – Trza najpierw rodziców dziewczyny ugadać, potem w kwiecistych słowach o rękę prosić. Czasem za pierwszym razem zgody nie uzyskasz, tedy po trzech miesiącach drugą próbę uczynić można... Ot, brat mój Artur już drugi rok cholewki do Anny, córki złotnika, smali. Już nawet jej ojciec oko na naszą nędzę przymykał, ale dziewczyna ciągle go zwodziła. A teraz nie ma nawet co próbować. Widziałeś na własne oczy.

– Widziałem – westchnął. – Choć wolałbym tego nie oglądać.

– A jak się do dziewczyny idzie z pierścieniem, to trzeba w pokorze uklęknąć u jej stóp – dopowiedziała Marta.

Oznajmiła to takim tonem, jakby młodzieńcy regularnie i całymi stadami próbowali namówić ją do ślubu.

– Hela...

– Twarda sztuka. Pobawi się tobą jak kot myszką. Ale jeśli ją przekonasz, to życie będziesz miał nie tylko dobre i przyjemne, ale też ciekawe.

To samo mówili Kozacy, uświadomił sobie. Samiłło użył innych słów, dodał kilogramy pseudofilozoficznych ozdobników, lecz sens był zbliżony.

Westchnął.

– A jak ciebie nie zechce, to ożenimy cię z Martą. – Wdówka objęła wychowankę ramieniem. – Czternaście lat już ma, włos gęsty pachwiny opierzył, czas, by powoli za dobrym mężem się rozejrzeć. Coś tam jej na posag dorzucimy. Czysta, wszy nawet nie ma, tkać umie i haftować, robotna, mądra niezwykle.

– I zęby mam ładne – dodała dziewczyna. – Proste, mocne, białe. I zdrowa jestem, w najgorsze mrozy z nosa mi nie ciiknie.

Nie był pewien, czy żartują sobie, czy mówią poważnie. Popatrzył na dziewczynkę.

Czternaście lat, pomyślał. A wygląda na dzieciaka... Hela ma siedemnaście, a wydaje mi się za młoda.

– Khm... Rozważę waszą wspaniałomyślną propozycję – bąknął, składając uprzejmy ukłon.

Roześmiały się perliście. Czyli dobrze wyczuł, że to był tylko żart. Poczuł, jak płoną mu policzki.

Nie umiem gadać z dziewczynami, westchnął w duchu. Nigdy nie umiałem. Nie potrafiłem tego w moich czasach, a tu całkiem inna epoka. Hela myśli raczej jak one, a nie jak moje rówieśniczki. Gadać z nią to jak łamać szyfry Enigmy. I jeszcze te dwie. Pani i służąca. Wesołe, radosne, urocze trzpiotki. Zżyte ze sobą jak najlepsze przyjaciółki. Jak siostry. Lubią się droczyć. Nie wiem, kiedy mówią poważnie, a kiedy robią sobie ze mnie żarty.

Popatrzył, jak siedzą objęte i zaśmiewają się do łez.

To nie jest przyjaźń. To miłość, zrozumiał. Kochają się we trzy. Agata, Marta i Hela. Serdecznie, czysto, niewinnie, platonicznie. Jedna dla drugiej bez wahania zaryzykuje życie.

Na dół zszedł pan Wiktor. Wypadki ostatnich dni nieco go ożywiły, ale teraz jego twarz znowu była obojętna, jakby przebywał myślami gdzie indziej.

– Miałbym pytanie do ciebie, panie – zagadnął go Staszek.

Gospodarz popatrzył na niego bezradnie, jakby nie do końca obudzony.

– Pytanie? – powtórzył. – Pytaj, waść...

– Bywaliście, panie, w Visby?

– Visby, o, tak... – Spojrzał gdzieś w przestrzeń. – Piękne miejsce... Tam w młodości... – urwał i zamyślił się.

– Nad miastem górują mury spalonych kościołów – rzucił Staszek dla podtrzymania rozmowy.

– Tak. Lubeckie ścierwa... Spalili szmat miasta. Kościoły ogniem strawili, dzielnicę hanzeatycką...

Zdanie po zdaniu Staszek wydobył od pana Wiktora potrzebne informacje.

🙟 Nie wiem, co wyrwało mnie ze snu. A może w ogóle się nie obudziłem? Była noc. Dłonie podłożone pod policzek zdrętwiały, straciłem w nich czucie. Uchyliłem powieki.

W celi panował półmrok. Było chyba po północy. I naraz doznałem dojmującego uczucia czyjejś obecności. Ktoś, lub może coś patrzyło na mnie. Zamrugałem powiekami. Widziałem niewyraźnie wnętrze celi. Strumień księżycowego światła padający przez okienko pod sufitem wydobywał tylko zarys murów. W ciemnościach majaczyło coś trochę gęściejszego od mroku. I nagle w zamglonej sylwetce rozpoznałem Gretę. Tak jak to często bywa w koszmarze sennym, nie byłem w stanie się poruszyć. Leżałem, patrząc na nią. Gdzieś głęboko w moim wnętrzu narastał straszliwy, niepohamowany dygot. W gardle zaschło mi momentalnie, nie potrafiłem wydobyć żadnego dźwięku. Obraz jakby się wyostrzył. Ujrzałem, że zamordowana trzyma w dłoni zwitek pergaminu. Dobiegł mnie szept. Serce waliło jak oszalałe, w uszach szumiała krew. Wciskałem plecy w kamień, usiłując uciec jak najdalej od koszmarnego widziadła.

– ...moc i potęga Hanzy... – usłyszałem. – ...pozwólcie, by przez wasze dłonie popłynęła siła Hanzy...

Widziadło wykonało gest, jakby chciało mi podać papier, i znikło bez śladu. Pozostał tylko potworny, dziki lęk. Czułem za plecami zimny i wilgotny mur. Nie byłem w stanie opanować mocnych dreszczy. Duch... Widmo? Upiór? Nawykłem szukać racjonalnych wyjaśnień. Ale w tym nie znalazłem nic racjonalnego.

Duchy, pomyślałem przerażony. To ich czas. Ich świat. Stulecia bez elektryczności, bez światła. Mrok to ich dom, schronienie. W dwudziestym pierwszym wieku cywilizacja nie dawała im już szans. Ale tu mogą używać do woli.

Przypomniałem sobie tamtą burzliwą zimową noc w chacie na zboczu ponad Bergen. Ciemna sylwetka pośrodku izby. Dawny mieszkaniec zrujnowanej chałupiny powrócił. Maksym też go widział. Przysnąłem chyba na chwilę i znowu się obudziłem, a może raczej zawisłem w dziwnym stanie, na pograniczu snu i jawy.

Czym są duchy? Tak na logikę, to może być energia, myślałem. Wysiłek ludzi, którzy żyli tu przed stuleciami, kochali, bawili się, pracowali i umierali. Granit posiada siatki krystaliczne. W nich mogło się coś zapisać, jak na twardym dysku komputera. W starym zamku mogą pojawiać się sylwetki, cienie przeszłości, niczym hologramy. Ale przecież to nie tak... Greta nigdy tu nie była. Musiała iść za mną, odnaleźć mnie... Biedna mała. Przyszła tu do mnie? Najwyraźniej chciała mi coś przekazać... Ale co? Potęga Hanzy. O co chodzi? Kowalik nie zdoła mnie wyciągnąć z tego lochu. A tak, przecież go porwano... Nikt nie zdoła... Papier... Chciała mi dać jakiś papier? Znowu czułem strach. Głupia niemożność zapalenia światła doprowadzała mnie do szału. Zaciśnięcie powiek nic nie dało. Ba, gdy zamknąłem oczy, bałem się jeszcze bardziej. Nagle powoli spłynął na mnie spokój. To tylko koszmar... Sen mara, Bóg wiara.

Zapadłem w płytki, nerwowy sen.

Było tuż po śniadaniu. Staszek, siadłszy w saloniku, w zadumie otworzył skrzynię. Wtedy musiał zgarniać wszystko jak leci. Hela zrobiła potem porządek, to, co nie należało do niej, zwinęła w jeden tobół. Rozwiązał płócienny wór. Szukając lekarstw, przejrzał wszystko bardzo pobieżnie. Teraz chciał odnaleźć zagadkową „zapalniczkę". Rozsupływał nieruszane dotąd tobołki.

Sukienka uszyta na kogoś drobnego. Zapewne pamiątka po nieszczęsnej Grecie. Głębiej był jeszcze grzebyk, skarpety czy coś podobnego, inne fatałaszki i niewielki tubus. Chłopak machinalnie go otworzył. Wewnątrz tkwił ciasno zwinięty arkusik pergaminu i coś grzechotało. Wytrząsnął na dłoń pierścionek z mosiądzu ozdobiony tłokiem pieczętnym. Wyciągnął pismo, rozprostował i osłupiał. Podszedł do okna, by przyjrzeć się dokładniej.

W pierwszej chwili sądził, że ma w ręce odbitkę drzeworytu, ale nie, to nie był druk, tylko niesłychanie precyzyjna kaligrafia. Dokument zabezpieczono przed podrobieniem za pomocą kilku suchych pieczęci głęboko wytłoczonych w skórze. Lecz i tak najważniejsza była treść...

Okaziciel niniejszego wykonuje ściśle tajną misję, od której zależy bezpieczeństwo Ligi Hanzeatyckiej. Zobowiązuję wszystkich przedstawicieli władz miast Hanzy do udzielenia mu każdej możliwej pomocy pod rygorem banicji oraz wykluczenia miasta całego ze Związku. Człowiek ten podczas pełnienia obowiązków swych w mieście Gdańsku w okresie do 1 lipca Anno Domini 1560 w żadnym aspekcie nie podlega władzy miejskiej, należy chronić go przed działaniami władzy królewskiej oraz kościelnej.

Podpisano: w imieniu hansatagu Syndyk Heinrich Sudermann.

Greta, parsknął śmiechem. Dwunastoletnia szpiegóweczka zaopatrzona w papier dający jej w razie potrzeby nieomal władzę nad całym Gdańskiem. A pierścień? Pewnie jak Oko Jelenia, służy identyfikacji agenta. Żeby ktoś, kto skradnie dokument, nie był w stanie się nim posłużyć! Ktoś, kto skradnie... A ja?

A może przemycić go Markowi do lochu? Nie, to nie przejdzie. Tego typu papiery okazuje się zaraz przy aresztowaniu. Zatem może...

Nie. Muszę to zrobić sam. Udać się do sędziego... Nie. Nie do sędziego. Wyżej. Do burmistrza? – rozważał. On tu najważniejszy.

Poczuł dreszcz. Czy odważy się tak zagrać na nosie władzy? Bo wyjście jest jedno. Wejść do gabinetu dygnitarza i posługując się fałszywym pełnomocnictwem, zażądać wypuszczenia więźnia oskarżonego z naprawdę grubego paragrafu.

– Nie dam rady – szepnął bezradnie. – Za bardzo się boję...

Co mówił Maksym? Że da się zrobić niemal wszystko? Że nasze ograniczenia prawie zawsze zamknięte są wyłącznie w naszych umysłach? Przypomniał sobie, jak rozbijał czaszkę przyjaciółki, jak walczył na śmierć i życie z młodym Norwegiem. Przypomniał sobie przerażający marsz po zamarzniętym Bałtyku, a potem z głębin pamięci wypłynęło jeszcze wspomnienie Pana Wilków i jego pomagierów. Zacisnął zęby. Zrobi to. Przynajmniej spróbuje.

Wszedł na piętro i zapukał do pokoju Artura. Młody kupiec ślęczał nad mapami.

– Ach, to ty, Staszku... Czym mogę ci służyć?

– Sezon żeglugowy już otwarto. Potrzebowałbym ugadać jakiegoś kapitana na rejs do Visby. Nie wiem, jak się za to zabrać.

– No tak. Niebezpieczeństwo, które nad mym domem zawisło, oddalone, zatem wolny jesteś z funkcji rękodajnego. Lecz czy nie za bardzo się przejmujesz? Helenka jest trochę dzika, ale to dobra dziewczyna. Przecież nie będzie się długo gniewać, a nawet jeśli się nabzdyczyła, to za tydzień lub dwa złość minie. Nie musisz przed jej humorami uciekać aż za morze.

– Nie dla siebie. Jeśli dobrze mi pójdzie, będę potrzebował statku dla Marka. Ja muszę zostać przy narzeczonej. On musi uchodzić. Mam plan, jak go z lochu wydobyć.

– Fit! Kapitanowi trza będzie dać zaliczkę. Jak nic nie wyjdzie z twoich planów, cała kwota przepadnie.

– Jeśli mi się noga powinie, to nie będę żałował paru groszy. Trupowi one niepotrzebne.

Artur spojrzał na Staszka bardzo poważnie.

– To aż tak ryzykowny plan?

– Tak. – Chłopak odchrząknął. – Tak – powtórzył już wyraźnie.

– To, co umyśliłeś, będzie prawa złamaniem?

– Tak. Ważę się na szaleństwo tak wielkie, że zginąć przy tym mogę.

Zapadło milczenie.

– Nie zamierzasz chyba jednak nikogo przy tym zabijać? – Artur popatrzył na Staszka świdrującym wzrokiem.

– W żadnym wypadku.

– No cóż. Zatem pomogę ci – powiedział wreszcie młody kupiec. – Co mam przedsięwziąć?

– Jedynie znajdź kapitana, którego okręt wychodzi w morze jutro o świcie. Jeden pasażer... Do Visby. Płacimy z góry... Do diaska!

– Cóż się stało?

– Marek jest chory. Trzeba by kogoś, kto się nim w chwili niemocy trochę zaopiekuje.

– Z pewnością chłopak okrętowy lub jeden z marynarzy zechce kilka groszy dorobić. Wyszukam, rzecz jasna, kapitana absolutnie pewnego, tak aby bezpiecznie wszystko przeprowadzić. Możesz polegać na mnie jak na własnym bracie... Bardziej niż ja na własnych braciach. – Skrzywił się. – A skoro to tak trudno przeprowadzić będzie, weź, proszę, to na szczęście...

Pogrzebał w szufladzie i wręczył Staszkowi wyprawiony lisi ogon. Rudą kitkę na cienkim srebrnym łańcuszku.

– Niech duch wielkiego Reinicke de Vos będzie z tobą w chwili szwindlu... Czy mogę ci jeszcze jakoś pomóc?

– Nie... A właściwie tak. Naucz mnie, jak się ładnie, naprawdę ładnie kłaniać.

Burmistrz-prezydent Johann Proite, najważniejszy z czterech burmistrzów miasta Gdańska, siedział za ciężkim stołem zawalonym papierami. Na widok chłopaka wstał dostojnie.

– Czego chcesz, człowiecze? – zapytał.

Powaga urzędu dosłownie z niego kapała.

– Sprawa, którą chcę przekazać, przeznaczona jest jedynie dla twych uszu, panie. – Staszek ukłonił się głęboko.

– Nie ma tu miejsca na żadne tajemnice! Mów, albo wynoś się...

Chłopak odwrócił dłoń, pokazując pierścionek Grety zdobiący mu palec. Dygnitarz załapał w lot. Jednym ruchem ręki odprawił sekretarza. Gestem nakazał, by chłopak podał mu pierścień. Z szuflady wyjął zwój papieru i przez chwilę badał, czy odcisk zgadza się z rysunkami.

– Okaż pełnomocnictwo.

Staszek wyjął pergamin z tubusu. Burmistrz równie skrupulatnie sprawdził pieczęcie i podpis.

– Proszę zatem o pismo – polecił, wyciągając dłoń.

Chłopak poczuł, że za moment podłoga zapadnie mu się pod stopami, a on wyląduje w lochu obok Marka.

– Tę wieść przekazać mam ustnie.

– Dlaczego?

– Jest zbyt ważna, by można ją powierzyć pergaminowi – wypalił.

– Mów zatem – rozkazał burmistrz, krzywiąc się niemiłosiernie.

– W lochu pod ratuszem przebywa Marek Oberech, zwany mistrzem Markusem. Z polecenia Heinricha Sudermanna, syndyka Hanzy, proszę o jego natychmiastowe zwolnienie.

Dygnitarz zamarł. Ruszyło go po chwili

– Człowiecze, co ty sobie wykoncypowałeś?! – wybuchnął. – Rozumiem polecenia Sudermanna, ale jak niby mam wytłumaczyć, że kazałem wypuścić tak ważnego więźnia?! To absolutnie wykluczone! Rada zażąda wyjaśnień. Biskup zażąda wyjaśnień. Lutry zażądają wyjaśnień. I co mam im wszystkim powiedzieć?

– Moja misja musi zostać zachowana w ścisłej tajemnicy – stwierdził bezczelnie chłopak. – Zależy od tego więcej, niż moglibyście przypuszczać, panie. – Ukłonił się dwornie.

– Ale co ja, do kroćset, im powiem? – pieklił się burmistrz.

Staszek czuł, że bezpieczny grunt usuwa mu się spod nóg. Odruchowo dotknął kieszeni kryjącej lisi ogon i nagle gdzieś wśród zwojów nerwowych mózgu przeskoczyła iskra, a wraz z nią pojawił się pomysł. Wyjście z patowej sytuacji.

– A po co mistrza Markusa wypuszczać przy dźwiękach fanfar? – Uśmiechnął się. – Wystarczy upozorować ucieczkę. O czary oskarżony, nikogo nie zdziwi, że zbiegł. – I znowu zastygł w niskim ukłonie.

Dygnitarz popatrzył na niego wzrokiem ciężkim jak z ołowiu. Ale na dnie źrenic zabłysła jakaś iskierka. Zmarszczył czoło. Rozważał widać propozycję.

– Albo, chłopcze, zajdziesz bardzo daleko, albo upadniesz bardzo nisko – mruknął. – Co zatem proponujesz?

– O świcie z portu wychodzi okręt „Biała Wydra". Pół wachty przed brzaskiem Marek Oberech powinien znaleźć się na nabrzeżu.

Zapadło długie, niezręczne milczenie. Burmistrz najwidoczniej starał się przemyśleć wszystkie za i przeciw.

– Tak się też stanie – powiedział wreszcie, najwyraźniej pieczętując w ten sposób układ.

– Dziękuję.

Staszek, ukłoniwszy się raz jeszcze głęboko, opuścił gabinet. Schodząc po stopniach, poczuł TO. Wzbierające w piersi uczucie straszliwego, dzikiego, nadludzkiego triumfu. Dokonał rzeczy absolutnie niemożliwej. Wyrwał przyjaciela z najgorszego lochu w mieście, uratował przed niemal pewnym stryczkiem. A dokonał tego nie siłą, nie dzięki przepisom prawa, ale odważnym i błyskotliwym fortelem.

Jestem lisem, pomyślał, dotykając spoczywającego w kieszeni ogona. Prawdziwym lisem przecherą, Reinicke de Vos...

Widząc mężczyznę o lasce, pnącego się z trudem po stromych schodach, ustąpił mu z drogi. Heinrich Sudermann podziękował uprzejmie, uchylając kapelusza.

🦊 Uchyliłem oczy. Przede mną stał justycjariusz. W ręce trzymał zapaloną latarkę z grubą świecą. Znowu noc? Dręczony wysoką gorączką zatraciłem widać poczucie czasu... Grzegorz Grot był sam.

– Wstawaj – polecił.

Nie roześmiałem się tylko dlatego, że nie miałem siły. Nawet uchylenie powiek okazywało się dla mnie horrendalnym wysiłkiem. Każdy ruch wyciskał z mego ciała litry potu.

– Daj mi zdechnąć w spokoju – poprosiłem.

– Jesteś wolny – burknął, mocując się z kłódką.

Mimo osłabienia i trawiącej mnie gorączki zdziwiłem się.

– Jak to?

– Ano tak. – Wzruszył ramionami. – Rozpiąłeś okowy i umknąłeś. – Skrzywił się. – Nim zauważyłem i wszcząłem alarm, było już za późno, by podjąć pościg...

Taka będzie oficjalna wersja? – zdumiałem się.

– Co? Kto? – wychrypiałem na głos.

– Polecenie burmistrza – warknął. – Gdyby to ode mnie zależało, zgniłbyś w tym lochu, ale on nade mną, a i nad nim wyższa władza. – Patrzył z autentyczną nienawiścią. – Mówiłem ci o tym. Ktoś widać, kto Oka Jelenia strzeże, przyszedł i rozkazał cię wypuścić. Wola burmistrza rzecz dla mnie święta i podporządkować się muszę. Ale strzeż się i nie wracaj tu nigdy, bo drugi raz tak łatwo się nie wykpisz! I słusznie myślałem, że wiesz!

Ktoś w tym mieście okazał Oko Jelenia? Poczułem zamęt w głowie. Muszę je zdobyć...

I omal nie zemdlałem.

– Pomóż mi wstać, człowieku – prosiłem, wyciągając dłoń.

Mało go apopleksja nie trafiła, ale rękę mi podał. Ruch kosztował mnie sporo wysiłku. Oparłem się ciężko o ścianę.

– Czy umarłbym tutaj czy nie, to i tak wszystko jedno – burknąłem. – Tak czy inaczej, nie usłyszysz waszmość ode mnie tego, czego pragniesz. Teraz wolny już jestem i władzy twej nie podlegam, więc szczerze jak na spowiedzi świętej powiedzieć mogę: Czepiłeś się jak rzep psiego ogona... A co ja, biedny szczurek, mogę wiedzieć o interesach ludzi takich jak syndyk Hanzy Heinrich Sudermann czy Peter Hansavritson? Nie wiem, kto ma Oko. Podejrzewać mogę, że kapitan, ale tylko dlatego tak mniemam, że przy mnie go o to Duńczycy pytali. I tylko dlatego, że Sadko i Borys wspomnieli, ostrzegając, bym Oka nie szukał, bo życie całe jedynie na jałowym trudzie stracę.

Zgrzytnął zębami.

– Sudermann... – burknął. – Może to on kazał cię wypuścić? Wszak jest od wczoraj w mieście, a z polecenia burmistrza mam upozorować twą ucieczkę.

– Jak wspomniałem, spotkałem syndyka Hanzy tylko raz w życiu. Nigdy nie zamieniliśmy nawet słowa. Naprawdę nie mam powodu żadnego, by kłamać.

– Może i mówisz prawdę – parsknął. – Ale ja czuję w tobie całe pokłady sekretów. Są na świecie ludzie, którzy w innych jak w otwartej księdze czytać potrafią.

– Musisz waść lepiej litery tego alfabetu dusz poznać... – odgryzłem się. – Cobyś nie próbował czytać po próżnicy tam, gdzie jeno karty białe, myślą ludzką nietknięte.

– Wyrwą kiedyś waści ten plugawy jęzor i do gęby soli nasypią, a wargi dratwą zaszyją. Żałuję jedynie, iż nie ja to zrobię – warknął.

– I wzajemnie, ja też bym waszmości chętnie boczków przypiekł. I nie dla sekretów jakichś mi zbędnych, ale ot tak, dla czystej przyjemności. Dla cudnej pieszczoty, jakiej moje uszy zaznałyby, słuchając waszmości krzyków.

– Pamiętaj, waść, dyspozycję dać, by po śmierci waszej w grób osikowy kołek wbito – zakpił.

W trakcie tejże kulturalnej dysputy przebyliśmy strome schodki. Strażnicy na odwachu leżeli pokotem. Martwi?

– Co im się stało? – wykrztusiłem.

– A to już waszmość powinien wiedzieć. Widać jakiś wspólnik waszmości zakradł się na odwach i zaprawił im piwo wywarem z maku lub podobnym świństwem, tak iż się posnęli...

Weszliśmy do niewielkiego warsztatu. Kazał mi usiąść, wsunął między obręcze kajdan przecinak, a potem uderzył raz a dobrze młotem. Byłem wolny.

Wyszliśmy przez remontowaną część budynku w wąski zaułek na tyłach. Czekał tu wózek zaprzężony w konika.

– Nie życzę waszmości szczęścia, bo głupio by to wyglądało, że ceklarz chce powodzenia ucieczki. Liczę jednak, że kiedyś jeszcze się spotkamy, by rachunki nasze wyrównać. Ja swoje zrobiłem, ten wózek zawiezie cię, gdzie trzeba.

Odwrócił się i znikł bez pożegnania. Usadowiłem się w pojeździe. Człowiek na koźle zaciął szkapę batem i potoczyliśmy się w noc. Mżyło. Zakutałem się w brudną koszulinę. Minął może kwadrans i wózek zatrzymał się na nabrzeżu.

– Jesteśmy – burknął woźnica.

Zsunąłem się na ziemię. Kolana niezbyt chciały mnie słuchać. Wsparłem się o koło wozu.

– A gdzie niby jesteśmy? – wysapałem. – Dokąd mnie przywiozłeś?

– Tam, gdzie kazano. – W bladej szarówce przedświtu wyszczerzył resztki uzębienia.

– W takim razie dziękuję.

– Wszystko już zapłacone. – Skinąwszy krótko głową, zaciął konika batem.

Ze statku zacumowanego na kanale zszedł chłopak w niemieckim płaszczu i szerokoskrzydłym kapeluszu. Staszek. Uściskaliśmy się.

– Zapraszam. – Wskazał trap.

Mam halucynacje, pomyślałem. Albo to dalej efekt działania tego parszywego chińskiego narkotyku. Widać powoli eliminuje się z organizmu. Nadal mam ostre omamy oniryczne...

Deski zadudniły pod naszymi nogami. Staszek podtrzymywał mnie z lewej strony. Stanąłem na pokładzie.

– To ty mnie wyciągnąłeś? – zapytałem półprzytomnie.

– Ja.

– Ale jak?!

– Zablefowałem burmistrzowi, podszywając się pod jednego z agentów Heinricha Sudermanna. Kiedyś opowiem ze szczegółami. – Puścił oko.

– Sudermann jest w mieście! – wybuchłem. – To się rypnie...

Chłopak zbladł jak ściana.

– On... On tu jest? – wyjąkał.

– Od wczoraj... Gdzie ja się znajduję? – zapytałem.

– Ten okręt to „Biała Wydra" – wyjaśnił. – Kapitan nazywa się Emilian Xyr. Dziś o świcie wyruszasz do Visby.

– Hela nie przetrzyma takiej drogi! – powiedziałem. – Nie wolno jej choćby ruszyć.

– Hela zostaje w Gdańsku.

– Ale... – wykrztusiłem przez zaciśnięte gardło. – Przecież nie możemy jej tu zostawić!

Zielone plamy zawirowały mi przed oczyma.

– Zostaję z nią – oświadczył Staszek stanowczo. – Zadbam o wszystko. Lepiej niż... niż do tej pory. Odzyskała przytomność. Wraca do zdrowia.

– To ja powinienem... – zacząłem.

– A ja to niby nie powinienem? – parsknął. – Ty ratuj siebie, ja załatwię tę sprawę. A potem do ciebie dołączymy.

Spojrzałem mu w oczy i zrozumiałem, że nadrabia miną. Że boi się wręcz panicznie, ale i tak pójdzie. Jak w paszczę lwa. Bo tak każe honor, poczucie odpowiedzialności. Wróci do miasta. Tam dorwą go ceklarze i ten cały Grzegorz Grot. Do tego Sudermann. Albo mordercy Grety.

– Powiedz, co konkretnie zrobiłeś, by mnie wyciągnąć z lochu – poleciłem.

Streścił w kilku zdaniach swą szaleńczą misję. Zmartwiałem.

– Kur... – zdusiłem przekleństwo. – Przecież burmistrz dostanie szału! Przeryją całe miasto, byle tylko cię dorwać! Musisz natychmiast uciekać. Zostajesz tu, na pokładzie, i płyniesz do Visby, a ja...

– Będzie, co ma być. A może nic nie będzie? – Spojrzał hardo. – Bóg na niebie, odwaga w sercu, szabla w ręce. Byłem lisem, teraz pora znowu stać się owczarkiem.

Dwóch, może trzech zdoła usiec, zanim go wypatroszą albo naszpikują bełtami, pomyślałem ponuro. Trzeba zatrzymać tego smarkacza, zanim napyta sobie prawdziwej biedy...

Chciałem coś powiedzieć, ale znowu nagle pociemniało mi w oczach. Zatoczyłem się i wsparłem ciężko na relingu. Staszek podtrzymał mnie, bym nie runął na deski pokładu. Policzyłem do pięciu. Zawrót głowy mijał.

– Idę... – Odkaszlnąłem grudę paskudnej flegmy. – Ty płyniesz na Gotlandię.

– Do zobaczenia za kilka tygodni w Visby. – Uśmiechnął się. – Z Bogiem. Opłaciłem chłopaka okrętowego, zajmie się tobą, nim wydobrzejesz. W worku są twoje rzeczy, trochę pieniędzy i notatnik. Spisałem wszystko, co się z nami działo, gdy gniłeś w więzieniu. I jeszcze jedno. Miasto, o którym mówiłeś...

– Jakie miasto?

– Pogorzelisko z ruinami kościołów. To, które widziałeś w tej wizji. Zidentyfikowałem je.

– Ono istnieje naprawdę?!

– To Visby.

– Byłeś w Visby...

– Nocą i tylko obok portu. Widziałem ruiny kościołów, a pan Wiktor potwierdził, że jest tam także ta spalona dzielnica.

– Gotlandia. Wszystkie tropy zbiegają się na Gotlandii – szepnąłem.

Tym razem podtrzymał mnie jakiś niewysoki marynarz. I całe szczęście, bo runąłbym jak długi. Staszek wzruszył tylko ramionami i zeskoczył na nabrzeże. Poślizgnął się na błocie, ale zdołał utrzymać równowagę. Dwaj żeglarze wciągnęli deski robiące za trap. Okręt odbijał już od brzegu. Przyjaciel odwrócił się i pomachał mi, a potem, nie oglądając się, pobiegł w stronę miasta. Patrzyłem na powiewający czarny płaszcz, słuchałem oddalających się kroków. Milczałem, nie mogąc pozbyć się ponurego przeczucia, że widzę Staszka po raz ostatni.

Okręt odpychany od brzegu kijami trafił na prąd wodny. Leniwy nurt Motławy sam niósł nas w stronę morza. Załoga dokonywała tylko niewielkich korekt kursu.

Ktoś wskazał mi drogę do mojej kajuty. Siadłem ciężko na koi. Zaraz jednak poderwałem się na równe nogi.

– Staszek...

Poradzi sobie, zaśmiał się mój diabeł. A jak nie, to spotkacie się w niebie, albo i u mnie...

Wszedł jeden z marynarzy. W dłoni trzymał parujący blaszany kubek.

– Mości dobrodzieju, przygotowaliśmy, o co wasz przyjaciel prosił. – Ukłonił się uprzejmie.

– Co to? – Spojrzałem na zawartość.

– Psi smalec z rodzynkami, masłem, ziołami i miodem.

Nie zwymiotowałem tylko dlatego, że byłem zbyt osłabiony gorączką. Wypiłem posłusznie miksturę i położywszy się na koi, zapadłem w krótki, pełen majaków sen...

Obudziłem się, gdy słońce stało już wysoko. Pled lepił się do ciała. Podobnie jak niegdyś kozacki uzwar, tak i tym razem lek tej epoki wywołał siódme poty. Ale poczułem się jakby zdrowszy. Ledwo zdążyłem o tym pomyśleć, gdy złapał mnie kaszel. Dłuższą chwilę rzęziłem jak suchotnik, z płuc i oskrzeli odrywały się całe grudy flegmy. Poczułem w ustach słaby posmak krwi. Wreszcie spazmy, które targały moją piersią, uspokoiły się.

Spokojnie. Jestem na morzu. Loch odebrał mi zdrowie, świeże, nasycone jodem powietrze przywróci mnie do życia. Dopiero teraz rozejrzałem się wokoło. Wydało

mi się, że znam to wnętrze. Zmieniło się, ktoś postawił ściankę działową, ale w ścianach ciągle tkwiły grube, kute haki przytrzymujące niegdyś hamaki. Przyłożyłem dłoń do czoła. Gorączka już opadła, lecz w płucach nadal grała cała orkiestra symfoniczna. To nie maligna, widzę to naprawdę...

Zwlokłem się z łóżka. Ktoś rozebrał mnie nocą i obmył. Czyste ubranie wisiało na kołku. Moje łachy, uprane, ujrzałem na drągu pod sufitem.

Odziałem się. Były nawet buty, prawie pasujące. Czepiając się framugi, stanąłem w otwartych drzwiach. Teraz dopiero w pełnym blasku dnia przyjrzałem się uważniej okrętowi. Tak. Wzrok mnie nie mylił.

Nie, to niemożliwe, uszczypnąłem się w ramię, żeby sprawdzić, czy nie śnię.

Zatoczyłem się. Ktoś mnie podtrzymał.

– Niepotrzebnie wstaliście, panie – usłyszałem znajomy głos mówiący po niemiecku. – Kładźcie się, proszę, śniadanie zaraz przyniosę.

– Nie... Ja...

Z trudem zogniskowałem wzrok. I oczywiście rozpoznałem go natychmiast. Kulawy chłopak z Bergen.

– Hans?! A skąd żeś się tu wziął?!

W tym momencie podszedł do nas starszy mężczyzna. Obfita biała broda upodobniała go do Świętego Mikołaja.

– Jestem Emilian Anzelm Xyr van der Mulle – przedstawił się. – Kapitan tego okrętu.

– Markus Oberech, jestem zaszczycony, mogąc poznać... – wymamrotałem, walcząc o utrzymanie się w pionie. – Widzę, że nawigujemy wzdłuż Mierzei Wiślanej. Czy nie powinniśmy płynąć do Visby raczej na północ?

– No cóż, drogi panie – westchnął stary wilk morski. – Tak się składa, że nasz okręt żegluje do Rygi.

Nawet się nie zdziwiłem.

– Co więcej, nie nazywa się „Biała Wydra", a „Srebrna Łania" – uzupełniłem ponuro. – Poznaję te cedrowe dechy i miedziane gwoździe. Zmieniliście tylko reling i nadbudówkę kasztelu, daliście też nowe maszty i ożaglowanie. I uzbrojenia widzę jakby więcej niż wtedy na zatoce Vågen...

Spojrzałem na kapitana wyzywająco. Mężczyzna miał nieco zakłopotaną minę.

– Otrzymaliśmy ścisłe rozkazy. Nie masz pan prawa dotknąć stopą lądu Gotlandii – powiedział. – Najlepiej byłoby waszmości zabić, aleś dwukrotnie uratował życie naszym towarzyszom. Zatem powstrzymamy waści z całą stanowczością, starając się przy tym uniknąć przelewu krwi. Oczywiście w granicach rozsądku. – Skrzywił się.

– Nie dotknę stopą... – powtórzyłem.

To da się zrobić. Wystarczy amputacja! – uradował się diabeł.

– Gwarantujemy to własnym życiem. Dlatego też w ładowni mam dziesięć beczek najlepszego magdeburskiego prochu, opatrzonych już lontami, i stale czuwa tam dwóch marynarzy. Jeśli pojawi się diabelska łasica albo wy, korzystając z jakichś mocy, złamiecie moją wolę, podpalą bez wahania.

– Poszaleliście – mruknąłem.

– Służba na „Srebrnej Łani" to największy zaszczyt, jaki może spotkać wtajemniczonego żeglarza. Warto życie oddać, byle przed śmiercią móc poczuć ten pokład pod stopą – wyjaśnił kapitan z godnością.

– Serce w mej piersi bije dla Hanzy – dodał dumnie Hans.

– Zgiń, przepadnij, siło nieczysta! – wymamrotałem i zawróciłem do kajuty.

Koniec księgi piątej

Książki Andrzeja Pilipiuka
wydane nakładem Fabryki Słów

Kroniki Jakuba Wędrowycza (także w wersji do słuchania)
Czarownik Iwanow
Weźmisz czarno kure...
Zagadka Kuby Rozpruwacza
Wieszać każdy może
Homo bimbrownikus

Kuzynki
Księżniczka
Dziedziczki

2586 kroków
Czerwona gorączka
Rzeźnik drzew

Norweski dziennik – tom 1. Ucieczka
Norweski dziennik – tom 2. Obce ścieżki
Norweski dziennik – tom 3. Północne wiatry

Operacja Dzień Wskrzeszenia

Oko Jelenia. Droga do Nidaros
Oko Jelenia. Srebrna Łania z Visby
Oko Jelenia. Drewniana Twierdza
Oko Jelenia. Pan Wilków
Oko Jelenia. **Triumf lisa Reinicke**

Miroslav Žamboch

Łowcy

Oto historia, jakiej nie wymyślił Herbert George Wells.

Ludzie już dawno zawładnęli planetą, ale to im nie wystarcza. Chcą kontrolować wszechświat – i czas. Możliwość spojrzenia w przeszłość jest tak kusząca – zobaczyć świat sprzed setek milionów lat; świat formujących się kontynentów, świat, którym władają najwięksi drapieżcy, jacy kiedykolwiek stąpali po powierzchni Ziemi.

Oto wyprawa, o jakiej nie śmiał marzyć Juliusz Verne.

Uczestnicy ekspedycji nie mają jednak pojęcia, że wybierają się gdzieś, gdzie nie przynależą. Do miejsca i czasu, w których spotkają się z czymś, z czym nie będą sobie w stanie poradzić nawet przy pomocy najlepszej broni palnej. Tam, gdzie znajduje się coś, co może nas wszystkich zabić.

ISBN 978-83-7574-216-9

fabryka słów

William Nicholson

Pieśniarz Wiatru

Pryskaliwkać egzaminy! Nienawidzę szkoły i klasyfikacji!

W otoczonym murami mieście Aramanth egzaminy są wszystkim. Gdy Kestrel Hath ośmiela się zbuntować, Główny Egzaminator skazuje jej rodzinę na najstraszliwszą z kar. Kestrel – rozpaczliwie próbując ich ocalić – odkrywa sekret Pieśniarza Wiatru i wraz ze swoim bratem wyrusza w pełną niebezpieczeństw podróż do źródeł zła.

Książka roku wg programu BBC *Blue Peter*.
Laureatka Smarties Gold Award 2000 – najważniejszych brytyjskich nagród dla literatury dziecięcej.

ISBN 978-83-7574-137-7

fabryka słów
WWW.FESPOL.PL

PROJEKT OKŁADKI Paweł Zaręba

ILUSTRACJE Rafał Szłapa

REDAKCJA Karolina Kacprzak

KOREKTA Barbara Caban, Magdalena Byrska

SKŁAD Dariusz Nowakowski

SPRZEDAŻ INTERNETOWA
amazonka.pl

ZAMÓWIENIA HURTOWE

Firma Księgarska Jacek Olesiejuk sp. z o.o.
05-850 Ożarów Mazowiecki, ul. Poznańska 91
tel./fax: (22) 721-30-00
www.olesiejuk.pl, e-mail: hurt@olesiejuk.pl

WYDAWCA

Fabryka Słów sp. z o.o.
20-607 Lublin, ul. Wallenroda 4c
www.fabryka.pl
e-mail: biuro@fabryka.pl

DRUK I OPRAWA OPOLGRAF S.A. www.opolgraf.com.pl